Molly Katz

Vor aller Augen

Molly Katz

Vor aller Augen

Roman

Deutsch von Eva L. Wahser

Blanvalet

Originaltitel: No One Saw Anything

Umwelthinweis:
Dieses Buch und der Schutzumschlag wurden auf
chlorfrei gebleichtem Papier gedruckt.
Die Einschrumpffolie (zum Schutz vor Verschmutzung) ist aus
umweltschonender und recyclingfähiger PE-Folie.

Der Blanvalet Verlag
ist ein Unternehmen der Verlagsgruppe Bertelsmann

1. Auflage

Satz: Uhl+Massopust, Aalen
Druck und Bindung: Graph. Großbetrieb Pößneck
Printed in Germany
ISBN 3-7645-0036-0
www.blanvalet-verlag.de

Prolog

Montag, 18. Juli 1995

Ellen saß ganz dicht neben Kevin auf der Couch im Wartezimmer. Sie hielt Liam im Arm, der sich an ihren Hals kuschelte. Das Baby hatte ihren Kragen und die dunkelroten Haarspitzen voll gesabbert, und sie spürte und hörte ihn leise hicksen.

Sie machte sich jeden seiner Laute bewusst, als ob sie durch Achtsamkeit ihre eigenen Sinneswahrnehmungen übertragen könnte. Schenk diesem Baby die Gabe des Hörens, denn möglicherweise fehlte ihm genau das. Sogar sehr wahrscheinlich, aber mit Sicherheit wüssten sie das erst heute nach der Untersuchung durch den HNO-Spezialisten der Manhattan-Augen- und Ohrenklinik.

»Ich fühle mich hilflos«, sagte Kevin.

»Ich doch auch«, antwortete Ellen, wobei sie Liam noch fester an sich drückte.

Sachte betastete der Facharzt Liam mit seinen langen Fingern. An einem durfte sich der Säugling sogar festhalten. Das prüfende Stupsen rief mehrfach ein Lächeln hervor. Ellens Herz krampfte sich zusammen. In seiner Unschuld ahnte Liam von nichts.

Auf dem Heimweg von New York nach Eastport, Connecticut, weinten Ellen und Kevin. Kevin fuhr für seine Verhältnisse ungewöhnlich langsam; sonst zog es ihn immer nach Hause.

Darin waren sich beide gleich. Die Stadt am Meer bot einen atemberaubenden Anblick.

Aber heute würden sie das Haus zum ersten Mal mit einem tauben Baby betreten. Von nun an gab es keinen Zweifel mehr.

Nächtelang hatten sie sich mit Fragen gequält. Nun war aus dem Was-wäre-Wenn mit einem Schlag Realität geworden. Jedes Kind hatte von Geburt an das Recht, sein Leben ohne Handicap zu beginnen. Nicht Liam, vor ihm lag bereits ein schier unüberwindliches Hindernis.

Normalerweise schreckte Kevin vor der Behandlung von Kindern zurück, aber manchmal musste es eben sein. Er galt als der beste Augenarzt in Fairfield County, und manche Eltern ließen sich nicht abwimmeln. Er hasste es, wenn er schlechte Nachrichten überbringen musste, denn darauf lief es letztendlich hinaus, sobald ein Kind zu ihm überwiesen wurde. Für derartige Nachrichten gab es unterschiedliche Modalitäten, aber wenn die Diagnose auf unheilbare Blindheit lautete, konnte sich Kevin nur mit Mühe zwingen, den Eltern gegenüberzutreten. Solche Gespräche konnte er nicht ausstehen. Er verabscheute sich selbst dafür, gezwungenermaßen derjenige zu sein, dessen vernichtendes Urteil ihr geliebtes Kind für immer abstempelte. Was für ein himmelschreiendes Unrecht, welch abgrundtiefe Enttäuschung. Behindert.

Jetzt waren er und Ellen die Betroffenen.

1

Juni 1997

Carol Maxx' Hände auf der Sessellehne zitterten. Ellen musterte sie über den Schreibtisch hinweg und registrierte die Signale. Diesmal konnte sie keine blauen Flecken sehen. Offensichtlich gelang es Jeff immer besser, keine zu hinterlassen, jedenfalls nicht an auffälligen Stellen. Carol war kreidebleich im Gesicht und schluckte ununterbrochen. Sie schien nichts dagegen tun zu können.

»Die Idee mit dem eingeschränkten Umgangsverbot war nicht gut«, sagte Carol. »Das hat Jeff offensichtlich noch mehr gereizt. Gestern fiel ihm auf, dass Suzanne geschminkt war. Er hat ihr den Lippenstift weggenommen, das Gesicht voll geschmiert und gesagt, wenn sie so etwas noch einmal benutzt, würde er ihn ihr in die Nase stopfen. Er hat sie als vierzehnjähriges Flittchen bezeichnet.«

»Das hat er Suzanne ins Gesicht gesagt?«

»Ja. Dann bin ich dazwischengegangen. Da hat er mir den Arm auf den Rücken gedreht und mich an den Haaren nach hinten gerissen.«

»Hast du die Polizei geholt?«

Carol wurde rot. »Nein.«

»Aber wir hatten doch vereinbart, dass du bei der nächsten Gewaltanwendung unbedingt die Polizei holst. Er hat gegen die gerichtliche Anweisung verstoßen.«

Carol klammerte sich an ihren Sessel. »Jeff hat gesagt,

wenn ich noch einmal die Polizei einschalte, bringt er mich um.«

Ellen zwang sich innezuhalten, ehe sie antwortete. Carol tat ihr unendlich Leid, alle Carols dieser Welt, und je länger sie praktizierte, desto mehr begriff sie das ganze Ausmaß dieser Epidemie. Da draußen gab es eine ungeheure Anzahl von Männern, denen es Befriedigung verschaffte, ihre Liebsten emotional und physisch zu misshandeln – und ebenso viele Frauen, die sich nicht von ihnen trennen konnten oder es nicht wagten.

Eine Trennung war gefährlich, gefährlicher oft als das Bleiben. Dadurch verringerte sich die Liste der real existierenden Gefahren kein bisschen, im Gegenteil. Dann drohten sogar Dauerbeobachtung und Entführung. Justiz und Gesellschaft konnten nicht immer helfen. Eines war Ellen klar: Misshandelte Frauen trafen ihre Entscheidungen zu Gunsten des kleineren Übels. Angesichts des Risikos, dem ihr eigenes Leben und das ihrer Kinder ausgesetzt waren, konnten sie sich nicht den Luxus leisten, zwischen richtigen und falschen Entscheidungen abzuwägen. Das Gebot der Stunde lautete: auf Nummer Sicher gehen. Und für manche misshandelten Frauen hieß diese Sicherheitsstrategie zwangsweise, dort zu bleiben, wo sie die Stimmungsschwankungen des gewalttätigen Mannes überwachen und verhindern konnten, dass er mit den Kindern allein war.

»Wie soll es jetzt weitergehen? Was wäre dir am liebsten?«, fragte sie Carol. »Was genau?«

Carol stöhnte. In ihren Augen standen Tränen. »Ich wünsche mir, dass wir wieder so sind wie früher. Ich wünsche mir, dass er ein liebevoller und respektvoller Mensch ist. Ellen, ich weiß, das ist lächerlich, aber wie könnte ich nach allem, was Suzanne mitgemacht hat, zum Schluss auch noch die Familie spalten?«

»Du bist diejenige, die die Familie spaltet.«

»Man wird es mir in die Schuhe schieben. Weißt du, was ich mir wirklich wünsche? Ich möchte so gerne – so gerne aufhören, mir wie ein Idiot vorzukommen.«

»Wieso bist du ein Idiot?«, fragte Ellen geduldig.

»Das wissen wir doch beide. Weil ich in so etwas hineingeraten bin und jetzt festsitze. Weil ich es weiter zulasse.«

»So fühlst du dich, aber …« Ihre Worte hörten sich schal an. »Carol, was werde ich jetzt wohl sagen?«

Carol hob die Augen. Auf dem tränenüberströmten Gesicht zeichnete sich trotz allem ein schmales Lächeln ab. »›Sein Handeln kannst du nicht kontrollieren, sondern nur das, was du dagegen tust.‹«

»Gut gelernt. Also?«

»Also – sollte ich vermutlich härter an dem arbeiten, was ich dagegen tue.«

Ellen setzte sich zurück, streckte ihre Beine unter dem Schreibtisch aus und massierte ihre völlig verkrampften Oberschenkel.

Carol, eine viel versprechende Immobilienmaklerin, und Jeff waren Ellens Nachbarn. Sie hatte Ellen auf das Haus aufmerksam gemacht, das jetzt ihr und Kevin gehörte.

Im Laufe der beiden letzten Jahre hatte Ellen genug mitbekommen. Nun fürchtete sie, Jeff wäre im Stande, Carol umzubringen. Er hatte sie geschlagen, getreten und mit Gläsern nach ihr geworfen. Außerdem konnte er gut mit Schusswaffen umgehen.

Aber diesmal hatte er seiner Frau tatsächlich zum ersten Mal mit Mord gedroht.

»Carol«, sagte Ellen, »du weißt, dass ich dir nie vorschreibe, was du tun sollst, aber jetzt muss ich das. Was ich da höre, macht mich extrem nervös. Du musst Suzanne nehmen und Jeff verlassen. Wir werden für euch ein totales Umgangs- und Kontaktverbot erwirken.«

»Hirn *und* Titten. Und Charme. Wetten, Dolly hat nie in ihrem Leben 'ne Therapie gebraucht«, sagte Olga Balin.

Ellen hatte Mühe, sich auf Olgas Wellenlänge einzustellen. Die letzte Sitzung ging ihr nicht aus dem Kopf. Sie machte sich Sorgen und war nicht bei der Sache, denn Carol und Suzanne waren nicht sicher.

Ellen fragte Olga: »Würden Sie sich besser fühlen, wenn Sie herausfänden, ob das stimmt?«

Olga beugte sich vor. »Hat sie denn?«

Ellen lächelte verhalten. »Ich weiß es nicht.«

Stille. »Damit werden Sie mich nun zappeln lassen, oder?«, fragte Olga.

Ellen hatte drei berühmte Patienten. Eine davon war Olga. Allen war es unangenehm, sie in ihrer Praxis aufzusuchen, deshalb ging sie zu ihnen nach Hause.

Wenn Ellen manchmal an sich selbst zweifelte, überlegte sie, ob das der wahre Grund für ihre Beliebtheit sein könnte: nicht ihre Fähigkeiten als Therapeutin, sondern ihre Hausbesuche.

»Ich respektiere Dolly. Sie hat dem Rest von uns Türen geöffnet«, meinte Olga. »Wenn sie nur nicht so verdammt große Klasse wäre.«

Olga berührte ein Löwenmäulchen in einer Vase auf ihrem Schreibtisch. Ellen bestand bei Haussitzungen auf einer geschäftsmäßigen Umgebung. Bei Olga fanden sie immer in ihrem Büro statt, mit Blick auf einen wohl geordneten Hügelgarten. Zwischen Blumen, Notenblättern, Gitarren und anderem Zeug lag jede Menge Krimskrams aus der Countryszene herum. Typisch Olga, aufgemotzt und elegant zugleich. Nach Ellens Ansicht konnte sich Olga in jeder Hinsicht neben Dolly behaupten, aber wenn dies auch Olgas Sicht der Dinge gewesen wäre, hätte sie Ellen nicht gebraucht.

»Sie stellt ein unmögliches Ideal dar«, sagte Olga, »unerreichbar für jeden.« Sie musterte Ellen, die wiederum sie musterte. »Okay, unerreichbar *für mich.*«

Ellen sagte: »Möchten Sie wirklich Ihr Geld für ein Gespräch über Dolly verschwenden? Wie waren diese Woche Ihre Quoten?«

Olgas Gesichtsausdruck wechselte. Ein Anflug von Melancholie zeichnete sich ab. Das passierte immer, sobald sie über ihre Phobie reden musste.

»Am Wochenende nicht schlecht. Sonntagabend hab ich 'ne gute Acht geschafft, da waren ein paar Leute bei mir. Wir haben uns zusammengesetzt und zum Schluss über Mariah Carey getratscht, und das hat mich abgelenkt. Dienstagabend war mies.« Olga holte tief Luft.

»Petals freier Abend.«

»Mhm. Beinahe hätte ich sie gebeten, sie soll nicht weggehen.«

»Aber Sie haben's nicht getan?«

Olga schüttelte den Kopf.

Ellen streckte den Daumen nach oben, Olga lächelte unsicher. Wenn sie allein war, litt sie unter heftigen Angstattacken. Schuld daran war ihre Panikstörung. Als Ellen vor einem Jahr mit der Therapie angefangen hatte, konnte Olga nur dann schlafen, wenn ihre Haushälterin bei ihr im Zimmer schlief. Ohne Gesellschaft konnte sie weder essen noch fernsehen.

»Und wie schlecht waren Ihre Quoten?«

»Kaum hatte Petal die Tür zugemacht, dachte ich, ich müsste sterben. Ich bin wieder rausgegangen, weil nebenan ein Gärtner gearbeitet hat. Bis er ging, bin ich draußen geblieben.«

»Und dann? Sind Sie essen gegangen?«

»Ja, aber ich wollte nicht wieder heim. Ich hatte schon mein Handy eingeschaltet und wollte ein Hotelzimmer bestellen, aber dann hab ich mir's anders überlegt und bin nach Hause.«

»Super, Olga!«

Nach der Sitzung begleitete Olga Ellen zur Haustür.

»Bis nächsten Donnerstag«, sagte Ellen.

»Ach, ehe ich's vergesse, könnten wir uns eine Stunde früher treffen? Um drei viertel zehn? Ich muss zu einer Aufnahme nach New York.«

Ellen zog ihren Zeitplaner heraus. »Nein, tut mir Leid, da bin ich besetzt. Wie wär's am selben Tag, aber später? Halb sechs?«

»In Ordnung.«

Als Ellen auf dem Rückweg in die Stadt den SeaVista Hill hinunterfuhr, bot sich ihr der schönste Blick von ganz Eastport: Möwen sausten im Sturzflug über die Wellenkämme, die sich schäumend an den Felsklippen brachen.

Liam liebte Tiere, genau wie sie, ob mit Flügeln oder ohne. Für sein Aquarium im Kinderzimmer hatte sie ihm ein paar Seepferdchen versprochen. Die Zoohandlung in der Stadt hatte sicher welche, und danach würde sie Maiskolben fürs Abendessen einkaufen. Aber vorher musste sie erst noch mal in die Praxis, um ihre Notizen über Carols und Olgas Sitzungen auf Band zu sprechen.

Es hätte Spaß gemacht, wenn Liam die Seepferdchen selbst hätte aussuchen können, aber seine Tagesschule endete erst um fünf. Außerdem sah man es dort nicht gern, wenn die Kinder Teile des Programms verpassten.

Für Ellen spielte es keine Rolle, wenn Liam nicht das begabteste hörbehinderte Kleinkind von ganz Fairfield County wäre, ganz im Gegensatz zu Kevin, das spürte sie. Und vermutlich war es eines Tages auch für Liam wichtig.

Kevins Lieblingspatientin war Adeline Zoff, eine pensionierte Endsechzigerin, Architektin und aufgeweckt wie ein Eichhörnchen. Sie war schon lange Witwe und genoss ihre Unabhängigkeit. Vor zwei Dingen hatte sie panische Angst: als hilflose alte Dame zu gelten und den grünen Star zu bekommen, wie ihre verstorbene Schwester Betsy.

Kevin saß mit ihr im Untersuchungszimmer. Schon an ihrem lieben entsetzten Gesicht konnte er ablesen, dass für sie bereits alles feststand. Sie hatte grünen Star. Ihre Sicht wurde immer verschwommener und nächtliches Autofahren allmählich unmöglich.

Trotzdem handelte es sich nicht um ein Glaukom, sondern um eine Maculadystrophie. Und das war noch schlimmer, denn er konnte absolut nichts für sie tun.

Kevin saß. Stehen wirkte bedrohlich. Und da die Patienten beim Arzt ohnehin schon genug eingeschüchtert waren, zog er es vor, den Kontrast nicht auch noch physisch zu betonen. Er musste Adeline die Diagnose mitteilen. Dazu musste er ihre Hand halten und es ihr mit leiser Stimme sagen.

Am liebsten hätte er seine Krankenschwester Laurie hereingebeten. Das machten nicht nur Frauenärzte, die keine Prozesse wegen sexueller Belästigung am Hals haben wollten. Wenn man bei Patienten heftige emotionale Reaktionen erwarten musste, war es vernünftig, Verstärkung zu holen.

Aber bei Adeline konnte er sich nicht drücken, das musste er selbst durchstehen, ganz allein.

Ellens Praxis in Eastport bestand aus zwei Räumen im Dachgeschoss eines gemütlichen Holzhauses, das hinter dem Bürgerhaus in einer Straße mit vielen Gärten lag. Als sie ihr Diktiergerät herauszog, hörte sie auf der Außentreppe, die nur zu ihrer Praxis führte, plötzlich Schritte. Dann klopfte es laut.

Sie schaute durch den Spion. Draußen stand Jeff Maxx. Die Linse verzerrte seine großen dunklen Augen mit den dichten Wimpern.

Ellens Magen krampfte sich zusammen.

»Ja?«, sagte sie.

»Ich bin's, Jeff. Jeff Maxx. Ich möchte mit Ihnen reden.«

»Ich kann jetzt nicht.«

»Ellen, machen Sie die Tür auf.«

»Nein, Sie können nicht einfach hier auftauchen und erwarten, dass ich Sie hereinlasse«, sagte Ellen.

Zu ihrem Entsetzen drehte sich der Türknopf. Ihr dämmerte, dass sie vergessen hatte abzuschließen. Eigentlich hatte sie nur ein paar Minuten bleiben wollen. Hastig versuchte sie, das Versäumte nachzuholen, aber die Tür war schon offen.

Jeff Maxx stand im verwaschenen blauen Trainingsanzug und einer Red-Sox-Kappe in ihrer Praxis. Seine tiefschwarzen Haare wurden langsam schütter. Seine Arme waren dicht behaart und auch aus dem Pulliausschnitt quoll es hervor.

»Was für einen Bockmist erzählen Sie da meiner Frau?«, wollte er wissen. »Sie soll Suzanne packen und abhauen?«

Ellen sagte: »Sie befinden sich gegen meinen Willen in meiner Praxis. Sie müssen gehen.«

Er streckte ihr die Hände entgegen. Auf seinen Fingern sprossen Haarbüschel. »Ich habe Ihnen eine Frage gestellt.«

»Wenn Sie mit mir reden möchten, können Sie telefonieren oder einen Termin vereinbaren. Sie haben sich soeben mit Gewalt Zutritt verschafft. Wenn Sie nicht gehen, rufe ich die Polizei.«

»Scheiße.«

»Gehen Sie jetzt, bitte.«

Er starrte sie an. Seine schwarzen Augen wirkten stumpf. »Und wenn ich tatsächlich einen Termin ausmache? Was passiert dann? Werden Sie mit mir reden?«

»Nur so lange, bis ich Ihnen mitgeteilt habe, dass Carol meine Patientin ist und ich mich ohne ihre Zustimmung nicht mit Ihnen unterhalten kann.«

Noch immer sah er sie unverwandt an. Seine Augen zogen ihr die Haut wie Säure ab. Sie war sicher, dass er ihre Angst sehen konnte. Ihr Herz pochte wie ein Spielautomat. Ob er eine Pistole dabeihatte?

Unter ihrer Schreibtischplatte befand sich ein Alarmknopf auf der obersten rechten Schublade, der direkt mit der Polizeistation in Eastport verbunden war. Aber um ihn zu erreichen, musste sie erst einmal zu ihrem Schreibtisch gehen. Leider wagte sie keine plötzliche Bewegung.

Jeff sagte: »Wie wär's mit meiner Version der Geschichte? Das Zeug, das Ihnen Carol nicht erzählt? Ihr ganzer Mist –«

»*Jeff*, ich kann verstehen, dass Sie eigene Probleme haben, aber ich bin Carols Therapeutin und kann nicht ohne ihr Wissen mit Ihnen reden.« Sie beobachtete sein Gesicht. Der Rückzug ins Psychologenkauderwelsch schien ihn etwas zu besänftigen. »Klingt, als hätten Sie selbst Probleme.«

»Ich? Ich habe kein Problem. Und auf eines kann ich garantiert verzichten: dass Sie mir welche machen.«

Er kam einen Schritt näher. Sie wich zurück. Wenn es so weiterging, käme sie doch noch an den Alarmknopf.

Sie sagte: »Jeff, ich muss darauf bestehen, dass Sie gehen.« Wieder ein Schritt, wieder einer für sie.

Sein Mund war verzerrt, er hatte die Hände geballt. Er wollte gerade sprechen, da klingelte das Telefon. Durch das Geräusch verlor er anscheinend den Faden. Beim dritten Klingeln war er schon zur Tür hinaus. Seine Arbeitsstiefel polterten die Stufen hinunter. Sie ließ den Anrufbeantworter laufen, ging zum Fenster, atmete erleichtert tief aus und schaute zu, wie er in seinen roten Landrover kletterte und davonschoss.

Nachdem Adeline fort war, wäre Kevin am liebsten spazieren gegangen, um ein wenig Sonne zu tanken.

»Sie sind fast eine Stunde im Verzug«, flüsterte Laurie.

»Ich weiß, aber ich bin wie erschlagen. In zehn Minuten bin ich wieder da.«

Er lief den Weg am Saugatuck entlang. Bewusst setzte er jeden Fuß auf den Asphalt. Nicht lange. Bald ging er in die Praxis zurück und notierte sich Adelines Nummer aus dem Rolodex.

Kevins Mutter, Barbara Stewart, lebte noch, aber vor vier Monaten war ihre Zwillingsschwester, Kevins Tante Georgia, an Lymphknotenkrebs gestorben. Barbaras Umgang mit dem Tod erinnerte Kevin an das Verhalten eines Blauhähers, den er einmal beobachtet hatte, als ein Falke seinen Partner schlug. Sie putzte weiter ihre Schuhe und ging einkaufen, als ob nichts geschehen wäre.

Nur Kevin hatte als Einziger durch Georgias Augen in den schwarzen Tunnel gesehen, der sie erwartete. Er hatte verfolgt, wie sich das Leugnen in Entsetzen und schließlich in eiskaltes Wissen verwandelte, aber nie in Akzeptanz. Angeblich erreichen Sterbende einen heiligen mentalen Zustand des Bereitseins, aber Kevin wusste, dass diese Mythen Blödsinn waren, den sich Ärzte vorsagten, um das Ganze erträglich zu machen.

Er würde sein Bestes tun, um für Adeline den Schrecken abzufedern oder sie wenigstens nicht damit allein zu lassen.

Als Ellen heimkam, war der Landrover nirgends zu sehen. Sie hatte überlegt, ob sie Kevin den Vorfall mit Jeff erzählen sollte, und sich schließlich dagegen entschieden. Letztlich betraf dieses Gedankenspiel doch nur sie als Ehefrau. So etwas wäre weder fair gegenüber ihrer Patientin noch gegenüber Kevin.

Sie war schon früher auf feindselige erboste Ehemänner und Partner gestoßen. Mehrmals hatte man ihr gedroht. Das gehörte zu ihrem Beruf. Meistens handelte es sich um Maulhelden und klassische Rüpel, viel Wind und nichts dahinter.

Wenn Carol mit Suzanne fortging, wäre ihr sehr viel wohler

zu Mute, aber das konnte sie nicht erzwingen. Die Entscheidung lag bei Carol.

Inzwischen musste sie sich vor Überreaktionen hüten, nur weil gerade dieser Rüpel ihr Nachbar war.

Solange er sich auf verbale Attacken beschränkte.

Liam besaß einen kleinen Liegestuhl, eine Miniaturausgabe von Ellens und Kevins Liegestühlen, den er am liebsten so nahe wie möglich ans Wasser setzte.

Dieses Tauziehen gab es jeden Abend nach der Arbeit. Dann trugen alle drei Stewarts ihre Stühle auf den Teil des Strandes, den sie mit fünf anderen Familien teilten. Auf dieses vorabendliche Intermezzo freute sich Ellen schon den ganzen Tag, einschließlich des Geplänkels und allem.

»Iii!«, sagte Liam bestimmt und ließ seinen Stuhl fünf Zentimeter vor der Gezeitengrenze fallen.

Ellen nickte, und Liam schaute so skeptisch, wie es nur Zweijährige können. Sie konnte seine Gedanken lesen: Hätte er doch nur um ein Stückchen näher dran gebettelt. Aber das Wasser war die Grenze, egal ob Flut oder Ebbe, und heute herrschte eben Ebbe. Doch das begriff er nicht, nicht einmal, wenn er hören könnte. Trotzdem beschlich sie ein schlechtes Gewissen, denn Widersprüche stellten nach Meinung sämtlicher Pädagogikratgeber die schlimmste Sünde dar.

Kevin, der ihre Gedanken las, sagte: »Dagegen bist du machtlos.«

Ellen lachte.

Kevin reichte ihr ein Glas Wein. Liam zog geschäftig seine Sandalen aus. Glucksend ließ er die kleinen Wellen über seine Füße spülen, ohne seine Eltern anzuschauen. Er verstand es schon jetzt meisterhaft, jede disziplinarische Maßnahme zu vermeiden.

Er hatte Ellens kupferroten üppig-glatten Haarschopf geerbt

und von seinem Vater einen langen Rumpf und lange Beine. Beides zeichnete sich trotz seines Alters schon deutlich ab. Mit seinem strahlenden Lächeln konnte er sogar die Betreuer in der Vorschule becircen, die so stolz auf ihr Gleichheitsprinzip waren. Er wusste nicht, dass er behindert war. Er war kräftig und selbstbewusst und verfügte über eine unbändige Neugier, von der sich Ellen viel für seine Zukunft erhoffte.

»Wie war dein Tag?«, wollte Kevin von ihr wissen, während er es sich in seinem Stuhl bequem machte.

»Ziemlich gut. Ich habe zwei neue Patienten, die gemeinsam kommen, Vater und Tochter. Er ist Polizist in Greenwich. Das Mädchen ist fünfzehn. Er versorgt sie und ihre jüngere Schwester. Gefühlsmäßig ist bei ihm alles in Ordung, er ist nur viel zu dominant. Korrigiert alles, was sie sagt und tut. Er muss lernen loszulassen. Sie spielt das Fräulein Tunichtgut, weil das die einzige Rolle ist, die ihr bleibt.«

»Wird er sich darauf einlassen?«

»Zuerst war ich skeptisch. Hat mich um meine Meinung gefragt, hat allem zugestimmt und ist dann abgehauen. Heute waren sie vor Gericht, weil er sie wegen Erregung öffentlichen Ärgernisses belangen lässt. Aber dann hat er eine halbe Stunde später angerufen und gefragt: ›Glauben Sie wirklich, dass ich zu hart bin?‹«

»Gut für ihn.«

»Tja.«

Kevin war still, sein Blick ging ins Leere. »Ich hatte heute einen harten Tag«, sagte er. »Adeline Zoff. Ihr geht's ziemlich schlecht.«

»Der prächtigen alten Dame? Was ist schief gelaufen?«

»Maculadystrophie.«

Ellen setzte ihr Glas ab. »O Gott.«

Kevin hatte die Hände verkrampft. »Ich hätte mich so gern geirrt. Es hat mich umgebracht, als ich's ihr erzählen musste.

Und du weißt ja, wie tapfer sie ist. Heute allerdings nicht. Sie hat geweint und geweint. Ich habe versucht, sie zu überreden, noch eine Weile sitzen zu bleiben, aber sie wollte unbedingt gehen.«

»Wie lange noch, bis sie gar nichts mehr sehen kann?«

»Sechs bis acht Monate, aber der Zustand wird sich rapide verschlechtern. Jede Woche wird es schlimmer. Sie kann unmöglich länger allein leben.«

»Ach, arme Adeline.«

»Ich weiß nicht, was ich ihr raten soll. Ich lasse Laurie nach betreuten Wohnmöglichkeiten suchen.«

»So etwas kostet ungefähr dreitausend im Monat.«

»Dann kommt es nicht in Frage.«

Nach einigen Minuten meinte Ellen: »Ich kenne die Geschäftsführerin vom Easton Inn. Das ist ein hübsches Heim mit aufgeweckten selbstständigen Senioren, genau wie Adeline.«

»Teuer?«

»Ja, *außerdem* werden dort keine Blinden aufgenommen. Aber vielleicht macht Vela für eine charmante Person wie Adeline eine Ausnahme. Und obendrein gibt es Zuschüsse, wenn man weiß, wie man drankommt. Weißt du was? Ich werde Vela gleich mal anrufen.«

»Ich habe sie daheim erwischt«, sagte Ellen, als sie einige Minuten später wieder zum Strand kam. »Sie ist mit einem Treffen einverstanden.«

»Phantastisch.« Zum ersten Mal an diesem Abend grinste Kevin. »Das macht mir Hoffnung. Danke für den Anruf. Woher kennst du sie eigentlich?«

Ellen zuckte mit der Schulter. »Das amerikanische Frauennetz.«

Sie schauten zu, wie Liam an der Wasserkante herumhüpfte.

Die heimischen Möwen waren arrogant und wichen dem sich nähernden Kind, das sie als einen der ihren betrachteten, nur Zentimeter aus.

Kevin sagte: »Die Vögel denken, er sei einer von ihnen.«

»Er ist zu klein, um bedrohlich zu wirken. Und außerdem ist er…« Sie hielt inne. Eigentlich hatte sie *nicht verbal* sagen wollen, aber Kevin hasste es, wenn über Liam im Fachjargon gesprochen wurde. Außerdem wäre es auch nicht korrekt, denn erstaunlicherweise konnte Liam viele Wörter aus allen Bereichen begreifen, obwohl er die Laute nicht so wiedergab wie sie. Letzteres hatte sich, entgegen Ellens Erwartungen, als wesentlich geringere Barriere entpuppt. Kommunikation war möglich, nur auf andere Art und Weise.

»Was ist er?«, fragte Kevin.

»Respektvoll.«

»Das haben Kinder mit Jungtieren gemein, nicht wahr? Beide sind kleiner als alle, die den Ton angeben. Also müssen sie sich auf ihre Weise schützen.«

»Und sich auch so äußern.«

Kevin runzelte leicht die Stirn, um seine Mundwinkel zuckte es.

Fein, dachte Ellen, jetzt bist du trotzdem mitten hineingetappt. Hat eben nur etwas länger gedauert.

»Bu-fei!«, rief Liam mit rauer Kehlkopfstimme von seinem kleinen Stuhl herüber, drehte sich um und tippte sich an die Nase.

»Ja«, sagte Ellen, »ich kann das Brutzelfleisch auch riechen.«

»Uh?«, fragte Liam.

»Für uns, stimmt.«

Er strahlte übers ganze Gesicht. »Bu-fei! Bu-fei!«

Kevin lachte, nahm Ellens Hand und küsste sie.

Sie sagte: »Ich habe das Fleisch in die Thai-Marinade eingelegt, die du gekauft hast.«

»Nur in die Marinade?«

»Größtenteils.«

»Also, ja oder nein? Du hast noch Gewürze dazugegeben, stimmt's?«

Sie lachte. »Ja.«

Wieder küsste er ihr die Hand. »Liam wird an seinem vierten Geburtstag keine Speiseröhre mehr haben.«

»Und wer behauptet, dass er eine braucht?«

»Eins zu null für dich.«

Mit einem verstohlenen Blick vergewisserte sich Liam, dass sie nicht zu ihm hinüberschauten, ehe er seinen Stuhl näher ans Wasser schleppte, und dann noch ein Stückchen. Eine kleine Welle strudelte ihm sanft um die Füße. Als er strampelte, beförderte er eine Muschel aus dem Sand. Er hob sie auf und hielt sie sich prüfend vors Gesicht. Zwei Möwen beobachteten ihn hungrig.

Als Liam die Muschel in den Mund stecken wollte, sprang Kevin auf. »Schatz, das ist nichts zum Essen.« Mit einem Arm hob er Liam hoch und entwand ihm sachte die Muschel.

Ellen putzte Liam den Sand von Mund und Händen. Ein bisschen war auf die Zunge gekommen. Er verzog das Gesicht und versuchte, ihn auszuspucken.

»Pfui bä, was?«, meinte Ellen, während sie ihm mit dem kleinen Finger die Zunge abrieb. »Den Vögeln ist's egal, im Gegensatz zu uns. Aber vielleicht mögen sie auch keinen Sand im Mund, vielleicht holen ihn Mama und Papa Möwe heraus.«

Liam spuckte ein letztes Mal aus, dann verzog er wieder das Gesicht. Kevin drückte ihn an sich. »Ist ja gut, Murkel, dein Schnabel ist sauber.«

»Ich werde jetzt mal das Steak auf den Grill legen«, meinte Ellen zu Kevin.

»Das mache ich.« Er setzte Liam ab. »Möchtest du noch einen Schluck Wein?«

»Klar. Bring die Flasche mit heraus, und dreh bitte die Flamme unter dem Maistopf höher.«

Sie schaute Kevin nach, wie er den Strand hinauftrabte und über die kleine Privatstraße zu ihrem Haus lief. Es handelte sich um einen für Neuengland typischen Küstenbau aus grauen Holzschindeln mit strahlend weißen Zierleisten, der von außen täuschend traditionell wirkte. Sie hatten es vor zwei Jahren gekauft. Carol Maxx war damals ganz neu als Patientin bei Ellen gewesen und hatte ihr den Tipp gegeben, dass gleich nebenan ein erstklassiges Objekt auf den Markt käme.

Wie fast alles in Eastport ging so etwas immer schnell weg. Als charmante Küstenstadt mit vielen berühmten Einwohnern, von der man zum Arbeiten nach New York fahren konnte, war sie für viele attraktiv, für Rockstars und auch für gut verdienende erfolgreiche Spezialisten wie Ellen und Kevin.

Umgehend hatten sie sich das Haus für den geforderten Preis von 995.000 Dollar gesichert, ein echtes Schnäppchen für einen soliden Bau mit vier Schlafzimmern und Blick auf den Sund. Von den sechs Anwesen der kleinen Siedlung, die unter dem Namen Sandpiper Beach bekannt war, hatten nur die Häuser der Familien Maxx und Stewart einen direkten Meerblick. Mit Ausnahme der Anwohner benützte niemand die kleine Ringstraße, die von der Hansen Road abging und dort wieder einmündete.

Eine weitere halbe Million hatten Ellen und Kevin in die Renovierung gesteckt. Nun besaß das Gebäude eine atemberaubende Innenarchitektur mit elektronisch gesteuerten Duschen und Whirlpools und einer hohen Küche mit Glasdach. Auf den Arbeitsflächen waren Fliesen verlegt, die sie während eines Tauchurlaubs in Mexiko gesammelt hatten. In Liams Spielzimmer hatten sie aus pädagogischen Gründen ein kindersicheres Aquarium mit lebenden Skalaren, Guppys und einem winzigen Tintenfisch namens Pedro eingebaut.

Ellen trank ihr Weinglas aus und schaute Liam zu, der seinerseits eine Kanadagans beobachtete. Sie war herbeigewatschelt, nachdem die Möwen aufgeflogen waren, um nach gewagten Tauchmanövern das Pflaster mit Meeresschätzen zu bombardieren. Die Gans stieß einen Schrei aus. Liam versuchte zu antworten, aber vermutlich dachte er nur, er hätte es getan, denn es war kein Laut zu hören. Obwohl er bereits an einem Lernprogramm für hörbehinderte Babys und Kleinkinder teilnahm und nach Ansicht seiner Lehrer ein echtes Ass war, frustrierte es ihn, Laute zu bilden, wenn er nicht wissen konnte, wie sie sich anhörten.

Eine von Liams Lehrerinnen war Patientin bei Ellen, eine große feingliedrige gutmütige Frau. Ganz nervös war Martie Vasco auf Ellen zugegangen, nachdem ein Artikel in den *Eastport News* Ellen als Psychotherapeutin schilderte, die sich auf Gewalt in der Familie spezialisiert hatte.

»Hoffentlich macht es nichts aus, dass ich Liams Lehrerin bin«, hatte Martie gesagt, »aber ich brauche wirklich dringend Hilfe.«

Ellen hatte es nicht übers Herz gebracht, sie abzuweisen. Sie hatte blaue Flecken auf dem Bauch und am Kopf, versteckte Stellen, die erfahrene Frauenhasser bevorzugten. Sie sprach so leise, dass es nur kleine Kinder hören konnten.

Obwohl Martie inzwischen schon drei Monate bei Ellen in Behandlung war, kamen sie nicht weiter. Martie lebte von ihrem Mann getrennt, war aber enttäuscht, dass Raymond sie in Ruhe gelassen hatte, und wäre am liebsten wieder zurückgegangen. Vergeblich hatte Ellen nach einem Weg gesucht, diese Bindung zu unterbrechen.

Da kam ihr eine Idee: Was wäre, wenn sie Martie ein kleines Stückchen Leben ohne Raymond zeigen würde? Oder noch besser, wenn sie Martie helfen würde, es selbst zu tun? Was wäre, wenn sie dafür ein Rezept ausstellen würde?

Jawohl, dachte Ellen. Nur ein Taschenspielertrick, aber solche Tricks haben schon funktioniert. Sie würde auf ihrem Rezeptblock eine Dosis ... eine Dosis ... einen Besuch im Beardsley Zoo verschreiben. Nein, nichts so nahe Liegendes. Einen Wochenendtrip, den Martie ganz allein bewältigen musste. Etwas mit Natur und viel frischer Luft.

Provincetown. Die Bootsfahrt, um Wale zu beobachten.

Aus dem Augenwinkel heraus nahm Ellen einen schwarzweißen Blitz wahr, drehte sich um und sah die Gans flüchten, dicht gefolgt von Liam, der sie den Strand hinaufjagte.

Sie sprang auf und rannte hinter ihm her. »Liam! Halt!«

Aber da er sie nicht anschaute, konnte er sie nicht hören. Während die Gans an Höhe gewann, näherte er sich der kleinen Straße.

»*Liam!*«

Gleich würde Kevin herauskommen, ganz gewiss, das Steak läge auf dem Grill, und das Wasser für den Mais würde kochen. Jede Sekunde würde sie ihn sehen, wie er mit der Weinflasche zurückkam. Er würde Liam abfangen, in die Arme reißen, und ihr Herz würde wieder an seinen angestammten Platz rutschen. Nein, hier fuhren keine Autos, nur ganz selten, und dann auch nur, wenn man in die Hauptstraße einbog. Aber ein Zweijähriger, ein tauber Zweijähriger. Man konnte nie wissen, was passiert ...

Plötzlich tauchte am linken Rand von Ellens Blickfeld das Unmögliche auf – ein Auto. Schwarz-weiß, wie die Gans, ein Polizeiauto. Räder gruben sich knirschend in die sandige Straße, Split spritzte hoch.

»HALT!«, schrie Ellen alle an. »HALTHALTHALTHALT!«

Aber die Gans und Liam und das Auto bewegten sich weiter, und dann konnte sie ihr Baby nicht mehr sehen.

2

Ellen saß auf Liams Bett in der Kinderintensivstation des St.-Markus-Krankenhauses in Stamford und massierte unentwegt ihre Hände mit einer Lotion aus einem Fläschchen, das sie immer in ihrer Handtasche trug. Offensichtlich konnte sie nicht damit aufhören. Sie hatte versucht, Liams gesunden Arm damit einzucremen, aber die Krankenschwester hatte ihr erneut klargemacht, es sei am besten, ihn ganz ruhig liegen zu lassen.

Kevin kam wieder herein. Er war draußen im Gang gewesen und hatte mit zwei Kriminalbeamten aus Eastport gesprochen. Er schaute zu seinem Sohn hinunter und sackte in die Knie.

Leise atmete das Kind stoßweise durch die verletzten Lippen, die teilweise dreimal so stark geschwollen waren wie normal. Im Mundwinkel hatte sich eine Blutkruste gebildet. Auf der ganzen rechten Seite zogen sich tiefe Schürfwunden über Stirn, Wange, Schulter, Arme und Bein. Zwischen dem Verbandsmull glänzte eine dicke Salbenschicht, während an anderen Stellen eine wässrigrote Flüssigkeit heraussuppte.

Kevin hatte einen Kinderneurologen hinzugezogen, aber das Einzige, was er ihm und Ellen nach Liams Untersuchung erzählen konnte, wussten sie bereits: Liams starre Pupillen und sein apathischer Zustand waren auf einen erhöhten Gehirndruck zurückzuführen, der erst behandelt werden konnte, nachdem sich sein Zustand stabilisiert hatte. Und das war höchst ungewiss.

Kevin tastete nach Ellens Hand. Ihre Finger verkrallten sich ineinander.

»Die Kriminalbeamten möchten dich sprechen«, sagte Kevin.

Sie schüttelte den Kopf.

»Mach schon, geh raus, trink einen Kaffee. Du brauchst ihn.«

Sie ließ Kevins Hand fallen und kämpfte gegen den Zwang an, in ihrer Tasche nach der Cremeflasche zu suchen. »Haben sie Pallas verhaftet?«

»Nein«, sagte Kevin, ohne sie anzusehen.

»Können sie ihn nicht finden?«

»Sie haben ihn gefunden. Er behauptet, er sei's nicht gewesen.«

»*Was?*«, fragte Ellen laut. Die Krankenschwester, die sie daran gehindert hatte, Liam zu massieren, machte eine beschwichtigende Geste.

»Er sei nicht in der Nähe von Sandpiper gewesen, behauptet er.«

»Er lügt! Ich kenne Peter Pallas! Ich weiß, dass er es war!«

Kevin nickte. »Dann geh raus und erzähl's den Beamten.«

»Ich will aber nicht weg.«

»Du musst.« Er drehte sich um und schaute sie mit einem Blick voller Zuneigung und Mitleid an. Sein Kummer war so tief, dass seine Augen darin versanken. »Du musst.«

Die Beamten Jason Landrin und Maggie Dolce standen draußen im Flur vor der Intensivstation. Ellen kannte beide, besonders Landrin. Er hatte Fälle bearbeitet, an denen zwei ihrer Patienten beteiligt gewesen waren.

Kaum hatte Jason sie gesehen, kam er auf sie zu und umarmte sie herzlich.

Ellen hatte keinen Funken Energie mehr, nur Jasons kräftige Arme hielten sie noch aufrecht. Er spürte ihre Erschöpfung und half ihr auf einen Stuhl.

»Es tut uns Leid«, sagte Maggie. »Ich möchte nicht behaupten, ich wüsste, wie Sie sich fühlen, denn ich weiß es nicht. Es muss schrecklich sein.«

»Ist es«, sagte Ellen, »es ist schrecklich.« Ihre Hände flatterten. »Was ist mit Peter Pallas? Warum hat man ihn nicht verhaftet?«

»Darauf werden wir noch zu sprechen kommen. Sie wissen doch, dass wir miteinander reden müssen«, sagte Jason leise. »Wir können die Sache nicht aufschieben, das wissen Sie.«

Ellen nickte. Sie holte so tief wie möglich Luft, atmete langsam wieder aus und massierte ihren schmerzenden Nacken. Es stach wie mit Nadeln. Durch das stundenlange starre Sitzen auf Liams Bett hatte sich alles verkrampft.

»Möchten Sie ein Wasser? Oder Kaffee?«, fragte Jason.

»Kaffee. Danke.«

»Milch und Zucker?«

»Nur Milch.«

Während Jason am Automaten vor dem Flur Kaffee holte, zog Maggie einen Stuhl heran, setzte sich neben Ellen und zog aus einer Tasche ihres schwarz-braun gestreiften Rocks ein Notizbuch mit Kugelschreiber.

»Entschuldigung, dass Sie alles noch einmal wiederholen müssen«, sagte Maggie.

»Das einzige Problem ist, dass ich mich nur ungern von Liam trenne. Außerdem habe ich doch schon alles Wissenswerte ausgesagt. Egal, was Pallas behauptet, er war es.«

»Ich verstehe.«

Jason kam mit einem Pappbecher voll Kaffee zurück. Er war groß, breitschultrig und hatte den muskulösen Hals eines Sportlers. Seine kurzen dunklen Haare lichteten sich am Oberkopf. Der Becher hatte keinen Deckel.

»Ich verschütte keinen Kaffee, schließlich bin ich Polizist«, sagte er, während er ihn Ellen reichte. Er schleppte noch einen Stuhl herüber und meinte dann: »Wie wär's, wenn Sie uns einfach nur erzählen, was passiert ist? Fangen Sie irgendwo an, wo Sie wollen, und tun Sie so, als wüssten wir noch gar nichts.«

»Aber das stimmt doch nicht. Ich habe es den Polizisten erzählt, die gekommen sind. Jedem haben wir's erzählt. Officer Pallas hat mein Kind überfahren.«

Unbewusst trank Ellen einen großen Schluck Kaffee und verbrannte sich den Mund. Dabei fiel ihr wieder ein, wie sie heute Abend mit Kevin über Liams Speiseröhre gewitzelt hatte. Hundert Jahre war das her. Damals, als ihr aller Leben noch nicht am seidenen Faden hing.

Tränen liefen ihr übers Gesicht auf das längst durchweichte Sweatshirt mit den angetrockneten Blutflecken. Liams Blut. Nur an den Stellen, auf die Ellens Tränen gefallen waren, schimmerte es nass.

Jason sagte: »Damit zäumen wir das Pferd von hinten auf. Sie müssen uns über alles aufklären, was vorher passiert ist.«

Ellen musterte zuerst Jason, dann Maggie. Schon wieder fühlten sich ihre pochenden Hände trocken an. Sie wollten nur eines: ihren Sohn berühren, seine beruhigende Wärme spüren. Sie musste die Geräusche hören, die er von sich gab, und sehnte sich mit jeder Faser danach, wieder auf der Intensivstation zu sein.

Jason beugte sich zu ihr. »Bitte, Ellen, wir wollen dasselbe wie Sie.«

Ellen klammerte sich an die mit Kunstleder bezogenen Stuhlarme. »Wir haben am Strand gesessen, Liam, Kevin und ich. Bei schönem Wetter machen wir das jeden Abend und manchmal sogar, wenn's nicht so schön ist. Liam liebt den Regen. Er hat einen kleinen Schirm mit Figuren aus dem König der Löwen –«

Noch mehr Tränen. Maggie zog ein Päckchen Tempo aus der anderen Rocktasche und gab es Ellen.

Ellen nahm ein Taschentuch heraus, aber nur, um sich daran festzuhalten, während Worte und Tränen nur so aus ihr herausströmten.

»Liam war… Da war eine Gans, sie hat geschnattert, und Liam versuchte… zu antworten… aber…« Sie massierte sich den Nacken. »Strandvögel ziehen ihn magisch an. Sie…«

Ellen hielt inne. Ihr Blick wanderte nach unten, als hätte sie den Faden verloren.

Jason sagte: »Sie sind mit Liam am Strand. Wo ist Kevin?«

Sie schaute auf. Es dauerte lange, bis sie sich wieder konzentrieren konnte. »Im – im Haus. Er wollte das Steak auf den Grill legen.«

Jason nickte. »Fahren Sie fort.«

»Ich habe… über eine Patientin nachgedacht, die heute bei mir war. Ich hatte nicht gemerkt, dass Liam hinter der Gans her rannte. Und als ich's dann doch gesehen habe, bin ich aufgesprungen und –« Sie holte tief Luft. Da lag dieser Klumpen in ihrer Brust, die unerträgliche Erinnerung an das, was dann geschah bzw. nicht geschah: das Auto und ihr Kind und sie selbst nicht nahe genug und Kevin immer noch im Haus.

»Ich habe ihn angeschrien, aber er konnte nicht hören, kann nicht hören, und ich lief und betete, dass Kevin da wäre, aber… Lieber Gott… Und dann war da das Auto, der Streifenwagen aus Eastport mit Peter Pallas am Steuer, und ich – ich konnte Liam nicht mehr sehen.«

Zwischen Schluchzen und Husten quollen die Wörter nur so aus ihr heraus. »Peter ist abgehauen, mit Vollgas. Liam war ganz voll Blut und – und voller Split und Sand, und ich habe ihn aufgehoben, obwohl ich wusste, dass ich's nicht tun sollte, aber ich musste es einfach tun. Dann habe ich ihn wieder hingelegt, weil er so still war, und da muss man flach liegen. Und ich lag leicht über ihm, damit ich seinen Atem und seinen Puls spüren konnte, und habe geschrien und geschrien, nach Kevin…«

»Und dann?«, wollte Maggie wissen.

»Kam er herausgerannt und lief auf die Straße. Und dann

haben wir vermutlich beide geweint und versucht, Liams Zustand einzuschätzen, aber das ging nicht. Kevin ist wieder reingerannt und hat 911 gewählt. Die Polizei war sofort da und eine Minute später der Krankenwagen. Das Notfallteam hat Liam bestens versorgt, ganz korrekt und liebevoll. Sie waren auch außer sich, das arme Kind …«

Ellen schnäuzte sich und putzte ihre Wangen ab.

»War sonst noch jemand in der Nähe? Nachbarn?«, wollte Jason wissen.

»Als der Krankenwagen kam.«

»Vorher nicht? Hat man Sie denn nicht schreien gehört?«

Ellen schüttelte den Kopf. Das tat wirklich weh. Im Schmerz lag etwas Tröstliches. Liam sollte nicht allein leiden.

»Dort ist niemand in Hörweite. In der Siedlung stehen sechs Häuser, aber alle auf mindestens viertausend Quadratmeter großen Grundstücken mit vielen Bäumen. Direkt zum Meer hinaus geht nur unser Haus und das der Familie Maxx, aber die waren nicht zu Hause.«

»Und doch sind Sie ziemlich sicher«, sagte Jason, »dass Sie Officer Pallas gesehen haben.«

»Ganz sicher.«

In die dann folgende Stille hinein sagte Ellen: »Es muss ihn doch noch jemand gesehen haben.«

»Wir konnten bisher niemanden finden.«

»Den Streifenwagen –«

»Hat keiner gesehen.« Jason beugte sich zu ihr und legte eine Hand auf ihren Stuhl. »Die Familien an der Hansen Road wurden genauso befragt wie die Anwohner von Sandpiper. Bis jetzt ohne Erfolg. Wir haben mit Pallas gesprochen, er behauptet, er hätte keine Ahnung. Am Auto sind keine Spuren zu sehen.«

Ellen starrte Jason an. Langsam stieg Eiseskälte aus ihrem Bauch hoch. Das alles musste ein Albtraum sein. Jasons letzte Bemerkung war einfach nur so dahergeredet. Solche realistischen Träume gab es manchmal, besonders nach zu viel Wein. Dann bildet man sich schreckliche Dinge ein und denkt beim Aufwachen, sie wären wirklich passiert, bis man das Ganze allmählich abschüttelt. Jede Sekunde würde sie aufwachen.

Maggie nahm Ellens Hand. »Ich muss Sie fragen: Sind Sie wirklich sicher, dass Sie Pallas gesehen haben? Ganz ehrlich?«

»Ja.«

Maggie schaute Ellen in die Augen. Trotz aller Intelligenz und Anteilnahme, die Ellen spürte, klang die Sprache fremd. Die Wörter stimmten nicht.

Ellen sagte: »Pallas kann doch nicht einfach … ein Kind überfahren und sagen, er hätte es nicht getan … und man glaubt ihm. Und er kommt frei. Das ist unmöglich, das kann es nicht geben.«

Maggie fragte: »Was hat Kevin noch im Haus gemacht, außer das Steak auf den Grill gelegt?«

»Nichts.«

»Wirklich?«

»Nun, ich weiß es nicht. Zur Toilette gegangen? Telefoniert? Woher soll ich das wissen?«

»Kevin sagt, er hätte Wein nachgeschenkt.«

»Ja, und noch etwas – ah ja, stimmt, er hat den Wassertopf mit dem Mais höher gedreht.«

Jason und Maggie musterten sie prüfend. Jason fragte: »Wie viel Wein hatten Sie getrunken?«

»Ein oder zwei Gläser, na und?«

»Also«, meinte Jason, »vielleicht waren Sie vom Wein benommen. Vielleicht dachten Sie nur, Sie hätten den Schlitten mit Pallas am Steuer gesehen.«

Wieder rieb sich Ellen den Nacken. »Ich habe es gesehen, *gesehen.* Holt Peter her, damit ich's ihm ins Gesicht sagen kann.«

»Wir haben uns die Weinflasche angeschaut. Ein Sangiovese, stimmt's? Sie war zu drei viertel leer.«

»Wir haben sie nicht erst heute Abend aufgemacht.« Ellens Blick wanderte von Maggie zu Jason. Ihre Gesichter wirkten distanziert. Ellen war gewöhnt, zum Team zu gehören. »Ich weiß nicht, warum Sie immer wieder nach dem Wein fragen. Wir haben ein, zwei Gläser getrunken, mehr nicht, *ein bisschen.* Mit dem Unfall hat das nichts zu tun.«

Maggie sagte: »Sie haben uns erzählt, Sie hätten nicht gemerkt, dass Liam weglief. Sie wären in Gedanken bei etwas anderem gewesen. Wäre es nicht möglich, dass der Wein an Ihrer Unaufmerksamkeit schuld gewesen ist?«

Ellen riss die Augen sperrangelweit auf. Zum ersten Mal während des Gesprächs war sie hellwach.

»Habe ich mich gerade verhört? Behaupten Sie tatsächlich, ich wäre wegen eines kleinen Schlucks Wein nicht nur unfähig gewesen, auf mein Kind aufzupassen, sondern hätte auch noch fälschlicherweise einen unschuldigen Polizisten angeklagt?«

»Ellen«, meinte Jason, »beruhigen Sie sich.« Er hielt ihre Hände, stand von seinem Stuhl auf und blieb über ihr stehen. »Ich kenne Sie, ich habe mit Ihnen vor Gericht zusammengearbeitet und die Strafsachen Ihrer Patienten erledigt. Sie sind ein sensibler kluger Profi, der offen und ehrlich agiert. Wenn alle wie Sie wären, wäre mein Job viel einfacher. Aber diese Situation ist grundverschieden von allem, womit wir – Sie und ich – uns normalerweise auseinander setzen müssen. Wir können nicht objektiv sein. Liam ist Ihr Sohn, und ich bin Ihr Freund. Weder ich noch Sie können von Ihnen Professionalität erwarten, denn schließlich dreht es sich hier um Ihr Kind. Also –«

»Sie haben Recht«, unterbrach Ellen, »aber –«

»Wenn wir alle Faktoren in Betracht ziehen«, fuhr Jason fort, »das Trauma, dass es sich um Ihr eigenes Kind handelt, dazu den Konsum einer unbestimmten Weinmenge, folgt daraus zwingend, dass wir vorsichtig vorgehen, wie es so schön heißt.«

»Das heißt«, sagte Ellen, »in Ihren Augen bin ich unglaubwürdig.«

Maggie schüttelte den Kopf. »Diese Behauptung geht zu weit.«

»Dann schwächen Sie sie ab.«

Maggie seufzte. »Ich wiederhole nur Jasons Worte. Wir müssen vorsichtig vorgehen.«

Das deckte sich nicht mit Ellens Wünschen. Ihr wäre es am liebsten gewesen, wenn sich der Polizist in den Sattel geschwungen und den Kerl, der Liam verletzt hatte, mit dem Lasso eingefangen hätte.

Als Ellen zurück in die Intensivstation ging, schauten Maggie und Jason zu, wie die Schiebetür hinter ihr zuglitt. Anschließend beobachteten sie durch die Glasscheibe, wie sich drinnen die Menschen im Zeitlupentempo um das reglose Kind bewegten.

»Wie gut kennst du sie?«, wollte Maggie von Jason wissen.

»Genauso gut wie Peter. Sie ist eine anerkannte Therapeutin. Ihre Praxis liegt hinter dem Bürgerhaus. Hat sich auf Familienthemen spezialisiert.«

»Persönlich, meine ich.«

»Persönlich fand ich sie immer großartig. Viel Herz, aber ohne Tamtam. Bei jeder Zusammenarbeit ist sie ganz Profi, unkompliziert, bodenständig. Ich sehe sie öfter mit dem kleinen Kind und ihrem Mann in der Stadt. 'ne typische Eastport-Familie von der netten Sorte. Bei denen stehen nicht der Ferrari und die Reise nach Monaco an erster Stelle. Sie interessieren sich wirklich für ihre Umgebung.«

Maggie lehnte sich in ihrem Stuhl zurück und streckte die Beine aus. Ihre Idealvorstellung vom Polizisten als Retter der Welt hatte sich während ihrer Zeit in Uniform so weit gemildert, dass sie inzwischen ihre Mitstreiter als menschliche Wesen akzeptierte. Obwohl sie nach vier Jahren in Zivil noch immer an den alten Idealen festhielt, war sie nicht mehr schockiert, wenn ein Kollege Mist baute.

Allerdings hatte sie noch nie darüber nachdenken müssen, ob einer von ihnen ein Mörder war.

»Also, was denkst du?«

»Ich denke, dass ich am liebsten zehn Bierchen kippen und dann einen langen Mittagsschlaf machen möchte. Peter ist ein guter Polizist und ein prima Kerl. Kennst du einen, der ihn nicht respektiert oder mag? Wenn es darum geht, den Weihnachtsmann durch die Stadt zu kutschieren, dann ist Peter an der Reihe. Er war sogar ein Jahr lang Fußballtrainer.« Jason seufzte. »Wir werden noch mal mit ihm reden.«

Maggie dachte über den Sangiovese nach. Nach Ellens Aussage, hatten sie die Flasche nicht erst heute Abend geöffnet, aber Maggies Vater war Alkoholiker. Er dachte, keiner wüsste es, weil alle so taten. Um nichts in der Welt würde er lügen, mit einer Ausnahme: Wein. Vermutlich betrachtete er das nicht als Lüge, sondern nur als seine persönliche Form von Wahrheit.

Mal angenommen, dieses schicke Pärchen hatte seine eigene Version der Wahrheit bezüglich seiner laxen Trinkgewohnheiten. Das würde deutlich mehr Sinn ergeben, als zu vermuten, dass Officer Peter Pallas' Version des Unfalls nicht der Wahrheit entsprach.

3

Der Stuhl, auf dem Ellen während ihres irrwitzigen Gesprächs mit Jason und Maggie gesessen hatte, wurde ihr Bett. Kevin nutzte eine Couch im Ärztezimmer. Da Eltern nicht die ganze Nacht auf der Intensivstation bleiben durften, schliefen sie zwischen den Kurzwachen bei Liam immer wieder für zwanzig oder dreißig Minuten ein.

Am Morgen war sie dehydriert und durstig. Nachdem sie hastig einen großen Becher Orangensaft hinuntergestürzt hatte, konnte sie ihn nur mit Mühe bei sich behalten.

Kurz vor sieben Uhr kam der Neurologe. Er roch nach Seife und Zahnpasta, las Liams Tabelle und untersuchte ihn. Mit verzweifelten Augen beobachtete Ellen jede seiner Bewegungen. Kevin stand hinter ihr. Er hatte ihr die Hände auf die Schulter gelegt und massierte sie.

»Es geht ihm kein bisschen besser, oder?«, fragte Kevin.

»Nein«, sagte der Neurologe, richtete sich auf und drehte sich zu ihnen um. Er war ein untersetzter Mann um die vierzig und trug einen kurzen Vollbart. Seine linke Hand war nach einem Sturz beim Rugbyspielen geschient. Er hatte selbst einen kleinen Sohn und eine Tochter. Der Gedanke, was diese Eltern durchlitten, machte ihn schier verrückt.

»Der Druck hat sich ein ganz klein wenig erhöht. In diesem Zustand wagt der Chirurg keinen Eingriff. Wir können nur hoffen, dass das Solumedrol wirkt.«

»Das müsste es dann doch längst tun, oder nicht? Gestern Abend haben wir unsere Hoffnung auf heute Morgen gesetzt«, sagte Ellen.

Der Neurologe nickte. »Tja, das stimmt. Ich wünschte, es wäre anders.«

Kevin hielt sie noch fester und fragte: »Besteht irgendeine Chance, dass es nicht zur Hernienbildung kommt?«

»Eine kleine.«

Ellen konnte spüren, wie Kevin einen Teil seiner Energie verlor. Das war nicht gut. Sie mussten beide auf Hochtouren bleiben, um möglichst viel Energie übertragen zu können.

Drei Stunden später kam Jason Landrin aufs Stockwerk. Als Ellen die Intensivstation verließ, um zur Toilette zu gehen, wartete er im Flur.

»Wie geht's Liam?«, fragte Jason.

»Nicht besser.«

»Ellen, es tut mir wirklich Leid.«

»Danke.«

»Sie waren die ganze Zeit im Krankenhaus, oder?«

»Ja.«

»Da sind Reporter, sie fragen nach Ihnen und Kevin. Selbstverständlich können Sie das halten, wie Sie wollen, allerdings würde ich vorschlagen, dass Sie ihnen momentan aus dem Weg gehen. Wer braucht das schon?«

»Mhmm.«

Er trat näher an sie heran. »Ich möchte unbedingt, dass Sie noch mal über gestern Abend nachdenken. Wir alle wollen wissen, wer Liam angefahren hat. Ich habe jedes Wort von Ihnen gehört. Wir wollen nichts davon unter den Tisch wischen, aber – es gibt einfach keinen Beweis dafür, dass es Pallas war, dagegen eine Menge Hinweise, dass er's nicht gewesen ist. Zur besagten Zeit hat er einen Fall an der zehn Kilometer entfernten High-School bearbeitet. Unser Mann in der Funkzentrale stand mit ihm in Kontakt.«

Mittlerweile fielen Ellen keine blitzschnellen Gegenargumente mehr ein. Innerlich fühlte sie sich krank und traurig und ungeheuer müde.

Sie spreizte die Hände. »Da gibt es nichts mehr zum Nachdenken. Ich weiß, was ich gesehen habe.«

Jason konzentrierte sich mit allen Sinnen auf Ellen, deshalb bemerkte er nicht sofort, dass es plötzlich hinter den Scheiben der Intensivstation hektisch wurde. Aber dann ging die Tür auf und Kevin schrie: »Ellen!« Sie hörten den Monitor leise piepen.

Ellen rannte hinein.

Jason war schon in vielen Krankenhäusern gewesen, er wusste, was er soeben sah. Aus Rücksicht auf die Stewarts und auf sich selbst wollte er nicht länger dabei sein. Er war schon auf dem Weg zum Aufzug, da überlegte er es sich anders und stapfte die Treppe hinunter.

Ellen spürte, wie sie an die Oberfläche des Geschehens trieb: Gepiepe, hektische Hände, Schläuche, Anweisungen, Kommentare. Sie betrachtete ihr Baby, das nach dem Kollaps mit gespreizten Armen und Beinen auf dem Laken lag. Und sie nahm Kevin bewusst wahr, der wie sie alles mit weit aufgerissenen Augen fixierte. In diesem Augenblick war er so erstarrt, dass er sie nicht einmal berühren konnte.

Noch war der zerstörerische Schmerz, der alles unter sich begrub, das Entsetzen, das wie ein Messer durchs Innere fuhr, nicht ganz eingedrungen. Der eigentliche Schlag stand noch bevor. Manchmal kann die Seele nur portionsweise verdauen.

All das wusste sie und wehrte sich doch dagegen.

Inzwischen waren mehr Leute da, das Team, der Neurologe, noch mehr Geräusche und Hände, aber das schien den herzzerreißenden Kontrast zwischen der gesteigerten Aktivität und den noch immer reglosen Ärmchen und Beinchen des Kindes nur noch zu verstärken. Die bewegten sich nur, wenn sie bewegt wurden. Kein Leben mehr.

Beide streckten im selben Moment die Arme nacheinander aus. Sie konnten es nur gemeinsam ertragen.

4

Sicher hatte ein Hund, ein Waschbär oder ein Seevogel das Steak weggeschleppt. Rings um den Grill sah alles aus wie immer: die Utensilien, Salz- und Pfefferstreuer und das Brett, das auf das fertige Essen wartete.

»Davor habe ich mich gefürchtet«, sagte Kevin.

»Ich auch.«

Sie waren gerade vom Krankenhaus heimgekommen, trugen noch immer dieselbe Kleidung wie bei dem Unfall, Jeans und Turnschuhe. Sie standen im Hinterhof. Gnädigerweise war der Himmel bewölkt und trübe.

»Wovor fürchtest du dich sonst noch? Wir sollten es laut aussprechen«, sagte Ellen, wobei sie einen Kiefernzapfen von einem Terrassenstuhl schnippte.

Kevin, der in dem Stuhl saß, rieb sich die Augen. »Wir haben einiges zu erledigen –«

»Das hat Vorrang.« Am liebsten hätte sich Ellen auf seinen Schoß gesetzt, aber weil sie verschwitzt war und nicht gut roch, stand sie nur da und dachte daran. Inzwischen war das offenbar die einzige Art, wie sie selbst die kleinsten und einfachsten Dinge handhaben konnten.

Kevin löste das Problem, indem er die Arme ausstreckte. Dankbar sank sie auf seine starken Oberschenkel und sagte:

»Ich fürchte mich, seinen Stuhl zu sehen. Wenn ihn die Flut nicht mitgenommen hat, steht er immer noch draußen.«

»Das Aquarium«, sagte Kevin, »Pedro.«

»Ach, Kev, mein Gott, ach.«

»Was noch?«, fragte er. Als sie zögerte, meinte er: »Na, los.«

»Seine Kleidung. Nicht nur alles, was ihm jetzt passt, sondern … die größeren Sachen, die darauf warten, dass er hineinwächst – gewartet haben.«

Sie hörten die Haustürglocke und dann die Stimme von Carol Maxx. »Ellen?«

»Hier unten«, sagte Ellen.

Carol kam auf den Trittsteinen ums Haus herum. Sie hatte kurz geschnittene dunkelblonde Haare wie ein Junge, was ihr sehr schmeichelte, und grüne Augen. Wenn sie lächelte, strahlte sie über beide Backen, besonders wenn eines der Nachbarkinder einen Riesenwitz erzählte oder Ellen während der Sitzung ein hilfreiches Argument vorbrachte. Jetzt war das Lachen verschwunden.

Beim Anblick von Ellen und Kevin blieb sie stehen. »Ich weiß nicht, was ich sagen soll.« Sie beugte sich hinunter und umarmte beide.

»Wir wissen's auch nicht«, flüsterte Kevin, »irgendwie müssen wir's überleben.«

Carol sagte: »Ich hatte Radio gehört, nur wegen des Wetterberichts. Suzanne gibt doch heute Abend eine Gartenparty. Und dann hieß es, Liam sei gestorben, und wisst ihr, ich hab's nicht geglaubt. Ich war überzeugt, dass muss ein Irrtum sein.«

Ellen spürte warme Tränen. Auch Carol weinte und meinte: »Das geht doch nicht, ein Kind verlieren, das darf nicht sein. Sie sind doch noch *Kinder*. Das klingt lächerlich, oder?«

Keiner antwortete.

In jener Nacht lagen Ellen und Kevin in ihrem Bett und versuchten, zu begreifen, dass sie nun nachts nicht mehr geweckt würden.

»Ich will es aber«, flüsterte Kevin Ellen im Dunkeln zu. »Ich will ›Vahh‹ hören und schlaftrunken ins Bad tappen und für ihn Wasser holen.«

»Ich weiß.«

»Schläfst du schon?«

»Nein.«

»Sprich mit mir.«

»Ich will nicht.«

»Doch, willst du schon. Du hattest die Idee, dass wir weiterreden, und du hattest Recht. Sonst stehen wir das nicht durch. Woran denkst du?«

»Ich denke daran, wie ich mich heute Morgen dissoziiert habe, während sie sich an Liam zu schaffen gemacht haben. Ich habe mich einfach auf Zehenspitzen an einen anderen Ort begeben. Nein, das klingt zu vorsätzlich. Es war eher, als ob ich an einen anderen Ort geführt und von dort aus zuschauen würde.«

»Gut. Und?«

»War das bei dir auch so?«

»So ähnlich.«

»Du äffst mich nach.«

»Nein, tu ich nicht, ich kapiere nur nicht, was du meinst. Noch nicht. Rede weiter.«

»Nun, es war, als wären Schmerz und Schrecken noch nicht ganz da, obwohl sie nur darauf warteten, dass ich sie spürte.«

»So als könntest du nicht schlucken.«

»Richtig. Du auch?«

»Ja, mir war, als sähe ich einen Film und wüsste dabei, dass es keiner war. Aber ich war noch nicht bereit, ihn als echt zu akzeptieren.«

Einige Minuten fiel kein Wort. Der Himmel war stockdunkel, noch lange kein Morgen in Sicht, aber sie konnten Gänse hören. Ein weiterer Schlag in die Magengrube.

Kevin sagte: »Lass uns miteinander schlafen.«

»Ich weiß nicht, ob ich kann.«

»Magst du's versuchen?«

Kevin zog sie über sich und plötzlich wollte sie auch. Sie schrie dabei.

Sie schliefen bis zwanzig nach vier. Noch immer war es rabenschwarz.

»Ich mache Kaffee«, sagte Kevin, der hinter Ellen lag und die Arme um sie gelegt hatte. Er hob die Hände, glättete ihr Haar und kämmte es mit den Fingern durch.

»Hast du Hunger?«, fragte sie.

»Ja« sagte er. Die Erkenntnis kam für ihn überraschend.

»Ich auch, ich mache uns ein paar Eier.«

Ellen machte riesige Pilzomeletts aus insgesamt acht Eiern. Während sie aßen und sich mit Omelett, Muffins und Kaffee voll stopften, wurde es allmählich hell.

Ellen schob ihren leeren Teller weg. »Was tun wir jetzt?«

»Überleben. Wer ist hier eigentlich der Seelendoktor?«

»Niemand.«

Kevin schenkte Kaffee nach, Ellen hob ihre Tasse. Da sie kein Gefühl mehr für Hitze hatte, verbrannte sie sich ständig den Mund und merkte es kaum.

Sie sagte: »Weißt du noch, was ich letzte Nacht über Dissoziation gesagt habe?«

»Jjja.«

»Vermutlich sollte ich nachdenken, ob mir das auch am Dienstag passiert ist.«

»Wieso?«

»Wenn … wenn ich mir nur eingebildet hätte, Pallas hätte Liam mit seinem Schlitten angefahren, obwohl es gar nicht so war.«

»Warum solltest du?«

»Hoffentlich ist es nicht so, aber angesichts der Vorfälle während sie … als Liam zusammenbrach …«

»Das ist doch nicht dasselbe. Da warst du doch bereits in einem traumatisierten Zustand.«

»Davon mal abgesehen, aber was könnte traumatischer sein,

als mit ansehen zu müssen, wie das eigene Kind von einem Auto überfahren wird?«

»Aber das geschah urplötzlich. Dein Abwehrmechanismus war noch nicht eingeschaltet.«

»Also, du glaubst, ich hätte Pallas gesehen.«

»Ich glaube, du hast gesehen, was du zu sehen glaubst.«

5

Nach dem Begräbnis gingen alle wieder zu den Stewarts zurück. Ellens Mutter, Liza Rosser, die aus Pennsylvania gekommen war, hatte Platten mit Sandwiches bestellt, obwohl nach Ellens Meinung Kaffee und Kuchen genügt hätten. Bei Häppchen blieben die Leute nur länger, und Ellen konnte es nicht erwarten, bis das Haus wieder so war wie sie – leer.

Ellen hatte erwartet, beim Anblick des kleinen Sargs zusammenzubrechen. Aber das war gar nicht der schlimmste Teil gewesen, vielmehr der Anblick aller Erwachsenen, die sich angesichts eines toten Kindes dafür schämten, lebendig zu sein.

»Schämen?«, sagte Kevin, als Ellen den Gedanken mit ihm teilte. Als hätte sie etwas Unanständiges gesagt.

»Ja.«

Er biss gerade in ein Schinkensandwich und hörte zu kauen auf, während er sie musterte.

Sie zuckte mit den Schultern. »Es ist widernatürlich. Man geht auch nicht voll angezogen schwimmen. Man gießt nicht den Rasen mit Benzin. Und Zweijährige sterben nicht als Erste.«

Kevin biss wieder ab. »Darin sind wir uns schätzungsweise einig.«

An seiner Lippe hing ein Salatstück, Ellen zupfte es weg. »Jetzt klingst du wie ich.«

»Nun, das ist gut, denn du tust's nicht.«

Sie schaute ihn fragend an. Er zwang sich zu einem Lächeln. »Nur Spaß.«

Nein, ist es nicht, niemand macht nur Spaß, hätte sie am liebsten gesagt, aber es war sinnlos.

Kevin streckte ihr das letzte Stück Sandwich hin. Sie schüttelte den Kopf.

»Du hast gar nichts gegessen«, sagte er.

»Tu ich später.«

»Wie wär's, wenn ich dir ein halbes Roastbeefsandwich hole? Das Fleisch ist wunderbar. Deine Mutter war bei Umberti.«

Kevin wirkte so normal. Wie illoyal von ihm. Aber dann dämmerte Ellen, dass sie die Illoyale war, wenn sie so etwas dachte. Er versuchte doch nur, für sie zu sorgen, für sie beide.

»Gut, danke«, antwortete sie, um ihren Part zu erfüllen.

Carol Maxx sah Ellen allein am Wohnzimmerfenster stehen und hinausstarren. Sie ging hinüber. »Offensichtlich lassen dir die Leute Platz.«

»Keiner weiß, was er sagen soll.«

»Na ja«, sagte Carol, »ist doch sicher besser für dich, als wenn sie versuchen, Konversation zu machen. Willst du dich nicht unterhalten? Wenn du magst, verziehe ich mich wieder oder spiele deine Vogelscheuche und schrecke alle ab.«

Dankbar bemerkte Ellen, dass Carol nichts aß. »Du kannst bleiben. Das ist entsetzlich, alles, aber … nicht die Leute, der Anlass.«

Carol nickte. »Kommst du wenigstens ein bisschen zum Schlafen?«

»Irgendwie. Und wie steht's bei dir?«

»Geht so.«

»Wirklich?«, fragte Ellen, und Carol nickte erneut.

Ellens Blick wanderte ins Esszimmer, wo Jeff Maxx gerade eine Dose Cola aufmachte. Trotz ihres Zustands konnte sie in seiner Haltung und seinen Bewegungen deutlich feindselige Gefühle ablesen. Bei Carol war gar nichts in Ordnung, das wusste Ellen so gut, wie sie ihre Schuhgröße kannte, aber Carol benahm sich, wie es sich für eine gute Freundin und Patientin gehört.

Jeff schaute auf, direkt in Ellens Augen, als ob er wüsste, dass sie ihn fixierte. Verstohlen wanderte sein Blick von Ellen zu Carol und wieder zu Ellen zurück. Der Hass in seinen Augen ließ sie die Verbindung sofort abbrechen.

Carol sagte: »Wenn sie jemanden verhaften, musst du alles wieder durchmachen, nur noch schlimmer.«

»Aber dann für einen guten Zweck. Ich kann es kaum erwarten. Am liebsten würde ich dieses Monster Stück für Stück in seine Einzelteile zerreißen.« Ellen legte die Hand über die Augen.

Ihre Mutter Liza kam herüber. »Ellen, hast du noch koffeinfreien Kaffee?«

»Höchstens im Gefrierfach.«

»Ich schau mal nach. Sonst kann Pa ja Nachschub holen.«

»Nein, Ma, wir wollen das Ganze beenden.«

Liza schürzte die Lippen und wollte etwas sagen, ließ es dann aber doch sein.

Gute Entscheidung, dachte Ellen.

Als Liza weg war, fragte Carol: »Wie steht's bei der Polizei? Gibt es irgendeinen Fortschritt?«

»Nein.« Ellen rieb sich die Augen. »Alle Nachbarn sagen dasselbe wie du. Bis zum Sirenengeheul haben sie nichts gehört. Vermutlich habe ich mir nur eingebildet, dass es laut war. Und in Wirklichkeit war's ganz anders. So einfach ist das.«

»Landrin.«

»Hallo, Jason. Ellen hier. Gibt's was Neues?«

»Nichts. Keinen einzigen Zeugen, keine beschädigten Autos.«

»Bei der Beerdigung habe ich keinen von der Polizei gesehen. Oder ist das nur in Krimis so?«

»Nein, Mag war da.«

»Wirklich?«

»Erinnerst du dich noch an ein Mädel mit Sonnenbrille und dunkelgrauem Kostüm?«

»Ich dachte, sie wäre eine Lehrerin aus Liams Unterricht.«

»Gut.«

»Ach.«

»Also, sie war da, allerdings ohne Erfolg.«

»Und was nun?«

»Wir bleiben dran. Momentan sind wir dabei, die exakte Position jedes Streifenwagens zum Zeitpunkt des Unfalls zu bestimmen.«

»Versieht Peter Pallas noch immer seinen Dienst?«

»Natürlich«, sagte Jason geduldig.

»Nun«, meinte Ellen, »dann braucht ihr gar nicht weiterzumachen, denn Pallas ist derjenige. Pallas, und sonst niemand. Einen anderen werdet ihr nicht finden.«

»Ellen, das müssen Sie schon uns überlassen.«

»Jason, sagen Sie so etwas nicht zu mir. Was wäre, wenn Liam Ihr Kind gewesen wäre?«

»Was wäre, wenn Pallas *Ihr Mann* wäre?«

Gegend Abend waren sie restlos erschöpft. Kevin kippte ein großes Glas Wein und legte sich hin. Ellen zog sich ein Sweatshirt über den Kopf und trat in die neblige Dämmerung hinaus.

Die Möwen hatten sich entlang der Wasserkante ein letztes Mal zum Fischfang versammelt. Eine Weile stand Ellen da und sah zu, wie das Wasser alle paar Sekunden heranschwappte und das Spitzenmuster ihrer Krallen glättete.

Am Himmel wurde es allmählich düster, was ihr gerade recht kam. Weiß glommen Federn auf. Die Vögel liefen zankend herum, fischten und bewachten ihren Fang. Wer eine Muschel gefangen hatte, flog weg und suchte sich einen harten Untergrund zum Knacken der Schale.

Ellen hörte, wie die ersten nacheinander auf den Asphalt knallten, und drehte sich um. Eigentlich hatte sie erwartet, dass die Möwen in den Schalen herumpickten. Dann hörte sie noch mehr Muschelschalen fallen. Aber Vögel waren keine da.

Auf der Suche nach verschiedenen Muschelbröckchen ging sie Richtung Asphalt. Da sah sie aus dem Augenwinkel heraus eine Bewegung.

Hinter einer Düne spazierte Jeff Maxx hervor. In der leicht abgewinkelten rechten Hand hielt er ein Gewehr.

Obwohl sie ihn wegen der fortgeschrittenen Dämmerung und der Gischt kaum sehen konnte, hätte sie diese Körpersprache überall wieder erkannt. Unwillkürlich schrie sie auf.

Er lief auf sie zu. Sie stolperte im steineübersäten Sand, kam auf allen vieren wieder hoch und versuchte aufzustehen.

Er packte sie am Arm.

»Lassen Sie mich los«, keuchte Ellen.

»Was machen Sie hier draußen?«, zischte er sie an. Sein Gesicht war so nahe, dass sie seinen Atem riechen konnte. Er stank nach Bier.

»Was *ich* mache?« Ihre heisere Stimme überschlug sich. »Sie haben auf mich geschossen.«

Er schüttelte ihren Arm. »Ich habe nicht auf Sie geschossen, sondern auf die Möwen.«

»Sicher, Jeff.«

»Miststück. Jetzt werden Sie das wieder herumtratschen, stimmt's?«

Der Augenblick von Panik hatte eine Lawine losgetreten. Ihre Emotionen überfluteten sie förmlich. Am liebsten hätte sie ihn angeschrien, ihn und Gott. Sie wollte nur noch laut schreiend davonlaufen und ins Wasser springen.

»Halt bloß die Klappe. Du hast mich schon genug verarscht«, sagte Jeff.

»Sei still! Sei still!«, brüllte sie lauthals. Es war ihr fast egal, ob er sie umbrachte. Wenn nur dieses Geschrei aufhörte, von dem sie nicht einmal mehr wusste, ob es aus ihr oder von außen kam.

Er starrte sie an, schüttelte angewidert den Kopf und trabte davon.

»Ich habe Ihre Nachricht erhalten«, sagte Jason. »Was gibt's?«

»Letzte Nacht hat Jeff Maxx versucht, mich umzubringen?« sagte Ellen.

»*Was?* Was ist passiert?«

»Ich war am Strand, und er hat hinter einer Düne hervor auf mich geschossen.«

»Dieses Arschloch hat auf Sie *geschossen*?«

»Sie haben ihn doch schon einmal verhaftet –«

»Sicher. Seine Frau ist Ihre Patientin, richtig?«

»Ja, er muss sich an ein eingeschränktes Umgangsverbot halten. Trotzdem kann ich sie nicht zum Fortgehen bewegen. Und weil er weiß, dass ich sie darin bestärke, ist er sauer.«

»Hat er auf Sie gezielt? Oder wollte er Möwen abknallen?«

Ellen schwieg eine Weile. »Er hat behauptet, es gälte den Möwen, aber ich hielt das für eine dumme Ausrede.«

»So etwas macht er. Dadurch lässt er Dampf ab.«

»Ist das Ihr Ernst?«

»Tja. Unsere Leute haben ihn ein paar Mal dabei erwischt, ohne sich weiter darum zu kümmern. Streiten Sie jetzt bloß nicht mit mir darüber, ich warne Sie.«

Sie kritzelte einen Vogel in ihren Terminkalender. »Damit wollen Sie sagen, das sei besser, als wenn er seiner Frau wehtut.«

»Bingo. Wollen Sie mir nun etwa einreden, dass er mit dem Besitz eines Schießprügels gegen das Umgangsverbot verstößt?«

»Heißt das, dass man seine Waffen nie beschlagnahmt hat?«

»Klar haben wir das. Aber wie viele Verbrecher kennen Sie, die daraufhin sagen: ›Okay, meine Kanone ist rechtmäßig futsch, aber bin ich deswegen schon ein Pechvogel?‹ Schauen Sie, Ellen, anstatt letzte Nacht 911 zu wählen, haben Sie heute Morgen Jason angerufen, mich. Für mich ist das eine klare Pattsituation. Mrs. Maxx ist nicht bereit, das Handtuch zu werfen, und keiner von uns tut ihr irgendeinen Gefallen, wenn wir's tun.«

6

Tag und Nacht hatte sich Ellen gequält, wann und wie sie Pallas konfrontieren sollte. Ein wesentlicher Punkt war dabei gewesen, ob sie es *tatsächlich* tun sollte, aber das hatte sich inzwischen geändert. Denn die Welt drehte sich weiter, als ob Pallas ihr Kind nicht getötet hätte.

Schließlich ging alles ganz einfach. Ohne Polizeistation, amtliche Eingabe und Mitteilung. Sie fand ihn im Telefonbuch. Beim zweiten Versuch war er daheim.

Das Haus, ein großzügiges, bequemes viktorianisches Gebäude, war in drei Wohnungen aufgeteilt worden. Rings um das Erdgeschoss lief wie bei einem Hotel eine Veranda. Links und rechts neben Begonienschalen standen rote Liegestühle, die aussahen, als wären sie frisch gestrichen. Nach den Briefkästen zu schließen, bewohnte Pallas die Räume in der Mitte. Sie konnte seine Schuhe auf der Treppe hören, als er herunterkam, um sie einzulassen.

Während Patientensitzungen hatte Ellen schon manchmal einen gewissen Röntgeneffekt erlebt, der es ihr erlaubte, die besagte Person völlig zu durchschauen, vorbei an allen Windungen und Stoppzeichen, bis ganz nach unten.

Dieses erwartungsvoll erregte Gefühl hatte sie auch jetzt wieder.

Peter Pallas öffnete die Tür. Die Türschwelle lag höher, aber er hätte sie ohnedies um einiges überragt. Für einen Polizisten trug er ziemlich lange sonnengebleichte Haare. Seine Augen hinter der Nickelbrille zeigten denselben nichts sagenden Ausdruck, den alle seine Kollegen beherrschten. Er sah genauso aus wie damals, als er ihr Kind ermordet hatte, nur dass er damals seine seidigen Haare nach hinten geklatscht hatte. Er trug ausgebleichte Jeans und ein sehr sauberes weißes T-Shirt ohne jede Aufschrift.

Ellen sagte: »Wir kennen uns, ich bin Ellen Stewart. Nur für den Fall, dass sie es abstreiten möchten.« Ihre Stimme vibrierte leicht. Sie war überrascht, denn eigentlich fühlte sie sich ziemlich stark.

Sie fuhr fort: »Ich habe Sie oft vor Gericht gesehen und zweimal als Zeugen erlebt. Sie haben damals den Mann einer meiner Patientinnen verhaftet, der sie aus dem gemeinsamen Haus ausgesperrt hatte – David und Margaret Ransohoff. Im Zusammenhang mit diesem Fall haben wir persönlich und am Telefon miteinander gesprochen.«

»Ich weiß«, meinte Pallas, »ich erinnere mich noch an alles.«

»Also wissen Sie auch, dass ich sehr gut weiß, wer Sie sind. Und dass Sie derjenige sind, der mit seinem Streifenwagen meinen Sohn überfahren hat und dann abgehauen ist und so tut, als wäre nichts geschehen.«

Sie klang nicht weinerlich. Inzwischen hatte ihre Stimme eine gewisse Schärfe. Dies war ihre Therapeutenstimme, die ihr seit dem Diplom zustand und die verkündete, dass sie das Sagen hatte.

Peter Pallas trat zurück und hielt die Tür weit auf. »Wir müssen miteinander reden. Möchten Sie mit hinaufkommen?«

»Ganz gewiss.«

Er ließ Ellen an sich vorbei. Sie stieg vor ihm die Treppe hinauf und betrat ein Wohnzimmer mit einem weichen blassgrauen Teppich und einer tweedbezogenen Klappcouch mit deutlichen Sitzspuren. Die letzten frühabendlichen Sonnenstrahlen färbten die Wände rosa. Aus vier Lautsprechern strömte Musik, ein sanfter Choral von Frauenstimmen. Sie hätte nicht sagen können, was es war.

Er setzte sich in respektvoller Distanz zu ihr hin. »Möchten Sie etwas trinken? Wasser? Tee?«

»Nein.« Sie drehte sich auf dem Sofa um und schaute ihn direkt an. »Ich begreife einfach nicht, wie Sie glauben können, dass Sie unerkannt davonkommen. Ich weiß, was Sie getan haben, und Sie wissen es auch.«

Peter Pallas nahm seine Brille ab. »Sie glauben, ich hätte Ihren kleinen Jungen überfahren?«

»Genau.«

»Nein, Dr. Stewart, das habe ich nicht.«

Ruhig sagte sie: »Ich habe Sie gesehen.«

»Das glauben Sie, aber so war es nicht.« Er beugte sich zu ihr. Seine obersten Haarsträhnen waren fast weiß. Vermutlich hätten Liams Haare in der Sonne dieselbe Farbe angenommen und sich in blassgoldene Strähnen mit einem Hauch von Rot verwandelt.

»Ich weiß, was Sie getan haben«, wiederholte Ellen. *»Ich habe Sie gesehen.«*

Eine Minute lang saß er ganz still da. »Sie brauchen vielleicht nichts, aber ich schon.« Er stand auf, nahm einen Wasserkessel vom Herd und füllte ihn. Dann holte er aus einem Schrank eine Schachtel Earl Grey und legte ein Säckchen in einen Becher, der wie das T-Shirt weder Aufschrift noch Bilder hatte.

Er setzte sich hin. »Entschuldigung, dass ich freiheraus rede, aber ich weiß mir sonst keinen anderen Weg. Dr. Stewart, da ich keine Kinder habe, kann ich nicht behaupten, ich wüsste Bescheid, aber während meiner fünfzehnjährigen Polizeiarbeit habe ich jede Menge Tragödien erlebt. Der Verlust eines Kindes ist das Qualvollste, was ich mir vorstellen kann. Deshalb versuche ich, nachzufühlen, was Sie gerade durchmachen.

Sie sind Psychiaterin, also sind Sie theoretisch die Expertin und ich der Laie. Allerdings haben mich meine fünfzehn Jahre eine Menge gelehrt – einschließlich der Tatsache, dass *trauernde Eltern verrückt sind.* Jedes Mal, wenn ich denke, ich hätte schon alles gesehen, tritt das Gegenteil ein.«

»Ich dachte, Sie würden die Geschichte vielleicht fallen lassen, sobald der erste Schock vorbei ist. Deshalb bin ich Ihnen aus dem Weg gegangen. Aber Sie tun's nicht.«

»Natürlich nicht.«

Der Wasserkessel pfiff, Pallas stand auf und goss ein. »Sind Sie sicher, dass Sie nicht doch etwas wollen?«

»Ja. Hören Sie auf, sich mir als netter junger Polizist mit weichem Kern zu präsentieren. Tee? Gütiger Himmel.« Ellen stand auf. »Merken Sie sich: Mich wickeln Sie nicht ein. Mein Kind ist tot, und *Sie* sind daran Schuld. Und egal, welche Geschichte sie zu erfinden versuchen, es wird nicht funktionieren. Ich werde die Polizei aufhetzen, bis man Sie an die Wand stellt. Wie wär's mit einem Lügendetektortest? Lassen Sie mich raten: Sie sind einverstanden.«

»Ja.«

»Wie schnell?«

»So rasch Sie wollen.«

»In Ordnung.« Sie zog ihre Autoschlüssel aus der Rocktasche. »Wenigstens das haben wir erreicht.«

»Hoffentlich haben wir noch mehr erreicht«, meinte Pallas, hob den Teebeutel heraus und ließ ihn ins Spülbecken fallen. »Wir haben Kontakt aufgenommen. Gemeinsam können wir daran arbeiten, das Schwein zu finden, das tatsächlich Ihren Sohn getötet hat.«

An jenem Abend kochte Ellen. Die gewohnten Tätigkeiten hatten etwas Tröstliches, angefangen vom Einkaufen im Garden Market, einem kleinen Laden in der Nähe des Eastporter Bahnhofs, in dem es Gemüse, Feinkostwaren, schreckliche Bagels und einen wunderbaren Kaffee gab. Normalerweise ging Ellen zwei- bis dreimal in der Woche hin, aber seit dem Unfall nicht mehr.

Sie kaufte Putenhackfleisch, Salat, Semmeln und frisch geschnittenes Gemüse aus der Salatbar zum Dämpfen. Es war hart, hier wie eh und je herumzugehen. Liam hatte am meisten die Salatbar bewundert. Beim Bezahlen an der Kasse hatte Deedee Lester immer einen Lutscher oder eine Laugenstange für ihn gehabt.

»Ellen«, sagte Deedee, als Ellen ihren Korb auf die Theke stellte, »schön, Sie zu sehen. Es tut mir so Leid.«

»Danke.«

»Ich habe an Sie gedacht.« Deedee hatte mattgraue Augen mit einem dicken blauen Lidstrich, in die Ellen schon so oft geschaut hatte, während sie über den Maispreis und die Kälte- oder Hitzewelle plauderten. Jetzt spiegelte sich darin das ganze Elend, das Ellen verzweifelt unter Kontrolle zu halten suchte.

Deedees Bruder Ken war Polizist in Eastport. Vorher hatte Ellen nicht daran gedacht, aber nun wollte ihr dieser Gedanke nicht mehr aus dem Kopf. Am liebsten hätte sie Deedee über

Pallas ein Loch in den Bauch gefragt, aber hinter ihr bildete sich allmählich eine Schlange und Deedee wirkte gestresst.

Es war Kevins erster Arbeitstag. Als er kurz nach sieben heimkam und es nach Essen duftete, lächelte er.

»Das tut dir gut«, meinte er zu Ellen, während er ihr einen Kuss in den Nacken gab.

»Es gibt nur Putenburger.«

»Vor zwei Tagen warst du nicht einmal im Stande, dir die Zähne zu putzen.«

Sie zuckte die Achseln. »Stimmt.«

Sie aßen auf der vorderen Terrasse am kleinen grünen Bistrotisch, mit Blick auf den Strand. Während Ellen den Salat mischte, sagte sie, ohne zu Kevin aufzuschauen: »Ich habe heute mit Peter Pallas gesprochen.«

»*Was?* Wo?«

»Ich bin zu seiner Wohnung gefahren. Er hat mich hereingebeten. Er –«

»Ellen! Schatz!« Kevin war aufgestanden und zwang sie damit, ihm ins Gesicht zu schauen. »Was soll das? Warum haben wir nicht vorher darüber gesprochen? Wie konntest du nur einfach losgehen und so etwas tun?«

»Kevin, ich musste es tun!«

»Wir hätten die Einzelheiten abklären müssen!«

»Warum? Damit wir uns genau so streiten wie jetzt? Wenigstens habe ich vorher etwas erreicht.«

»Das war gefährlich und gar nicht klug. Du bringst dich in Gefahr. Ein Polizist, der ein Kind anfährt und dann abhaut und alles abstreitet? Was würdest du empfinden, wenn *ich* hinginge und so einen Kerl konfrontieren würde, ohne mit dir darüber zu reden?«

»Dasselbe wie du. Möchtest du dir wenigstens anhören, was passiert ist?«

Kevin merkte, dass er noch immer seine Gabel in der Hand hielt. Er hatte damit herumgefuchtelt und auf Ellen gedeutet. Beschämt legte er sie weg.

»Erzähl's mir.«

Ellen setzte sich, Kevin tat es ihr nach. »Pallas mimte ganz den teilnahmsvollen jungen Polizisten, der geduldig erklärt, ich hätte einen Schock erlitten und würde mich irren. Er war damit einverstanden, sich einem Lügendetektortest zu unterziehen.«

»Tatsächlich? Ellen, das ist ja unglaublich.«

»Eigentlich nicht, denn dazu wird es wahrscheinlich nie kommen. Und das weiß er. Deshalb hat er auch zugestimmt. Aber versuchen können wir es ja.«

»Erzähl weiter, alles, von Anfang an.«

Ellen erzählte, wie sie die Adresse von Pallas herausgefunden und bewusst einen Zeitpunkt gewählt hatte. Sie erklärte die Sache mit dem Tee und das Leugnen.

»Er war ausgezeichnet, das muss ich gestehen. Ich kann verstehen, warum ihm die Leute glauben. Er wirkt so überzeugend.«

»Aber wir doch auch.«

»Ich hoffe es.«

Außer einem Dunkin Donuts und einem teuren Lokal, das nur von Autobahntouristen besucht wurde, hatte in Eastport nichts vierundzwanzig Stunden geöffnet. Es wäre nicht gut für Peter Pallas, wenn man ihn in den frühen Morgenstunden beim beiläufigen Besuch einer der beiden Lokale sähe. Deshalb kochte er sich selbst Kaffee und goss ihn in eine vorgewärmte Thermoskanne.

Eigentlich hätte er in seiner Wohnung bleiben können, was auch durchaus ratsam gewesen wäre, aber manchmal schaffte er das seit dem Unfall einfach nicht. Er brauchte den Biss der

Nachtluft. Und falls ihn ein anderer Nachtschwärmer dabei erwischen sollte, wäre seine innere Unruhe kein Schuldbeweis, sondern durchaus glaubhaft.

Inzwischen war es problematisch, gesehen zu werden, denn seit heute hatte er den letzten Rest naiver Hoffnung aufgegeben, die ganze Sache würde nicht auffliegen. Daran war die Konfrontation mit Ellen schuld. Sie gehörte zu jener Sorte Mensch, die man sich bei einem Krieg besser nicht auf der gegnerischen Seite wünschte.

Er sperrte seinen Subaru auf, setzte sich hinein und zog leise die Tür zu. Vorsichtig stellte er die Thermoskanne in den Getränkehalter und drehte die Scheibenwischer an, um die Windschutzscheibe vom Tau zu befreien, ehe er kurz die Heizung einschaltete.

Er fuhr nach Norden, Richtung Mayfield, und nahm die Savon Point Road, die schließlich in der Nähe des Saugatuck zu einem kleinen kiefernbestandenen Picknickplatz führte. Nachdem er in der Sackgasse geparkt hatte, trug er seine Thermoskanne zu einem Tisch.

Die Tischplatte war abgeblättert und rissig. Vielleicht würde die Stadtverwaltung sie nach Saisonende frisch versiegeln lassen, vielleicht auch nicht. Die öffentliche Hand von Mayfield ließ sich in nichts mit der von Eastport vergleichen.

Peter schraubte die Thermoskanne auf und trank einen Schluck Kaffee. Er war knallheiß, so wie er ihn mochte. Der Dampf streichelte sein Gesicht.

Sie hatte sogar sein Spiel mit dem Lügendetektortest ausgereizt, aber dem würde er sich nie unterziehen müssen, das würde sie noch früh genug herausfinden. Außerdem hatte er sich schon immer insgeheim überlegt, ob er so eine Maschine nicht doch austricksen könnte. Unter weniger schrecklichen Umständen hätte ihm ein Versuch vielleicht sogar Spaß gemacht.

Allmählich konnte er die Tannenmeisen in den Bäumen rascheln hören, dann ertönten die ersten Piepser. Bald wäre das Vogelkonzert komplett.

Er trank noch etwas Kaffee, direkt aus der Thermoskanne. Jedes Umgießen hätte ihn vielleicht abgekühlt.

Verdammt noch mal, für irgendetwas musste er sich entscheiden.

»Aber«, meinte Ellen, »er hat doch zugestimmt.«

»Das spielt keine Rolle. Himmel, Ellen, Sie kennen doch das Gesetz gut genug«, sagte Jason. »Ein Lügendetektortest ist keine Urinanalyse. Und sogar die sind inzwischen ziemlich streng. Das würde ihm sein Anwalt nie gestatten. Außerdem muss ich Ihnen doch wohl nicht erzählen, dass so etwas nicht zulässig ist.«

Ellen stieß die Luft aus. Obwohl sie erst kommenden Montag wieder Termine hatte, war sie in ihrer Praxis. Sie brauchte einfach dieses Gefühl, das sich in ihrer Praxis wie Zauberstaub über sie legte. Nur so konnte sie mit nachdrücklicher Stimme telefonieren, ohne wie ein weinerliches Kind zu klingen, das nicht bekommt, was es will.

Jason räusperte sich, wobei er den Hörer wegstreckte. Dann sagte er: »Gut, Ellen, doch nun zur Sache. Wie kamen Sie dazu, mit Peter zu sprechen?«

»Ich bin zu seiner Wohnung gegangen.«

»Scheiße.«

»Jason, verraten Sie mir, dass ich das nicht tun kann. Verraten Sie mir, ob es dagegen ein Gesetz gibt.«

»Ellen, was würden Sie sagen, wenn eine Ihrer Patientinnen vor jeder gesetzlichen Maßnahme ihren *mutmaßlich* gewalttätigen Mann zu einer Konfrontation in seiner häuslichen Umgebung aufsuchen würde?«

»Jason, dieses Spiel mit dem Was-wäre-Wenn beherrschen

Sie sehr gut. Aber in diesem Fall ist weder ein Verdacht noch eine legale Maßnahme in Sicht, das ist so sicher wie das Amen in der Kirche. Und genau hier versuche ich anzusetzen.«

7

Am nächsten Morgen war Kevin vor Ellen wach. Vorsichtig schlich er sich aus dem Bett und ging ins untere Badezimmer.

Er war seitdem nicht mehr gelaufen, und das fehlte ihm, in den Knochen und im Kopf.

Er ging ins Schlafzimmer zurück, um Shorts und Turnschuhe zu holen. Ellen schlief ruhig auf ihrer Seite. Es war das erste Mal seit dem Unfall, dass Kevin sie so sah.

Durch die Vordertür trat er in die feuchte milde Luft hinaus. Inzwischen hatte der stets angenehme Strandgeruch in seiner Unabänderlichkeit etwas Beunruhigendes an sich.

Gemächlich joggte er auf die Hansen Road hinaus und bog nach rechts ab, weg von der beliebten, malerischen Strecke. Eine Begegnung mit den anderen bekannten Morgenläufern war das Letzte, was er heute früh wollte.

Nein, das war nicht wahr, gestand er sich ein, während er automatisch das Tempo steigerte.

Die präzise gleichgeschaltete Bewegung von Armen und Beinen hatte etwas Vertrautes und Beruhigendes für ihn. Kein Lüftchen regte sich, ganz typisch für einen Julimorgen, und als er landeinwärts rannte, verschwand die frische Strandluft rasch.

Es gab es nur eines, was er heute Morgen wirklich nicht wollte und das war, sich die Wahrheit einzugestehen: Seitdem hatte er den Kopf in den Sand gesteckt.

Schau dir doch nur mal an, dachte er, wie du es umgehst, sogar in deinen Worten. Du hast nicht einmal genug Mumm, es beim Namen zu nennen, geschweige denn, auf Grund deiner wahren Gedanken und Worte zu handeln.

Schau deine Frau an, wie tapfer und zielbewusst sie sich verhält. Und dann schau dich an. Du lehnst dich mit verschränkten Armen zurück, kritisierst und gibst weise Sprüche von dir, während du gleichzeitig gierig die Früchte ihres harten Einsatzes erntest.

Zwei Dinge war er ihr anständigerweise schuldig: eine Entschuldigung, und dass auch er sich die Hände dreckig machte und gemeinsam mit ihr arbeitete.

Es war leicht, Ellens impulsives Verhalten zu kritisieren – viel leichter, als sich einzugestehen, dass er in einer Krisensituation nur den umsichtig Einfühlsamen mimte, während er in Wahrheit das Weite suchte.

Die ganze Nacht waren Kevin pausenlos Ellens Worte über ihr Gespräch mit Pallas durch den Kopf gegangen. Jetzt fiel ihm wieder ein Fetzen daraus ein: »*Trauernde Eltern sind verrückt.*«

Der Mann hatte ja so Recht.

Aber er und Ellen waren unterschiedlich verrückt, und er musste aufhören, so zu tun, als ob er sich weniger irrwitzig benähme. Ja, sogar noch mehr, denn ihr Irrsinn brachte wenigstens Ergebnisse.

Der Schweiß rann ihm in die Augen. Bei seinem Drang ins Freie hatte er ein Stirnband völlig vergessen.

Er musste daran denken, wie er einmal gemeinsam mit Ellen gejoggt war und sie dasselbe Problem auf ganz eigene Weise gelöst hatte: Erst hatte sie ihre Shorts ausgezogen und sich dann ihres Höschens entledigt und es sich um den Kopf gewickelt.

Kevin gehörte eher zu denen, die gottergeben vor sich hin schwitzten.

Er bog um eine Ecke auf den SeaVista Hill ein, wo hinter Bäumen, Steinmauern und elektrischen Toren exklusive Anwesen verborgen lagen, die von hoch oben einen Blick aufs Meer boten. In der anderthalb Kilometer langen Straße, die sich nach Norden schlängelte, wohnten seines Wissens mindestens drei Prominente, von denen zwei Ellens Patientinnen waren: Olga Balin, eine fröhliche energiegeladene Countrysängerin, und Ginger Yates, die preisgekrönte Königin seichter TV-Serien, die häufig ihre Folgen selbst schrieb.

Auf Sea Vista ging es ständig bergauf. Er schwitzte noch stärker. Schweiß brannte ihm in den Augen, sein T-Shirt war klatschnass.

Da merkte er, dass ihm nicht nur der Schweiß in den Augen brannte.

Er weinte heftig, schluchzte stoßweise.

Wie noch nie in dieser Woche stürzten Bilder auf ihn ein, ungehindert: Liam am Strand, in der Badewanne, in der Schule, wo er stolz seinen selbst gebastelten Seifenfisch präsentierte.

Der kleine Liam auf dem Bett in der Intensivstation, mit leblosen Gliedmaßen.

Zu seiner Schande musste Kevin gestehen, dass er, im Gegensatz zu allen anderen, offensichtlich nie die Behinderung seines Sohnes hatte vergessen können. Sie war in seinem Kopf zur fixen Idee geworden.

Vermutlich steckten hinter seinen Tränen viele Dinge: Seelenqual, Kummer, Scham und seit neuestem noch mehr Scham, weil er sich in jeder Hinsicht buchstäblich auf den Rücksitz verkrochen hatte, während Ellen tapfer weitergestrampelt hatte.

Seine Gedanken wanderten zu ihr zurück, nach Hause, wo sie trotz der Hitze zugedeckt auf ihrer Seite lag. Unter der Decke zeichneten sich ihre Umrisse ab, ihre roten Haare waren wie ein Fächer ausgebreitet.

Sie bedeutete ihm sehr viel.

Als er um Viertel nach sieben heimkam, schlief Ellen immer noch. Er duschte unten, zog sich an und stieg in den Wagen, um noch vor seinem Sprechstundentag einen Kaffee zu trinken.

Aber noch während er aus Sandpiper herausfuhr, schweiften seine Gedanken in die Richtung ab, wo er vor kurzem gejoggt hatte: ins Landesinnere, nach Norden, am SeaVista entlang, immer weiter hinauf. Da waren sie wieder, die Empfindungen, und beinahe hätte er erneut zu weinen begonnen.

Er nahm diesen Weg, das Auto fuhr fast von allein. Eigentlich hätte er in die Praxis gemusst, in knapp einer Stunde war sein erster Termin, aber nun merkte er, wie er am Straßenrand von SeaVista anhielt und einfach nur dasaß.

Nach einer Minute dämmerte ihm, dass er das nicht machen konnte. Die Leute duldeten es nicht, wenn sich vor ihren teuren Häusern fremde Fahrzeuge herumtrieben. Er würde es jedenfalls mit Sicherheit nicht tun. Irgendjemand würde die Polizei rufen.

Zu seinem Entsetzen fing er zu lachen an.

Im Weiterfahren tippte er auf dem Telefon eine Nummer ein und rief seine Sekretärin an. Sofort antwortete Lauries heitere Stimme.

Kevin hörte, wie er ihr erklärte, sie solle seine ersten drei Termine absagen.

So weit es ihm bewusst möglich war, hatte er beabsichtigt – anscheinend konnte er nur noch von einem Augenblick zum nächsten planen –, irgendwo anzuhalten und wie Ellen in einem Telefonbuch nachzuschlagen.

Aber offensichtlich hatte dieser zweite Kevin, egal, wer er war, die Regie übernommen und verfolgte eine andere Strategie. Besagter Kerl fuhr soeben in die Gegend, von der Ellen erzählt hatte. Eigentlich kannte er sich im Westviertel nicht gut aus, wenigstens nicht gut genug, um das Haus von Pallas auf Grund seiner eigenen vagen Vorstellung zu finden.

Aber wie ein Hund, der zuversichtlich nach Hause trottet, bog das Auto mehrmals um die Ecke und – da war es, das viktorianische Haus mit der Veranda und den roten Liegestühlen.

Sonnenlicht strömte durchs Fenster, und Ellen spürte die feucht-schwere Juliluft, die sie an diesem Monat immer so geliebt hatte. Momentan empfand sie sie nur als zusätzliche Decke, die sie niederdrückte.

Sie stand auf. Ihr ganzer Körper schmerzte, als ob sie jemand über eine Klippe gestürzt hätte.

Einer hatte es getan. Pallas. Und Jeff Maxx hatte nur darauf gewartet, ihr den Rest zu geben.

Zuerst dachte sie an Kaffee, zog dann aber doch eine Dusche vor. Schon beim Betreten der Kabine stellte sie, wie alle Verheirateten, eine Abweichung von der üblichen Routine fest: Die Dusche war nicht nass.

Kevin musste unten geduscht haben, um sie nicht aufzuwecken.

Darüber dachte sie beim Einseifen nach. Noch immer befand sie sich in jenem akuten Trauerstadium, in dem sie keinerlei Luxus verdiente. In ihr Entsetzen über die Tatsache, dass man auf sie geschossen hatte, mischte sich der halbherzige Wunsch nach einer vollbrachten Tat. Und noch mehr. Schuldgefühle nagten an ihr, weil sie sowohl den heißen Wasserstrahl als auch die Rücksicht ihres Mannes genoss.

Aber wenigstens war sie sich dieser Reaktion bewusst.

War das der wahre Grund gewesen, warum sie Seelenklempnerin geworden war? Damit sie wusste, warum sie tat, was sie tat?

Momentan viel zu kompliziert. Konzentrier dich auf leichtere Fragen, zum Beispiel ob du zum Frühstück ein Stück Melone hinunterbekommst.

Sie hob die Eastporter Zeitung auf, die zweimal wöchentlich erschien, und legte sie draußen auf den Kaffeetisch. Noch im Stehen überflog sie die Titelseite, ohne etwas zu sehen, doch dann zwang sie sich, es noch einmal zu tun. Selbstverständlich stand da ein Artikel über Liams Tod, mit einem Foto, das mit zwanzig Monaten gemacht worden war. Er strahlte übers ganze Gesicht und winkte. Sie hatte keine Ahnung, wie sie daran gekommen waren. Sie hatte sich an Jason Landrins Rat gehalten und nicht mit der Presse gesprochen.

Sie blätterte zum Fertiglesen um und kam zu dem Absatz, in dem verkündet wurde, dass trotz aller polizeilicher Nachforschungen zur Zeit offensichtlich noch keine Verhaftung anstand.

Sie setzte sich.

Ihr war klar, dass sie sich zu einem Bissen Obst und Toast zwingen sollte oder wenigstens dazu, Kaffee zu kochen, denn in diesem Zustand war ihr Gehirn keinerlei Stütze. Aber immer wieder spulte sich vor ihrem inneren Auge dieser Absatz ab.

In dem Moment wurde ihr etwas klar. Da sie ihrer Erkenntnis auf Grund ihres prekären Zustands nicht traute, zwang sie sich aufzustehen, in die Küche zu gehen und eine Kanne starken Kaffee zu kochen.

Als sie fertig war, schenkte sie sich eine Tasse ein und ging damit wieder ins Freie. Noch immer lag der Zeitungsartikel über ihr Kind aufgeschlagen da. Und auch die Erkenntnis hatte sich noch nicht verflüchtigt.

Eines stand fest: Sie tat genau das, wogegen ihre Patienten bei ihr bezahlte Hilfe suchten. Sie ließ sich in die Opferrolle abdrängen. Sie hatte sich überreden lassen, etwas im Dunkeln zu belassen, was eigentlich ans grelle Tageslicht gezerrt werden sollte.

Weiche glatte Haut und fast keine Haare. Er mochte die Kurve, die ihre Knie beschrieben, wenn er sie nach hinten beugte, die kleine Ebene aus Knorpel und Knochen. So flach, dass man darauf eine Kaffeetasse abstellen könnte.

Aber er hatte damit etwas weitaus Besseres vor.

Er drückte gegen ihre Schienbeine und spreizte sie auseinander.

Kevin wünschte sich, er hätte ein Fernglas dabei. Aber noch während sein Blick prüfend von einem Fenster im zweiten Stock zum anderen schweifte, sah er Pallas. Das musste er sein, denn nach Ellens Aussage lebte dort sonst niemand. Außerdem konnte Kevin seine Brille aufblitzen sehen.

Und wenn das alles noch nicht genügt hätte, hätte er es aus anderen Gründen gewusst: aus der Art, wie sich sein Magen verkrampfte, wegen der blinden Verzweiflung, die ihn beim Anblick dieses Mannes überfiel.

Er beobachtete, wie sich Pallas gleichmäßig bewegte, als ob er Staub saugen oder Pflanzen gießen würde. Kevin war zu weit weg, um seinen Gesichtsausdruck zu erkennen, aber die ganze Körpersprache kündete von gewohnten Tätigkeiten. Nestputz.

Kevin wurde übel, speiübel.

Hier lief dieser Dämon in seiner Wohnung herum und erledigte seine häuslichen Pflichten. Er wurde nicht fünfzigmal am Tag von einem Übermaß an Schmerz erdrückt. Er wurde von seinen Kollegen brüderlich abgeschirmt und verhätschelt.

Am liebsten hätte Kevin etwas geworfen, einen Stein, eine Handgranate. Wie gerne hätte er mit seinem Auto das Haus gerammt, das Fundament zerstört und dann zugeschaut, wie Holz und Beton und Glas donnernd zusammenkrachten.

Er stieg aus.

»*Eastport News.*«

»Ich hätte, bitte, gerne einen Reporter gesprochen.«

»Chef vom Dienst. Dennis Chivers, am Apparat.«

»Hier ist Dr. Ellen Stewart, ich bin die Mutter von Liam Stewart.«

Stille. »Nun, danke für Ihren Anruf. Wir hatten schon auf ein Gespräch mit Ihnen gehofft.«

»Ich weiß. Jetzt bin ich dazu bereit.«

Kevin ging zur Vordertür. Wie vorher bei seinem Auto schien sich auch die Bewegung seiner Beine aus irgendeiner von ihm unabhängigen Energiequelle zu speisen.

Er betrachtete die große einladende Veranda mit den roten Liegestühlen und den Blumentöpfen. Von fern konnte er leise den Staubsauger brummen hören. Wieder wurde ihm übel, so wie heute Morgen nach dem Joggen, während er dem auflaufenden Wasser zugeschaut hatte. Eigentlich dürfte die Natur noch nicht genau nach Plan agieren.

Sein Blick wanderte zu den Briefkästen. Auf einem stand in sauberer schwarzer Blockschrift »P. Pallas«. Drei Umschläge steckten darin. Kevin zog sie heraus. Es handelte sich um Rückantworten an die Elektrizitätswerke von Connecticut, Cablevision und First Century Visa.

Eingehend prüfte er die Umschläge mit den Rücksendeadressen und den in den vorgedruckten Rechtecken korrekt aufgeklebten Briefmarken. Briefumschläge mit Schecks und Überweisungen und vielleicht einer kurzen Mitteilung über einen Irrtum oder eine Berichtigung. Banale Dinge, und doch standen sie ganz im Gegensatz zu dem, was nach Kevins Ansicht hinter der gelackten Oberfläche dieses Mannes steckte.

Er schaute auf den Visa-Brief. Er könnte ihn in die Tasche stecken, könnte die Information darin benützen, um Pallas ein wenig das Leben schwer zu machen. Aber der leise Auftrieb, den er bei diesem Gedanken verspürte, verschwand auf der Stelle, als ihm die Kluft zwischen Irritation und wahrer Seelenqual bewusst wurde.

Für Pallas hätte es vielleicht eine halbe Stunde Verdruss bedeutet, während der er sich aus dem Schlamassel herauswinden und eine neue Karte besorgen musste. Visa würde ihm mit Freuden per Eilkurier eine Ersatzkarte schicken, auf sämtliche weiteren Zusatzgebühren und Mahnzinsen verzichten und sich vielleicht sogar für die Unannehmlichkeiten entschuldigen.

Kevin und Ellen mussten für den Rest ihres Lebens die Wunden tragen, die die Vernichtung ihres Kindes in alle Sinne eingegraben hatte.

Kevin packte den Türgriff. Die Tür war versperrt. Er ließ die Briefumschläge fallen und zerrte mit beiden Händen daran, so fest er konnte. Dann donnerte er gegen die Tür, Schlag um Schlag, bis er hörte, wie der Staubsauger still wurde.

Während er darauf wartete, dass Pallas herunterkam und die Tür öffnete, hörte er innerlich das Echo der Schläge. Seine geballten Fäuste waren zu Stein erstarrt. Der erste Hieb würde dem Glas gelten. Er würde Pallas die Splitter in die Augen dreschen und ihm dann die Nase einschlagen.

Der Staubsauger legte wieder los.

Wasser stieg ihm in die Augen, dicke Tränen liefen ihm auf die Kleider.

Einige Minuten lauschte er dem Dröhnen, dann bückte er sich, hob die Umschläge auf, steckte sie wieder in den Briefkasten, ging zum Auto und fuhr weg, ohne noch einmal zu den Fenstern und Pallas hochzuschauen.

Dennis Chivers verdankte es einem glücklichen Zufall, dass er den Anruf von Ellen Stewart entgegen nahm. Noch in der Unfallnacht hatte man ihm die Story übergeben. Er hatte im

Krankenhaus ausgeharrt und mehrmals versucht, Kontakt mit den Stewarts aufzunehmen, allerdings ohne Erfolg. Der Konkurrenz war es nicht besser ergangen. Zu seinem Verdruss schwand allmählich das Interesse an der Geschichte, obwohl er Potenzial darin witterte.

Was ihm Ellen Stewart soeben an diesem heißen Morgen erzählt hatte, klang sogar äußerst interessant.

Dennis fragte sie: »Nehmen wir mal eine Zehnerskala: Wie sicher sind Sie, dass es Officer Pallas war?«

»Zwanzig.«

»Warum haben Sie diese Aussage nicht schon früher gemacht?«

»Habe ich«, sagte Ellen, »allen gegenüber, mit Ausnahme der Presse. Davon hat mir die Polizei abgeraten. Man gab mir zu verstehen, die Nachforschungen gingen ohne Presserummel schneller und besser voran.«

»Dr. Stewart«, sagte Dennis, dessen Finger bereits über der Kontakttaste zu seiner Chefredakteurin schwebte, die er sofort nach diesem Gespräch anrufen wollte. »Ich würde mich gern mit Ihnen privat unterhalten und ein paar Aufnahmen von Ihnen und der Unfallstelle machen. Ich möchte nur noch einige Anrufe tätigen, dann rufe ich Sie sofort zurück.«

8

Ellen war in ihrer Praxis, in Dienstkleidung: Rock, Strümpfe, Pumps. Für heute waren sechs Termine vorgesehen, die sie um jeden Preis einhalten wollte. Offensichtlich hatte sie nach dem Anruf bei der Zeitung wieder einen etwas klareren Kopf.

Seit ihrem Gespräch mit Dennis Chivers waren anderthalb Stunden vergangen. Er wusste, dass er sie hier erreichen konnte. Allerdings hoffte sie inständig, er rief nicht während einer ihrer Sitzungen an.

»Entweder musst du gehen oder die Polizei benachrichtigen«, erklärte Ellen Carol. »Er verstößt in jeder Hinsicht gegen das Umgangsverbot.«

»Diese Woche war es nicht ganz so schlimm.«

»Und wie lange wird das anhalten?«

Wortlos schaute Carol sie an. Ellen verwünschte sich selbst. Sie hatte sich mit ihrer Patientin auf einen idiotischen Willenskampf eingelassen, bei dem sie nicht einmal auf der richtigen Seite stand.

Inzwischen tat sie sich mit ihrer Arbeit wesentlich schwerer. Immer stärker löste sich der klinische Blickwinkel, den sie sich während ihrer Ausbildung mühsam angeeignet hatte, im Säurebad ihrer Emotionen auf.

Das Telefon klingelte. Wie immer während der Sitzungen hatte Ellen auf den Anrufbeantworter um- und den Ton ausgeschaltet. Aber heute löste das Klingeln ein Zittern aus. Am liebsten hätte sie abgehoben oder wenigstens zugehört.

Carol sagte: »Ich weiß, ich gehe zu langsam vor. Ich weiß, dass ich leichtgläubig bin, aber Jeff hat auch eine gute Seite, und wenn er mir die zeigt, halte ich inne und werde nachdenklich. Suzanne und mir zuliebe möchte ich keinen Schritt tun, den ich hinterher bereue.«

Diesmal schwieg Ellen klugerweise, sodass Carol ihre eigene Aussage in den Ohren nachhallte, bis sie schließlich sagte: »Das ist die Flitterwochenphase. Das wolltest du doch sagen, oder?«

»Ich habe nichts gesagt, sondern du. Also?«

»Sein Ärger wird sich anstauen, und dann wird er erneut explodieren.«

Wieder ließ Ellen Carol an ihren eigenen Worten herumkauen.

»Mal angenommen, ich gehe mit Suzanne weg, wohin sollen wir gehen?«, fragte Carol. »Wie soll ich etwas planen? Du weißt doch, dass mir Jeff auf Schritt und Tritt folgt und meine Telefonate abhört.« Sie berührte den Piepser, den sie ständig am Gürtel trug. »Wenn er nicht weiß, wo ich bin, piept er mich alle drei Minuten an.«

»Du könntest ins Eastporter Frauenhaus gehen. Es ist abgeschirmt und streng bewacht. Wenn dann der erste Ärger verraucht ist, könntest du während der Wohnungssuche ins Hotel ziehen.«

Carol schüttelte den Kopf. »Dafür komme ich nicht an genug Geld heran.«

Ellen runzelte die Stirn. »Und was ist mit deinen Maklergebühren?«

»Die muss ich immer auf Jeff überschreiben. Sämtliche Konten und Kreditkarten laufen auf seinen Namen. Ich habe nie Bargeld. Das ist ja einer der Hauptgründe, warum er verhindern will, dass ich gehe. Mit seiner Elektrofirma macht er Millionen, und davon will er nichts für den Unterhalt seines Kindes abzweigen.«

Bis zum Ende der Sitzung waren noch zwei Anrufe gekommen. Kaum hatte Carol die Tür hinter sich geschlossen, rief Ellen ihre Nachrichten ab.

Die dritte war von Dennis Chivers.

Er klang weniger energisch als zuvor. »Wir müssen erst mal unsere Recherche ein bisschen vertiefen, dann werde ich wieder auf Sie zukommen.«

»Wann?«

»In ein, zwei Tagen. Ich melde mich bei Ihnen.«

Ellen legte auf. Sie fühlte sich wie ein Ballon, dem die Luft ausgegangen war: im Stich gelassen.

Nachdem sie sich mit einem Blick in ihren Terminkalender

vergewissert hatte, dass sie vor ihrem nächsten Patienten eine Stunde Zeit hatte, lehnte sie sich in ihren Stuhl zurück.

Was ging hier vor?

Nun, sie wusste es natürlich. Sie setzte alles auf eine Karte. Beim verzweifelten Versuch, ihren qualvollen Verlust abzumildern, maß sie der winzigen Chance mit den *Eastport News* viel zu viel Bedeutung bei.

Als ob das helfen könnte.

Als ob das ihren Sohn zurückbringen würde.

Doch genau das tat sie. Na schön, Frau Oberdoktor.

Sie stand auf und begann, hin und her zu laufen. Hier stand ihr Bücherregal mit sämtlichen schlauen Büchern, wie man Menschen mit Seelenkummer helfen konnte: misshandelten Menschen, die Stimmen hörten, solchen, die sich selbst Bisswunden zufügten, die sich die Seele aus dem Leib kotzten, die ihre Partner oder ihre Mütter oder ihre Gärtner umbrachten. Aber für Ellen stand nichts in den Regalen, kein Rezept für die Wiedergeburt eines toten Kindes.

Deshalb mühte sich ihr Gehirn so verzweifelt, eines zu erfinden, und war dabei an einem Reporter der *News* hängen geblieben.

Ellen, die erwachsene Frau, die Therapeutin, musste begreifen lernen: ein Reporter war ein Reporter. Und das Höchste, was sie erwarten konnte, war Rehabilitation, war Gerechtigkeit. Was soll nun geschehen? Wie hättest du's denn gerne?, fragte sich Ellen und konnte ein krankhaftes Kichern nur unterdrücken, weil das Telefon läutete.

»Dennis Chivers, Dr. Stewart«, sagte er. Zuvor hatte es Dennis und Ellen geheißen. »Ich weiß nicht, ob wir mit dieser Story etwas anfangen können.«

Story? »Und warum nicht?«

Er schien seine Worte bewusst langsam zu wählen. »Die Polizei von Eastport besteht hartnäckig darauf, dass Officer Pallas nicht am Tatort war. Pallas selbst sagt, er habe Verständnis für Sie und Ihren Mann, aber – aber er hätte nichts getan und würde allmählich unter den Anschuldigungen leiden. Es gibt keine Aussagen, die Ihre untermauern. Meines Wissens hat nicht einmal Ihr Mann den Vorgang beobachtet.«

»Stimmt, so war es, aber was soll das? Ich bin Profi, Dennis, ich bin glaubwürdig. Zu meinen Patienten gehören prominente Leute. Ich bin *Ärztin,* ich weiß, was ich gesehen habe.«

»Sie sind aber auch die Mutter.«

Spontan fielen Ellen gleich mehrere Antworten ein. Am liebsten hätte sie diesen gelassenen jungen Mann angebrüllt. Stattdessen sagte sie: »Ich würde der Sache gerne nachgehen. Kann ich noch mit jemand anderem sprechen?«

»Vielleicht mit meiner Chefin?«

»Ja.«

»Bleiben Sie dran.«

Es klickte ein paar Mal, und dann: »Primo.«

»Hier ist Dr. Ellen Stewart. Mit wem spreche ich?«

»Nora Primo, Chefredakteurin. Sie sind die Mutter des getöteten Kindes.«

»Ja, ich möchte Ihnen erzählen –«

»Frau Doktor, die Sache gibt nichts her. Die Ergebnisse der Untersuchungen sind gleich null. Die Polizei reißt sich den Arsch auf und findet heiße Luft. Officer Pallas war zum Zeitpunkt des Unfalls nachweislich woanders. Kein Mensch in der Gegend hat irgendetwas gesehen. Ich kann Ihre Anschuldigung nicht drucken, nur weil sie von Ihnen kommt. Es sei denn, ein neuer Stein käme ins Rollen.«

Nach ihrem nächsten Patienten hatte Ellen eine Stunde frei. Sie ging ins Büro der *Eastport News* und bestand darauf, Nora Primo zu sehen, was nicht weiter schwierig war.

Die Chefredakteurin hatte ein kleines Fensterzimmer mit einer Lavalampe. Auf ihrem Schreibtisch sah es trotz der vielen Arbeit ordentlich aus, alle Papiere waren fein säuberlich übereinander gestapelt. Sie war eine schlanke Frau Anfang sechzig mit großen Füßen und Händen und blickte ihr Gegenüber aus dunkelgrauen Augen unschuldig an, während sie gleichzeitig Informationen sammelte.

Nora Primo war barsch mit ihr umgesprungen, und Ellen fand das durchaus erfrischend. Keine geheuchelten Mitleidsbekundungen, kein Ich-wünschte-ich-könnte-Ihnen-Helfen. Nur nackte Tatsachen.

Ellen setzte sich unaufgefordert. »Ich hatte am Telefon noch mehr zu sagen, als Sie Zeit erübrigen wollten. Die allgemein akzeptierte Ansicht über den Tod meines Kindes ist einseitig. *Ein Polizist aus Eastport hat ihn getötet.* Auf die Frage von Dennis Chivers, wie hoch ich meinen berechtigten Standpunkt auf einer Zehnerskala einschätzen würde, habe ich zwanzig gesagt. Und dabei bleibe ich auch.«

»Ich weiß, Dennis hat's mir erzählt.« Primo kippte ihren Stuhl nach hinten. »Aber das reicht nicht aus.«

»Was dann?«

»Beweismaterial. Zeugen, die das Fahrzeug oder den Mann am Tatort gesehen haben. Kein festes Alibi. Polizistengeschwafel. *Nachweislich* irgendein großer Bockmist aus der Vergangenheit des Officers, besonders wenn er dabei gelogen hat. Und nicht nur eine trauernde Mutter, egal ob sie Ärztin oder Hubschrauberpilotin ist.«

Ellen musterte die Frau, deren zerfurchtes schmales Gesicht weiche Locken einrahmten, ohne jeden Anflug von Grau. Auf ihrem Schreibtisch lagen weder eine teure Füllhaltergarnitur noch andere Chefinsignien herum.

Vielleicht sollte sie Nora Primo fragen, ob auch sie Mutter sei, schoss es ihr impulsiv durch den Kopf, aber dann zügelte sie sich wieder. Das war billig. Sie hasste es, wenn ihr Patienten diese Frage stellten.

Ellen stand auf. »Ich bedauere, dass Sie meine Aussage nicht zitieren. Ich würde gerne behaupten, ich hätte dafür Verständnis, aber ich hab's nicht. Die Reaktion einer Regionalzeitung, die für alle da ist, auf diese Tragödie hier vor Ort sollte aus mehr bestehen als aus alten Zitaten aus Rosalind-Russel-Filmen.«

»Einverstanden«, sagte Nora, »falls es sich um eine allgemeine Tragödie handelt, bei der die *News* tatsächlich helfen können. Aber unter diesen Umständen kann ich lediglich eine Story darüber bringen, dass die Suche nach dem Fahrer weitergeht.«

»Aber das wäre Erfindung.«

Nora Primo warf Ellen einen Blick unter ihren Augenbrauen zu. »Das wäre ein Anfang. Wir würden die Story wiederholen, mit ein paar Zitaten von Ihnen und Ihrem Mann über Liam. Wir könnten die Leser bitten, uns alles Wissenswerte mitzuteilen. Auf die Art wurden schon früher Fälle gelöst.«

»Bei diesem hier gibt es nichts mehr zu lösen; es ist alles klar.«

»Nur für Sie.«

»Landrin.«

»Nora Primo hier, Jason. Soeben hat Ellen Stewart mein Büro verlassen.«

»Okay.«

»Sie ist völlig überzeugt, dass Officer Pallas ihr Kind getötet hat.«

»Nora, erzählen Sie mir doch etwas, was ich nicht fünfmal täglich hören muss.«

»Warum ist sie so sicher?«

»Ich geb's auf.«

Nora verfolgte mit dem Finger eine Blase, die in ihrer Lavalampe nach unten schwebte. Sie mochte es, dass keine Blase der anderen glich. Das Gleiche konnte man auch über Reporter sagen, oder über Polizisten.

Ruhig fuhr Nora fort: »Dr. Stewart besteht darauf, sie hätte gesehen, wie Peter Pallas mit einem Streifenwagen ihren kleinen Jungen überfahren hat und dann abgehauen ist.«

»Nora, das *weiß* ich doch. Aber Peter beharrt ebenso hartnäckig darauf, er sei nicht da gewesen. Und das bestätigt die Funkzentrale genauso wie das ganze Direktoratsbüro der High-School, vom Rektor angefangen.«

»Und wie steht's mit dem Streifenwagen? Vielleicht war es jemand anderes in einem anderen Polizeiauto.«

»Himmel, danke für den Einfall. Ich werde der Sache nachgehen.«

»Kein Grund, eingeschnappt zu sein.«

»Also, zum Kuckuck, wenn ich zurzeit auf meinen Schreibtisch schaue, sehe ich kein Holz mehr, weil diese Karte alles zudeckt. Darauf ist jeder Streifenwagen eingezeichnet, wer darin saß, wer ihn bzw. sie gesehen hat, mit genauer Zeit- und Ortsangabe.«

»Und das ist alles abgeklärt?«

»Nicht hundertprozentig. Wir sind noch nicht fertig.«

»Dann gibt es also noch ein paar Löcher.«

»Nora, wie oft soll ich es noch sagen? Da ist nichts. Nichts. Trotzdem bleiben wir weiter dran.«

»Mhm«, sagte Nora.

Schweigen.

Dann fragte Jason: »Was möchten Sie hören?«

Nora grinste. Sie liebte Männer, aber immer wenn man dachte, man hätte ein wirklich kluges Kerlchen vor sich, ergaben sich gewisse Umstände, die einem klarmachten, dass es immer noch keinen Weihnachtsmann gab.

Sie sagte: »Das sagen Männer immer, wenn sie mit ihrer Weisheit am Ende sind. Und dann ist ihr einziger Gedanke nur noch, wie schaffe ich's, dass sie abhaut und mich in Ruhe lässt.«

Jason lachte. »Sie rütteln mich immer wieder wach.«

»Tatsächlich? Gut. Also, was nun?«

»Ha! Zuerst reißen Sie mir wegen meiner Sätze den Kopf ab, und dann geben Sie sie mir wieder retour.«

»Mit dem Unterschied, dass ich bewusst so vorgehe. Ich gewinne. Rufen Sie mich an, wenn's was Neues gibt. Und ich werde Sie anrufen, wenn's bei mir so weit ist.«

9

Zum ersten Mal seit sie ohne Liam waren, gingen Ellen und Kevin abends zum Essen aus. Kevin hatte nach New York gewollt oder wenigstens außerhalb von Eastport, aber Ellen meinte: »Wir können unserer Stadt nicht aus dem Weg gehen. Hier leben wir.«

Sie gingen ins Café in der Hauptstraße, ein Bistro mit unverputzten Ziegelwänden und schicker Speisekarte. Da sie früh genug dort waren, bekamen sie eine Nische für sich allein. Sie setzten sich einander gegenüber. Ellen streifte ihre Schuhe ab, stellte ihre Füße auf Kevins und rubbelte mit ihren Zehen seine Knöchel.

»Heute hat Vela mich angerufen«, sagte sie. »Sie glaubt, sie könnte Adeline doch noch im Heim unterbringen.«

»Das ist ja wunderbar. Und was wäre der nächste Schritt?«

»Erstens muss sie ihren Beirat davon überzeugen, dass er eine sehbehinderte Bewohnerin akzeptiert, und dann finanzielle Unterstützung erwirken. Beides zugleich wird nicht ganz einfach sein, aber Vela ist optimistisch.«

Ellen bestellte einen vegetarischen Burger, aber sein Anblick erinnerte sie an den Mount Everest. Sie hätte doch nur eine Suppe nehmen sollen.

»Stimmt was nicht?«, fragte Kevin, als er merkte, wie sie auf ihren Teller starrte.

»Ich dachte, das würde mir schmecken, aber ich kann es unmöglich essen.«

Er nahm ihren Teller und stellte ihn ans Tischende, dann schnitt er ein Stück von seinem gebackenen Kabeljaufilet ab und legte es mit ein paar grünen Bohnen auf ihren Brotteller.

»Probier mal den.«

Mit einem dankbaren Lächeln versuchte sie einen Bissen. Es schmeckte ganz gut und rutschte leicht hinunter. »Danke«, sagte sie. »Woher hast du das gewusst?«

»Ich habe versucht, mich an Dinge zu erinnern, die ich eigentlich weiß. Anscheinend habe ich eine ganze Menge vergessen und mich dabei wie ein Volltrottel benommen. Tut mir echt Leid.«

Sie schüttelte den Kopf. »Nein, das hast du nicht.«

»Doch. Ich bin … weit weg gewesen.«

»Bist du doch immer, aber du kommst wieder. Also spielt das keine Rolle. Jeder bewältigt eine Sache auf seine Weise.«

»Das nenne ich nicht nachtragend.«

»Kevin – du hast nichts *getan.*«

Er betrachtete ihre Hand, die auf dem Tisch lag: klein, zart gebräunt, mit kurzen natürlich-rosa Nägeln. Er hielt sie fest. Er liebte das weiche, fast schwerelose Gefühl ihrer Hände, die ganz ihrem Wesen entsprachen, zart und empfindsam.

Früher einmal hätte er auch sich selbst als empfindsamen Menschen bezeichnet.

Er ließ ihre Hand los und sagte: »Heute Morgen habe ich etwas getan, was mich selbst überrascht hat. Ich bin ganz unbewusst zum Haus von Peter Pallas gefahren. Es war, als ob das

Auto mich hingefahren hätte. Irgendetwas hat mich dazu getrieben.« Er beschrieb seine Fahrt zu Pallas und seine Empfindungen dabei.

»Ich habe nicht mit ihm gesprochen, andernfalls hätte ich ihn erschlagen.«

Ellen setzte sich zurück. Kein Wort von Kevin hätte sie mehr berühren können.

Nun ergriff sie seine Hand. »Ich danke dir. Das klingt seltsam, aber so meine ich's. Danke.«

Jetzt verspürte sie doch ein wenig Appetit und aß den restlichen Fisch.

Die Sache mit den *News* hatte sie ihm schon früher erzählt, die verheißungsvollen Gespräche, die letztlich dann doch völlig entmutigend verlaufen waren. Dabei hatte er teilnahmsvoll zugehört, ohne genauso betroffen zu sein wie sie. So wie er eben nun mal war. Und sie, die sich von Berufs wegen tagtäglich geduldig mit menschlichen Unzulänglichkeiten beschäftigte, hatte es akzeptiert, weil sie wusste, es würde vorbeigehen. Aber eine derart grundsätzliche Kehrtwendung hatte sie nicht erwartet, vor allem nicht so schnell.

Die Wirtin brachte eine Sechsergruppe an den Nachbartisch. Ellen erkannte Bo Repsher, den Bürgermeister von Eastport, in Begleitung von Frau, Kindern und deren Partnern.

»Schau«, sagte sie leise zu Kevin.

Er drehte sich um. »Bürgermeister Repsher, stimmt's?«

»Ja.«

Die Bedienung schenkte ihnen Wasser nach. Beim Anblick des Burgers, den Ellen weggeschoben hatte, fragte sie: »Ist er nicht in Ordnung?«

»Doch«, sagte Ellen, »ich habe nur nicht so viel Hunger, wie ich dachte.«

Die Bedienung nahm ihn mit. »Kann ich Ihnen etwas anderes bringen?«

»Kaffee«, meinte Kevin, »zweimal.«

Ein sportlich aussehendes junges Mädchen mit wunderschönen, frisch gewaschenen Haaren und einem fleckigen Top erzählte von einem Volleyballspiel. Offensichtlich handelte es sich um die Tochter des Bürgermeisters. Bei einem Sprung nach dem Ball war sie im Bikini voll in den Sand gestürzt, hatte aber trotzdem weitergespielt.

»Erst beim Duschen«, erzählte sie, »habe ich gesehen, dass ich überall Schrammen hatte. Eigentlich hätte ich auch mit Jod duschen können.«

»Aber ihr habt gewonnen«, meinte einer der anderen, und alle lachten.

Ellen dachte an den kleinen Liam, der den Strand so geliebt hatte. Wahrscheinlich wäre er ein begeisterter Volleyballspieler geworden. Das wäre der perfekte Sport für ihn gewesen. Schon immer hatte sie besorgt an den Zeitpunkt gedacht, wenn es mit dem Dreirad losginge und er auf ihrer kleinen Ringstraße herumführe, die zwar sicher wirkte, aber eben doch eine Straße war. Ein Sport im Sand wäre eine hübsche Perspektive für später gewesen.

Aber später war gestern …

Unwillkürlich schluchzte sie auf. Kevin runzelte die Augenbrauen, beugte sich zu ihr und drückte ihre Schulter. »Wir können gehen«, sagte er. »Oder möchtest du unbedingt Kaffee?«

In dem Moment wurde ihr klar, was sie wirklich wollte: ein Gespräch mit dem Bürgermeister.

Bo Repsher hatte ursprünglich als Raketenwissenschaftler gearbeitet, worauf seine Wahlhelfer immer wieder mit besonderer Vorliebe stolz hinwiesen. Aber in einer Stadt von der Größe Eastports bestand die Wahlmannschaft aus Familienmitgliedern und Golffreunden, da konnte man keine Kampagne wie bei einer Präsidentenwahl erwarten. Für ihn war das schon in

Ordnung. Keine Raketen mehr. Inzwischen war er sechsundsechzig und benügte sich damit, Schnellboote zu vermieten und dafür zu sorgen, dass Eastport nicht von Außerirdischen bombardiert wurde. Er musste sich mit den Stars treffen und wissen, wer wirklich nett und wer ein Hohlkopf war. Ab und zu musste er einem Wähler hilfreich unter die Arme greifen, und das mochte er am liebsten.

Aber nicht beim Abendessen, sagte er sich insgeheim, als die Frau vom Nachbartisch auf ihn zukam.

Ellen streckte die Hand aus. »Ich bin Ellen Stewart und arbeite hier in der Stadt als Psychotherapeutin. Ich wohne in Sandpiper.«

»Nett, Sie kennen zu lernen«, sagte der Bürgermeister. »Darf ich vorstellen? Meine Frau Louise, meine Tochter Blaine mit ihrem Mann Rafe und mein Sohn Roy mit seiner Verlobten, Liz Donner.«

Ellen begrüßte jeden einzeln, dann wandte sie sich wieder an den Bürgermeister und meinte: »Entschuldigen Sie die Belästigung, aber diese zufällige Begegnung hat für mich eine besondere Bedeutung. Ich sollte mit Ihnen reden, über meinen Sohn Liam, meinen kleinen Jungen. Letzte Woche hat ihn ein Streifenwagen angefahren und getötet.«

Jetzt wusste Bo den den Grund für das dumpfe Unbehagen, das er bei ihrem Anblick verspürt hatte. Die ganze Schreckensgeschichte fiel ihm wieder ein. Diese Lady musste am Boden zerstört sein. Er wäre es sicherlich. Blaine hatte nur einmal, nach einem Sturz vom Skateboard, blutend in der Auffahrt gelegen, und er hatte sich vierundzwanzig Stunden lang übergeben müssen.

»Es tut mir Leid«, betonte Bo. »Ich weiß nicht, was man nach dem Verlust eines Kindes empfindet, und wünschte, Sie müssten es auch nicht erfahren.«

»Es geht darum«, sagte Ellen, während sie sich neben seinen Stuhl kniete, »dass die Gerechtigkeit nicht ihren Lauf nimmt. Der Mann, der Liam getötet hat, wird nicht belangt. Er ist Polizeibeamter, Peter Pallas. Aber da er alles abstreitet, hört mir niemand zu.«

Bo schaute zu ihr hinunter. Sie hatte trockene Augen. Obwohl sie ihn unverwandt anschaute, schien ihr Blick irgendwo anders fixiert zu sein. Er registrierte, wie ihr Mann gerade vom Tisch aufstand.

Sie brauchte Hilfe, vielleicht nicht von ihm, aber wenigstens könnte er den Anstoß dazu geben.

Er sagte: »Wie wäre es, wenn wir uns noch diese Woche zu einem Gespräch treffen? Sie, Ihr Mann, ich und Polizeichef Tuck.«

Ihr Blick verlor ein wenig an Distanz. »Das wäre einfach großartig.«

Der Mann half ihr auf, wieder entschuldigte sie sich. Bo tätschelte ihren Arm. »Kein Problem. Rufen Sie morgen mein Büro an und sprechen Sie mit Anita.«

»Tut mir Leid«, sagte Ellen zum dritten Mal zu Kevin. An diesem Abend entschuldigte sie sich bei jedem. Vielleicht würde sie zu Hause ihr Adressbuch nehmen und dann die Leute von A bis Z anrufen und sich bei allen entschuldigen.

»Ist schon gut«, sagte Kevin.

»Ich habe dich in Verlegenheit gebracht.«

»Jaja, aber das geht mir bei recht schnell.«

»Wenigstens habe ich etwas erreicht.«

»Das kannst du laut sagen. Ein Treffen mit dem Bürgermeister und dem Polizeichef ist kein Grund zum Traurigsein.«

»Ich bin ja gar nicht traurig«, sagte sie, war es aber doch.

Die ganze Nacht spürte Ellen ihr Essen. Gegen drei Uhr wachte sie mitten in einem Traum auf. Sie war mit Liam in seinem Zimmer und kitzelte seinen weichen Babybauch, während er sie von unten anstrahlte und seine typischen Gluckslaute von sich gab.

Sie wusste wohl, dass dies alles nicht real war. Ellen, die Objektive, versuchte, die emotionale Ellen gegen das Unglück abzupolstern, aber Ellen, die Emotionale, wollte sich so lange wie möglich gegen die Wirklichkeit stemmen. Mit dem Gegenteil eines Albtraums.

Nachdem der Traum verschwunden war, stand sie auf und ging in Liams Zimmer. Inzwischen war sie hellwach. Sie bemühte sich, Liams kleines Bett zu ignorieren. Sie hatte alles versucht: hatte es abgezogen und ohne alles liegen gelassen, hatte es mitsamt seinen Stofftieren ordentlich hergerichtet oder, wie jetzt, ohne jedes Tier aufgebettet. Doch immer versetzte es ihr einen Stich ins Herz, aber trennen konnte sie sich auch nicht davon.

Im beleuchteten Aquarium pulsierte das Leben, die Fische wedelten mit den Flossen. Am Boden saß Pedro und streifte mit seinen vorderen Tentakeln übers Glas.

Ellen legte von außen den Finger dagegen. Pedro beachtete sie gar nicht. Aber das hatte er auch bei Liam nie gemacht, wenn er das Glas berührt hatte.

Liam hatte sich in Tintenfische verliebt, nachdem er einen in einem Disney-Comic gesehen hatte. Als Ellen Pedro nach Hause brachte, war er vor Begeisterung hochgehüpft, um nur ja alles sehen zu können, als sie die Tür öffnete. Ellens ideales Haustier entsprach eher einem großen Wuschelhund, aber bereits der Gedanke, einen für Liam zu kaufen, ließ sie blitzartig daran denken, dass sie irgendwann seinen Verlust verschmerzen müssten.

Am ersten Tag ihres Studiums in Tufts hatte sie sich Cricket in einem Tierheim ausgesucht. Zufällig war dies auch ihr erster Tag in den ersten eigenen vier Wänden statt in einem Wohnheim gewesen.

Cricket hatte Ellen sofort entdeckt, als sie den Käfigbereich mit den vermittelbaren Hunden betrat, und war auf sie losgestürmt. Mit einem Lächeln, davon war Ellen überzeugt. Sie war eine hübsche große Hündin mit goldbraunem Fell – vermutlich eine Mischung aus Hirtenhund, gelbem Labrador und einem Schuss Schäferhundblut.

Schon immer hatte sich Ellen einen Hund wie Cricket gewünscht, aber ihre Eltern hassten die Unordnung und die Haare. Hunde seien ein Gesundheitsriskio, hatten sie erklärt. Sie übertrugen Würmer. Ob Ellen Würmer im Bauch haben wolle?

Cricket war mit Ellen schnurstracks nach Hause gegangen, als ob sie seit ihrer Ankunft im Tierheim vor fünf Monaten nichts anderes vorgehabt hätte. Die Leute wollten keine so großen Hunde.

Nachdem Cricket Ellens Einzimmerapartment betreten hatte, war sie auf die Couch zugesteuert, hatte sich zu einem Fellkissen zusammengerollt und Ellen erwartungsvoll angeblickt. Sie hatte zurückgelächelt und sich daneben gekuschelt.

Ellen hatte Cricket auf ihren Stundenplan dressiert. Immer wenn sie herauskam, war die Hündin schon da und wartete auf einen Hundeknochen und einen Krauler. Wenn ein Junge mit Ellen ausgehen wollte, musste er erst den Crickettest bestehen, ihr kleines Geheimnis. Cricket musste ihn anlächeln, sonst hatte er keine Chance.

Kevin hatte den Crickettest so fulminant bestanden, dass ihn Ellen zum Essen einlud. Es gab Hackbraten, eines der vielen Gerichte, die sie im Laufe der wenigen Monate nach dem Einzug in ihre Wohnung ausgezeichnet kochen gelernt hatte.

Für Ellens Mutter standen Kochen und Hunde auf einer Stufe: So etwas überließ man am besten jemand anderem irgendwo anders. Ellen war entschlossen, sich ein gemütliche Zuhause zu schaffen, genau wie sie auf ihrem Haustier bestanden hatte.

10

Polizeichef Philip Tuck war ein ernsthafter hochintelligenter strebsamer Polizist mit Glatze, der den Respekt und oft sogar die Zuneigung seiner Mitarbeiter genoss. Mit Ausnahme der wenigen Fälle, in denen er die Zügel zu straff in der Hand hielt, was gelegentlich geschah. Er hatte eine Vorliebe für Windsurfen und Schokolade und hasste verregnete Nachmittage, aber das schien heute ziemlich ausgeschlossen. Da er seit sieben im Büro war, wäre er am liebsten heimgegangen und hätte seine Ausrüstung angezogen, aber diesen Termin konnte er nicht platzen lassen. Und eigentlich wollte er es auch gar nicht. Das Gerücht, Officer Pallas oder *irgendein anderer* hätte mit einem Streifenwagen das Baby der Stewarts überfahren, wollte nicht verstummen. Er musste einfach mehr darüber erfahren, auch wenn es noch so unwahrscheinlich klang. Unwahrscheinlich hieß schließlich nicht unmöglich.

Mit unverhohlener Neugier begrüßte er die Stewarts. Sie sahen genauso aus, wie er sie sich unter diesen Umständen vorgestellt hatte: traurig und erschöpft. Er wusste wenig über sie, nur dass sie bekannte Ärzte waren. Der kleine Junge war ihr einziges Kind gewesen. Obwohl Tuck selbst keine Kinder hatte, wusste er, wie er sich fühlen würde, wenn jemand Shelby überfahren würde, seinen schwarzen Labrador. Den Kerl würde er mit Wonne genüsslich in Stücke schneiden.

Kevin Stewart sagte: »Wir sind hier, weil wir den Eindruck

haben, dass man uns nicht zuhört. Officer Pallas ist des Mordes schuldig, aber niemand nimmt diese *Tatsache* ernst.«

»Nur Sie haben den Vorfall beobachtet?«, fragte Tuck Ellen.

»Ja«, sagte Kevin. Er hatte geahnt, dass sie sofort auf den Punkt kämen und er nicht die geringste Möglichkeit hätte, seinen Standpunkt zu erklären. Denn von einem war er absolut überzeugt: Pallas war schuldig, als ob er ihn in jener Nacht mit eigenen Augen gesehen hätte. Hätte er sagen sollen: »*Ich habe das Böse gespürt?*« Das war ebenso unmöglich, wie das Lied der Lieder anzustimmen. Immer und immer wieder hatte er in Gedanken jeden Augenblick vor dem Unfall durchgespielt, hatte mühsam nach irgendwelchen versteckten Erinnerungsfetzen gesucht – ein vorüberhuschender Streifenwagen, ein verräterisches Geräusch. Bis er an einem Punkt angelangt war, an dem er sich selbst nicht mehr trauen konnte. Da er unbedingt etwas gesehen oder gehört haben wollte, hätte er es ebensogut erfinden können.

»Aber«, fuhr er fort, »meine Frau ist schon rein beruflich eine geübte Beobachterin. Das ist ihr Fach. *Und sie hat Peter Pallas gesehen.*«

Tuck wandte sich an Ellen: »Beschreiben Sie exakt, woran Sie sich erinnern.«

Obwohl sie den Hergang inzwischen mechanisch aufsagen konnte, tat sie es nicht, sondern rief mit jedem Wort alle Empfindungen zurück. Natürlich weinte sie, aber inzwischen fiel ihr das kaum mehr auf.

Als sie fertig war, fragte Tuck: »Woher kennen Sie Pallas?«

»Mehrere meiner Patienten leiden unter häuslicher Gewalt. Ich kenne alle Polizisten in Eastport, wenigstens vom Sehen.«

»Hatten Sie jemals ein negatives Erlebnis mit ihm?«

»Nein.«

Bürgermeister Repsher sagte: »Diese Beschuldigung ist schockierend. Peter ist ein beliebter Polizist. Wir haben zusammen Golf gespielt. Ich habe ihn mit Phil Donhue und Robert Redford spielen sehen. Aber«, fuhr er fort und hob die Hand, als er sah, wie die Stewarts rot anliefen, »Dr. Stewart ist eine Wissenschaftlerin, die ihren Beruf ausübt, und selbst ein geachtetes Mitglied der Gemeinde. Als sie mich gestern Abend ansprach, habe ich ...« Er brach ab. *Habe ich ihren Schmerz gespürt,* hatte er sagen wollen. Obwohl er ein Anhänger Clintons war, hasste er politischen Bockmist, egal, aus welcher Richtung. »Hat mich ihr aufrichtiges Leid tief bewegt.«

»Mich auch«, meinte Tuck, hielt inne und griff nach ein paar Notizen, die in einer Ecke seines Schreibtischs lagen. »Officer Pallas erklärt, er sei zur Unfallzeit in der High-School von Eastport gewesen und habe einen Fall von Vandalismus verfolgt. Dort hätten gerade mündliche Abschlussprüfungen stattgefunden. Er habe drei Studenten befragt und sich mit dem Direktor getroffen. Dies wird von der Funkzentrale, mit der Pallas in Kontakt stand, und von Direktor Hynes bestätigt. Alle Bewohner und Nachbarn von Sandpiper Beach wurden befragt. Auf der Hansen Road glaubten zwei Personen, sie könnten sich daran erinnern, dass irgendwann im Laufe des Abends ein Streifenwagen vorbeigefahren sei, aber keiner konnte sagen wann oder den Polizisten identifizieren.«

Ellen beugte sich vor. »Wer hat das gesagt?«

»Sie wissen, dass ich Ihnen keine Namen nennen darf«, sagte Tuck. »Außerdem fahren ständig Polizeiautos vorbei, das ist schließlich ihre Aufgabe.«

Obwohl Ellen liebend gerne nachgehakt hätte, zwang sie sich, die mustergültige vernünftige Erwachsene zu mimen, eine Rolle, die sie inzwischen erschreckend gut beherrschte. Sie fragte den Polizeichef: »Wie würden Sie den derzeitigen Stand der Untersuchung beschreiben?«

Tuck kaute an seiner Lippe. »Hochaktiv. Keine Spur wird ausgelassen.«

»Was müsste geschehen, damit Sie Pallas ernsthafter in Erwägung ziehen?«

»Wir ziehen ihn bereits ernsthafter in Erwägung. Deshalb haben wir ja die bisherigen Beweise zusammengetragen.«

»Himmel«, sagte Kevin und stand kopfschüttelnd auf. »Zum Kuckuck, was ist mit Ihnen los? Unser Sohn ist tot, und meine Frau hat den Mann gesehen, der ihn getötet hat, und Sie erzählen uns allen Ernstes, wir sollten uns nicht so anstellen. Pallas hat meinen Sohn getötet und fährt noch immer ganz offiziell mit dieser gottverdammten Todeskarre herum und *Sie weigern sich, daran etwas zu ändern*!«

Bürgermeister Repsher wandte sich an Polizeichef Tuck: »Dem kann ich nicht widersprechen.«

»Doch, ich schon, aber ich will nicht. Hören Sie mal zu, Herr und Frau Doktor. Ich kann lediglich sagen, dass ich Ihre Sicht der Dinge verstehe, aber Sie müssen auch versuchen, meine zu verstehen. Wir geben nicht auf, wir stellen uns nicht blind. Wir werden der Sache auf den Grund gehen.«

Kaum saßen sie im Auto, sagte Ellen: »Wir müssen unbedingt die Leute in der Hansen Road finden, die den Streifenwagen gesehen haben.«

»Ich kann heute keine Termine mehr absagen. Ich habe schon alles verschoben und alle, die warten konnten, neu eingetragen.«

»Nun, es ist sowieso besser, wenn wir mit ihnen nach der Arbeit reden. Damit wir jeden erwischen, der auch damals zur selben Zeit daheim gewesen ist.«

Kevin schwieg einen Augenblick, dann fragte er: »Meinst du wirklich, wir sollten das tun? Ich hatte den Eindruck, das hätte die Polizei schon ziemlich sorgfältig erledigt. Mehr war nicht herauszuholen.«

Ellen, die schräg auf dem Beifahrersitz des Lexus saß, drehte sich zu Kevin um. Auf dem Leder waren Eindrücke von Liams Kindersitz geblieben. Liam hatte das Ding erst gemocht, als Kevin ihm dazu ein weich gepolstertes Lenkrad gebastelt hatte, an dem sich Liam bei einem Aufprall nicht verletzen konnte.

Diese kleinen urplötzlichen Attacken aus dem Hinterhalt taten am meisten weh.

Sie sagte: »Findest du, dass ich übertreibe?«

»Ich finde – dass man diese Energie andernorts sinnvoller einsetzen könnte.«

Ellen fühlte sich bevormundet und war irritiert. Am liebsten hätte sie eine bissige Bemerkung über Kevins Energie in dieser Angelegenheit gemacht, aber sie wusste, wie schäbig sie sich dann fühlen würde.

»Landrin.«

»Jason, hier ist Tuck. Eigentlich hätten Sie bei dem Treffen mit Bürgermeister Repsher und den Stewarts dabei sein sollen.«

»Ich weiß, Sir. Tut mir Leid, aber das Verhör zum Raubüberfall auf die Grand Union lief so auf Hochtouren, dass ich nicht zu gehen wagte.«

»An erster Stelle sollte bei Ihnen der Fall Stewart stehen.«

»Tut er auch.«

»Sie beschäftigen sich gerade mit dem Zeitplan der Dienstfahrzeuge, oder? Falls sich die Mutter zwar im Polizisten irren sollte, aber nicht im Fahrzeug.«

»Ja«, sagte Jason, wobei er wütend auf das Diagramm starrte, das aus dicht beschriebenen, aneinander geklebten Zetteln bestand, die sich ständig vermehrten. Es bedeckte seinen ganzen Schreibtisch und hatte fast schon den Fußboden erreicht.

Polizeichef Tuck sagte: »Das Ganze entwickelt sich zu einem verdammt komplizierten Projekt – sämtliche Autos samt Besatzung und Beweisen. Vielleicht möchten Sie lieber ein Diagramm anlegen.«

Jason bombardierte das Telefon mit wütenden Blicken. Am liebsten hätte er hineingeschrien oder es an die Wand geworfen, oder beides. »Ich bin schon dabei, Sir.«

»Gut, Jason, bleiben Sie dran.«

11

Während Ellen ihren Anrufbeantworter abhörte, war ihr vor Wut noch immer zum Heulen. Alle hatten mit ihren Patienten zu tun. Kein Anruf von Barbara Walters, in dem sie verkündete, sie würde die Story von der Anklage gegen Liams Mörder groß herausbringen.

Olga Balin wünschte unbedingt ihren Rückruf. Ellen nahm an, dass es sich lediglich um eine weitere Terminverschiebung handelte, und verschob die Sache auf später, aber Olga rief erneut an.

»Ich muss Sie unbedingt sehen«, sagte Olga.

»Stimmt was nicht?«

»Darüber möchte ich nicht am Telefon sprechen. Um elf habe ich in Mayfield eine Studioaufnahme. Könnten Sie dorthin kommen?«

»Brauchen Sie mich denn wirklich?«

»Ja. Ich weiß, was ich da verlange.«

Ellen folgte Olgas Wegbeschreibung und entdeckte das Studio über einem riesigen Sportgeschäft am Black Rock Turnpike.

Sie hatte eine Olga erwartet, wie sie sie schon oft in ihrem Haus vorgefunden hatte, bevor die Therapie Wirkung zeigte. Eine Olga, die zusammengekauert in einem Sessel hockte, irgendjemanden neben sich, egal wen, und aus schreckensstarren Augen etwas anstierte, das nur sie sehen konnte. Während der gesamten Fahrt hatte Ellen mit Herzklopfen darüber gegrübelt, warum Olga so plötzlich rückfällig geworden war.

Aber Olga stand mit dem Mikrofon in der Hand da und hatte die Kopfhörer um den Hals gelegt. Hinter einer Glasscheibe konnte man ihre Band sehen, die sich in einem anderen Studio aufhielt. Sie trug einen grasgrünen Overall; die Augenlider waren in derselben Farbe geschminkt. Ihr Blick war voll und ganz auf Sichtbares konzentriert.

»Ellen.« Olga umarmte sie. »Gehen wir in die Garderobe.«

Sie ging hinter Olga durch einen Flur zu einer Tür, die ihre Patientin mit einem Schlüssel aufsperrte. Ein Sofa, ein Wandschrank, ein Schminktisch mit Kosmetika und ein Luftbefeucher – das war die ganze Einrichtung.

Olga zog die Tür zu und sperrte ab. Als sie sich umdrehte, hatte sie ein nasses Gesicht.

»Das mit Ihrem Sohn tut mir so Leid«, sagte sie.

»Danke.«

Olga umarmte sie. »Ich fühle mich schrecklich.«

»So sehen Sie aber gar nicht aus. Wo liegt das Problem?«

Olga trat zurück. »Ich kann nicht länger Ihre Patientin sein, da liegt das Problem.« Ein neuer Tränenschwall. Olga betupfte ihr Gesicht mit einem Kleenex.

»Und warum nicht?«

»Die Medien. Die Art, wie die Polizei nach dem schuldigen Fahrer sucht. Inzwischen stehen Sie schon zum zweiten Mal in der Zeitung, und außerdem habe ich auf Kanal Zwölf etwas darüber gesehen. Das heißt, dass Reporter in Ihrer Nähe sind. Ich kann einfach nicht riskieren, dass irgendein widerlicher Schlagzeilenschnüffler herausfindet, dass ich zum Seelenklempner gehe. Das kommt bei den Nashville-Fans nicht so gut an«, schloss Olga bitter.

Ellen wollte etwas sagen, aber Olga berührte ihre Wange. »Es ist eine Frechheit, Sie einfach hierher kommen zu lassen, ich weiß, aber ich wusste mir nicht anders zu helfen. Ich hatte Angst, Ihnen in der Öffentlichkeit zu begegnen. Bitte, verzeihen Sie mir.«

»Natürlich verzeihe ich Ihnen.«

»Danke.« Einen Augenblick sah Olga sie an. »Sie bewahren doch keine schriftlichen Sitzungsberichte auf, oder?«

»Ein paar Notizen.«

»Könnten Sie –«

»Die werde ich nicht vernichten, schließlich sind es meine Aufzeichnungen. Aber ich werde sie wegsperren.«

Cricket war eher ein Zimmergenosse als ein Haustier und hatte besondere Eigenschaften, an die sich Ellen erst gewöhnen musste. Während der Pollensaison schnarchte und nieste sie unentwegt. Aus dem Abfalleimer im Badezimmer zog sie jeden Wattebausch heraus, sonst nichts, nur Wattebäusche. Auf der Suche nach ihrer Beute durchwühlte sie Berge von Kleenex und Zellophan und Schminkstiftresten und versteckte sie anschließend unter der Couch.

Wenn sich Ellen darüber ärgerte, knurrte Cricket, auch wenn Ellen dachte, sie würde sich nichts anmerken lassen.

Sie liebte Kevins Socken. Jedes Mal, wenn er über Nacht blieb, schnappte sich Cricket einen, legte die Schnauze darauf und schlief damit.

Vier Jahre lebte sie mit Ellen in der Medforder Wohnung. Im dritten Jahr ihres Medizinstudiums zog Ellen nach Boston, um näher an ihren verschiedenen Klinikeinsätzen zu sein. Sie bezahlte ihrem ehemaligen Vermieter die idiotische Summe von vierhundert Dollar für Crickets Couch, mietete einen Lastwagen und ließ sie in ihre neue Wohnung in der Beacon Street bringen.

»Undankbares Luder«, meinte Kevin. »Und Olga hat dich so bitter gebraucht, nicht wahr?«

»Tja.«

»Weswegen war sie bei dir in Behandlung?«

Ellen warf ihm einen kritischen Blick zu.

»Du willst es mir also nicht sagen?«

»*Nein.*«

»Obwohl der Artikel gar nichts hergibt.«

Auf dem Tisch lagen die *Eastport News* mit dem kurzen, fairen, ausgewogenen Text über die fehlenden Fortschritte im Fall Stewart. Kein Wort über Pallas.

Ellen sagte: »So ist das eben mit Prominenten. Die gehen ja auch nicht herum und quatschen über ihre Schönheitschirurgen.« Sie schob mit beiden Händen ihre kupferrote Mähne nach hinten. »Bin ich froh, dass ich nicht zynisch werde oder sonst etwas.«

»Wir sind beide verrückt. Wir sind verrückt. Heute habe ich zu einem Patienten gesagt, er soll den Mund halten.«

Ellen schaute ihn an. »Nein.«

»Ein netter kleiner alter Mann, der etwas durchgedreht ist, weil ich ihm unbedingt zum besseren Abheilen einer Hautabschürfung ein Auge verbinden musste. Ich hatte keine Geduld.«

Sie hatten zusammen fast eine ganze Flasche Chianti getrunken. Ohne den Wein hätte Ellen vermutlich nicht gesagt: »Lass uns Peter Pallas besuchen.«

Er war daheim, das konnten sie schon beim Heranfahren erkennen. Sein ganzes Stockwerk war hell erleuchtet. Er ging in einem weißen T-Shirt hinter einem Fenster vorbei.

Ellen und Kevin gingen zur Tür und klingelten.

Pallas wirkte bei ihrem Anblick nicht überrascht. Obwohl Ellen wusste, dass wohl kein Polizist sich seine Überraschung anmerken ließ, konnte sie inzwischen nicht mehr objektiv sein. Die ganze Sache war so persönlich, und dafür hasste sie ihn.

Pallas stand in T-Shirt und Jeans auf der Türschwelle. Während sein Blick von Kevin zu Ellen wanderte, schaute er ihnen direkt in die Augen.

»Warum sind Sie hier?«, fragte er.

In dieser unmittelbaren Nähe spürte Kevin förmlich den Giftstachel dieses Mannes, dessen Gift sich in ihn hineinfraß. Er zwang sich dazu, Pallas in die Augen zu sehen. Er wollte darin unbedingt Antworten finden oder wenigstens eine menschliche Verbindung, aber dem war nicht so.

Kevin ballte die Hände zu Fäusten. Die kurzen Nägel gruben sich in seine Handballen. Er hatte gedacht, eigentlich sei er hier, weil er Pallas ausfragen oder nach irgendwelchen versteckten Perlen tauchen wollte, aber ein Blick in das glatte sonnengebräunte Gesicht unter den ausgebleichten Haaren, die er nie an seinem Kind bewundern würde, genügte. Auf einmal fuhren seine Hände nach oben, legten sich um Pallas' Hals und drückten zu. Fest.

»Scheiße«, stieß Pallas keuchend hervor.

Mit einer seitlichen Drehung versuchte er, Kevin nach hinten zu kippen, aber der hatte die Kraft des Kummers auf seiner Seite. Er drückte stärker zu, immer fester und fester, und begriff nicht, dass die Finger, die an ihm zerrten, Ellen gehörten, und nicht Pallas.

»Hör auf, Kevin. Nicht. *Hör auf.*«

Endlich gehorchte er. Seine Hände fühlten sich leer an. Am liebsten hätte er wieder Sehnen und Röhren unter den Fingern gehabt. Er stellte sich einen Pallas vor, der an Stelle seines Adamsapfels eine mächtige Riesendelle hatte.

Pallas rieb sich den Nacken und funkelte Kevin mit einer Mischung aus Schock und Abscheu wütend an. »Sie sind doch echt ein irres Arschloch. Sie haben soeben einen Polizisten tätlich angegriffen. Machen Sie, dass Sie rauskommen. Kommen Sie mir ja nie wieder zu nahe.«

»Lass uns gehen«, sagte Ellen.

Kevin konnte seinen Blick nicht von Pallas reißen. »Er hat keine Seele«, sagte Kevin. »Schau, du kannst hineinsehen, aber es ist leer.«

Ellen nahm Kevin bei der Hand und stieg von der Veranda, wobei sie ihn mit zog. »Komm, mein Schatz.«

Es machte Cricket verrückt, dass sie Ellen nicht mehr zum Unterricht begleiten und draußen auf sie warten konnte, wie sie es auf dem Medforder Universitätsgelände immer getan hatte. Aber auf den Straßen Bostons hatte ein Studentenhund nichts zu suchen.

Als Ellen in der zweiten Semesterwoche an einem milden Septembertag heimkam, fand sie auf dem Gehsteig vor ihrem Haus eine aufgeregte Menschenmenge vor. Noch ehe sie sehen konnte, was passiert war, beschlich sie ein dumpfes Gefühl. Als sie so nahe war, dass sie die kaputte Fensterscheibe und das blutbefleckte semmelblonde Fell sehen konnte, hatte sich ihr Magen in einen Eisklotz verwandelt. Sie übergab sich. Immer wieder.

Damals hatte sie gedacht, dies wäre der schlimmste Verlust.

Ellen schlief mit Unterbrechungen, aber immer, wenn Kevin die Augen schloss, sah er Liams Blut und seine gebrochenen Knochen vor sich. Kurz vor ein Uhr stand er auf und trank am Waschbecken ein großes Glas Wasser. Die Nacht war warm, auf seinem Gesicht lag ein Fettfilm. Auch nach dem Waschen fühlte er sich nicht frischer.

Er sperrte die Vordertür auf und trat ins Freie. Lauwarmer Nebel legte sich über ihn. Er trat auf die Straße hinaus. Eine schmale Mondsichel beleuchtete das stille Wasser.

Er hörte etwas klicken, dann klirrte eine Hundeleine. Als er sich umdrehte, sah er Jeff Maxx, der seine Golden-Retriever-Hündin Abby spazieren führte. Er konnte die beiden kaum erkennen.

In der Anfangszeit als Nachbarn hatten Kevin und Jeff ein paar Mal miteinander Tennis gespielt. Zweimal hatten sie danach ein Bier getrunken, aber das war schon drei Jahre her. Inzwischen fühlte sich Kevin in Jeffs Nähe nicht mehr so recht wohl. Obwohl Ellen nie ein Wort über Carols Sitzungen verlieren würde, hatte Kevin die lautstarken Auseinandersetzungen nebenan oft genug mit angehört und wusste genau, wie es dort zuging.

»Wie geht's?«, fragte Jeff.

»So lala, danke.«

Abby bellte zweimal. Als Jeff ihre Schnauze berührte, beruhigte sie sich und setzte sich. Kevin kniete sich hin und streichelte ihren Rücken. Der Hund schaute ihn aus großen dankbaren Augen an.

»Ich sehe dich manchmal joggen«, sagte Jeff.

»Ja. Das hilft ein bisschen.«

Jeff nickte. »Einmal richtig durchschwitzen.«

Eine Minute schauten sie sich an. Abby drückte den Kopf gegen Kevins Hand, damit er sie wieder streichelte.

»Wenn du willst«, meinte Jeff, »könnten wir mal wieder zusammen 'ne Runde spielen.«

»Warum nicht?« Kevin fiel keine andere Antwort ein.

Damit war das Gespräch beendet. Wahrscheinlich wartete Jeff darauf, dass Kevin wieder ins Haus ging. Erst dann könnte er mit dem Hund zum Strand hinuntergehen und ihn dort sein Geschäft verrichten lassen. Obwohl in Eastport auf jedem Strandstück Tafeln mit dem Hinweis standen, dass Tieren zwischen April und Oktober der Zutritt verboten war, gab es bequeme Mistkerle, die nicht darauf achteten.

Aber Kevin ging nicht ins Haus, wo er sich nur schwitzend hin und her wälzen würde, sondern Richtung Hansen Road, auf der zur Nachtzeit kaum Verkehr herrschte. Zuerst ging er sehr schnell, aber als er spürte, wie ihm der Schweiß herunterlief, verlangsamte er sein Tempo.

Das waren früher seine Probleme gewesen: Hundehäufchen am Strand.

Liam war ganz verrückt auf Verbotsschilder gewesen. Wenn er eins sah, musste man es ihm unbedingt vorlesen. Die Tafel über die Tiere hatte er besonders gemocht. Immer wieder mussten Kevin oder Ellen sie lesen. Dann gluckste Liam lächelnd vor sich hin und deutete mit dem Finger aufgeregt auf die Tiere am Strand: Möwen, Gänse, Taschenkrebse. Er wollte immer, dass man *denen* die Tafel vorlas.

Jetzt gab es plötzlich keinen Liam mehr, dem alle Tiere, die sich nicht an die Vorschriften hielten, ein Rätsel waren. Und plötzlich hatte auch Kevin ganz andere Probleme.

Er hatte nicht mehr das Recht, Jeff Maxx zu verachten, denn nun war er selbst gewalttätig geworden.

Der Tod deines Kindes – eine harte Schule der Selbsterkenntnis.

Jeff verfrachtete Abby in die Küche, band ihre Leine los und ging wieder ins Freie. Vielleicht hatte Kevin seine Haustür offen gelassen. Leise ging er hinüber, die Einfahrt hinauf, drehte am Türknauf und betrat die dunkle Diele.

Nach zehn Minuten drehte Kevin um und machte sich wieder auf den Heimweg. Das Wasser begann aufzulaufen. Er ging zur Kante, wo die kurzen Wellen sachte hereinschwappten. Der Nebel brachte jenen Geruch mit, den er so sehr liebte: den ewigen Geruch des Ozeans nach Salz und Fisch.

Noch immer hatte er ein prickelndes Gefühl in den Händen.

Die Bartstoppeln und Knochen von Peter Pallas hatten Spuren hinterlassen. Seine Hände, die im Behandlungszimmer und bei Operationen zu unglaublich sanften Instrumenten wurden, spürten noch immer die kurzen weichen Nackenhaare von Pallas, seine trockene Haut. Keine Seele, keine Schweißdrüsen.

Beim Gedanken daran, dass er am liebsten noch fester zugedrückt hätte, ertappte sich Kevin dabei, wie ihm das Wasser im Mund zusammenlief. Entsetzen stieg in ihm auf. Würgend krümmte er sich zusammen. Sein Magen hob sich. Sauer Erbrochenes ergoss sich über den Strand.

Er taumelte zu dem Tierverbotsschild, wo er zusammensackte. Er schlang die Arme um den Pfosten und lehnte schluchzend den Kopf dagegen.

Drinnen im Haus der Stewarts stand Jeff mucksmäuschenstill auf der dritten Treppenstufe und lauschte auf die nächtlichen Geräusche. Da hörte er ein unverwechselbares Geplätscher. Ein Mensch übergab sich. Lange.

Er schlich zur Tür und presste das Auge an den kaum fingerbreiten Spalt. Auf der Suche nach dem Ursprung des Geräuschs, das inzwischen nasser klang, entdeckte er die Umrisse von Kevin, der an einem der Strandschilder zusammengebrochen war.

Während der nächsten Sekunden spähte er weiter abwartend durch die Dunkelheit. Er wollte sichergehen, dass Kevin nicht zum Haus schaute. Dann trat er in die Einfahrt, zog die Tür zu und bahnte sich durch die Sträucher einen Weg zu seinem eigenen Haus zurück.

Sie saß auf seinem Schoß, und er war in ihr.

Ihr Gesicht war dem Fenster zugewandt, in dem ein Baum heftig im Wind schwankte. Das ging schon den ganzen Tag so.

Heiße Windböen schüttelten kurz die Äste und verschwanden dann. Und alles war wieder still.

Jedes Mal dachte sie, draußen stünde ein Beobachter. Jede Minuten würde hinter der Glasscheibe sein Gesicht auftauchen.

Aber nichts geschah. Trotzdem musste sie unaufhörlich daran denken.

12

Am nächsten Tag war Carol Maxx Ellens erster Termin. Sie war in Hochstimmung, weil sie gerade ein Haus für 3,5 Millionen Dollar verkauft hatte, das seit einem Jahr angeboten wurde.

»Und außerdem wurde es im Juli verkauft«, sagte Carol. »Die meisten Häuser am Strand gehen im Laufe des Frühjahrs weg. Ich bin ja so stolz. Trotzdem, weißt du, habe ich Angst, es ernst zu nehmen. Ich fürchte mich vor dem Gedanken, meine Provision zu benützen, um mit Suzanne fortzugehen und ein neues Leben anzufangen.«

»Wegen Jeff.«

»Mhm. Sobald ich Geld verdiene, geht's bei ihm los. Was nützt es mir oder Suze, wenn mein Erfolg nur dazu führt, dass er uns verfolgt? Dann würden wir nur noch mehr leiden.«

»Ich habe dir schon früher gesagt, dass du statt des jetzigen eingeschränkten Umgangsverbots jegliche Kontaktaufnahme unterbinden kannst. Dann darf Jeff weder in deine Nähe kommen noch dich anrufen.«

Carol zweifelte. »Falls er sich daran hält.«

»Glaubst du, dass er's nicht tun würde?«

Carol zögerte. Zum ersten Mal fiel Ellen auf, dass die äußeren drei Finger an Carols rechter Hand geschwollen und mit blauen Flecken übersät waren.

»Was ist passiert?«, fragte Ellen und deutete darauf.

Erneut herrschte langes und bedrückendes Schweigen. Trotzdem trieb irgendetwas Ellen zum Abwarten.

»Ein Biss.«

»Jeff hat dich gebissen?«

Carol schwieg.

»Worüber war er wütend?«

»Über meine Provision. In meiner Begeisterung hab ich's Jeff erzählt, und zuerst schien alles ganz okay zu sein, aber dann hat er mich letzte Nacht plötzlich angeschrien.«

»Weswegen?«

»Er dachte, ich – hätte mit jemandem geschlafen. Daher das Geld. Er hat mich in die Enge getrieben. Ich sollte den Namen des Mannes verraten.«

»Und was hast du gemacht?«

»Ich habe nur die Wahrheit wiederholt.«

Ellen musterte sie über den Schreibtisch hinweg, die traurigen Augen mit den feuchten Wimpern. Sie bewunderte Carols Mut, mit dem sie sich aus der provinziellen Enge der White Mountains von New Hampshire zu einer erstklassigen Immobilienmaklerin hochgearbeitet hatte. Aber zur echten Selbstständigkeit fehlte ihr ein großes Stück Selbstvertrauen. Sie glaubte, sie müsse ihrem Mann gefallen. Sie glaubte, das sei möglich. Und genau damit musste unbedingt Schluss sein.

Am liebsten hätte Ellen Carol angeschrien, damit sie endlich aufwachte und hellhörig wurde.

Aber sie konnte sie nicht erneut konfrontieren. Dann wäre Carol in der Defensive und würde obendrein auch noch Ellen als Feind betrachten. Damit wäre das Patient-Therapeut-Paradigma ein für alle Mal kaputt. Statt Carol zu helfen, würde sie jeden Fortschritt verhindern.

Eine von Ellens Patientinnen, eine Marathonläuferin namens Monica, war einmal während des Trainings vergewaltigt worden. Danach verkehrte sich ihr gesamtes Verhalten ins Gegenteil. Sie verlor ihr Vertrauen darauf, dass Menschen normalerweise keine wilden Untiere sind, die ständig übereinander herfallen. Schreiend floh sie in Todesangst vor jedem Mann, der ihr beim Lauftraining unter die Augen kam.

Das Gleiche schien nun mit Ellen passiert zu sein. Der Tod eines Kindes gehörte bislang zu den Erfahrungen, die sie nur von der anderen Seite des Schreibtisches kannte. Jetzt war sie die Betroffene, und auf einmal waren alle anderen Grundvoraussetzungen in Frage gestellt. In den letzten Tagen hatte sie sich dabei ertappt, wie sie aufs Wasser hinausstarrte und auf eine Flutwelle wartete. Sie hatte tatsächlich nach klaren Anzeichen dafür gesucht: dass sich das Wasser völlig außer Sichtweite zurückzog, ehe es hereindonnerte und sie alle unter sich zermalmte.

Carols Finger hätten ihr sofort auffallen müssen. Dieses Versäumnis war unverzeihlich.

Kevin hatte Recht: Sie waren alle beide verrückt. Trotz des normalen Anscheins, den sie sich den Patienten zuliebe gab, erkannte sie sich selbst und auch ihn kaum wieder.

Letzte Nacht war sie gegen zwei Uhr aufgewacht und hatte Kevin weinen gehört, allerdings nur ganz leise. Da wusste sie, dass es besser war, ihn in Ruhe zu lassen. Trotzdem waren ihr sein gedämpftes Schluchzen und seine Verzweiflung durch und durch gegangen.

Bei gewissen Störungen hatte Ellen durchaus erfolgreich mit unorthodoxen Behandlungsmethoden experimentiert, vor allem bei Kindern. Einen kleinen Jungen, der sich vor der Dunkelheit fürchtete, hatte sie nachts in ein verlassenes Bootshaus begleitet, um ihn in mehrere Sitzungen zentimeterweise mit seinem »Monster« zu konfrontieren. Zuerst hatte er gebrüllt und gestottert, aber inzwischen konnte er es ertragen, wenn in seinem Zimmer das Licht gelöscht wurde.

Ein Mädchen in der Pubertät konnte nicht mit anderen zusammen essen. Ellen hatte sie zweimal wöchentlich zum Mittagessen ausgeführt und ihr geholfen; sie konnte zusehends mehr Essen »vor Publikum« verzehren.

Wenn sie jetzt doch nur einen Zaubertrick für Carol hätte. Oder für Kevin. Oder für sich selbst.

Carol wollte schon die Autotür öffnen, da fiel ihr wieder ihre zerbissene Hand ein, und sie nahm die rechte.

Während sie vorsichtig aus dem Parkplatz am Bürgerhaus fuhr, dachte sie über das totale Umgangsverbot nach, das Ellen schon früher empfohlen hatte. Trotz aller ernsthaften Erwägungen war sie bisher immer wieder kurz vor dem entscheidenden Schritt zurückgeschreckt.

Sie fuhr zum Grand Union, parkte, holte einen Einkaufswagen und ging hinein. Ihre erste Station war die Obst- und Gemüseabteilung, wo sie Zitronen, Orangen und Gurken aussuchte. Autsch – sie hatte einen Eisbergsalat mit der rechten Hand gedrückt.

Sie betrachtete ihre Hand auf dem Wagengriff. Die drei äußeren Finger waren geschwollen, die Bissstellen schimmerten blau-rot. Quer über den beiden äußeren Fingerknochen verlief eine Schürfwunde. Hässlich.

Ein völliges Umgangsverbot würde bedeuten, dass Jeff ausziehen müsste und sie weder sehen noch mit ihr telefonieren dürfte. Ein riesengroßer, gefährlicher Schritt. Damit würde sie ihn mit Gewalt aus seinem eigenen Haus vertreiben. Sie hatte von Männern gelesen, die in ähnlichen Situationen so wütend geworden waren, dass sie ihre Frauen umbrachten.

Über dem Salat hing eine Spiegelwand, die Carols Gesicht in seiner ganzen Unentschlossenheit zurückwarf.

Sie konnte einfach nicht vorhersagen, was passieren würde, wenn sie dieses Verbot beantragte. Schon beim Gedanken daran wurde ihr schlecht.

Sie wusste nicht, was sie tun sollte.

Kevin befand sich mit einer Patientin, die an grünem Star litt, in einem der Behandlungszimmer. Als Laurie ihn anläutete, hob er nicht ab. Normalerweise wusste sie dann, dass er gerade nicht unterbrechen konnte. Eine Minute später klopfte es an die Tür.

»Ja?«, sagte Kevin erstaunt.

Laurie öffnete die Tür einen Spalt breit. »Könnten Sie eine Minute herauskommen?«

»Nein.«

»Ich muss Ihnen unbedingt etwas sagen.«

Die Frau im Behandlungsstuhl – eine schwarze Krankenschwester – meinte: »Gehen Sie, Dr. Stewart, ich kann warten.«

Er ging in den Gang hinaus.

»Da sind zwei Kriminalbeamte«, sagte Laurie. »Sie wollen unbedingt sofort mit Ihnen sprechen.«

Plötzlich stieg in Kevin beißende Wut auf, die ihm trotz allem neue Energie verlieh und die dumpfe Qual der Nacht fortschwemmte. Mit großen Schritten ging er ins Wartezimmer, wo Jason Landrin und Maggie Dolce in Zivil standen. Drei Patienten schauten interessiert auf.

»Ich weiß, warum Sie hier sind«, sagte Kevin. »Von mir aus können Sie gern zur Hölle fahren. Pallas verdient weitaus Schlimmeres.«

Jason sagte: »Wäre es nicht besser, wenn wir dieses Gespräch in privater Umgebung führen würden?«

Die Wut verschwand so schnell, wie sie gekommen war. Kevin stieg ein Aasgeruch in die Nase. Er wusste, er kam aus seinem Inneren, und hörte sich selbst sagte: »Es gibt nichts Privates mehr.«

Angesichts der Patienten, die Kevin nicht aus den Augen ließen, meinte Laurie: »Dr. Stewart, warum gehen Sie nicht alle drei in Ihr Büro, und ich bringe Ihnen Kaffee?«

Liebe, gute Laurie. Über so viel Einfalt musste Kevin lächeln. Beim Kaffeeklatsch einen Todesfall erledigen.

»Gute Idee«, sagte Jason. »Nach Ihnen, Dr. Stewart.«

Kevin ging voraus. Es war sowieso alles egal.

Im Büro mit den beruhigenden Schautafeln und Urkunden und Bildern von Kevins totem Baby meinte Jason: »Heute Morgen hat Officer Pallas Anzeige erstattet und erklärt, Sie hätten ihn gestern Abend in seiner Wohnung tätlich angegriffen.«

»Hab's Ihnen doch gesagt. Er verdient noch viel mehr.«

»Dann gestehen Sie also, dass Sie ihn tätlich angegriffen haben?«

»Zum Teufel noch mal, ja.«

Jason schrieb etwas auf einen Block, dann übergab er Kevin einen gelben Durchschlag. »Dies ist eine Vorladung wegen Körperverletzung dritten Grades. Sie haben sich deswegen morgen Vormittag, zehn Uhr, vor Gericht zu verantworten.«

Kevin zuckte mit den Schultern. Keines von Jasons Worten hinterließ irgendeinen nachhaltigen Eindruck. Es hätte sich genauso gut um eine unleserliche Leuchtschrift auf einer Reklametafel am Times Square handeln können.

Plötzlich fiel Kevin wieder die Krankenschwester im Behandlungszimmer C ein. »Sie müssen gehen. Ich bin mitten in einer Behandlung.«

Jason musterte ihn scharf. »Doktor, geht's Ihnen gut?«

»Was denken Sie denn?« Kevins Antwort erfolgte nach demselben Buchstabenschema, das ohne jeden inneren Nachhall vor seinen Augen hing.

13

Mitten in einer Sitzung war Ellen urplötzlich eine Idee gekommen. Mit aller Gewalt zwang sie sich, sich weiter auf den Patienten zu konzentrieren, aber kaum war der Termin vorbei, blätterte sie eiligst ihre Notizen durch und holte dann ein Telefonbuch von Manhattan hervor.

»Sie sind mit dem Büro von *Dateline NBC* verbunden. Bitte nennen Sie nach dem Signalton deutlich Ihren Namen und Ihre Telefonnummer. Sie können eine bis zu drei Minuten lange Nachricht hinterlassen.«

»Hier spricht Dr. Ellen Stewart aus Eastport, Connecticut. Meine Telefonnummer ist 203-453-7787. Ich möchte Ihnen gerne erzählen, was letzte Woche mit meinem tauben zweijährigen Sohn passiert ist. Er wurde von einem Polizisten aus Eastport getötet...«

»60 Minuten.«

»Hallo, ich hätte gerne jemanden aus Ihrem Produktionsteam gesprochen.«

»Worum geht's denn, Ma'am?«

»Ich arbeite als Psychotherapeutin in Eastport, Connecticut. Mein zweijähriger Sohn ist an den Folgen eines Verkehrsunfalls mit Fahrerflucht gestorben. Der Mörder ist ein Polizist aus dem Ort. Er behauptet, er sei's nicht gewesen, aber er lügt...«

»Irgendetwas Interessantes auf dem Anrufbeantworter?«

»Eine Frau aus Connecticut. Sie ist Therapeutin. Ihr Baby wurde angeblich von einem Streifenwagen überfahren und starb. Der Polizist, den sie beschuldigt, streitet es ab.«

»Klingt interessant. Überprüf das mal. Mal sehen, was Hugh und Barbara davon halten.«

Kevin hörte zu, während Ellen von einem großen weißen Ärzteblock ihre Notizen vorlas. Bisher hatte er es höchstens interessant gefunden, dass Ellens Ärzteblöcke weiß und nicht gelb waren, aber heute klebten seine Blicke förmlich an dem strahlend weißen Papier mit den zarten blauen Linien.

Ellen sagte: »*Dateline NBC* schickt am Donnerstag einen Redakteur für ein Gespräch mit uns heraus. *20/20* hat schon am Telefon ein Interview mit mir gemacht und will außerdem noch mit Polizeichef Tuck sprechen. Kevin, ich bin ja so froh. Zum allerersten Mal hört jemand wirklich zu.«

Ellen trug kakifarbene Shorts und ein abgeschnittenes grünes Sweatshirt. Ihre Haare sahen aus, als wären sie ein paar Tage nicht gewaschen worden, aber ihr Teint strahlte wie schon länger nicht mehr. Man sah ihr buchstäblich an, wie viel Hoffnung sie auf einmal hatte.

Kevin schob seinen Teller mit einem halb abgenagten Hühnerbein und einer Portion grüner Bohnen weg. »Was soll das bringen?«, fragte er.

Ellen schaute ihn an, als würde er die Existenz der guten Fee anzweifeln.

»Sei doch nicht so.«

»Also, Ellen, er ist fort, egal, was Mike Wallace oder Diane Swayer tun. Liam ist und bleibt fort.«

»Das weiß ich.«

»Wirklich?«

Sie starrten einander über den Terrassentisch hinweg an. Kevin wirkte innerlich geschrumpft. Einen kurzen Augenblick war Ellen irritiert, dann reagierte sie schuldbewusst mit Mitleid und sagte:

»Wahrscheinlich … ist das meine Therapie. Wenn ich daran

arbeite, Pallas zu überführen, erleichtert das ein wenig meinen Schmerz.«

Seine Augen blickten sie fragend an. Warum sollte sie ihren Schmerz verringern? Sie wusste es nicht. Sie wusste nur eines: Sie musste ihren bisherigen Weg weiterverfolgen, sonst würde sie abstürzen.

Fast von der ersten Sekunde an konnten sich Ellen und Kevin beinahe wortlos verständigen.

Er war ihr zum ersten Mal auf dem Universitätsgelände von Tuft aufgefallen, wo er bei einer Weihnachtsparty den Barmann spielte und eine Elfenkappe trug. Da er voll und ganz damit beschäftigt war, Flaschen aufzuschrauben und zu entkorken, hatte er sie noch nicht entdeckt, sondern wuselte hinter den drei Kartentischen herum, die als Bar dienten.

Ellen beobachtete ihn aus einiger Entfernung. Sachte und elegant erledigte er mit den Händen mehrere Dinge auf einmal. Er lächelte gern, ohne dass es billig wirkte. Wenn er sich umdrehte, um von hinten Flaschen zu holen, konnte sie sehen, wie sich unter seinem blauen Frackhemd Muskelstränge abzeichneten.

Als die Menge um die Bar ausdünnte, ging sie hinüber. Kaum war sie näher gekommen, schaute ihr Kevin direkt in die Augen, obwohl er vorher den Blick gesenkt hielt. Ohne sie aus den Augen zu verlieren, griff er nach einer Flasche Rotwein.

»Woher wusstest du das?«, fragte Ellen lächelnd.

Kevin zuckte die Achseln und schenkte ganz konzentriert ein. Sein Blick kam ihr wie Halogenscheinwerfer vor. Ellen vermisste ihn sofort.

Ihre Unterhaltung beschränkte sich auf Uniklatsch, dauerte aber viel zu lange. Ellen wusste, dass sie eigentlich hätte gehen sollen, aber erst als eine Gruppe lachender Frauen zum Bierholen anrückte, entfernte sie sich widerwillig.

Am liebsten hätte sie den Wein ganz schnell ausgetrunken, um sich dann noch einen holen zu können, aber sie hatte seit dem Morgen nichts mehr gegessen. Mit so viel Alkohol im Blut würde sie nicht einmal mehr verständlich um Nachschub bitten können.

Sie stand neben einer hohen Topfpflanze, beobachtete den Barrummel und nippte an ihrem Glas. Schon jetzt war sie leicht benommen. Entschlossen senkte sie die Hand, um das Glas auf dem Rand des Blumentopfes abzustellen.

Dort stand bereits ein leeres Glas.

Ellen tauschte ihres damit.

Kevin sah es und lächelte in sich hinein, denn er wusste: Dieser flotte Käfer war etwas Besonderes. Ihre Absicht war eindeutig gewesen. Keine Sekunde hatte sie daran gedacht, den Wein in die Pflanze zu kippen.

Damit hatten sie schon jetzt etwas gemeinsam. Sollte sie sich noch einmal zu ihm herüberbegeben, würde er sie in ein Gespräch übers Gärtnern verwickeln.

In jener Nacht gingen sie noch spazieren, über das Universitätsgelände und die anschließenden Straßen, wo es kalt und still war. Jeder Häuserblock duftete nach Kaminrauch.

Irgendwann holte Kevin Ellens Hand aus ihrer Manteltasche, zog zuerst ihr den Handschuh aus und dann seinen, nahm sie bei der Hand und steckte beide Hände in seine Manteltasche.

Dies geschah wortlos und ohne jede Peinlichkeit. Ellen kam sich vor, als würde sie mit einem Partner tanzen, den sie schon ein Leben lang kannte.

Und Kevin wusste eines hundertprozentig: Mit ihr im Bett, das wäre der Himmel auf Erden, egal, wann es passieren würde.

14

Es war eine neue Erfahrung, als Angeklagte vor dem Gericht in Norwood zu stehen. Obwohl Ellen dies genau genommen nicht war, fühlte sie sich für Kevins Tat verantwortlich.

Der Richter hielt Kevin einen Vortrag über Methoden zur Wutbewältigung und erklärte, Officer Pallas sei angesichts der schwierigen Lage, in der sich Kevin auf Grund des kürzlichen Trauerfalls befände, bereit, für diesmal auf eine Strafmaßnahme zu verzichten, falls Kevin verspräche, ihn nicht mehr zu belästigen.

Ellen umarmte Kevin im Flur vor dem Gerichtssaal. Da spürte sie, wie er unter ihren Händen erstarrte. Als sie seinen Blicken folgte, sah sie Peter Pallas, der gerade den Gerichtssaal verließ, ohne Kevin und Ellen anzuschauen.

»He da!«, rief Kevin lauthals.

Ellen schnappte nach Luft. »Nicht, Schatz.«

»Du da! Du Scheißkerl!«, brüllte Kevin. »Ich hätte dich abschlachten sollen!«

Pallas starrte Kevin an. Auf dem Flur war es still geworden. Vierzig Leute hatten ihre Unterhaltung eingestellt, um zuzuschauen. Aus dem Gerichtssaal stürmten Polizisten.

Plötzlich löste sich Kevin blitzschnell von Ellen. Pallas kauerte sich mit der Hand am Halfter hin. Während Ellen hinter Kevin her hetzte, sah sie seitlich das Blitzlicht einer Kamera aufflammen.

Zwei Polizisten packten Kevin. Einen Augenblick wehrte er sich, dann hielt er still, drehte sich zu Ellen um und musterte sie unter gesenkten Lidern. Im Handumdrehen hatte er sich vom blutrünstigen Monster in ein schläfrig-schlaffes Etwas verwandelt. »Ich hasse das«, sagte er in einem merkwürdig erstaunten Tonfall zu ihr. »Ich hasse ihn. Ich hasse dich.«

Ellen trat einen Schritt zurück. Eigentlich hätte sie dank ihres inneren Radars diese Art von Hysterie kommen sehen müssen. Aber zur Zeit achtete sie nicht darauf. Trotzdem taten ihr die Worte bitter weh. Der böse Blick traf sie wie Glasscherben.

»Kevin, lass uns nach Hause gehen«, sagte sie.

»Das ist nicht unser Zuhause! Es gibt kein Zuhause! Kein Baby! Kein taubes Baby, kein totes Baby, gar kein Baby!«

Er schloss die Augen und sackte zwischen den Männern, die ihn festhielten, zusammen.

»Ruft 911 an«, sagte jemand.

Trauernde Eltern sind verrückt, sagte sich Ellen wieder vor, andernfalls wäre sie auf Kevin viel wütender gewesen, als er es verdient hätte.

Er hatte im Erste-Hilfe-Raum Medikamente bekommen. Kaum waren sie daheim, ging er schlafen. Sie hatten wenig geredet. Sie hörte noch, wie er leicht zu schnarchen anfing, da rief Dennis Chivers an.

»Was sollte dieser Vorfall heute Morgen bei Gericht? Was ist passiert?«, fragte er nach den üblichen Höflichkeitsfloskeln.

Ehe Ellen antwortete, ging sie mit dem schnurlosen Telefon zum Schlafzimmer hinüber und schloss die Tür.

»Wir waren dort, weil Officer Pallas Kevin wegen Körperverletzung angezeigt hat«, sagte Ellen. »Richter Morrison hat mit Kevin geredet und wollte fortfahren. Dann gab es eine Pause, während der Kevin und Pallas im Flur einen Streit anfingen. Nein, so ist es nicht ganz richtig. Kevin hat Pallas angeschrien und wurde … erregt. Er brauchte ein bisschen ärztliche Hilfe.«

Dennis meinte: »Mir liegt hier ein sehr provozierendes Foto vor, auf dem sich der Officer und Ihr Mann wie beim Duell gegenüberstehen. Offensichtlich will Pallas gerade seine Waffe ziehen.«

»Nun, er hat's aber nicht getan.«

»Das war schlau.« Pause. »Ellen, Officer Pallas hat uns gegenüber eine Erklärung abgegeben. Daraus folgt, dass ich auch eine von Ihnen notieren kann. Ja, es wäre sogar fahrlässig, wenn ich Sie nicht darum bitten würde.«

Eine lange Minute verstrich, ehe Ellen begriff, was Dennis damit meinte.

Es war der Aufmacher in der nächsten Ausgabe der *News*. WER HAT DEN KLEINEN LIAM GETÖTET?, lautete die Überschrift. Darunter folgte eine Zusammenfassung der Fakten sowie ein kurzer Artikel mit dem Titel FALSCHE IDENTITÄT? Peter Pallas wurde zitiert, dass ihm die Stewarts sehr Leid täten, er aber weiter auf seiner Unschuld bestehe. Ellens Erklärung war eine einzige Anklage. Dazu gab es Fotos von Pallas, Liam, Ellen und Kevin, außerdem den ominösen Schnappschuss vor dem Gerichtssaal.

Ellen hatte ihre Praxis verlassen, um sich gleich nach Erscheinen eine Ausgabe zu holen. Sie hatte sie mitgebracht und oft gelesen. Nun stand sie am Fenster und ließ sich und die Zeitung von der Sonne bescheinen. Tränen fielen. Das hatten sie erreicht. Sie waren dabei, den Mörder ihres Sohnes zur Strecke zu bringen.

In fünfundvierzig Minuten kam ihr nächster Patient. Sie würde die Zeit nutzen, um den Triumph mit Kevin zu teilen.

Seit seinem Wutanfall hatte er Ellen ständig verunsichert. Sie schrieb es den Tabletten zu, dass er nicht mehr aufgebracht und feindselig war. Aber auch nachdem diese längst ihre Wirkung verloren haben mussten, blieb er lethargisch. Er hatte sein altes Ich noch nicht wieder gewonnen. Und das machte ihr Angst. Sie spürte die Leere, als ob er sich tatsächlich auf einem anderen Kontinent befände.

Er behandelte sie höflich, aber distanziert. Er hatte gesagt, er hasste sie, und sich nicht dafür entschuldigt. Und darüber kam sie nicht hinweg. Gleichzeitig wusste sie nicht recht, ob er sich überhaupt daran erinnerte.

Er ging wieder seiner Arbeit nach und schien sich dort ganz wohl zu fühlen. Vermutlich bot ihm die gewohnte Routine einen festen Rahmen, der die Emotionen im Zaum hielt. In seiner Praxis wusste er genau, wie er sich emotional und äußerlich zu verhalten hatte.

Während der Fahrt lag die Zeitung auf ihrem Schoß.

»Hallo, Laurie.«

»Dr. Stewart, schön, Sie wieder zu sehen.«

»Hat Kevin noch Patienten?«

»Er macht gerade Schluss. Ich werde ihm sagen, dass Sie hier sind.«

Als Ellen eintrat, stand Kevin hinter seinem Schreibtisch. Sie legte die Zeitung vor ihn hin.

»Was ist das?«, fragte er mit gerunzelter Stirn.

»Lies.«

Er hob sie auf. Während er die Titelseite überflog, vertieften sich die Falten. Dann las er laut vor. »›Officer Pallas hat mein Kind getötet, das weiß ich ganz sicher. Ich habe ihn gesehen. Ich begreife nicht, wie dieser Mann noch schlafen kann. Ich verstehe nicht, warum man ihn noch nicht verhaftet hat.‹ Das hast du den *News* erzählt?«

»Ja. Du hast geschlafen, sonst hätte ich –«

»Was hättest du? Versucht, mich zu zwingen, dasselbe zu sagen?«

Ellen schluckte. Da war sie wieder, die hilflose Panik, die sie schon draußen vor dem Gerichtssaal erlebt hatte. Sie fühlte sich, als ob ihr jemand die Kehle zuschnürte.

»Mein Vorschlag wäre gewesen, dass du die Gelegenheit nützt, um das zu sagen, was du möchtest.«

»Nun«, sagte Kevin, »vielleicht hätte dir meine Aussage nicht gefallen. Vielleicht hätte ich gesagt, dass ich diese ganze schreckliche Sache satt habe und nur noch weitergehen möchte.«

»Was soll das heißen?«

»Es heißt, was es heißt. Ich rede nicht in Chiffren. Wie oft soll ich's noch sagen? Es ist vorbei. Wir haben keinen Sohn mehr.«

»Ellen, hier ist Ginger. Tut mir echt Leid, was passiert ist.«

»Danke, Ginger.«

»Ich war für Aufnahmen in LA, sonst hätte ich Sie schon früher angerufen. Die halten uns hier völlig unter Verschluss. Wir bekommen nicht mal 'ne miese Zeitung zu Gesicht. Boris Jelzin könnte sich mit Brooke Shields verloben, und wir erführen es erst, wenn die Show im Kasten ist.«

Obwohl Ellen ganz genau wusste, dass Ginger die Hauptperson in ihrer Show war, verkniff sie sich eine diesbezügliche Bemerkung und sagte: »Kein Problem. Ich bin froh, dass Sie anrufen.«

»Hören Sie, Ellen, haben die Medien Sie rasend gemacht?«

»Nicht ganz.«

»Ist die Story schon überall durch?«

»Noch nicht, aber vielleicht bald.«

»Ach?«

»*Dateline* und *20/20* sind daran interessiert. Wissen Sie, der Polizist, der Liam überfahren hat, leugnet, also gibt das eine Story.«

»Wann werden Sie voraussichtlich wissen, ob die Story aufgegriffen wird?«

»Schätzungsweise bald.«

Einen Augenblick herrschte Schweigen. »Hören Sie, Ellen, das könnte für mich ein Problem werden. Ich meine, es ist nicht Ihre Schuld, aber mein Ruf war ziemlich lange im Eimer. Ich war ein böses Mädchen, und das wissen Sie besser als sonst jemand... und...«

»Und Sie wollen nicht in meiner Breitseite stehen.«

»Das hört sich kaltschnäuzig an. Ellen, Sie waren super zu mir. Ich möchte Sie unterstützen. Ich weiß, was Sie durchmachen. Das Einzige, was ich nicht haben kann, ist, dass diese Verbindung bekannt wird. Lassen Sie uns einen Zahn zurückschalten, bis die Luft wieder rein ist.«

»Ist gut, Ginger, ich verstehe.«

»Wirklich? Dieser Anruf ist mir schwer gefallen. Ich weiß nicht, ob ich an Ihrer Stelle Verständnis hätte.«

Auch Ellen wusste nicht so recht, ob sie's hatte oder nicht, aber das war nicht Gingers Problem. Sie sagte: »Ist schon gut. Wir reden dann mal wieder miteinander.«

Am Ende des Tages hielt Ellen auf dem Heimweg beim Garden Market, um noch mehr Ausgaben der *News* zu kaufen. Sie nahm sechs vom Stapel und trug sie zu Deedee Lester an die Kasse.

Deedee kniff ihre blau umrandeten Augen zusammen und funkelte Ellen böse an, dann hob sie absichtlich die Zeitungen hoch und ließ sie hinter sich auf das andere Kassenband fallen.

»Hier ist nicht besetzt«, sagte Deedee und griff an Ellen vorbei nach dem Einkaufskorb des nächsten Kunden.

Dieser Schock saß tief. Ellen starrte Deedee an.

»Hier herüber, Ma'am«, sagte die andere Kassiererin, ein blonder Teenie mit glänzendem Pferdeschwanz.

»Deedee«, sagte Ellen laut. Daraufhin drehte sich die Frau um und starrte sie noch giftiger an.

»Das ist ein öffentliches Geschäft«, sagte Deedee. »Ich kann

Sie nicht am Betreten hindern, aber reden muss ich nicht mit Ihnen. Sie haben mir Leid getan, bis sie beschlossen haben, einen wunderbaren Polizisten zum Sündenbock zu stempeln. Haben Sie eine Ahnung, was Sie ihm angetan haben?«

»*Ihm?* Er hat *mein Kind getötet!*«

Deedee schüttelte den Kopf. »Nie und nimmer«, fauchte sie.

Am liebsten hätte sich Ellen zu Deedees verschlossenem Gesicht hinübergebeugt und laut geschrien. Aber genau aus diesem Grund zwang sie sich, es nicht zu tun, sondern bezahlte mit Herzklopfen die zehn Dollar für die Zeitungen und stürzte hinaus.

Im Auto versuchte sie, ihr Zittern unter Kontrolle zu bringen. Wieder las sie die Artikel, schaute die Fotos an.

Deedees Verhalten tat weh, doch so war das eben. Aber eine Tatsache ließ sich Ellen dadurch nicht schmälern: Die *News* hatten ihre Sache prima gemacht.

Vom Autotelefon aus rief sie Nora Primo an. »Sie können sich nicht vorstellen, was es für mich bedeutet, dass ich diese Fragen auf Ihrer Titelseite sehe«, sagte sie. »Ich danke Ihnen vielmals.«

»Wir geben nur den aktuellen Stand wieder«, meinte Nora.

»Nein. Sie tun das, was keiner tat und worüber ich mich beklagt habe: Sie handeln im Sinne des Gemeinwohls.«

»Wenn das einer tut, dann Dennis. Er hat die Story durchgeboxt.«

Er war der Nächste, den Ellen anrief. »Sie haben Ihre Sache phantastisch gemacht. Das gibt mir Hoffnung. Ich habe mich beim Anblick der Titelseite einfach großartig gefühlt und lese sie immer wieder. Jetzt erfahren alle in Eastport, was hier läuft. Außerdem schicke ich Kopien an die Reportageshows im Fernsehen. *Dateline* und *20/20* haben schon Interesse signalisiert.«

»Wirklich? Ausgezeichnet.«

»Das ist das Beste, was passieren konnte. Je mehr Fragen die

Medien stellen, je mehr Reportagen erscheinen, umso größer ist die Chance, dass irgendwelche Beweise auftauchen. Es werden sich Leute melden, die etwas gesehen oder gehört haben und das damals nicht für wichtig hielten.«

»Vielleicht«, sagte Dennis.

Peter zog es vor, nachts zu arbeiten, weil er zu dieser Zeit sowieso wach war, obwohl er das keinem erzählt hätte. Vielleicht dachte seine Dienststelle, man würde ihm einen Gefallen tun, wenn man ihm ein paar Schichten zwischen acht und vier verpasste.

Während er im Umkleideraum seine Jeans anzog und die Uniform unter einer Plastikhülle an seine Spindtür hängte, dachte er daran, wie sehr er früher das Schichtende mochte. Schon auf dem Weg zum Stone Poney spürte er das Bier auf der Zunge prickeln. Oder er freute sich aufs Joggen oder eine Einladung. Dann war sein Kopf so schön leer.

Jetzt schwirrten ihm nicht nur Probleme durch den Kopf, sondern mit dem heutigen Tag auch die Gewissheit, dass es die ganze Stadt wusste.

Peter hakte einen Finger in den Bügel und legte sich die Uniform auf die Schulter. Beim Verlassen des Umkleideraums traf er einen von der Tagesschicht, der gerade anfing.

»Ich habe die Zeitung gesehen«, sagte der Mann, ein blonder junger Hüne, einer von den Babys. Er wirkte ein wenig eingeschüchtert, weil er einen hochrangigen, erfahrenen Polizisten wie Pallas einfach ansprach. »Mann, wir alle – jeder sagt, er steht hinter Ihnen.« »Danke«, erwiderte Pallas.

»Ich meine«, fuhr der junge Mann nun mutiger fort, »ich höre das ganze Gerede, und das ist alles – da muss man ja durchknallen.«

»Danke, dass Sie's mir gesagt haben.« Pallas drückte dem Jungen die Schulter, der darauf ein wenig rot anlief.

Als Peter draußen auf den Subaru zu steuerte, hörte er jemanden rufen. Auf dem Gehsteig stand eine Gruppe Leute von der Leihbücherei. Gelegentlich wurde er gebeten, an Gemeindeveranstaltungen teilzunehmen. Er sagte immer zu.

Heute Morgen hatte er beim ersten Blick auf die *News* an die Leute aus der Leihbücherei denken müssen, an die aus der Bank und von der Schule, und an die Film- und Fernsehstars, die so gerne achtzehn Löcher mit ihm spielten. Sein Magen verkrampfte sich. Er zwang sich, zu ihnen hinüberzusehen.

Sie lächelten. Zwei Frauen winkten.

Peter salutierte lächelnd. Das hatten sie gern.

Er legte die Uniform in den Kofferraum des Subaru und stieg ein.

Vielleicht sollte er doch noch im Stone Poney vorbeischauen.

Carol Maxx wollte gerade mit Abby an der Leine ihr Haus verlassen, als Ellen heimkam.

»Wie geht's?«, fragte Ellen.

»So lala. Wenigstens friedlicher.«

»Hat er sich beruhigt?«

»Etwas. So viel, dass ich mehr Zeit zum Plänemachen habe.«

»Das klingt zuversichtlich.«

»Und wie geht's dir?«, erkundigte sich Carol.

»Tolle Neuigkeiten. Schau.« Ellen hielt ihr die *News* hin.

Carol beugte sich vor und las. »Es gibt doch einen Gott.«

»Ja, er heißt Nora Primo.«

Abby nahm die Leine zwischen die Zähne und zog daran.

»Okay, mein Schatz«, meinte Carol. »Ellen, das klingt wunderbar. Diese Veröffentlichung könnte viel helfen.«

»Auch einige Fernsehshows werden uns interviewen.«

Carol reckte den Daumen nach oben, während sie sich von ihrem ausgelassenen Hund Richtung Hansen Road zerren ließ.

Beim Anblick von Abby musste Ellen immer an Cricket denken. Abby war so folgsam, wie Cricket dickköpfig gewesen war, aber beide strahlten diese knuddelige Zuneigung aus, die Ellen so sehr vermisste.

Sie schaute Abby nach, die neben Carol herumtollte, bis beide außer Sicht waren. Dann wandte sie sich dem Wasser zu.

Selbst um sechs Uhr war keine Wolke am tiefblauen Himmel zu sehen. Nur zwei Männer in Anglerstiefeln, die nach Flundern fischten, unterbrachen den Horizont.

Diese unendliche Linie war das Erste, was Ellen an Eastport fasziniert hatte.

Ellen war noch nie schwanger gewesen. Trotzdem spürte sie die Bereitschaft dazu wie einen realen Platz in ihrem Bauch, wie auf den Tabellen aus der sechsten Schulklasse mit den Zykluskurven kurz vor der Menstruation. Ihre Form strahlte die nötige Ruhe aus, damit sich Sperma in ein Kind verwandeln konnte. Als sie mit Kevin ohne Verhütungsmittel schlief, wusste sie unmittelbar nach der Ejakulation ganz genau, wo sich seine Spermien befanden. Sie konnte förmlich spüren, wie sie den ganzen Raum abtasteten.

Als sie zum ersten Mal von dem Haus in Sandpiper erfahren hatte, war sie wie üblich von der erhöht liegenden Ranch in Norwood, in die sie mit Kevin von Boston aus gezogen war, in ihre Praxis hinter dem Bürgerhaus in Eastport gefahren. Eine neue Patientin hatte es damals erwähnt, Carol Maxx. Das Haus ging Ellen nicht mehr aus dem Kopf, obwohl sie Sandpiper Beach noch nie gesehen hatte. Während Carols nächster Sitzung hatte sie Fragen gestellt.

Sechs Monate später zogen Kevin und Ellen ein. Sie konnten ihr Glück kaum glauben. Alle wollten ein Haus direkt am Meer, aber es gab nur ganz wenige.

Sie begeisterten sich für das Leben am Strand, als ob sie nie etwas anderes gekannt hätten. Sie legten auf dem Sandboden einen Garten an, schliefen bei geöffneten Fenstern miteinander und fielen hinterher in Schlaf, während der Tanggeruch und das Geschrei der Gänse ihr Schlafzimmer erfüllten. Nach einer Stunde wachte Ellen regelmäßig auf und genoss die Atmosphäre in vollen Zügen. So war sie früher am Wochenende im College aufgewacht: voller Vorfreude, dass sie nicht aufstehen musste. Dann hatte sie mit Cricket gekuschelt und den ersten Dämmerschein durch die Dunkelheit kriechen sehen und – war wieder eingeschlafen.

Eastport war der ideale Platz, um ihr Kind zu zeugen, zu gebären und aufzuziehen. Sie liebten das gemächliche Tempo, die Leute und ihre freundliche Art und die Schönheit der Landschaft. Die Höhle in Ellens Innerem war bereit, schon seit einiger Zeit. Eigentlich hatte sie sich eingebildet, sie wüsste, wann Kevins Sperma ins Schwarze träfe, aber dann war es doch anders gekommen. Eines Tages hatte sie einfach gewusst, dass sie schwanger war. Als sie den Horizont über ihrem Strand betrachtet hatte, diese ewige Linie, war ihr dieser Gedanke gekommen.

15

Zu Hause signalisierte der blinkende Anrufbeantworter drei Anrufe. Rasch drückte Ellen den Knopf für die Wiedergabe. Vielleicht gab es schon etwas, das sie weiter brachte.

»Mrs. Stewart«, sagte eine raue reife Frauenstimme, »Sie machen einen Fehler. Hören Sie auf, Officer Pallas mit Dreck zu bewerfen. Er würde nie jemanden überfahren. Er liebt Kinder. Sie sind ja völlig verrückt. Lassen Sie die Finger davon.«

Die beiden anderen waren ähnlicher Art, allerdings weitaus

weniger höflich. Ellen hörte sich alles an, dann stand sie da, rieb die Hände übereinander und schaute dem Blinklicht zu, das weiterhin drei Anrufe signalisierte. So blieben sie lebendig.

Erst als sie Kevins Auto über den Kies knirschen hörte, drückte sie die Löschtaste.

Am Morgen befanden sich auf dem Anrufbeantworter in ihrer Praxis weitere Anrufe von ganz unterschiedlichen Leuten. Einige hinterließen ihre Namen, andere nur abstoßende Laute.

Um Punkt zehn rief Kevin an. Zu ihrer eigenen Überraschung freute sie sich ungemein, seine Stimme zu hören, da er in der vergangenen Nacht zwar höflich, aber zerstreut gewirkt hatte.

Ich vermisse ihn.

Vor dem Unfall hatte er sich mindestens einmal pro Tag gemeldet. »*Wie sieht dein Terminplan aus? Welche Farbe hat heute dein BH? Wie wär's heute Abend mit Spareribs?*«

Sie sagte: »Schatz, bin ich froh, dass du anrufst.«

»Ellen, Laurie hat den ganzen Vormittag wirre Anrufe beantwortet.«

Sein anklagender Tonfall traf sie wie ein Kinnhaken. »Das klingt, als wäre ich daran schuld.«

»Sicher bist du das.« Pause. »Schließlich bist du diejenige, die unaufhörlich Bösewichter jagt. Aber damit möchtest du doch nur, dass es dir leichter wird. Das Ganze ist pure Einbildung. Da ist nichts. Du musst endlich aufhören. Wir müssen unser Leben weiterleben.«

»Wir sollten uns gegenseitig stützen.«

»Jawohl, uns gegenseitig, aber nicht irgendein aufgebauschtes Szenarium.«

»Moment mal, Kevin, wenn ich dich recht verstehe, sagst du gerade, wir sollten Liams Tod beiseite schieben und einfach weitermachen.«

Sie hörte Kevin durchs Telefon seufzen. »Du hast's kapiert.«

»Und was bedeutet das in deinen Augen? Sollen wir die Suche nach dem Mörder einstellen?«

»So einfach kann man das nun auch wieder nicht sagen, aber alles in allem: Ja.«

Ellen rieb sich die Nase. Sie kitzelte, das erste Anzeichen einer Erkältung. Kein Wunder, denn nur unter großem Stress wurde sie krank.

Noch nie hatte sie mehr unter Druck gestanden als jetzt.

Sie fragte ihn: »Und was soll jetzt passieren? Was wäre dir denn am liebsten?«

»Diese Frage hasse ich. Stell mir eine unverfängliche.«

»Daran ist nichts Verfängliches. Genauso gut könntest du fragen, ob die Leute beim Lesen Kopfweh bekommen.« Wieder rieb sie sich die Nase, diesmal kräftig. »Kevin, hilf mir hier heraus. Wir stehen uns diametral gegenüber. Ich habe das Gefühl, dass ich viel zu weit von dir weg bin. Ich möchte wieder deine Nähe spüren.«

Er sagte kein Wort. Nach einer Minute hörte sie das Freizeichen.

In jener Nacht wollte Kevin mit ihr schlafen. Kaum war Ellen ins Bett geklettert, roch sie schon sein Rasierwasser. Bis auf einen knappen schwarzen Slip war er nackt. Er wusste, dass sie ihn darin liebte.

Nach Sonnenuntergang hatte es geregnet. Draußen vor dem Fenster tropfte es noch immer von den Zweigen. Auf den Scheiben schimmerten Tropfen im Mondlicht. Als Ellen kurz das Fenster hochgeschoben hatte, war eine neugierige Motte hereingeflattert und klebte nun platt an der Innenseite.

Auf Ellens Frisierkommode lag eine Ausgabe der *News.* Sie war so aufgefaltet, dass man vom ganzen Zimmer aus die Fotos von ihr, Kevin, Liam und Pallas sehen konnte. Sie hatte sie bewusst dort liegen gelassen, als Ausdruck ihrer Befriedigung. Inzwischen wirkte das Ganze gespenstisch.

Was eigentlich?, fragte sich Ellen, während sie spürte, wie Kevins Hand auf dem Kissen ihre suchte. Gespenstisch? Weil sie uns oder weil wir sie sehen können?

Er streichelte ihre Arme, ihren Bauch. Immer tiefer tastete sich die Hand aufreizend weiter, bis sie über ihrem Schamhaar liegen blieb. Sie wartete auf den Druck seiner Finger, auf ihr, in ihr. Wie sie sich nach seiner Haut und seinem Schweiß sehnte.

Er atmete ihr ins Ohr. Das stetig sich steigernde Geräusch wirkte stimulierend und erregend. An ihrem Schenkel spürte sie seinen festen heißen Penis, der die schwarze Baumwolle fast zu sprengen drohte. Er pochte gegen ihre Haut.

Ihre Hand glitt hinunter und streichelte ihn. Ihre Finger schienen ein köstliches Eigenleben zu entwickeln, fanden genau die kleine Ader, in der sein Puls schlug, und blieben dort liegen. Sachte strich ihr Zeigefinger darüber hin. Und her.

Als frisch Verheiratete hatte er sie gerne mitten in der Nacht geweckt, um mit ihr zu schlafen, während sie kaum wach war. »So bist du einfach bezaubernd«, hatte er ihr ins Ohr geflüstert, während er von hinten in sie eindrang. Mit dem letzten Funken Bewusstsein gab sie nach, beugte sich vor und ließ es zu, dass er sie ganz umschlang.

So wie jetzt hatte er sie schon seit Jahren nicht mehr genommen. Keuchend umklammerte sie ihr Kissen, während Kevin ihren Körper festhielt und behutsam in sie eindrang.

Bei jedem Stoß flüsterte er, ohne dass sie die Worte hören konnte.

Einige Zeit später läutete es an der Tür. Sie hörten es nur mit Mühe. Als sie aus dem Bett taumelten, schnappte sich Ellen ein großes T-Shirt, Kevin zog seinen schwarzen Slip an.

An der Tür war niemand, nur ein Paket lag da. Mühsam

starrte Ellen durch die graue Dämmerung, ohne eine Menschenseele zu sehen.

Kevin brachte die Schachtel in die Küche und öffnete sie.

»Nein«, sagte Ellen zu Maliki Cresson, »ich bin nicht ungehalten. Sie wollen nicht mit dem Rummel um meine Person in Verbindung gebracht werden. Ich habe verstanden.«

Er bleckte seine mächtigen Zähne und grinste über beide Backen. »Das liebe ich. Sie sind so ehrlich, und das mag ich.«

Noch während Ellen ihn lächeln sah, wurde sie wütend. Hier ging's nicht um Ehrlichkeit, sondern ums Lügen. Sie hatte es satt, dass ihre Klienten sie einfach fallen ließen, aber das sagte sie besser nicht. Ihre Ausreden waren lausig, aber wenigstens logen sie nicht. Im Gegensatz zu ihr.

Sie betrachtete den gepflegten zierlichen Schwarzen mit den Zauberhänden, der in seinem Studio Farben arrangierte wie ein Musiker, der mit winzigen Klangfragmenten komponiert. Sie konnte jetzt ehrlich sein und sagen: *»Maliki, ich möchte Ihnen keinen Mist erzählen, dazu respektiere ich Sie viel zu sehr, als Künstler und als Mensch. Deshalb erzähle ich Ihnen auch, dass ich stocksauer bin. Sie sind ein exzellenter Maler, aber ich bin eine exzellente Therapeutin. Was Sie mir mit deutlich schlechterer Münze heimzahlen.«*

Mit vor Hochgefühl bebender Kehle öffnete sie den Mund, um dieses oder Ähnliches zu sagen. Plötzlich war ihr alles egal. Nur eines zählte noch: dass sie und Maliki einander reinen Wein einschenkten.

Aber als sie nach dem Zwiegespräch in ihrem Kopf wieder aufblickte, sah sie, dass Maliki aufgestanden war und bereits die Tür für sie geöffnet hatte.

Als sie wieder in ihrem Auto saß, putzte sie sich die Nase. Da war er wieder, dieser üble Gestank, hier drinnen allerdings nur in ihrer Einbildung. Ganz im Gegensatz zu ihrem Haus, wo sich das frühmorgendliche Geschenk als würmerzerfressenes totes Stinktier entpuppt hatte, dessen Verwesungsgeruch sich in ihren hübschen Zimmern breit gemacht hatte.

Egal, wer der edle Spender war, er oder sie hatte sein geplantes Ziel erreicht: Der Spuk verfolgte sie.

Bisher hatte Ellen sofort nach dem Einsteigen ins Auto telefonisch ihre Anrufe abgehört, die inzwischen daheim und in der Praxis eingegangen waren. Jetzt tat sie das nur noch direkt am Anrufbeantworter. Über ein Dutzend Anrufe mit üblem Inhalt waren zu viel. Nur wenn sie vor Ort war, konnte sie sie überspringen. Sie weigerte sich, so etwas aufmerksam anzuhören.

Nachdem Ellen Malikis halbkreisförmige Auffahrt mit der säuberlich gepflanzten Hortensien- und Rosenrabatte hinter sich gelassen hatte, steuerte sie ihre Praxis an, wobei sie bewusst den automatischen Griff nach dem Handy unterdrückte. Sie parkte und schickte sich an, die Treppe hinaufzusteigen. Unterdessen tastete sie in ihrer Handtasche nach dem Türschlüssel. Endlich hatte sie ihn gefunden. Als sie ihn in den Fingern hielt, wurde ihr im selben Moment klar, dass sie ihn nicht mehr brauchte.

Die Tür zu ihrer Praxis stand weit offen. Der Türgriff baumelte herunter, ringsherum war das Holz völlig zerfetzt. Auf dem Boden lagen Holzsplitter. Ellens Augen folgten der Spur, die sich quer über den pastellfarbenen Chinateppich zog. Es gab noch einen gnädigen Augenblick der Ahnungslosigkeit, bevor sie das ganze Ausmaß der Verwüstung sah.

Hier hatte sich jemand besonders übel zu schaffen gemacht. Peter Pallas oder ein anderer.

Selbst wenn sie es gewollt hätte, sie hätte keine Anrufe empfangen können. Telefon, Fax und Anrufbeantworter lagen in Plastikfetzen und Drahtstücken auf dem Teppich. Diktiergerät und Gebührenzähler waren aus der Wand gerissen worden und lagen nun auf ihrem nackten Schreibtisch, als ob jemand das eine mit dem anderen zertrümmert hatte.

Die Fotos und andere persönliche Kostbarkeiten waren im ganzen Raum verstreut. Von dem Jadedrachen, den ihr Kevin in Tibet gekauft hatte, waren nur noch Bruchstücke übrig. Man hatte ihn an die Wand geschleudert; dort klaffte nun ein Loch.

Der Schreibtisch war noch heil, aber alle übrigen Möbelstücke hatte der Einbrecher umgekippt und zerbrochen. Der Stuhl für ihre Patienten lag auf der Seite, sein hübscher Brokatbezug hing in Fetzen herab. Auch die Sofakissen waren zerschnitten, allerdings weniger gründlich. Anscheinend war das die letzte Tat gewesen, bei der der mutwillige Zerstörer allmählich die Lust verloren hatte. Zuvor hatte er allerdings sämtliche Aktenschränke aufgerissen und ihren Inhalt ringsherum verteilt. Überall lag Papier.

Ihr Blick wanderte über die Trümmer, das zerstörte Gerüst ihres Berufslebens.

Geisterbleich sackte sie zu Boden. Unter dem Schreibtisch entdeckte sie ihren Laptop, aus dem die Eingeweide hervorquollen.

Sie schluchzte. Die Laute aus ihrer Kehle klangen, als ob sie nicht von ihr kämen. Das Schluchzen wurde lauter. Schleim von ihrer Erkältung sammelte sich an, bis sie beinahe erstickt wäre. Nur mit größter Mühe gelang es ihr, sich nicht zu übergeben.

Sie rappelte sich auf und bahnte sich einen Weg ins Bad. Hier war nichts passiert. Rasch schloss sie die Tür. Während ihre Blicke über diese kleine unversehrte Welt schweiften, versuchte sie, mit dem Weinen aufzuhören. Vergeblich. Sie ließ kaltes Wasser in das hübsche Becken laufen und bespritzte ihr Gesicht, aber auch das half nicht. Wasser vermischte sich mit den Tränen und tropfte auf ihre Bluse.

Endlich gab sie auf, setzte sich auf den harten Toilettendeckel, legte Kopf und Arm aufs Waschbecken und ließ alles heraus; Tränen, Rotz, Speichel und die Bilder ihrer zerstörten Welt, draußen vor der Badezimmertür und überall.

16

Kevin hielt sie fest. Zuerst hatte sie Angst gehabt, es ihm zu erzählen, und gedacht, er würde die Sache nur noch schlimmer machen, aber ihr Drang nach Gewissheit war stärker. Auch wenn sie entdecken musste, dass er sie nicht unterstützte, wäre das besser, als weiterhin im Ungewissen zu schweben.

»Ich helfe dir beim Aufräumen«, sagte er leise, als sie zusammen auf dem Sofa lagen. Vor ihnen auf dem Couchtisch stand eine halb volle Pizzaschachtel.

»Da gibt es nichts zum Aufräumen.«

»Ich meine, in deiner Praxis.«

Ellen, die an Kevins Brust lag, schüttelte den Kopf. »Bis morgen die Leute von *Dateline NBC* kommen, lasse ich alles genauso, wie's ist. Ich möchte, dass sie's sehen.«

Dasselbe hatte Ellen Jason Landrin erklärt, als er nach ihrem Anruf herbeieilte.

Ein Techniker von der Spurensicherung prüfte ihren Laptop, nachdem er ihn auf Fingerabdrücke untersucht hatte. Jason hatte zugeschaut und dabei die Bruchstücke mit der Hand zu einem Haufen zusammengeschoben.

»Nicht«, hatte ihm Ellen erklärt, »morgen kommen Fernsehkameras.«

»Wir müssen wenigstens die Tür sichern.«

»Ja, danke. Womit ist er denn eingebrochen?«

»Er, sie oder mehrere«, korrigierte Jason nicht zum ersten Mal. »Mit einem ziemlich stumpfen Gegenstand. Nicht mit einer PR-24, diese Vermutung sollten Sie besser gleich gar nicht äußern. Irgendetwas aus Holz. Trug Handschuhe, darunter wahrscheinlich Seife oder Vaseline, also wird's auch keine Fingerabdrücke geben. Es könnte jeder verdammte Gegenstand sein, und jeder verdammte Mensch.« Er zog sein Handy aus dem Gürtel. »Mal sehen, dass wir einen Schlosser herbekommen.«

»Glauben Sie denn, die kommen wieder?«, fragte Ellen.

»Nein, nicht so bald, trotzdem werde ich das hier mal unter Beobachtung stellen.«

Obwohl Kevin und Ellen gemeinsam zu Bett gegangen waren, konnte sie nicht schlafen. Immer wieder musste sie an ihr zerbrochenes Eigentum denken, an die Jadefigur, die Plastikgegenstände, das überall verstreute Papier, an die Spuren der Gewalt, an das buchstäblich zerfetzte Türschloss. So viel blindwütiger Hass. Die Nachrichten auf ihrem Anrufbeantworter zu Hause – noch mehr wirre Hasstiraden –, dazu zwei Anrufe von Patienten, die ihre Termine absagten, ohne auch nur mit einem Wort einen neuen zu erwähnen.

Schließlich stand sie auf. Sie wollte Kevin nicht durch ihr ruheloses Herumwälzen wecken. Sie kochte sich einen Tee und trank in kleinen Schlucken, aber dann wurde ihr klar, dass sie damit weder ihre Erkältung noch ihre dumpfen Ängste heilen konnte. Sie schüttete ihn weg und goss sich stattdessen einen ordentlichen Schuss Wodka in die Tasse.

Dann ging sie zum Wohnzimmerfenster, schob es auf und schaute auf den Strand hinaus. Verhaltenes Mondlicht schimmerte durch die Wolken und beleuchtete die Sandhäufchen, die der böige Nachtwind aufgewirbelt hatte. Sie hörte den Wind durch die Weidenzweige vor dem Fenster pfeifen.

Ob Pallas demnächst hier sein zerstörerisches Werk fortsetzen würde?

Die Aussicht auf den Besuch von *Dateline NBC* war fast das Einzige, was sie noch aufrecht hielt. Sie sehnte sich danach, diese entsetzliche Tortur publik zu machen. Erst hatte Peter Pallas ihr Baby umgebracht und jetzt schien er sich mit genügend Schützenhilfe auch noch an die Zerstörung ihres Lebens zu machen.

Offensichtlich hatte Pallas viele Freunde und Bewunderer. Hoffentlich würden die Enthüllungsstorys von *Dateline NBC* und von *20/20* die ganze Situation in einem rationaleren Licht erscheinen lassen und diese widersinnige Popularitätsfarce mit den nackten Tatsachen bekämpfen.

Sie schnappte sich ein Sweatshirt aus dem Garderobenschrank und ging ins Freie.

Bei der Familie Maxx brannte noch Licht. Aus purer Gewohnheit musterte Ellen besorgt die Fenster. Jeff stand mit einer Coladose in der Küche und betrachtete mit finsterer Miene etwas, das Ellen nicht sehen konnte. Als eine Minute später Suzanne hereinkam, lief er rot an, sagte aber nichts. Ellen sah, wie Suzanne den Kühlschrank öffnete und sich eine Cola holte. Als Jeff etwas zu ihr sagte, stellte sie sie wieder zurück, warf die Kühlschranktür zu und stürmte aus dem Zimmer.

Ellen beobachtete, wie Jeffs Blicke seiner Tochter folgten. Sogar durch das Fenster spürte sie die Wut dieses Mannes. Sie zitterte für Suzanne. In ihrer Rolle als Zuschauerin versuchte sie, Jeff mental dazu zu bringen, seine Tochter in Ruhe zu lassen.

Was würde sie machen, wenn er's nicht täte?

Offensichtlich hatte sie das Fenster einen Augenblick außer Acht gelassen, denn einen Moment später trat Jeff ins Freie. Bei Ellens Anblick blieb er abrupt stehen.

»Was gibt's hier zu sehen?«, wollte er von ihr wissen.

»Sie. In der Küche. Wie Sie Ihrer Tochter Angst machen.«

Er trat einen Schritt näher. Er trug eine dunkelblaue Jogginghose und ein graues T-Shirt und roch nach Seife und Schweiß.

»Ich habe ihr nichts getan«, sagte er.

»Was haben Sie zu ihr gesagt?«

»Das geht Sie gar nichts an.«

»Und ob. Ihre Frau ist meine Patientin, und außerdem sind Sie meine Nachbarn.«

»Scheren Sie sich zum Teufel.«

Plötzlich fragte Ellen: »Sind Sie in meiner Praxis gewesen? Hatten Sie mit der ganzen Sache etwas zu tun?«

»Ich habe keine Ahnung, wovon Sie reden.«

Sie drohte vor Wut zu platzen. »Jeff, ich werde herausbekommen, ob Sie der Kerl sind. Die Polizei ermittelt schon. Die werden Sie kriegen.«

Als er mit der Hand in die Hosentasche griff, hielt Ellen die Luft an, aber Jeff zog nur eine Hundeleine heraus. »Ich habe gar nichts getan. Verdammt noch mal, scheren Sie sich aus meinem Hof.«

»Was haben Sie damit vor?«

»Mit dem Köter spazieren gehen.«

Er starrte sie an, sie starrte zurück. Er spielte mit der Kette.

»Machen Sie, dass Sie hier wegkommen«, wiederholte er.

»Jeff, wenn Sie dem Mädchen etwas antun –«

»Verdammt und zugenäht! Ich kann's nicht leiden, wenn du durch meine Fenster starrst. Verpiss dich!«

Als sich der Himmel zartrosa färbte, schloss Ellen endlich die Augen und schlief. Kurz nach neun weckte sie das Telefon. Kevin war schon fort. Eigentlich sollte sie jeden Anruf zuerst aufzeichnen, aber es konnte ja auch jemand sein, der Hilfe brauchte.

»Dr. Stewart? Hier ist Melissa von *Dateline NBC*. Shana Sander bat mich, Sie anzurufen.«

Shana war die Redakteurin, mit der Ellen verhandelt hatte. Ellen sagte: »Heute, um drei Uhr, bei mir zu Hause. Wir werden da sein.«

»Oh, ich rufe nicht wegen der Terminbestätigung an. Shana muss verschieben.«

»Bis wann?«

»Sie kann noch keinen neuen Termin sagen. Sie wird sich wieder melden.«

»Na schön, gibt es … Könnten Sie mir sagen, wann die Sache gesendet werden soll?«

»Leider nein.«

Ellen legte ganz vorsichtig auf. Sofort läutete das Telefon erneut, aber diesmal drückte sie den Aufnahmeknopf. Gott sei Dank, denn sie hörte eine männliche Stimme sagen: »Sie haben kein Recht, einen engagierten Polizisten zu diffamieren.« Ehe sie sich den Rest anhören musste, stellte sie den Lautsprecher ab.

Ellen saß in der Falle. Trotz aller Hoffnungen wurde sie ständig niedergemacht. Im Grunde genommen stand niemand auf ihrer Seite, obwohl es eigentlich gar nichts zu diskutieren gab.

Die Sachlage war ganz einfach, aber offensichtlich nur für sie.

Sie ging in Liams Zimmer, wo sie Pedro und die Fische fleißig weitergefüttert hatte. Hier war seine kleine Seele greifbar.

Nichts hatte sich geändert: die leuchtenden Farben, die sanft in der Strömung treibenden Pflanzen – eine Unterwasserspielwiese, stets gemächlich und elegant. Beim Zuschauen wartete sie auf die innere Ruhe, die sich hier normalerweise einstellte, aber sie kam nicht.

Sie war über die Absage von *Dateline NBC* enttäuscht und

gleichzeitig wütend auf sich selbst, weil sie nicht weiter nachgebohrt hatte. Hatten sie ihre Einstellung geändert? Und warum?

Nun stand noch die Antwort von *20/20* aus. Nachdem sie sich zuerst den Kopf zerbrochen hatte, ob sie wohl heute anrufen würden, beschloss sie, nicht länger zu warten. Sollte auch *20/20* kneifen wollen, dann wollte sie wenigstens Gewissheit haben.

»Büro von Paul Hatcher.«

»Hallo, hier ist Dr. Ellen Stewart. Paul und ich haben über einen Beitrag gesprochen, den er in Eastport, Connecticut, drehen wollte, über – über meinen Sohn, der … von einem Polizisten getötet wurde.«

»Ja?«

»Eigentlich sollte ich wieder von ihm hören, was aber nicht passiert ist. Ich wüsste gerne, was läuft.«

»Bleiben Sie dran.«

Ellen wartete mit einer Kakophonie im Ohr, die sie fast wahnsinnig machte.

»Ellen? Hier ist Paul. Entschuldigung, dass ich mich nicht bei Ihnen gemeldet habe. Offen gestanden sieht die Sache nicht sehr gut aus.«

Sie versuchte zu schlucken, schaffte es aber nicht. »Können Sie mir einen Grund dafür verraten?«, fragte sie trotz ihrer rasselnden Stimme.

»Die Emotionen schlagen wesentlich höher als erwartet. Der Officer ist eine beliebte Respektsperson. Als bekannt wurde, dass wir recherchieren, haben einige sehr berühmte Leute aus der Gegend angerufen und ihm ihr Vertrauen ausgesprochen.«

Wieder versuchte Ellen, sich zu räuspern. Sie glaubte, ersticken zu müssen. »Sie glauben mir nicht«, stieß sie hustend hervor.

»Hier geht es nicht ums Glauben. Schauen Sie, Ellen, wir sind darauf geeicht, alles sehr sorgfältig abzuklopfen. Wir reden mit jedem, damit wir ein möglichst gutes Gespür für einen eventuellen Beitrag bekommen. Also, hier hätten wir ein Kleinkind und Ihre persönliche Situation, die zum Himmel schreit, aber … Gott, das klingt herzlos … Der Unfall bzw. Mord an sich ist keine Story für uns. Nur die eindeutige Schuld eines Polizisten. Und die ist für mich hier nicht klar erkennbar.«

17

Ellen hatte ihre Termine für die restliche Woche abgesagt und nun statt eines übervollen Kalenders plötzlich nichts zu tun.

Kein Wunder, dass sie alle Hebel in Bewegung setzte, um ihr Kind zu rächen. Rache war Heilung, die einzig mögliche.

Verdammt noch mal, was blieb ihr jetzt noch zu tun übrig?

Sie setzte sich aufs Bett. Obwohl das Telefon bereits zweimal geklingelt hatte, hatte sie weder abgehoben noch den Lautsprecher eingeschaltet. Die aufgezeichnete Portion Gehässigkeit konnte ruhig warten.

Eine Bemerkung ihrer Mutter fiel ihr wieder ein. *»Du brauchst einen Anwalt.«* So etwas sagte ihre Mutter immer, denn Lizas Credo war: Wer ein Problem hat, braucht professionelle Hilfe, und dazu sollte man sich sofort die passende Version suchen.

Damals war Ellen anderer Meinung gewesen. Damals, als sie wild entschlossen und siegessicher gegen das Böse vorgehen wollte.

Aber das war zu einer Zeit gewesen, als sie noch hoffen konnte.

Sie hinterließ Ginger und Olga eine Nachricht. Beide würden entschlossene Anwälte kennen, und außerdem hatten beide gesagt, sie würden Ellen im Fall des Falles helfen. Jetzt würde sie ja feststellen, wie aussätzig sie inzwischen war.

Schon vor Wochen hatte Ellen in ihrem Terminkalender für heute einen Vortrag mit Mittagessen im Christlichen Verein Junger Frauen eingetragen, eine von vielen Veranstaltungen, die sie nach dem Unfall gestrichen hatte. Aber als sie jetzt den durchgestrichenen Eintrag sah, hielt sie inne.

Vielleicht sollte sie hingehen. Sie hatte sich zu sehr zurückgezogen. Wie sollten Menschen, die ihr vielleicht helfen konnten, sie finden, wenn sie nur noch daheim saß und sich schikanöse Anrufe anhörte?

Außerdem wimmelte es bei diesen Mittagessen von einflussreichen Eastportern. Sie kannten Anwälte, ja, sie waren sogar selbst Anwälte.

Und wahrscheinlich war es sinnloser, auf den Rückruf von Olga und Ginger zu warten, als sich Ellen selbst eingestehen wollte.

Ellen trug ein lachsfarbenes Chiffonkleid und dazu einen Strohhut, den sie aus der Tiefe ihres Kleiderschranks gezogen hatte. Obwohl sie sonst nie Hüte trug, fühlte sie sich heute damit ein wenig beschützter.

Sie parkte vor dem Gebäude und nahm sich noch eine Minute Zeit, gleichmäßig durchzuatmen, ehe sie aus dem Auto stieg. Auf dem Parkplatz wimmelte es von Menschen, die zu der Einladung gingen. Nach all den Anrufen und der Verwüstung war sie sehr unschlüssig, ob sie sich darunter mischen sollte.

»Ellen!«, rief jemand. Als sie sich umdrehte, sah sie Martie Vasco. Schon bei ihrem bloßen Anblick stürzte ihre schlimmste Nacht wieder mit voller Wucht auf sie ein, aber daran war nicht Martie Schuld.

»Ich habe an Sie gedacht«, sagte Martie, während sie Ellen umarmte. »Schön, Sie wieder zu sehen. Wie geht's denn?«

»Nicht besonders gut.«

»Ich weiß. Wir alle vermissen Liam so sehr.«

Sie gingen zusammen hinein. Ellen war Martie dankbar. Sie war sich ihrer selbst so intensiv bewusst, als ob sie radioaktiv wäre. Obwohl sie bekannte Gesichter sah, blieb niemand lange genug stehen, bis sich Ellen für oder gegen eine Begrüßung entscheiden konnte.

Der Konferenzraum war in einem genau aufeinander abgestimmten, fröhlichen Streifen- und Blumenmuster gehalten – typisch Eastport. Durchsichtige goldene Vorhänge dämpften das Mittagslicht. An den runden Tischen war für je acht Personen gedeckt, mit passendem, gelbem Porzellan und Stoffservietten in einem muschelförmigen Serviettenring.

Ellen überflog die Tische, wobei sie nach Bekannten Ausschau hielt, die ihr vielleicht bei ihrer Mission behilflich sein könnten. Gleich neben dem Eingang entdeckte sie Lacey Khan, die sich als Rechtsanwältin in der Frauenbewegung lautstark hervortat. Im letzten Monat hatte Ellen sie in *Politik gegen den Strich* gesehen, wo sie aus Pat Buchanan Hackfleisch gemacht hatte. Die Leute hörten auf sie, besonders solche, deren Aufmerksamkeit sich Ellen sichern musste.

An Laceys Tisch waren nur noch zwei Plätze frei. Ellen eilte mit Martie im Schlepptau hinüber.

Kaum hatten sie Platz genommen, ging das Mikrofon an. Der Redner wurde vorgestellt. Ellen trommelte sich ungeduldig auf die Schenkel. Sie hatte gehofft, unverzüglich mit Lacey reden zu können.

Man servierte Gorgonzolasalat, dazu Körbchen mit duftendem Dillbrot. Ellen aß den Käse und ein bisschen grünen Salat. Ihre Blicke hingen an Lacey, die sich voll und ganz auf den Redner zu konzentrieren schien.

Als die Rede endlich vorbei war, stellte Ellen entsetzt fest, dass Lacey mit allen anderen lächelnd applaudierte und dann aufstand und ihren Stuhl zurückschob.

»Sie wollen doch nicht schon gehen?«, rief Ellen und sprang hoch.

Im Gegensatz zu den übrigen Tischgästen hörte es Lacey nicht. Ellen zwängte sich an ihnen vorbei und versperrte Lacey den Weg.

»Ich muss Sie unbedingt sprechen«, sagte Ellen.

Lacey zog die Augenbrauen zusammen. »Kennen wir uns eigentlich?«

»Ich bin Ellen Stewart, die Mutter von Liam. Das Baby, das getötet wurde.«

»Oh, ich habe darüber gelesen. Mein Beileid«, sagte Lacey.

»Ich brauche einen Anwalt. Ich –«

»Ja, den brauchen Sie, aber leider kann ich das nicht sein. Ich bin momentan völlig überlastet.«

»Können Sie mir jemanden empfehlen? Einen engagierten hartnäckigen Anwalt, der uns bei unserem Kampf unterstützt?«

Lacey schüttelte den Kopf, dass ihr dunkler seidiger Bob nur so flog.

Ellen biss die Zähne zusammen, um dem Gefühl schaler Hoffnungslosigkeit Herr zu werden, das sich in ihr auszubreiten drohte. »Und warum nicht?«, hakte sie lauter nach, als ursprünglich beabsichtigt.

Lacey zögerte. »Ich kenne einfach niemanden, der Zeit hat. Tut mir Leid.«

Sie ließ Ellen stehen und ging hinaus.

Martie Vasco sah, wie Ellen einen Moment die Augen schloss. Martie kam sich schrecklich vor.

Eine Sekunde lang hatte es so ausgesehen, als würde Lacey

Khan eine ehrliche Antwort geben, auch wenn Martie nicht recht wusste, welche. Vielleicht ein paar Worte darüber, wie schwierig und unpopulär es war, sich in diesem Fall auf Ellens Seite zu stellen. Aber Ellen hatte Lacey verscheucht.

Und nicht nur Lacey. Auch die übrigen Gäste entfernten sich rasch.

Martie legte den Arm um Ellen. »Lassen Sie uns gehen, ja?«

Wieder im Auto rieb sich Ellen die Augen. Sie hatte das Gefühl, als hätte sie seit einem Jahr nicht geschlafen. Soeben hatte sie sich selbst zum Narren gemacht, aber es war ihr egal.

Sie griff nach dem Telefon, um für alle Fälle ihren Anrufbeantworter abzuhören, und hatte Glück. Da war nur eine einzige Nachricht, von Ginger.

Melvyn Zakar war einsdreiundneunzig groß und wog zehn Kilo zu viel, was ihm aber nicht schlecht stand. Er hatte einen vollen, glänzend schwarzen Haarschopf und lächelte zynisch.

»Der Kerl ist ein Schlägertyp«, hatte Ginger gesagt, *»ein Scheißkerl, aber Melvyn ist es egal, ob er beknackt aussieht, Hauptsache, er gewinnt.«*

Ellen ging zu ihm ins Büro und nahm auf einem Sessel vor seinem Schreibtisch Platz. Zakar folgte hinterdrein und setzte sich auf eine lange blassblaue Couch. »Hier«, sagte er und deutete aufs andere Ende, »so können wir uns bequemer unterhalten.«

Ellen brach in Tränen aus.

Auf sein Drängen nahm sie einen Kaffee, aber die Tränen flossen weiter. »Entschuldigung.«

»Macht nichts. Ginger hat mir Ihre Situation in groben Zügen geschildert, aber warum erzählen Sie mir nicht alles von Anfang an?«

Das tat sie, wobei sie immer wieder innehielt, um einen Schluck aus ihrer Tasse zu nehmen. Sie erzählte von dem Unfall und von Pallas, von der Polizei, den *News* und den Fernsehsendungen. Sie schilderte ihre zerstörte Praxis, die Anrufe und ihr eigenes und Kevins verrücktes Verhalten. Zum Schluss sagte sie: »Ich bin mir nicht sicher, was ich eigentlich von Ihnen verlange. Ich weiß einfach nicht, wie es jetzt weitergehen soll. Wenn das überhaupt Sinn macht.«

»Natürlich macht es Sinn.«

Ellen schaute ihn an. Er lauschte mit den Augen, ganz kleinen Augen unter mächtigen Brauen, und verfolgte jedes ihrer Worte. Offensichtlich hörte er alles, was sie sagte, und vieles, was nicht.

Er fuhr fort: »Ihr Sohn ist tot. Ein Polizist hat ihn überfahren, wurde dabei erkannt und leugnet. Etwaige Fortschritte bei der Nachforschung wurden Ihnen vorenthalten. Sie wollen wissen, welche Rechte und Möglichkeiten Sie haben. Sie wollen sämtliche Geschütze des Rechtswesens mobilisieren.«

»Ja, ganz genau.«

»Schauen Sie mich nicht an wie einen Zauberer«, sagte Zakar mit leichtem Grinsen. »Ich bin sicher, dass Sie bei Ihren Patienten dieselbe Bestandsaufnahme machen. Das ist immer einfacher, wenn ein anderer in der Patsche sitzt. Haben Sie Ihre zerstörte Praxis fotografiert?«

»Das hat die Polizei getan.«

»Machen Sie Ihre eigenen Aufnahmen. Und zwar gleich jetzt. Hier.« Er ging zu seinem Schreibtisch, zog aus einer Schublade eine Wegwerfkamera und ließ sie in ihren Schoß fallen. »Fotografieren Sie auch alle anderen sichtbaren Beweise. Bewahren Sie Ihre Telefonbänder auf. Sollten Sie noch keine Anruferidentifikation haben, besorgen Sie sich eine und listen Sie alle Nummern auf. Bewahren Sie jedes Schriftstück auf. Sprechen Sie *nicht mehr* mit Officer Pallas und sorgen Sie dafür, dass sich auch Ihr Mann daran hält. Kommen Sie nicht in die Nähe seiner Wohnung.«

»In Ordnung«, sagte Ellen.

»Gut, das wäre alles zum Thema Selbstschutz. Und jetzt zum großen Knall. Bisher haben Sie geduldig auf Gerechtigkeit gewartet und sind nur herumgeschoben worden. Jetzt müssen wir Druck machen, aber ziemlich heftig. In höheren Regionen. Ich will, dass sich Pallas in die Hosen pinkelt.«

Ellen hatte Herzklopfen.

»Bis jetzt haben wir noch nicht genug Beweise für einen Prozess, also werden wir daran arbeiten. Dann werde ich mit dem Staatsanwalt sprechen. Und zum Schluss werden wir ganz aggressiv vorgehen: gegen den Officer, gegen das Polizeipräsidium und gegen die Stadt. In kostspieligen Zivilprozessen.«

»Wie können wir uns Beweismaterial gegen Pallas besorgen?«

»Durch einen Privatdetektiv. Ich habe da jemanden im Auge. Mal sehen, ob sie frei ist.«

»Dr. Stewart, hier spricht Erin Candia. Mel Zakar hat mich gebeten, Sie anzurufen. Meine Telefonnummer lautet –«

»Hallo? Hier ist Ellen Stewart.«

»Lassen Sie mich Ihnen zuerst mein Beileid zu Ihrem Verlust aussprechen.«

Ellen spürte, wie sich schon wieder Tränen ansammelten; nur, weil jemand nett zu ihr war. »Ich danke Ihnen.«

»Wir müssen miteinander reden. Können Sie nach Norwood in mein Büro kommen?«

»Ja. Wann?«

»Morgen früh, neun Uhr.«

»Ginge es vielleicht auch heute Nachmittag?«

»Hmm ... ja«, sagte Erin. »Viertel nach fünf. Sie finden mich in der Aiken Street, Nummer zweiundachtzig, direkt hinter der Kreuzung North Street. Fünfter Stock. Auf dem Schild steht EC DETEKTEI.«

Erin Candia hatte von Natur aus rote Haare, eine kerzengerade Nase und wusste ganz genau, welche Kleidung zu ihrer Haarfarbe passte. Sie war sehr groß und elegant wie ein Reiher.

Nachdem Ellen ihre Geschichte erzählt hatte, zerpflückte Erin sie wie ein Halsband, Perle um Perle.

»Sind noch irgendwelche anderen Autos vorbeigefahren, während sie am Strand waren bzw. nach dem Unfall?«

»Nein, nur die Notarztwagen.«

»Wie oft sind sie zu dritt zu dieser Tageszeit draußen gewesen?«

»Sehr oft, fast jeden Abend.«

»Gibt es möglicherweise irgendeine Verbindung zwischen einem Ihrer Patienten oder denen Ihres Mannes und einem Freund bzw. Verwandten von Officer Pallas?«

Ellen beugte sich auf Erins schwarzem Leinenstuhl nach vorne. »Daran habe ich noch nie gedacht.«

»Ich möchte, dass sie beide gründlich ihr Gedächtnis und ihre Aufzeichnungen durchkämmen. Ein Racheakt lässt sich nie ganz ausschließen. Dem Officer werde ich selbst auf den Zahn fühlen, und dazu brauche ich vielleicht Ihre Akten. Ich benötige ein schriftliches Einverständnis von Ihnen zur Einsicht in Ihre sämtlichen Krankenakten und Fotos. Wer ist Ihre Kontaktperson im Polizeipräsidium?«

»Jason Landrin. Er leitet als Kommissar diesen Fall. Auch mit Polizeichef Tuck hatten wir schon Kontakt. Und Maggie Dolce war ebenfalls beteiligt, aber die Hauptarbeit hat Jason erledigt.«

18

»Pallas hat Gott und die Welt auf seiner Seite«, erklärte Jason Erin. »Heiliger Strohsack, Bürgermeister Repsher und Polizeichef Tuck wurden von Robert Redford und Keith Richards angerufen. Und auch noch von Glenn Close. Die ganze Sache ist ein einziger widerwärtiger Riesenmisthaufen.«

»Widerwärtig ist das richtige Wort«, meinte Erin. »Und was halten Sie persönlich davon?«

»Als ob ich eine persönliche Meinung haben dürfte.«

»Ich werd's weder Keith noch Glenn erzählen.«

Jason lächelte. Er hatte mit Erin Candia bereits in zwei Fällen zusammen gearbeitet und wusste, dass sie Format hatte und gut war. Nur allzu gerne hätte er ihr seine Meinung mitgeteilt, wenn er sie selbst gekannt hätte.

»Ich bin mir nicht sicher. Ist das nicht auch schon was? Ich kenne Ellen Stewart, habe mit ihr zu tun gehabt und zweifle nicht an ihrer Verlässlichkeit. Wenn sie sagt, sie hat Pallas in einem Streifenwagen gesehen, dann stimmt das mit ziemlicher Sicherheit. Andererseits ist Pallas ein ausgezeichneter Polizist, keinerlei Beschwerden, aber jede Menge Auszeichnungen. Liebt Kinder, engagiert sich in seiner Freizeit, schindet keine Opfer. War damals zur besagten Zeit drüben in der High-School. Und jetzt machen Sie sich darauf einen Reim.«

Erin stand von ihrem Stuhl auf und ging links von Jasons Schreibtisch zur Wand. Sie war von oben bis unten mit einer Art Diagramm bedeckt, das aus vierzig bis fünfzig zusammengeklebten Zetteln bestand.

»Dieses Monster hat meinen Schreibtisch gesprengt«, sagte Jason. »In ein bis zwei Tagen reicht nicht einmal mehr die Wand. Sie erkennen ja, was es darstellt.«

»Ja«, sagte Erin, obwohl das Gegenteil der Fall war. Mit zusammengekniffenen Augen musterte sie die verschiedenfarbigen Rechtecke, Pfeile und Zeitangaben.

»Bisher geht alles auf, bis auf ein paar lose Enden, an denen wir noch arbeiten.«

»Und die wären?«

Jason sagte: »Zeitgleichheiten und solcher Mist. Der Officer ist zum Zeitpunkt X an Punkt A im Fahrzeug B eingetragen, aber laut Zeugenaussagen soll er schon kurz davor oder danach dort gewesen sein. Man hat mich bedrängt, ich solle die Idee überprüfen, dass Ellen zwar mit dem Fahrzeug Recht hatte, aber nicht bezüglich des Fahrers.«

Also standen die Rechtecke für Streifenwagen. Erin bekam Herzklopfen. Hinter dieser komplizierten und doch wertvollen Informationsquelle steckte eine Unmenge Laufereien. Anscheinend hatte Jason den genauen Aufenthaltsort von fast allen Polizisten und Fahrzeugen zum Unfallzeitpunkt aufgeschlüsselt. Damit fiele jede Ungereimtheit viel rascher auf, als wenn sie selbst bei null anfangen müsste.

»Hören Sie«, sagte Erin, »davon hätte ich gerne eine Kopie.«

Jason lachte ungläubig. »Sie träumen wohl. Wie soll man so etwas kopieren?«

Erin zuckte mit der Schulter. »Abfotografieren und vergrößern?«

»Pff, tja, vielleicht. Verstehen Sie was vom Fotografieren?«

»Genug, um die Leute mit der Hand in der Kasse oder in einer fremden Hose zu erwischen.«

Es war eine jener Ideen, die sich besser anhören, als sie funktionieren. Erin hatte das schon vermutet, aber wenigstens konnte sie jetzt mit diesem Irrsinnspuzzle arbeiten, auch wenn es eher einer Runde Monopoly während einer Achterbahnfahrt glich.

Wenn genug Zeit war, ließ er sie zuerst duschen. Er liebte es, wenn sie direkt aus dem Wasser kam und sich mit duftenden Shampooflocken in den Ohren über ihn legte und ihre nassen Haare auf seine Schultern tropften.

Er selbst duschte nach solchen Gelegenheiten nie. Er wollte, dass ihr Duft an ihm haften blieb, denn das erregte ihn immer wieder aufs Neue.

Manchmal musste er sich ein paar Minuten zurückziehen, um damit fertig zu werden. Es dauerte nie lange.

Kevin stellte den Salzstreuer hin, den er die ganze Zeit gehalten hatte, während Ellen aussprach, was sie innerlich vorbereitet hatte. Anscheinend war ihm entgangen, dass er ihn noch gar nicht benutzt hatte.

»Du bittest mich darum, meine Patientenberichte auf irgendeine weit hergeholte Verbindung zu Peter Pallas zu durchsuchen? Ist das dein Ernst?«

»Ja, ist es.« Ellen hatte gezögert, Kevin die Geschichte mit Melvyn Zakar und Erin zu erzählen, deshalb hatte sie absichtlich damit gewartet, bis er genüsslich sein Abendessen aus gegrilltem Fisch und Pinot Grigio verspeiste. »Diese Idee stammt von der Privatdetektivin. Meiner Meinung nach wäre es einen Versuch wert. Ich werde meine jedenfalls durchsuchen.«

Kevin schüttelte den Kopf. »Das sollten wir nicht tun. Damit schnappen wir nur nach Strohhalmen, ganz abgesehen von unserer ärztlichen Schweigepflicht.«

Das Telefon klingelte. Ellen biss die Zähne zusammen. Obwohl der Apparat lautlos antwortete, weil sie den Lautsprecher inzwischen ständig ausgeschaltet ließ, wirkte das Klingeln wie ein Schlag ins Genick.

Sie sagte: »Da wäre noch mehr. Melvyn besteht darauf, höhere Ziele anzupeilen. Er hat einen Plan entworfen.« Sie beschrieb die Art und Weise, wie er gerichtlich vorgehen wollte.

Kevin hörte zu. Seine Gesichtszüge schienen zu verfallen. Er meinte: »Was soll es bringen, wenn wir alle und jeden verklagen? Diese Leute werden uns noch mehr verachten, als jetzt schon. Das wird mehr Geld kosten, als wir haben. Jahrelang werden wir hin und her prozessieren und immer wieder den Schmerz und die Tragödie mit voller Wucht aufwühlen.«

»Und was sollen wir sonst tun?«, sagte sie.

»Willst du meine Antwort wirklich hören?«

Wie zwei Fremde starrten sie einander über den Terrassentisch an. Auf Ellens Teller waren gegrillte Seebarschstücke mit der Salatsoße eine unappetitliche Verbindung eingegangen. Vom dritten Glas Wein war noch ein Schluck übrig. Sie hätte es nicht trinken sollen.

»Du stehst nicht auf meiner Seite. Ich vermisse dich«, sagte Kevin. »Vermutlich denkst du dasselbe.«

Sie war überrascht. »Ganz genau.«

»Was können wir dagegen tun?«

Wie bei dem Anwalt und der Detektivin, die nett zu ihr gewesen waren, trieb auch diese Frage Ellen heiße Tränen in die Augen. Als sie heftig blinzelte, löste sich ein wahrer Strom.

»Ich weiß es nicht, aber lass uns etwas dagegen finden. Schließlich haben wir nur noch uns.«

Kevin stand auf, ging um den Tisch herum und nahm Ellens Hand. Die Nacht war warm. Schwer legte sich die Luft um sie, als sie zur Straße hinunter und hinüber zum Strand gingen. Kevin brachte sie bis zur Wasserkante, wo er sie in den Sand zog und an sich drückte.

Da saßen sie dann, eng umschlungen. Weiter draußen hatte sich die dicke Luft in Nebel verwandelt, durch den Mond und Sterne nur ganz weich flimmerten.

»Atme sie ein«, sagte Kevin ruhig, »unsere Luft. Deshalb sind wir hier. Liam ist nicht bei uns, und das ist eine Tragödie, aber wir sind hier.«

Ellen drückte ihn noch fester. Er hatte Recht und – sie hatte Recht. Und darin lag die Tragödie.

»Ich weiß, ich bin wie besessen«, sagte Ellen. »Ich weiß, du bist vernünftig...«

»Aber du kannst nichts dagegen tun.«

»Und du auch nicht.«

»Stimmt.«

Am nächsten Morgen hatten ihre beiden Autos lange tiefe Kratzer und die Windschutzscheiben waren mit einer harten Klebemasse verschmiert, die wie Pflasterrückstände aussah.

»Zum Kuckuck, wann ist das passiert?«, brüllte Kevin. »Wir waren doch draußen. Und da waren die Autos noch in Ordnung.«

Carol Maxx kam heraus. Beim Anblick des Schadens blieb sie stehen.

»Wer würde so etwas tun?«

»Dieselben, die unsere Telefonleitungen vergiftet und Ellens Praxis zerlegt haben«, sagte Kevin. »Zum Glück hat mein Gebäude einen strengen Sicherheitsdienst, sonst hätten sie vermutlich auch meine Praxis zerstört.«

Carol nahm Ellen in die Arme.

Zwei Tage hatte Erin Candia die Tabelle studiert, zuerst auf einem Tisch, dann an der Wand. Jetzt brannten ihre Augen, aber sie hatte eine einigermaßen korrekte Vorstellung vom Ablauf der Fahrzeugeinteilung. Inzwischen war ihr auch klar, warum Jason sich solche Arbeit gemacht hatte. Wegen der einfachen Routine, die sich ständig wiederholte, würde jede Abweichung sofort ins Auge springen. Theoretisch. Das Problem war, dass Erin diese Routine noch nicht kannte. Folglich wirkte zu vieles wie Abweichungen.

Leider waren ihre übrigen Nachforschungen im Sand verlaufen. Sie hatte den gesamten Unfallort abgesucht, Sandkorn für Sandkorn, hatte sämtliche Medizinakten und den Autopsiebefund überprüft. Am Werdegang und den Verhältnissen von Peter Pallas arbeitete sie noch, aber bisher hatte sich auch hier keine Spur ergeben.

Die Gegenwart schien aussichtsreicher als die Vergangenheit.

Sie beschloss, die einzelnen Fäden zu verfolgen, Auto um Auto, Mann um Mann, gemeinsam und separat. Ihre Erkenntnisse zeichnete sie in einem Notizbuch auf.

Nach dem dritten Tag hatte sie für den gesamten Zeitraum alle Polizisten ausfindig gemacht, bis auf drei. Pallas war nicht darunter. Wenn man davon ausging, dass sich eine erneute Überprüfung des Schulpersonals mit den Details auf der Tabelle deckte, dann war er entweder gleichzeitig an zwei Orten gewesen, oder – er war unschuldig.

»Belljoy, Shanks und Louis«, sagte Erin zu Jason, »sind das die losen Enden, von denen Sie sprachen?«

»Belljoy und Louis ja, aber was stimmt mit Shanks nicht?«

»Nach ihrer Aussage hat sie Packer's Island zugesperrt, obwohl dieser Strand bis Sonnenuntergang geöffnet bleibt. Warum sollte sie schon um sieben anfangen, abzuschließen?«

»Das macht sie immer.«

»Pardon?«

»Was soll ich sagen? Sie ist 'ne Korinthenkackerin, muss sämtliche Strandhütten und Umkleidekabinen überprüfen. Dazu braucht sie 'ne Ewigkeit. Erin, das ist kein Witz.«

»Und wie steht's mit den beiden anderen? Über die sind Sie genauso gestolpert wie ich.«

»Bei Belljoy weiß ich nicht so recht. Laut Eintrag ist er in der Adams Street in der Nähe der Brücke einer Anzeige wegen Lärmbelästigung nachgegangen, aber nach den Aussagen der

Anwohner soll er früher dort gewesen sein, als er behauptet. Da klafft noch eine Lücke. Louis behauptet, er hätte an der Mobiltankstelle in der North den Streifenwagen waschen lassen, aber dort kann sich keiner daran erinnern.«

»Dann ist das der momentane Stand der Dinge: Sie haben beide noch nicht festnageln können, weder so, noch so.«

»Na ja, gut, aber, lieber Himmel, Erin, es gibt noch mehr Aufgaben, die wir auch nicht ganz außer Acht lassen dürfen, während wir diesem Fall bis ins kleinste Detail nachjagen.«

»Sicher, damit wollte ich auch nicht andeuten, Sie wären nachlässig. Ich biete mich freiwillig an, das zu überprüfen. Wird Ihnen Polizeichef Tuck deshalb Probleme machen?«

»Nicht, wenn er's nicht weiß.«

19

Erin wollte tatsächlich ihr Auto waschen, aber das war nicht der eigentliche Grund, warum sie dort war.

Sie legte das Foto von Officer Jack Louis auf den Kassentresen, hinter dem eine ältere Frau mit hochroten Nägeln stand. »Den habe ich noch nie gesehen«, sagte die Frau.

Erin präsentierte ein anderes Foto von Louis, diesmal in Uniform.

Die Frau nickte und tippte mit einem glänzenden Nagel auf Louis Brust. »Der kommt hierher.«

»Wann haben Sie ihn das letzte Mal gesehen?«

»Ach, du meine Güte, keine Ahnung.«

Erin ging mit ihr verschiedene Daten durch, ohne Erfolg. Sie befragte die anderen Mitarbeiter der Waschstraße. Einige erkannten Louis wieder, aber niemand konnte ihn mit einem bestimmten Zeitpunkt in Verbindung bringen.

Erin ging auf die North Street hinaus und sah sich um. Diese Straße war eine Hochburg für Franchiseunternehmen, eine Fastfoodkette an der anderen. Direkt neben der Waschstraße gab es einen Taco Bell und auf der anderen Straßenseite einen Dunkin Donuts.

Erin kaute auf ihrem kleinen Finger herum. Diese schüchterne Geste hätte einem unbeteiligten Beobachter den täuschenden Eindruck einer kindlichen Person vermitteln können, aber in Wirklichkeit machte Erin das unbewusst, während sie ganz besonders intensiv nachdachte.

Ihr Blick wanderte zur Einfahrt der Waschstraße hinüber, wo drei Angestellte bereitstanden, die Türen aufzureißen und mit den Staubsaugern loszulegen.

Sie stellte sich Jack Louis vor, wie er aus seinem Streifenwagen ausstieg. Er hätte ein paar Minuten Zeit. Er könnte drinnen im Büro warten, aber dort war es eng und ungemütlich. Vermutlich quasselte die alte Dame ziemlich viel, und außerdem hätte er Hunger. Gut, ja, Polizisten und Donuts, und er hätte sich vermutlich nicht zum Abendessen ausgetragen, aber schließlich wäre es schon spät, und er hätte die Schicht von vier bis Mitternacht, und auf der North tobte vierspurig der Verkehr.

Erin begab sich zum Taco Bell.

Adams Street, Nummer achtzehn, entpuppte sich als weiß gestrichenes dreistöckiges Haus, dessen Fensterläden in jedem Stockwerk eine andere Farbe hatten: ganz oben schwarz, dann grün und darunter rot.

Erin läutete die Glocke für das rote Stockwerk. Ein intelligent aussehender, schmaler Mann, dessen langer brauner Pferdeschwanz von grauen Strähnen durchzogen war, öffnete die Tür.

Erin erklärte, sie ginge noch einmal der Anzeige wegen

Lärmbelästigung nach, und fragte: »Haben Sie damals angerufen?«

»Ja«, sagte er. »Tut mir Leid, dass ich immer wieder anrufe, aber, wissen Sie, die Musik da oben macht einen fast taub. Hören Sie mal.«

Er hatte Recht. Die rhythmischen Bässe von ZZ Top waberten durch den gemeinsamen Flur.

Der Mann sagte: »Wenn man bedenkt, wie oft Ihre Leute schon hier gewesen sind, kapier ich nicht recht, warum das immer noch so geht.«

Mit List lockte ihn Erin zu jener Nacht zurück, in der Belljoy an der Reihe gewesen war. »Wissen Sie noch, wann das war?«

»Ja. Um halb sieben habe ich angerufen, weil ich die Nachrichten angedreht hatte und nichts hören konnte. Kaum fünfzehn Minuten später war der Officer da.«

Erin streckte ihm Fotos von vier Polizisten hin. Sofort deutete der Mann auf Belljoy. »Der da. Er war wirklich nett. Das habe ich auch schon einem anderen Officer gesagt, der mich danach gefragt hat.«

»Wie lange ist er denn hier gewesen?«

»Ungefähr zehn Minuten. Das reichte, wirklich. Er hat die Sache prima gemacht. Kennedy, das ist mein Nachbar mit dem CD-Player, hat das Ding sofort leise gedreht. Aber dreimal in der Woche geht der verdammte Krach wieder los. Ich hasse es, dass ich immer wieder anrufen muss. Gehen Sie jetzt rauf?«

»Passt definitiv nicht rein«, erklärte Erin Jason Landrin. Sie standen vor der Tabelle, die sich immer weiter auf Jasons Wand ausgebreitet hatte. Inzwischen hatte er markiert, dass Jack Louis tatsächlich im Taco Bell gesehen worden war. »Belljoy war schon viel früher weg, als er behauptet. Dieser Streifenwagen ist für den Zeitpunkt, als der Junge überfahren wurde, nicht dokumentiert. Das heißt, wenn Belljoy nicht einen gravierenden Fehler gemacht hat, dann deckt er jemanden.«

»Das ist kein Fehler«, meinte Jason. »Man hat ihn deswegen befragt. Er hatte mehrere Gelegenheiten, seinen Bericht zu ändern oder sich anderweitig zu korrigieren. Er besteht darauf, dass alles so verlaufen ist, wie er es eingetragen hat.«

Jason nahm einen roten Filzstift von seinem Schreibtisch und zog um das Rechteck, das Belljoys Einsatzfahrzeug symbolisierte, einen dicken Kreis.

»Und was nun?«, wollte Erin wissen.

»Jetzt werde ich mal ein wenig mit Officer Belljoy plaudern.«

»Kann ich dabei sein?«

»Selbstverständlich nicht.«

»Nehmen Sie's auf.«

»Sie wissen genau, dass ich das nicht tun kann, ohne ihn zu informieren.«

Erin drehte sich zu Jason um und starrte ihm unverwandt in die Augen. Sie war fast genauso groß wie er. »Blödsinn«, sagte sie.

»Erin, er ist *Polizist.*«

»Er ist ein Polizist, der lügt. Vielleicht sogar einer, der mordet.«

In Suzanne Maxx' Schlafzimmer gab es ein Erkerfenster, das genau die richtige Größe hatte, um dort mit ihrem Hund Abby zu sitzen. Auf der Fensterbank lag ein passendes Sitzkissen. Es war mit einem imprägnierten Streifenstoff bezogen, an dem eigentlich nichts haften sollte. Trotzdem suchte Suzanne das Kissen täglich nach Abbys goldenen Haaren ab und entfernte rasch alle, die trotz Imprägnierung hängen geblieben waren.

Suzanne sah, wie bei den Stewarts ein dunkelblauer Saab

hielt. Vom Fahrersitz erhob sich eine sehr große, rothaarige Frau mit ellenlangen Beinen und ging zur Tür. Suzanne schaute zu, als Dr. Stewart öffnete. Sie sah das zauberhafte Lächeln.

Sie hatte nur einen Wunsch: bei Dr. Stewart zu sitzen, ihr Lächeln zu spüren und diese Frau dazu zu bringen, alles anzuhören, was sie zu sagen hatte.

Sie hatte es satt zu leiden, so satt.

Ellen bat Erin ungeduldig herein. Während sie zum Kaffeekochen Pulver abmaß und einschüttete, zitterten ihre Finger so sehr, dass sie etwas auf der weißen Küchenplatte verstreute.

»Ich bin ganz zittrig«, gestand Ellen, »weil ich unbedingt hören möchte, was Sie zu sagen haben.«

Sie saßen im Wohnzimmer mit dem zauberhaften Ausblick. Kreischend zogen die Möwen ihre Kreise und drehten Loopings durch die Luft.

Erin hielt die heiße Tasse mit beiden Händen und meinte: »Was ich habe? Ein dickes fettes Fragezeichen. Und das betrifft einen speziellen Polizisten und sein Fahrzeug. Allerdings nicht Pallas.«

Plötzlich brannte Ellens Magen wie Feuer. »Dann ist die Sache bedeutungslos.«

»Haben Sie je den Namen Arthur Belljoy gehört?«

»Nein. Wer ist das?«

»Ein Officer aus Eastport, der anscheinend seine persönlichen Umstände während der entscheidenden Zeit in jener Nacht, als Liam getötet wurde, falsch dargestellt hat.«

»Belljoy? Kenne ich nicht. Vielleicht vom Sehen, aber das ist unwichtig.« Ellen beugte sich zu Erin. Sie hatte auch für sich Kaffee eingegossen, aber nur, damit sich Erin wohler fühlte. »Es hat keine Bedeutung, welcher Polizist damals wo war. Mit einer Ausnahme: Peter Pallas.«

»Kann es wirklich kein anderer Officer gewesen sein?«

»Nein«, sagte Ellen sofort, »kein anderer, und auch nicht irgendein durchgeknallter Patient aus meiner oder Kevins Datei. Pallas.«

Erin trank einen Schluck. Der dampfende Kaffee schmeckte gut, ganz leicht nach Vanille. »Pallas war in der High-School, was der Direktor bestätigt.«

Ellen schüttelte den Kopf. »Ich wüsste gerne, was der Direktor im Detail gesagt hat. Werden Sie mit ihm reden?«

»Ich finde«, sagte Erin, »das sollten Sie tun.«

Melvyn Zakar lehnte sich über seinen riesigen Schreibtisch. »Warum Ellen, und nicht Sie?«, wollte er von Erin wissen.

»Ich war schon drauf und dran, da wurde mir klar, dass es Ellen machen muss«, sagte Erin. »Sie ist die trauernde Mutter, die stadtbekannte Ärztin und – die Steuerzahlerin. Ich habe ihr geraten, sie soll gleich am Morgen rüberfahren, ohne vorher anzurufen, und sich dumm stellen. Sie ist vom Kummer wie betäubt und benötigt dringend Erklärungen. Da kann er nicht Nein sagen und muss Geduld haben.«

20

Direktor Larry Hynes war ein untersetzter breitschultriger Mann ungefähr in Ellens Alter. Als sie den Grund für ihr Kommen erklärte, hörte er zu, ohne sie zu unterbrechen.

»Ich schätze sehr, was Sie da tun«, sagte er, als sie fertig war. »Wenn es mein Sohn wäre, würde ich sicherlich dasselbe tun. Ich wäre wie von Sinnen. Leider gibt es nichts, was ich Ihnen noch erzählen könnte. Sie verfügen über alle Informationen, die ich der Polizei gegeben habe.«

»Polizeichef Tuck sagt, Sie hätten mit Pallas erst vierzig Minuten nach sieben gesprochen.«

»Das stimmt.«

»Liam wurde um sieben Uhr fünfundzwanzig überfahren. Pallas hatte Zeit, hierher zu fahren.«

Auf dem Schreibtisch des Direktors klingelte das Telefon. Er warf einen Blick darauf, hob aber nicht ab.

»Pallas war schon früher auf dem Schulgelände. Nur mit *mir* hat er erst um sieben Uhr vierzig gesprochen.«

»Wo ist er gewesen?«

»Hat sich einzeln mit gewissen Schülern unterhalten.«

Ellens Atem ging rascher. »Ich wüsste gerne mit wem.«

Hynes schüttelte den Kopf. »Tut mir Leid.«

Sie biss die Zähne zusammen. Unter dem Druck ihrer verschwitzten Hand hatte sich das Kleenex aufgelöst und verteilte sich nun fetzchenweise auf dem Teppichboden.

»Schauen Sie«, sagte sie bewusst ruhig, »an meiner Stelle wollten Sie das doch auch wissen.«

»Natürlich, aber –«

»*Bitte.*«

Eigentlich hatte sie das nicht laut sagen wollen. Es war nur ihr inneres Stoßgebet. Er beugte sich zu ihr und berührte ihre Hand.

»Dr. Stewart, ich *kenne* ihre Namen nicht. Es handelt sich um eine vertrauliche Ermittlung, bei der die Privatsphäre der Schüler geschützt wird.«

»Aber Sie sind der Direktor. Wenn Sie darauf bestehen, muss es Ihnen die Polizei dann nicht sagen?«

»Nein. Nur Officer Pallas kennt die Schüler, und er muss es mir nicht nur nicht sagen, er sollte es auch nicht.«

Ellen kam sich vor, als hätte sie einen Schlag auf den Kopf bekommen. »Nur Pallas weiß Bescheid?«

»Richtig.«

»Kein anderer von der Polizei?«

»Völlig ausgeschlossen.«

Sie stieß ein ungläubiges Lachen aus.

Der Direktor sagte: »Ich weiß, dass Sie das nicht hören wollen, aber Officer Pallas hat hier eine Menge Gutes getan. Er kann sich geduldig in die Kids einfühlen und betrachtet die Dinge vom Standpunkt der Rehabilitation aus. Statt sie zu verhaften, setzt er lieber alle Hebel in Bewegung, damit sie wieder ein geregeltes Leben führen. An dieser Schule genießt er vollstes Vertrauen.«

Ellen sagte: »Wirklich? Sie glauben alle, was Ihnen der Fuchs über die Vorgänge im Hühnerhaus erzählt!«

»Scheiße«, sagte Jason.

»Da klafft ein Riesenloch«, meinte Erin.

»Nach unseren Informationen kannte der Direktor jedes Detail über die Kids. Außerdem hat die Funkzentrale mit Peter gesprochen.«

»Er hätte irgendwo sein können.«

Jason starrte sie an, dann wanderte sein Blick zu dem Diagramm an der Wand. Er drehte seinen Stuhl herum, um das Mistding nicht mehr sehen zu müssen.

Es klopfte. Officer Maggie Dolce kam herein und drückte Erins Schulter. »Was haben Sie herausbekommen? Ich kann's gar nicht erwarten.«

Jason sprang auf. »Woher weißt du das? Wo hast du herausgefunden, dass Erin etwas weiß?«

»In der Damentoilette«, sagte Maggie gelassen. »Wir haben nebeneinander gepinkelt. Erin wollte es Ihnen zuerst erzählen.«

Jason setzte sich, betrachtete das Diagramm, zuckte zusammen und dreht ihm wieder den Rücken zu. »Offiziell darf Erin hier nicht mal mitmischen.«

»Tut sie ja auch nicht«, meinte Maggie und wedelte mit der Hand in Erins Richtung. »Also, lasst mal hören. Was weiß sie nicht?«

»Pallas hat kein Alibi«, sagte Erin. »Laut Direktor war er um sieben Uhr vierzig in dessen Büro. Das Baby wurde um sieben Uhr fünfundzwanzig überfahren. Pallas behauptet, er hätte vor seinem Termin mit Hynes vertrauliche Gespräche mit nicht näher genannten Schülern geführt.«

Maggie starrte sie an. »Dann wird er diese verdammten Kids beim Namen nennen müssen. Schließlich geht es hier um Mord.«

»Auch Peter wird das so sehen, davon bin ich überzeugt«, sagte Jason.

Ungeduldig lief Ellen durchs Wohnzimmer, während sie darauf wartete, dass Kevin endlich vorfuhr. Mit aller Kraft hatte sie der Versuchung widerstanden, ihm die neueste Wendung im Fall Pallas am Telefon zu erzählen. Die Sache war viel zu wichtig, um sie so zu erledigen.

Als sie Kevins Reifen auf dem sandigen Asphalt knirschen hörte, lief sie hinaus.

Nachdem Erin gegangen war, blieb Maggie für ein Gespräch mit Jason zurück. »Das sind ja mächtige Neuigkeiten über Peter.«

»Und da wäre auch noch das Loch in der Aussage von Arthur Belljoy. Ich weigere mich, mich von Ellen Stewarts Gewissheit mitreißen zu lassen, dass Peter Pallas der Täter war.«

»Was sagt Arthur?«

»Dasselbe.«

»Aber –«

»Ich weiß, und er weiß es auch. Offensichtlich kaut er noch an etwas herum. Er wird es noch ausspucken.«

»Jason, Ellen ist zum Äußersten entschlossen. Diese Frau wirft nichts um. Es ist eine Schande, was ihr die Leute antun. Sie wird buchstäblich belagert.«

»Ich lasse sie so gut schützen, wie nur möglich.«

»Geh jetzt nicht in die Defensive. Das sollte keine Kritik sein.«

»Entschuldigung, aber ich hasse diese ganze Sache. Ich hasse, dass Ellen darin verwickelt ist und – Peter. Und dass es noch nicht reicht, dass ihr Kind tot ist. Dass sie auch noch durch die ganze restliche Scheiße waten muss.«

Melvyn Zakars Lieblingsstaatsanwälte beim Landgericht in Norwood waren nicht diejenigen, die sich vor ihm fürchteten. Mit einem Schwamm kann man nicht kämpfen.

Seine besondere Zuneigung galt Myron Addison, einem jungen schwarzen Jurastar aus Yale, der genauso groß war wie er.

Einmal hatte er Myron als »lebhaft« bezeichnet und war deswegen abgekanzelt worden.

»*Nur Leute, die von Haus aus als unfähig gelten, werden mit ›lebhaft‹ bezeichnet – Frauen, Katzen, Neger*«, hatte ihn Myron angefaucht.

In Myrons stickigem Bürokäfig legte Melvyn die Karten auf den Tisch. Er hatte die Enthüllung über die Schüler als grandioses Finale eingeplant, was auch gut funktioniert hatte. Etwas Seltenes geschah: Myrons Augen flackerten heftig.

»Das ist sehr aussagekräftig«, meinte Myron.

»Ist es auch. Werden Sie also Anklage erheben?«

»Nein, Sie wissen, dass ich das nicht kann.«

Sie diskutierten alle Aspekte. Obwohl Melvyn das Nein schon fast erwartet hatte, machte er so viel Druck, wie er irgend wagen konnte. Endlich musste er aufgeben. Es war einfach noch nicht genug da.

»Nur zu Ihrer Kenntnis, wir bereiten drei Zivilklagen vor«, sagte Melvyn. »Gegen Pallas, gegen das Polizeipräsidium und gegen die Stadt. Auf diesem Grill werden jede Menge wichtiger Hinterteile schmurgeln, so oder so.«

Kevins Auto glänzte frisch repariert in der Abendsonne. Kaum war er ausgestiegen, legte Ellen die Arme um ihn.

»Du fühlst dich gut an«, flüsterte Kevin ihr ins Haar. »Ich habe eine Überraschung.«

»Ich auch.«

»Ich fange an.« Er hielt Ellen von sich weg, holte aus dem Auto seine Brieftasche und zog einen Umschlag hervor, den er ihr hinstreckte.

»Was ist das?«, fragte sie.

»Mach's auf.«

Auf dem Umschlag stand etwas gedruckt, aber zum Lesen war Ellen viel zu aufgeregt. Kevin zuliebe riss sie den Umschlag auf, griff hinein und zog zwei Flugtickets heraus.

»Athen«, sagte Kevin »und eine Kreuzfahrt zu den griechischen Inseln. Wir fliegen Samstag in einer Woche. Laurie hat meinen ganzen Terminkalender auf Vordermann gebracht. Sie kann dir auch bei deinem helfen.«

Er lächelte. Erwartungsvoll suchte er in ihrem Gesicht nach einem Antwortlächeln. Schon immer hatte sie Griechenland sehen wollen.

Sie versuchte, glücklich auszusehen, aber ihr Mund war störrisch. Unverhofft liefen ihr die Tränen über die Wangen. An irgendeinem Punkt traf sie die Bedeutung von Kevins Geschenk wie ein Messer, allerdings nicht an der Oberfläche. Nach außen hin wollte Ellen noch nicht wissen, wie weit sie und ihr Mann schon auseinander gedriftet waren.

»Was ist los?«, fragte Kevin, obwohl sie sehen konnte, dass auch er es wusste.

Einen Augenblick später sagte er: »Du möchtest nicht fahren.«

»Ich kann nicht«, sagte sie sanft.

Er deutete auf die Tickets, die sie noch immer in der Hand hielt. »Alles ist durchgeplant. Wir brauchen das.«

»Wir müssen hier bleiben und dafür sorgen, dass Liam Gerechtigkeit widerfährt.«

»Willst du denn nicht wenigstens über die Reise nachdenken? Sie dauert nur zwölf Tage. Dann kommen wir mit klarem Kopf und neuer Energie zurück.«

Ellen wandte sich von ihm ab. Ein zartrosa Schleier legte sich auf purpurfarbene Wolken – einer von den schöneren Sonnenuntergängen. Sie konnte keinen betrachten, ohne an Liam zu denken. Aber daran war auch nichts falsch.

»Wenn man versucht, ihn zu vergessen, das ist falsch«, sagte sie.

»Nein«, meinte Kevin kurz angebunden hinter ihr, »ist es nicht.«

Dann zwang er sich zum Schweigen, denn ihm lagen Wörter auf der Zunge, die er nicht aussprechen wollte. Wörter wie »sich im Leid suhlen« und »den Märtyrer spielen«.

Er wollte nur eines: seine Frau und ein paar Koffer nehmen und an einen Ort fahren, wo sie sich an die Fremde und aneinander verlieren konnten. Er hatte es satt, immer nur auf das nächste schreckliche Ereignis zu warten. Konnte Ellen nicht erkennen, dass ihrer beider Leben allmählich zerbrach?

»Ich habe dir auch etwas zu erzählen«, sagte sie nach einer Minute und schaute ihm direkt in die Augen. »Man hat herausgefunden, dass Peter Pallas kein Alibi hat. Er kann nicht beweisen, dass er bis sieben Uhr vierzig in der High-School gewesen ist. Er behauptet, er hätte vorher Schüler befragt, will aber selbstverständlich keine Namen nennen.«

»Lieber Himmel.« Kevin wandte sich ab. »Setzt du darauf

deine Hoffnung? Ellen, gib's auf! Er wird noch Namen nennen.«

Ellen stand ganz still. Hatte sie richtig gehört? Er musste etwas anderes gemeint haben.

»Was meinst du damit?«, fragte sie.

»Damit meine ich, dass er unter Druck damit herausrücken wird, schon um sich selbst zu retten.«

»Kevin, schau nicht aufs Wasser, schau mich an.« Ihr Atem ging kurz, als ob sie nicht genug von dem bekommen könnte, was sie wirklich brauchte. »Du hast gerade gesagt, du glaubst nicht, dass ich Peter Pallas gesehen habe.«

»Nein, habe ich nicht.«

»*Doch*. ›Er wird noch Namen nennen‹, hast du gesagt. Du denkst, es gibt Namen.«

Kevin schaute wieder aufs Wasser und massierte seinen Nacken. Sie hatte Recht. Das hatte er gesagt. Aber was meinte er damit?

Verdammt noch mal, er hatte keine Ahnung, was er damit meinte. Er hatte keinen blassen Schimmer mehr. Von gar nichts.

Er drehte sich wieder zu ihr um. Sie weinte nicht mehr, aber jetzt waren seine Augen feucht. »Ich will nur eines«, sagte er mit belegter Stimme. »Mit dir auf ein Schiff gehen und dann zusammen in der Sonne liegen und die Menschen wieder finden, die wir vorher waren. Ich halte es nicht mehr aus. Wir müssen fort.«

Wie gerne wäre sie mit ihm in dieses Bild geklettert, aber ihre überreizten Nerven ließen sie blitzschnell erkennen, dass sie dazu genauso wenig in der Lage war, wie er umgekehrt ihr nicht folgen konnte. Beiden war es unmöglich.

»Es ist ja nicht so, dass ich dir nicht glaube«, sagte Kevin. Seine Stimme klang rau. Von seiner Nasenspitze löste sich eine Träne und fiel aufs Pflaster. »Nur – *es ist nicht wichtig*. Kannst du das verstehen? Liam ist fort. Wir können nicht… ewig im Schmerz schmoren. Wir haben eine Verantwortung, für uns selbst und für unsere Ehe.«

»Lieber Gott, Kevin, muss ich dir wirklich sagen, dass wir in erster Linie für Liam verantwortlich sind?«

»*Waren*! Ellen, er ist *tot*!«

»Er wurde *ermordet*!«

»Trotzdem *ist* und *bleibt* er *tot*!«

Sie schrien. Ihre Gesichter waren nur Zentimeter voneinander entfernt. Speicheltropfen trafen die Haut des anderen.

»Wir leben!«, brüllte Kevin. »Und doch sind wir auf dem absteigenden Ast! Und deshalb müssen wir fort! Du willst unbedingt weiter irgendeinen – einen Schattenverbrecher jagen. Aber was bringt das?«

»Ich *kann nicht aufhören*!«

»Du musst! Oder es hört nie auf. Immer noch mehr Elend! Was geht als Nächstes kaputt? Unser Zuhause? Unsere Beziehung? *Ich will dich nicht verlieren!*«

»Ich dich auch nicht, Kevin. Ich will, dass wir gemeinsam Pallas vor Gericht bringen. Dann können wir –«

»Nein, nein, ich habe genug. Es ist mir egal.«

»Ach, Kevin, das stimmt doch nicht.«

»Liam ist mir nicht egal, aber wer es war oder warum. Lass uns – lass uns einfach versuchen, weiterzuleben.«

Er streckte die Arme nach Ellen aus, und sie ließ es geschehen, aber nicht aus dem richtigen Grund. Sie tat es für ihn, nicht für sich und nicht für sie beide.

21

Kevin schlief ein, doch Ellen fand keinen Schlaf. Gegen ein Uhr schrak er hoch und stand auf. Sie ließ ihn nicht merken, dass sie wach war.

Sie hörte ihn in seinem Schrank rumoren und dann im Flur, wo sie ihre Joggingschuhe aufbewahrten. Die Haustür ging auf und zu. Sie atmete aus.

Hinter der Düne beobachtete Jeff Maxx, wie Kevin zur Hansen Road joggte. In der Hand hielt er eine seiner Schreckschusspistolen für die Möwen, aber deswegen war er nicht hier draußen.

Er hatte wieder auf diese Gelegenheit gewartet. Nach der lautstarken Auseinandersetzung hatte er damit gerechnet, dass Kevin heute Nacht vielleicht wieder das Bedürfnis zum Joggen verspüren würde.

Er gab Kevin ein paar Minuten Zeit, damit er wirklich sicher weg war, dann drehte er sich um und ging über den dunklen Strand zu Kevins und Ellens Haus hinüber.

Ellen wurde etwas klar, etwas, das sie verdrängt hatte: Ihr Fühlen, Denken und Verhalten glichen dem einer missbrauchten Frau.

Seit Liams Tod, oder besser gesagt, seitdem ihre Differenzen mit Kevin über dieses Thema aufgebrochen waren, hatte sie sich ein manipulierendes Verhalten angewöhnt, etwas, das bei ihren Patienten wie ein rotes Tuch auf sie wirkte.

Erstaunlich, wie schnell es dazu gekommen war.

Vor einem Gespräch mit Kevin legte sie sich immer öfter in Gedanken ihre Worte zurecht. Neuigkeiten hielt sie bis zum »richtigen« Zeitpunkt zurück: wenn er einigermaßen gut gelaunt war oder sie allein waren, damit ein Gefühlsausbruch weniger peinlich wurde. Sie fürchtete sich vor ihm, nicht vor physischer Gewalt, sondern vor dem Druck, den seine Wut ausübte, und vor den unvorhersehbaren Eruptionen, die sie sich suchte. Seine negative Einstellung und sein innerliches Abkapseln machten ihr Angst.

Sie streckte sich im Bett aus, ihre Füße suchten nach einer frischen kühlen Stelle. Zu ihrer eigenen Überraschung weinte sie nicht.

Wie geht's nun weiter? Was wäre dir am liebsten?, fragte sie sich und musste ein trauriges Kichern im Kopfkissen ersticken. Eine Minute später begriff sie, dass sie so viel kichern konnte, wie sie wollte. Niemand war da, der es hörte. Und deshalb ließ sie es heraus und lachte sich selbst in den Schlaf.

Diesmal hatte Kevin die Haustür zugesperrt. Jeff fluchte vor sich hin, trat seitlich hinter einen Schwarzdornbusch und ging zur Rückseite.

Die Nacht war heiß, im Erdgeschoss standen die Fenster offen. Leise ging Jeff von Fenster zu Fenster und tastete nach den Haken, mit denen die Scheiben festgestellt waren. In seiner Hosentasche steckte ein Glasschneider, mit dem er mühelos eine Scheibe aus dem Rahmen schneiden konnte, aber er wollte möglichst keine Spuren hinterlassen.

Plötzlich hörte er aus einem der Zimmer im Oberstock ein Geräusch, blieb stehen und lauschte angestrengt.

Zuerst war er sich nicht sicher, aber dann doch. Es war Ellen. *Sie lachte.* Ach, du liebe Scheiße.

Wach konnte er nichts mit ihr anfangen. *Kacke.*

Langsam zog er sich zum Strand zurück.

Trotz der quälend unruhigen Nacht sah Ellen am Morgen ihr Ziel klarer. Alles war wirklich ganz einfach, solange sie sich weigerte, es komplizierter machen zu lassen.

Sie öffnete die Haustür und schaute in den wolkenverhangenen Himmel und auf das graue Wasser hinaus. Gerade fing es zu nieseln an. Sie roch die Ebbe.

Eine Weile blieb sie stehen, um aus dem Ort Kraft zu gewinnen, an dem ihr Kind gestorben war.

Dann ging sie zum Telefon und rief Dennis Chivers an.

Dennis war ehrlich froh, von ihr zu hören. Er wusste, dass Ellen ein guter Mensch war, und Nora wusste es auch, auch wenn Nora diesen Gedanken etwas nüchterner formuliert hätte.

»Wie läuft's mit dem Fernsehen?«, erkundigte er sich.

»Gar nicht. Nichts ist passiert, obwohl zwei Sendungen ernsthaft interessiert schienen. *20/20* hat mir erklärt, es gäbe kein eindeutiges Argument gegen Pallas. Die waren nur an Enthüllungen interessiert.«

»Ich begreife nicht, wieso dieser Fall nicht auch an und für sich bewegend ist.«

»Vielleicht hat man sie unter Druck gesetzt. Ich möchte ja nicht schizophren wirken, aber eines scheint Pallas gut zu können: Druck machen. Seine Promi-Freunde setzen sich für ihn ein, während Kevin und ich keinen Schritt tun können, ohne dass jemand unsere Sachen demoliert oder auf unseren Anrufbeantwortern gehässige Nachrichten hinterlässt. Wussten Sie, dass meine Praxis zerstört worden ist?«

»Meine Güte, nein.«

»Man hat die Tür aufgebrochen und alles kurz und klein geschlagen. Dann hat einer unsere Autos verkratzt und mit nassem Zement beworfen. Ein paar Leute haben versucht, am Sicherheitsdienst vorbei in Kevins Praxis einzudringen. Wir können nicht ans Telefon gehen, ohne dass uns irgendwelche Irren wegen Pallas ankreischen.«

Dennis merkte, wie er verstohlen all die schönen Dinge anschaute, die er für selbstverständlich nahm. Schon der Gedanke, dass hier einer eindringen könnte, war abscheulich. Fremde Hände und Augen auf seinem Eigentum, Vandalismus … Er konnte es nicht fassen. Außerdem hatte man nicht erst kürzlich sein Kind überfahren.

»Ellen, das tut mir so Leid. Ich wünschte, es würde sich mehr tun.«

»Deswegen rufe ich an. Haben Sie schon gehört, dass Pallas kein Alibi hat?«

»Nein!«

»Er kann die fünfzehn Minuten nach dem Unfall nicht eindeutig belegen. Erst zu diesem Zeitpunkt hat er sich mit Direktor Hynes zusammengesetzt. Er behauptet, vorher wäre er auf dem Schulgelände gewesen und hätte Schüler befragt, deren Namen er nicht nennen könne.«

»Na, so was, da werde ich mal Kommissar Landrin befragen müssen.«

Das Nieseln hatte sich in Regen verwandelt. Dank der offenen Haustür konnte man es laut prasseln hören. Ellen ging mit dem schnurlosen Telefon hinüber und schaute den Tropfen zu, die auf den Asphalt hüpften. Dampf stieg auf.

»Außerdem, Dennis«, sagte Ellen, »ist Peter Pallas nicht der Einzige, der Druck ausüben kann. Mein Anwalt, Melvyn Zakar, setzt alle Hebel für eine Anklageerhebung in Bewegung. Seiner Ansicht nach dauert es nicht mehr lange. Wir verklagen Pallas, die Polizei und die Stadt.«

Dennis hatte großen Hunger. Bei Ellens Anruf war er gerade aufgestanden und hatte zum Deli laufen wollen, um sich ein Sandwich mit Ei zu holen. Obwohl es dort nur bis zehn Frühstück gab und er also noch ganze sieben Minuten Zeit hatte, wechselte er auf die nächste Leitung und wählte Jason Landrin an.

»Ja, Dennis?«

»Ich habe erfahren, dass sich die Abwesenheit von Officer Pallas am Unfallort nicht schlüssig nachweisen lässt.«

Jason hatte schon überlegt, wie schnell dieser Anruf wohl käme. Eigentlich hatte er Nora erwartet, da er ihr besonderes Interesse an diesem Fall kannte. Sie hatte immer ein Faible für Storys über Schwächere.

»Das ist ein blinder Verdacht«, sagte Jason.

»Und wie würden Sie es formulieren?«

»Ich würde einfach sagen, dass gewisse Details noch verifiziert werden müssen. Gehört alles zur Beweisaufnahme. Und das nicht nur bei Officer Pallas.«

»Bei wem sonst noch?«

»Dennis, vergessen Sie's.«

»Nur ein weiterer Polizist?«

»Wie gesagt, gehört alles zur Beweisaufnahme.«

Dennis ging mit seiner nächsten Frage dazwischen: »Was halten Sie von diesen Prozessen?«

Jason hielt inne. »Welchen Prozessen?«

»Der Anwalt der Stewarts macht Jagd auf Pallas, die Stadt und die Polizei. Geht um Multimillionen. Möchten Sie 'nen Kommentar abgeben?«

Jason rieb sich die Augen. Offensichtlich wusste Polizeichef Tuck noch nicht Bescheid, sonst wäre er längst fluchend hereingestürmt. Kaum hatte er den Gedanken fertig gesponnen, stürzte sein Chef ins Zimmer.

»Ich muss Schluss machen«, sagte Jason und legte auf.

Philip Tuck fühlte sich persönlich betrogen. Er wusste, dass das unprofessionell und unreif war, aber trotzdem. Er und die Polizei taten ihr Bestes, in Anbetracht der darin verwickelten Personen sogar noch mehr, denn hier ging es um einen Polizeibeamten und um eine Ärztin, die beide im Rechtsnetz verankert waren.

»Ich weiß schon Bescheid«, erklärte Jason dem Chef. »Ich habe es von einem Reporter erfahren. Pallas und Eastport kriegen auch ihr Fett weg.«

Da wird viel Porzellan zerschlagen, dachte Polizeichef Tuck und überlegte, ob er es Jason sagen sollte. Aber dann tat er es doch nicht, sondern begab sich wieder in sein Büro, um den Bürgermeister anzurufen.

Nora Primo rief Jason an. »Warum mauern Sie gegen meinen Reporter?«

»Himmel noch mal, warum fallt ihr nicht alle zusammen über mich her?«

»Also Jason, bitte. Diese arme Mutter besteht darauf, dass Peter Pallas ihr Kind überfahren hat, aber jeder erklärt ihr, sie sei durchgeknallt, Pallas komme gleich nach dem lieben Gott und außerdem sei er zu dieser Zeit in Timbuktu gewesen. Jetzt deutet etwas darauf hin, dass er vielleicht *doch nicht* in Timbuktu war, und Sie sitzen auf dieser Information.«

»Nein, tu ich nicht. Ich kläre die Sache ab.«

»Also gibt es *doch* einen Beweis.«

»Ach, Nora, hören Sie auf.«

»Und was ist mit dem anderen Polizisten, der es auch gewesen sein könnte?«

»Keine Ahnung, wovon Sie reden.«

»Möchten Sie einen Namen nennen? Oder muss ich mir das auf anderen Wegen beschaffen?«

»Welche anderen Wege?«

»Ich habe da ein paar.«

Allmählich widerte Jason das Ganze restlos an und er meinte: »Schauen Sie, das ist kein Kartenspiel. Abgesehen von einigen Überlegungen, die ich anstellen könnte, geht es hier um einen entscheidenden Punkt: Die Anschläge auf die Stewarts. Wissen Sie, was passiert ist, seit Sie Ihre letzte Story veröffentlicht haben? Ellens Praxis wurde demoliert, beide Autos beschädigt und Tag und Nacht gibt's nur noch Anrufe von Irrsinnigen. Die beiden durchleben einen Albtraum.«

»Ich weiß, aber die Stewarts wollen unbedingt die Wahrheit ans Tageslicht bringen. Besser gesagt, Ellen will es. Wie's mit Kevin steht, weiß ich nicht. Meines Wissens benimmt er sich ziemlich seltsam. Er möchte, dass sie aus der Sache aussteigt. Er ist gegen die Zivilprozesse. Die beiden haben in aller Öffentlichkeit darüber gestritten.«

»Und Sie möchten die Sache noch verschlimmern?«

»Ich möchte Antworten auf die Fragen.«

Dennis hörte sich Noras Teil des Telefonats von einem Stuhl neben ihrem Schreibtisch an.

»Welche Mittel und Wege haben Sie denn gemeint«, fragte er, als sie auflegte, »um an Informationen über den anderen Polizisten zu kommen?«

»Ich habe keine.«

»Aha, na ja. Und was nun?«

Nora betrachtete ihre Lavalampe. Manchmal schien es darin mehr blaue Blasen zu geben. So wie heute. Schon immer hätte sie zu gerne gewusst, ob das eine Bedeutung hatte.

Sie schaute Dennis an. »Jetzt verdient Officer Pallas meiner Meinung nach eine Chance, sich selbst zu verteidigen.«

»Habe gerade dasselbe gedacht.«

22

Schon oft hatte Peter Pallas erlebt, dass irgendwelche Mistkerle durch Gerichtsgeier festgenagelt wurden, aber nie hätte er sich träumen lassen, einmal selbst dazu zu gehören.

Sein Bauch brodelte vor Empörung, als er den dicken Schriftsatz noch einmal las. Diese Siegel. Diese Stempel. Und dazu die Amtssprache für diese schreckliche Geschichte, die ihm passiert war.

Nichts davon war seine Schuld: weder das taube Kind auf der Straße, noch dass er mit dem schicksten Schlitten der Polizeiflotte in Sandpiper Streife gefahren war, und schon gar nicht, was er seither gezwungenermaßen zu seinem Schutz getan hatte.

Und jetzt dachten diese überprivilegierten Jammerlappen, sie könnten ihn vor Gericht zerren.

Er hob den Telefonhörer ab, um seinen Chef anzurufen.

Für die Schicht zwischen vier Uhr und Mitternacht musste Pallas um drei Uhr vierzig anwesend sein, aber er kam immer ein wenig früher. Unpünktlichkeit war ihm zutiefst verhasst. Dadurch geriet man immer nur ins Hintertreffen, in jeder Hinsicht.

Kaum stieg er um zwei Uhr fünfzig aus seiner Dusche, klingelte das Telefon. Tuck hatte den Anruf eines der Polizeianwälte angekündigt. Schon beim zweiten Klingeln hob er ab.

»Officer Pallas?«

»Ja?«

»Hier ist Dennis Chivers von den Eastport *News*. Wir haben schon öfter miteinander gesprochen.«

Pallas schloss die Augen. Vermutlich sollte er zuerst seinen Rechtsbeistand befragen, aber diesen Kerl würde er nicht hinhalten, komme, was da wolle. Dadurch würde er nur schuldig wirken. »Ich erinnere mich.«

»Ich hatte gehofft, Sie hätte ein paar Minuten Zeit für mich.«

Pallas stand in T-Shirt und Unterhose da. Als strenger Verfechter des guten Tons würde er nie und nimmer ohne seine Hose irgendwelche Reporterfragen beantworten.

»Könnten Sie eine Minute dranbleiben?«, fragte er.

Bürgermeister Repsher biss gerade in einen Zimtdoughnut, als er an der Reihe war. Eigentlich hatten ihn schon wegen des Doughnuts genug Schuldgefühle gequält – schließlich stand auf seinem Schreibtisch eine ausgezeichnete Williams Birne –, aber beim Anblick dieses Schreibens fühlte er sich entsetzlich.

Zuerst wollte er schon zum Telefon greifen, überlegte es sich dann aber anders und begab sich zu Fuß die drei Blocks zum Polizeipräsidium.

»Das begreife ich nicht«, sagte er zum Polizeichef. »Wir haben uns mit diesem Ehepaar getroffen. Wir haben alles Menschenmögliche getan. Die Sache steht an erster Stelle. Was wollen die denn noch?«

»Die wollen die Eier von Officer Pallas.«

Es war der Leitartikel in der Freitagsausgabe der *News*. Ellen hatte in Zoyas Apotheke schon gewartet, als die Zeitungen angeliefert wurden. Kaum waren sie ausgepackt, schnappte sie sich eine. Seit Deedee Lesters Tirade war sie nicht mehr im Garden Market gewesen. Auch hier wollte sie nicht warten, bis dasselbe passierte, deshalb bezahlte sie rasch ohne Blickkontakt und ging.

Die Prozesse sorgten für Schlagzeilen. Die Zitate von Bürgermeister Repsher und Polizeichef Tuck konstatierten Überraschung und Enttäuschung. Officer Pallas begrüßte die Gelegenheit zur Rechtfertigung. Die restliche Story war wie bisher angelegt, sie und Pallas getrennt auf dem Titelblatt. Unter jedem Foto ein Ausschnitt ihrer jeweiligen Erklärung. Bei ihm stand: »Ich bin verpflichtet, das Recht der Eastporter Schüler auf eine vertrauliche Aussage zu schützen.« Und bei ihr: »Ein

Mordfall muss über dem Recht auf vertrauliche Aussage stehen.«

Man hatte ihre Erklärung fast wortwörtlich wiedergegeben. Am Schluss stand eine Bitte von Ellen: Jeder Schüler möge sich melden, der zur fraglichen Zeit mit Pallas in Kontakt gestanden hatte.

Die Anmerkungen von Pallas endeten mit einer gegenteiligen Bitte: Er beschwor seine Informanten – »ihr wisst, wer ihr seid« – weiter zu schweigen, »um nicht das Recht aller ehrlichen Menschen überall auf der Welt auf eine vertrauliche Aussage zu gefährden.«

Als Ellen wieder in ihrer Praxis war, breitete sie die Zeitung auf ihrem Schreibtisch aus und las beide Artikel noch einmal. Während die *News* ihre Zitate fair und genau wiedergegeben hatte, klangen die von Pallas entmutigend edel. Er wirkte wie ein einsamer Kämpfer für den Informantenschutz. In der direkten Gegenüberstellung mit seinem Kreuzzug schienen ihre Sorgen egoistisch und weinerlich.

Während Ellen am selben Abend mit ihrer nun schon gewohnten Gefühlsmischung aus Hoffnung und Angst auf Kevin wartete, stellte sie Kanal 12 für die Lokalnachrichten an.

Da war Pallas, in Uniform. Mit ernster Miene beantwortete er die Fragen zweier gepflegter Moderatoren, eines Mannes und einer Frau.

»Ich beschäftige mich ziemlich viel mit der jungen Generation«, sagte Pallas. »Glücklicherweise genieße ich ihr Vertrauen, und wenn ich das missbrauchen würde, wäre alles im Handumdrehen kaputt. Aus diesem Grund habe ich es abgelehnt, meine Gesprächspartner unter den Schülern namentlich zu benennen, obwohl ich mir damit aus einer misslichen Lage helfen könnte.«

Missliche Lage. Ellen schien es, als hallten die Wörter kreuz und quer durch ihren Schädel.

»Mein Sohn ist tot!«, schrie sie den Bildschirm an.

Pallas erging sich weiter über die Mentalität von Jugendlichen, über Vertrauen und Erwartungsdruck unter Gleichaltrigen. Am liebsten hätte Ellen weitergeschrien, so gut war er.

»Was wäre aber«, wollte einer der Moderatoren wissen, »wenn diese Schüler helfen möchten und enthüllen, dass sie mit Ihnen zur fraglichen Zeit gesprochen haben? Dem stünden Sie doch sicher nicht im Wege.«

»Und ob. Ganz gewiss sogar«, sagte Pallas.

»Obwohl es hier um ein Schwerverbrechen geht?«

»Das wäre zu viel gesagt«, erläuterte Pallas geduldig. »Die Sache mit den Schülern wird zu sehr aufgebauscht. Es ist nicht so, als wäre ich tatsächlich ein Verdächtiger, dessen Glaubwürdigkeit an die Aussage Dritter gebunden ist. Ich bin ein angesehener Polizist. Die Mutter des Kindes ist die einzige Person, die davon überzeugt ist, ich hätte damit irgendetwas zu tun. Dr. Stewart gilt mein tiefes Mitgefühl, aber sie ist wohl kaum eine unparteiische Zeugin.«

Ellen packte das Telefon und erkundigte sich bei der Auskunft nach der Nummer der Sendung.

Der zuständige Redakteur meinte: »Ma'am, dies ist keine Sendung über den Unfall. Das Thema lautet: Haben Schüler Vertrauen? Haben Sie die ganze Sendung gesehen? Wir haben mit einer Reportage über bewusste Elternschaft angefangen, anschließend kam ein Vertrauenslehrer der Norwood High-School. Nach Officer Pallas wird sich Direktor Hynes aus Eastport äußern.«

»Aber«, warf Ellen ein, »Officer Pallas wurde zu dem Fall befragt, der mein Kind betrifft, und hat dazu eine Erklärung abgegeben. Sollte ich da nicht auch antworten dürfen?«

»Ma'am, Sie können einen Brief schreiben.«

Ellens Aufmerksamkeit wurde abgelenkt. Man stellte Direktor Hynes vor, der auf einem der Studiosofas Platz nahm, nachdem er zuvor Pallas herzlich händeschüttelnd begrüßt hatte. Ellen wurde speiübel. Sie hörte, wie der Direktor eine Frage beantwortete.

»Hören Sie«, sagte Ellen zu dem Redakteur, »auch der Direktor bezieht sich auf den Fall meines Sohnes. *Bitte,* geben Sie mir eine Minute Redezeit.«

Ellens Bitte wurde erfüllt. Ihre Erklärung wurde aufgezeichnet und nach den Interviews mit Pallas und dem Direktor eingespielt.

»Ich bin Psychotherapeutin und behandle junge Menschen. Auch ich behalte vertrauliche Informationen für mich«, sagte sie, »denn ich bin fest davon überzeugt, dass Kids einen Erwachsenen brauchen, dem sie rückhaltlos alles anvertrauen können. Dieses Thema hat in meinen Augen nichts mit dem Mord an meinem Sohn zu tun.«

Des weiteren erklärte sie, das Thema Vertrauen würde allmählich die Tatsache verschleiern, dass ein Kind ermordet worden war.

Ihrem Gefühl nach hatte sie sich gut ausgedrückt, aber als sie die Wiedergabe hörte, klang ein schriller selbstgerechter Ton heraus, der sie zusammenzucken ließ. Oder bildete sie sich das nur ein? Verdammt noch mal, sie hatte keine Ahnung mehr.

Wenn man von allen gehasst wurde, war es ungeheuer schwierig, sachlich zu bleiben.

Ellens Erklärung war noch nicht ganz ausgestrahlt, da klingelte schon das Telefon.

Sie zog alle Stecker heraus, bevor Kevin heimkam.

23

Ellen hatte eine Reinigungsfirma und einen Tischler beauftragt, ihre Praxis wieder in Ordnung zu bringen. Eine innere Stimme sagte ihr, es sei besser, wenn sie das nicht selbst tat.

Am Tag nach der Sendung auf Kanal 12 konnte sie es wieder benutzen. Sie hatte zwar noch kein neues Faxgerät und keinen Laptop gekauft, aber die neue Tür hatte zwei kräftige Schlösser und außerdem gab es jetzt eine Alarmanlage, für die sie einen Code wählen musste. Sie entschied sich für BEUTE.

Wie eine Katze in einem neuen Haus spazierte sie mit offenen Sinnen durch ihr neu-altes Terrain. Es roch nach frischem Holz und Möbelpolitur mit Zitronenduft. Obwohl ihr neues Telefon über einen eingebauten Anrufbeantworter verfügte, hatte sie ihn noch nicht aktiviert. Warum weiteren Hasstiraden ein frisches Podium bieten? In Zukunft würde sie das Telefon während der Sitzungen einfach ausschalten und ansonsten auf die Anruferidentifikation zurückgreifen.

Das würde etwas seltener vorkommen als früher, denn inzwischen wurden täglich mindestens zwei Termine abgesagt, oder die Patienten erschienen erst gar nicht.

Plötzlich hörte Ellen Schritte auf der Treppe, schwere Schritte. Sie fuhr herum. Beide Türschlösser waren zu. Als es klopfte, ging sie zum Türspion.

Draußen stand Peter Pallas.

Ellen hatte das Gefühl, ihr Herz klopfte bis zum Hals. Sie sprang zurück, ihre Hände fuhren zum Gesicht und blieben zitternd auf den Wangen liegen.

»Ja?«, rief sie.

»Hier ist Peter Pallas. Kann ich mit Ihnen sprechen?«

»Nein.«

»Sie machen die Sache anstrengend.«

»*Welche Sache* mache ich anstrengend?«

»Ich würde gern mit Ihnen eine Art Übereinkunft treffen.«

»Kevin und ich haben uns bereits verpflichtet, nicht mehr in Ihre Nähe zu kommen.«

»Wir können uns doch nicht dauernd durch die geschlossene Tür unterhalten. Lassen Sie mich herein, ja?«

»Nein. Ich will, dass Sie gehen.«

Sie hörte seine Schritte und dachte, er wollte wieder die Treppe hinuntersteigen, aber offensichtlich war er nur auf und ab gegangen, denn als er wieder zu sprechen begann, klang seine Stimme zwar leise, aber deutlich vernehmbar. Seine Lippen lagen direkt an der Türkante.

Er sagte: »Sie haben Ihre Wünsche geäußert. Hier sind *meine.* Ich will, dass Sie Ihren Feldzug gegen mich beenden. Stellen Sie das Lügen ein. Ich habe es satt.«

»Das ist keine Lüge. Und das wissen Sie genau. Aber offensichtlich tut Ihnen meine Wahrheit kein bisschen weh«, sagte sie bitter. »Ihre Fans haben Sie energisch verteidigt. Wegen der Renovierung meiner Praxis habe ich fünf Tage Arbeit verloren. Kevin und ich können nicht mehr ans Telefon gehen. Unsere Autos wurden demoliert. Die Hälfte meiner Patienten hat mich fallen gelassen.«

»Und das wird noch viel schlimmer«, sagte Pallas beinahe im Flüsterton.

»Was?«

»Sie haben's ja gehört.«

Ellen stieß einen ungläubigen Laut aus. »Sie besitzen die Dreistigkeit, mir zu drohen?«

»Natürlich nicht, ich zeige Ihnen nur die logische Konsequenz der Situation. Während Sie Ihr ganzes Geld für Prozesse verplempern, hat sich die Allgemeinheit auf meine Seite gestellt. Die Leute haben begriffen, dass ich schikaniert werde. Offensichtlich beabsichtigen Sie, diese Schikane fortzusetzen.

Folglich wird mich die Allgemeinheit weiter unterstützen. Sie sind mausetot, daran können weder ich noch Sie etwas ändern.«

Das Flüstern brach ab, dann begann es wieder. »Wissen Sie, womit in Ihre Praxis eingebrochen wurde?«

Ellen hielt die Luft an. »Nein.«

»Vielleicht mit dem Griff eines Abflusssaugers. Vielleicht liegt er jetzt irgendwo in Connecticut auf dem Grund eines Sees.«

»Also *sind Sie es gewesen*!«

Pallas kicherte. »Das habe ich so nicht gesagt. Und wenn Sie das behaupten, würde es keiner glauben. Hören Sie, ich mach's Ihnen sogar noch leichter. Vielleicht handelt es sich um einen See irgendwo in Fairfield County.«

Kaum war Pallas fort, klingelte wenige Minuten später Ellens neues Telefon. Sie schaute auf das kleine Display mit der Nummer des Anrufers.

Kevin. Gott sei Dank.

»Hallo, Schatz«, sagte sie.

»Ellen, zum Teufel, was war gestern Abend los?«

Sie schluckte ihren Schock hinunter. »Was meinst du?«

»Im Fernsehen. Laurie wird deswegen ständig am Telefon beschimpft. Was hast du gemacht?«

»Wie gesagt, ich habe eine Erklärung abgegeben, als Antwort auf Pallas und Direktor Hynes«, sagte sie. Überrascht merkte sie, wie Wut in ihr aufstieg. »Kevin, warum klingst du so anklagend? Ich brauche deine Unterstützung.«

»Ich weiß, ich weiß, dass du die brauchst. Aber weißt du auch, was *ich* will?«

»Ja. Du willst, dass sich alles hier in Luft auflöst.«

»Ist das so schlimm?«

»*Ja!*«, brüllte Ellen. »Das ist schlimm! Ich bin es leid, dir zu erklären, warum du um Gerechtigkeit für deinen Sohn kämpfen sollst! Eigentlich hätte ich das von Anfang an nie tun sollen und werde es auch nicht mehr tun! Außerdem möchte ich mich nicht bei dir entschuldigen, nur weil ich die Wahrheit sage. Statt dich zu beklagen, solltest du dich bei mir *bedanken*!«

Ellen kochte vor Wut. Das war neu, oder wenigstens das Eingeständnis dieser Tatsache. Bisher hatte sie die Gefühle ihres Mannes gehätschelt und getätschelt. Sie hatte sich wie Kassandra gebärdet, die lautstark verkündet, der Himmel würde einstürzen, während alle anderen das leugneten.

Außerdem hatte sie höflich Ausreden und Absagen akzeptiert, obwohl sie Olga, Maliki, Ginger und allen übrigen nicht prominenten Meuterern ins Gesicht hätte sagen müssen, wie verletzt und enttäuscht sie war.

In Wahrheit war sie sehr, sehr wütend. Sie hatte Sabotage, Unverschämtheit und Grausamkeit erduldet, obwohl sie diejenige war, die Trost und Nähe gebraucht hätte.

Ellen, rate mal?, dachte sie. Deinen Patienten erklärst du immer, sie sollen kein Schaf sein. Aber du hast dich genauso benommen. Sicher, macht mit mir, was ihr wollt, ich kann es ertragen.

Erzählst du denn nicht immer den gequälten Seelen auf deinem Patientenstuhl, niemand wird sich um sie kümmern, außer ihnen selbst? Hörst du zu, Liebes? Hallo?

Adeline Zoff tauchte ein Sieb ins kochende Wasser und fischte ihr weich gekochtes Ei heraus. Es sah ein wenig grau aus, wie alles inzwischen.

Sie versuchte, nicht darüber nachzugrübeln.

Sie stellte das Ei in einen Eierbecher und köpfte es fein säuberlich mit dem Messer, dann gab sie ein Stückchen Butter und

Salz und Pfeffer aufs Eigelb. Das Ei kam zu ihrem englischen Muffin und dem Kaffee auf ein Tablett, das sie anschließend in ihr Wohnzimmer trug.

Wegen des Blicks auf den Garten, aß sie am liebsten vor dem großen Fenster. Die Tagetes und die Rosen sahen so hübsch aus. Wenigstens daran konnte sie sich noch erfreuen.

Sie aß den halben Muffin und trank ein bisschen Kaffee, einen kräftigen Espresso mit Milchpulver. Gott sei Dank hatte Dr. Stewart nichts gegen ihre tägliche Koffeindosis einzuwenden gehabt, eine jener kleinen Freuden, die noch nicht gesetzlich verboten waren.

Bald würde sie umziehen und darüber war sie froh, obwohl sie sich beklagte, dass es nur unter Zwang geschähe. Das Easton Inn war ein hübsches, sauberes und feines Haus, ohne Nachthemden oder üble Gerüche. Adeline hatte großes Glück, dass man sie dort akzeptiert hatte. Wenn sie auf den Betrag angewiesen gewesen wäre, den ihre Rente abdeckte, wäre sie in einem Pflegeheim für Blinde, Debile und Behinderte gelandet.

Das Easton Inn war ein Rettungsanker. Dem Himmel sei Dank für Dr. Stewart, für beide Dr. Stewarts. Sie hatte sich vor dem Tag gefürchtet, an dem sie mit einem windigen angehenden Doktoranden für Geriatrie ohnmächtig um ihre Rechte kämpfen müsste.

Adeline beendete ihr Frückstück und trug das Geschirr zum Spülbecken. Bis auf ihr Sehvermögen war noch alles in Ordnung. Sie lief noch immer wie jemand, der ein Leben lang Sport getrieben hatte, und ihr Gehirn funktionierte wie das eines Quizgewinners.

Nachdem sie alles abgespült hatte, kochte sie sich noch eine kleine Kanne Espresso. Fast schien es, als müsste sie mit Gewalt wach bleiben, um den grauen Teufel im Zaum zu halten, der sie verfolgte.

24

Der Griff eines Abflusssaugers in einem See irgendwo in Fairfield County.

Ellens Blick wanderte über ihren fast leeren Schreibtisch zu ihrem leeren Patientensessel.

Selbst wenn sich Kevin gerade nicht so böse und begriffsstutzig aufgeführt hätte, könnte sie ihm diesen Satz von Pallas kaum erzählen. Auch Jason, Dennis und alle anderen kamen nicht in Frage, dazu klang das Ganze viel zu vage und absurd.

Aber was wäre, wenn sie erzählen würde, dass Pallas bei ihr in der Praxis gewesen war, um sie unter Druck zu setzen und ihr Angst einzujagen?

»*Was hat er gesagt?*«, würden Jason bzw. Dennis fragen.

»*Er wollte mit mir eine Übereinkunft treffen*«, müsste sie dann antworten. »*Er möchte, dass ich meinen Feldzug gegen ihn einstelle.*«

Das Telefon klingelte. Mit einem Satz war Ellen am Anruferdisplay. Eine lokale Nummer, die sie nicht kannte. Ihr Herz sackte tiefer. In diesem Moment wurde ihr klar, dass sie sich gewünscht hätte, es wäre Kevin.

Der Anrufbeantworter schaltete sich ein. Sie hörte noch eine knurrige Männerstimme sagen, »Sie Dreckschwein, Sie sind ja krank …«, ehe sie schleunigst den Lautsprecher abstellte.

In ihrem Innern tobten ungute Gefühle Kevins wegen. In gewisser Weise hatte ihre Wut befreiend gewirkt, aber mittlerweile hatten sich ihre Emotionen gewandelt. Sie hatte sich so sehr einen Anruf von ihm und liebe Worte gewünscht. Sie sehnte sich nach seiner Liebe und seinem Trost und nach dem Kevin, den sie seit ihrer Collegezeit geschätzt hatte: nach ihrem unerschütterlichen Gefährten.

Als sie die Tränen aufsteigen spürte, kämpfte sie mit einem abfälligen Laut dagegen an und stand auf.

Zu ihrer neuen Praxisausstattung gehörte auch ein Wasserkocher, den sie nun füllte und einsteckte. Dann nahm sie einen Teebeutel und einen Becher, wobei sie bewusst die beiden Becher mit den lustigen Motiven vermied, die ihr Kevin geschenkt hatte.

Als der Tee fertig war, trug sie den Becher unbewusst zu ihrem Patientensessel und setzte sich hinein.

Ein dummes Verhalten, aber mit der Tat kam die Einsicht. Sie durfte nicht bei der befreienden Wut stehen bleiben. Denn dies war nur der erste Schritt gewesen, um ihre ureigensten Möglichkeiten zu erweitern.

Jede Befreiung zog Unschlüssigkeit nach sich. Der Gefangene lief fort und kam zurück. Diese neue Freiheit des Ichs musste gefördert und erweitert werden, auch wenn es immer wieder zu Rückschlägen kam.

Was sagte sie immer zu Patienten in diesem Stadium? Wenn sie sich Mühe gab, konnte sie ein paar gute Sprüche aus dem Hut zaubern.

Aha. »*Manchmal dauert es eine Weile, bis das Herz den Verstand eingeholt hat.*« Und: »*Machen Sie's wie im Flugzeug: Sollten Sie mit einem Kind reisen und bei einem Unfall die Sauerstoffmaske von der Decke fallen, dann setzen Sie Ihre zuerst auf.*«

Plötzlich wurde Ellen schlagartig klar, was sie gerade tat. *Befreiung? In diesem Stadium? Das Herz nicht im Einklang mit dem Verstand?*

Sie erwägte gerade, Kevin zu verlassen. Ja, sie hatte schon konkrete Pläne gemacht.

Vor Entsetzen schnürte sich ihr der Hals zu. Keuchend und würgend stürzte sie ins Bad, aber außer Tee hatte sie nichts im Magen, und nicht einmal der wollte heraus. Es war, als ob die schreckliche Erkenntnis sie mit derartigen Verlustgefühlen überschwemmte, dass sie kein einziges Stück mehr von sich entbehren konnte.

Kevin führte heute schon seine fünfte gründliche Augenuntersuchung bei einem älteren Patienten durch, konnte aber nichts Beunruhigendes entdecken. Nur den üblichen altersbedingten Abbau.

Er legte sein Kopfgerät ab, trat zurück und betrachtete zerstreut die Augen des Mannes so, wie sie alle anderen sahen: Deprimiert und tränend. In den Augenwinkeln hatte sich Schleim angesammelt und seine Haare rochen nicht gut.

Mit Mühe brachte Kevin ein Lächeln zu Stande. »Sieht gut aus, Mr. Breck.«

»Danke, Herr Doktor.«

Als Kevin den Mann weiter anstarrte, wurde ihm bewusst, dass er etwas gesagt hatte. Er hatte keine Ahnung was.

»Verzeihung?«, sagte Kevin.

Jetzt trat ein besorgter Ausdruck in die tränenden Augen. »Ich wollte wissen, ob es Ihnen gut geht, Herr Doktor. Sie sehen nicht gut aus.«

»Alles in Ordnung.« Doch dann sagte Kevin zu seiner eigenen Überraschung: »Nein.«

Einen Moment wirkte der Patient irritiert, dann nickte er. »Ich habe von Ihren Sorgen erfahren. Es tut mir Leid.«

»Mir auch«, sagte Kevin und merkte, dass er gleich zu weinen anfangen würde. »Sie können jetzt gehen. In sechs Monaten sehen wir uns wieder.«

Kaum hatte sich die Tür zum Untersuchungszimmer geschlossen, sackte Kevin auf den großen Sessel mit den eingebauten Mikroskopen und Spiegeln. Tränen liefen ihm übers Gesicht und nässten seine hübsche rot gestreifte Seidenkrawatte und das frisch gestärkte weiße Hemd.

Als er die Krawatte abwischen wollte, streifte seine Hand die Jackentasche, in der er noch immer die Tickets für Griechenland aufbewahrte. Er musste daran denken, wie er sie abgeholt hatte. Im Reisebüro hing ein großes Poster mit Katzen, die sich auf den Stufen des Parthenon sonnten. Und er hatte sich ausgemalt, wie er mit Ellen dort stand, den Geruch des alten Gemäuers einatmete und die Katzen streichelte.

Er hatte sich zusammen mit seiner Frau auf dem Kreuzfahrtschiff gesehen. Wolkenlose Nächte und ein tiefblaues Meer und nur noch an das nächste erfrischende Bad denken. Sie würden wieder in ihr gemeinsames Zentrum eintauchen und es mit nach Hause nehmen.

Dann würden sie sich gemeinsam ihrem verlorenen Baby stellen, in reiner geteilter Trauer, ohne Rachephantasien oder zwanghafte Wichtigtuerei.

Er zog die Tickets aus der Tasche. Auf dem Umschlag war ein weiteres zauberhaftes Foto abgebildet: Ein Regenbogen über Kap Sunion. Ein Pärchen stand mit vom Wind zerzausten Haaren da und schaute zu dem Farbenspiel auf. Das hätten er und Ellen sein können.

Es klopfte, und Laurie rief: »Kevin? In B und C warten Patienten.«

»Bin gleich da.«

Offensichtlich hatte sie seine belegte Stimme gehört, denn nun ertönte der unvermeidliche Satz: »Alles in Ordnung?«

Am liebsten hätte Kevin dasselbe geantwortet wie bei Mr. Breck, aber dann ginge es immer so weiter. Dann würde er schluchzend alles ausspucken: die schrecklichen Fragen, die Verletzungen, die Wut.

Er weinte noch heftiger. Die Tränen klackten auf den Umschlag in seiner Hand. Schniefen konnte er nicht, sonst würde Laurie es hören. Mit letzter Energie zwang er sich zu seiner normalen Stimme.

»Alles in Ordnung.«

Während sie sich entfernte, betrachtete er zum letzten Mal lange die Tickets, dann steckte er sie in die Tasche zurück und ging hinaus, um sich seinem nächsten Patienten zu stellen.

Laurie Donaldson setzte sich wieder an ihren Schreibtisch, auf dem gerade mal nicht das Telefon läutete, aber das würde nicht lange auf sich warten lassen. Bis vor kurzem waren alle Leitungen ständig belegt: Patienten, Ärzte, Apotheker, Leute vom Krankenhaus – alles, was zu einer erfolgreichen Praxis gehört, alles, was eine Arzthelferin auf die Reihe bringen muss. Nun dünnten diese Anrufe aus und täglich waren drei bis vier Verrückte darunter. Widerliche Leute, die sie manchmal einwickelten, weil sie in der ersten Minute noch normal klangen.

Laurie bückte sich, um ein Stück Tesafilm vom Teppichboden aufzuheben. Momentan war niemand da, weder im Wartezimmer noch am Telefon. Sie hatte den Empfang ganz für sich allein.

Diese seltenen ruhigen Zeiten hatte sie schon immer besonders geschätzt, denn dann konnte sie den Stolz auf ihre Arbeit fühlen. Dann betrachtete sie mit Genugtuung ihre wohlorganisierte Ablage, die frischen Lilien und die wirklich interessanten Zeitschriften im Wartezimmer, wo, im Gegensatz zu den meisten Praxen, nicht verstaubte Hefte wie *Gesundheit Heute* herumlagen.

Am liebsten sah und hörte sie, wenn ein Patient über einen Cartoon im *New Yorker* kicherte oder das *Cosmo*-Heft in den Untersuchungsraum mitnahm, weil sie bzw. er den Artikel noch nicht zu Ende gelesen hatte.

Aber nun machte die Einsamkeit sie nervös. Dadurch wurde sie an den Patientenschwund erinnert und daran, wie riskant es war, ans Telefon zu gehen, und an Kevins verändertes Benehmen.

Heute war es bei ihm noch schlimmer. Inzwischen hatte sie sich schon an die halb oder ganz vollen Kaffeetassen in der ganzen Praxis und an seine distanziert-gedankenverlorene Art gewöhnt. Aber nun wirkte er noch trauriger. Anstatt sich allmählich von Liams Tod zu erholen, erinnerte er immer mehr an einen Ertrinkenden.

Und dann war da noch die Geschichte mit Ellen, deren Name kein warmes Lächeln mehr hervorzauberte. Wenn Laurie ihm sagte, sie sei am Telefon, konnte sie sehen, wie er erstarrte. Noch heute Morgen hatte Laurie gehört, wie er Ellen angebrüllt hatte, und soeben hatte es geklungen, als ob er weinte.

25

Obwohl Arthur Belljoy eigentlich gar nicht auf die Toilette musste, bog er ein paar Türen vor Jason Landrins Büro unbewusst nach links ab.

Bis auf den üblichen Toilettenmief und Rauch war sie leer. Er würde nicht lange allein sein, denn dies war der einzige Ort, an dem man sich herumtreiben oder sich um die nächste Aufgabe drücken konnte. Und beides taten die Jungs in dieser Polizeistation genauso oft wie in allen anderen.

Arthur schaute in den Spiegel. Er war erkältet, vermutlich aus Stress, und atmete durch den Mund. Seine Lippen waren schrundig und aufgerissen. Sein Gesicht hatte deutlich mehr Falten als bei einem Achtunddreißigjährigen üblich. Er hatte noch volles Haar, ein Erbteil seiner Familie, eine der wenigen guten Eigenschaften, die immer wieder durchschlugen.

In diesem Zustand wollte sich Arthur eigentlich nicht Jason für das zweite jener so genannten »Gespräche« präsentieren, obwohl beide ganz genau wussten, dass es sich um Verhöre handelte.

Er beugte sich näher zum Spiegel.

Vor Jahren hatte er es auf dem Fussballfeld geschafft, den Ball über noch weitere Strecken zu treiben, indem er das Spiel zuerst innerlich durchlebte und mit der daraus gewonnenen Energie seinen Körper antrieb. Dazu hatte er sich die letzten zehn Minuten vor dem Spiel vor einen Spiegel gestellt und so zu sich selbst gefunden.

Hätte er damals geahnt, wozu er diese Technik heute anwenden würde, hätte er vermutlich seinen Ball in den nächsten Baum geschossen.

»Ich habe Ihnen Zeit gelassen«, sagte Jason zu Arthur.

»Ja.«

»Haben Sie mir inzwischen mehr zu sagen?«

»Ja.«

Jason entspannte sich innerlich ein wenig. Mit keinem Zivilisten hätte er je so viel Nachsehen gehabt, ja, er konnte sich sogar eine Menge Kollegen vorstellen, für die er es nicht gemacht hätte, aber Belljoy war einer von den netten Kerlen und obendrein ein nachdenklicher Typ. Jason hatte gehofft, Arthur würde auch ohne Druck seinerseits von sich aus zum selben Ergebnis kommen.

»Sie hatten Recht«, sagte Arthur, »ich habe die Zeitangaben für den Anruf wegen Ruhestörung frisiert.«

»Und warum?«

Arthur atmete tief aus. »Ich treffe mich mit jemandem. Normalerweise nie während der Arbeitszeit, aber … Sie hat angerufen, sie hätte Probleme mit ihrem Kind. Da musste ich hin. Um die fehlende Zeit abzudecken, habe ich den Anruf aufgebläht.«

Beim nächsten Stichwort fühlte sich Jason wie in einem

schlechten Film: »Warum haben Sie mir das nicht schon früher erzählt?«

»Ach, Jason, hören Sie auf.«

Jason stand auf. »Verdammt noch mal, Arthur, so etwas sollten Sie wirklich nicht sagen. Ich habe mich weit aus dem Fenster gelehnt, um Ihnen die Geschichte aus den Rippen zu leiern. Ich habe mich prächtig verhalten, aber wir stecken mitten in einer Morduntersuchung. Und egal, welchen Scheiß Sie *während* der Arbeitszeit getrieben haben, wenn *zur selben Zeit* ein Kind getötet wurde, dann kann man das nicht einfach unter den Tisch wischen. Es ist mir egal, ob die Dame ein Bosnien-Flüchtling mit einem querschnittsgelähmten Kind ist, ich brauche die Namen und den Aufenthaltsort.«

Auch Arthur war aufgestanden. Obwohl er Jason um ein ganzes Stück überragte, fühlte er sich momentan nicht so. »Ich kann Ihnen weder die Namen noch den Aufenthaltsort nennen. Sie ist verheiratet. Wenn Sie wollen, können Sie mich verhaften, aber ich kann es einfach nicht tun.«

Jason kam sich vor wie in einem Film. Sein nächster Satz war bereits programmiert. Das entspannte Gefühl war längst verschwunden, denn so etwas hatte er ganz und gar nicht erwartet. Vor diesem Treffen hätte er sein bestes Stück verwettet, dass Arthur nie und nimmer irgendwo in der Nähe von Sandpiper Beach gewesen war, egal, wo sich sein Fahrzeug sonst aufgehalten hatte. Jetzt war er platt. Das warf alles über den Haufen.

Arthur stand in Habachtstellung da, ohne Jasons Blick auszuweichen. Nichts wies darauf hin, dass er log, keines der klassischen Anzeichen. Und doch passten die einzelnen Stücke einfach nicht zusammen.

»Arthur, ich muss Ihnen sagen, dass das alles nach Blödsinn klingt.«

»Daran kann ich nichts ändern.«

Jason drosch mit der flachen Hand auf den Schreibtisch. »Das ist die zweite scheinheilige Antowort, die Sie hier drinnen von sich geben. Das ist nicht der Arthur Belljoy, den ich kenne. Sie kotzen mich an.«

Arthur ging in Gedanken zum Spiegel zurück. Nach einer langen Minute sagte er: »Ich weiß. Ich bin ein Arschloch. Tut mir Leid, Jason. Sie gehen für mich bis an die Grenze, aber ich kann Ihnen einfach nicht mehr sagen.«

Immer war sie diejenige, die das Bett machte. Nachdem sie es glatt gezogen hatte, musste es perfekt aussehen, was es auch tat.

Immer lächelte er danach, besonders wenn sie möglichst laut gewesen war.

Sie wusste nicht, was er machte, während sie aufräumte. Anscheinend wollte er für sich allein sein. Das war schon in Ordnung. Alles war in Ordnung, wirklich.

Adeline Zoff wusste, dass es spät am Nachmittag war. Sie konnte immer noch gut genug sehen, um die Tageszeiten zu unterscheiden. Gut möglich, dass sich diese Fähigkeit mit der schlechter werdenden Nahsicht sogar verbessert hatte. Vielleicht nach demselben Prinzip, nach dem eine Sinneswahrnehmung die andere ersetzt.

Ihr Blick wanderte zum Telefon, das sie eben erst aufgelegt hatte. Auch das konnte sie sehen.

Außerdem konnte sie vor sich das Ergebnis des Anrufs sehen, den sie soeben erhalten hatte: einen langen Leidensweg, der immer schmaler wurde.

»Kevin?«, rief Laurie über die Sprechanlage. »Adeline Zoff ist hier. Ohne Termin. Haben Sie Zeit?«

Am liebsten hätte er gesagt: *Ja, sagen Sie allen im Warte-*

zimmer, sie sollen sich ein wenig gedulden. Aber das Wartezimmer war natürlich leerer als eine Magersüchtige, und außerdem kannte Lauries Humor Grenzen.

»Ich komme zu ihr nach A.«

Adeline sah schrecklich aus. Ihr Gesicht wirkte eingefallen. Mit ihren schwachen Augen schaute sie Kevin an, als wollte sie sich verzweifelt vergewissern, dass er auch wirklich da war.

Sie sagte: »Ich bin hergekommen, weil ich ... nicht weiß, wohin ich sonst gehen soll. Gerade hat mich die Frau vom Easton Inn angerufen. Man kann mich dort doch nicht aufnehmen.«

Kevin starrte sie an. »Warum nicht?«

»Sie sagte, sie hätten kein Zimmer.«

»Und wann wird demnächst wieder eines frei?«

»Das habe ich auch gefragt«, sagte Adeline mit leiser stumpfer Stimme. »Sie meinte, es wären keine freien Plätze in Aussicht. Nun, das ist lächerlich, und das habe ich ihr auch erklärt. Schließlich ist es ein Heim für alte Leute. Irgendwann verlassen es schließlich alle, nicht wahr? Dann sagte sie, sie hätten noch mal darüber nachgedacht, ob man eine Blinde aufnehmen solle.«

»Das ist empörend. Man hat sie doch bereits aufgenommen.« Energisch drückte er den Knopf der Sprechanlage. »Laurie, bitte, rufen Sie Vela Allende vom Easton Inn an.«

Kaum war sie in der Leitung, ging Kevin direkt auf sie los. »Sie hatten meine Patientin Adeline Zoff aufgenommen. Sie hat einen Brief, in dem es bestätigt wird. Jetzt erklärt sie, man hätte sie abgelehnt. Was soll das Ganze?«

»Ich habe es Mrs. Zoff erklärt. Leider ist das Platzangebot beschränkt, und außerdem sind wir auf die Betreuung Blinder nicht eingerichtet.«

»Sie ist noch nicht blind. Sie hat noch genug Zeit, um sich zurechtzufinden. Ich bin bereit, mit ihr zu arbeiten.«

Schweigen. Dann meinte Vela: »Dr. Stewart, ich kann wirklich nichts dagegen tun.«

»Ich verstehe«, sagte er, was er plötzlich auch tat. Dies war noch ein weiteres Opfer im Zusammenhang mit Liams Tod und Ellens Feldzug. »Um Mrs. Zoff geht's hier gar nicht, stimmt's? Dahinter steckt die Eastporter Polizei, mit der Sie ja ständig zu tun haben. Ach, und dann noch unser Rechtsstreit.« Beinahe hätte er »der meiner Frau« gesagt. »Vermutlich haben Sie davor eine Heidenangst.«

Velas Antwort klang ausweichend, wie nicht anders zu erwarten. Und Kevin unterdrückte den Wunsch, ihr zu sagen, was für eine unmenschliche Marionette sie sei. Stattdessen verlegte er sich aufs Bitten. Ergebnislos.

Nachdem er aufgelegt hatte, musste er sich Adeline stellen, die in ihrem Stuhl zusammengesackt war.

Nun hatte er von unterdrückter Impulsivität die Nase voll. Er wählte Ellens Nummer.

Beim Anblick von Kevins Nummer auf dem Display tat Ellen innerlich einen Freudensprung und griff rasch zum Telefon. »Schatz?«

»Ellen, nun will ich dir mal erzählen, was du jetzt wieder geschafft hast. Du hast es so weit gebracht, dass Adeline die Aufnahme ins Easton Inn verweigert wird.« Er hörte seine eigenen Worte und war sich ihrer Grausamkeit bewusst. Schließlich hatte Ellen dafür gesorgt, dass man Adeline überhaupt aufgenommen hatte. Trotzdem war es empörend, dass eine arme alte Dame mit kranken Augen ein weiteres Opfer von Ellens Obsession werden sollte.

»Was ist passiert?«, fragte sie scharf.

Er erzählte es ihr. »Ich habe versucht, Vela umzustimmen. Ich habe sie angebettelt, bis es nichts mehr gab, was ich noch sagen konnte. Adeline ist am Boden zerstört.«

»Ich auch«, sagte Ellen.

»Schau, wir – wir gehen durch die Hölle. Und wir reißen unschuldige Leute mit uns. Ich weiß nicht, wie viel ich noch –«

»Hör auf, Kevin, hör mit dem Gejammer auf. Und hör auf, so zu tun, als würde ich ganz allein unser Leben und das aller übrigen ruinieren. Das akzeptiere ich einfach nicht. Vela hat eine falsche Entscheidung getroffen oder steht unter Druck oder sonst etwas. Das ist übel. Trotzdem, wag es ja nicht mehr, mich anzurufen und mir vorzuwerfen, was *ich* getan habe.«

Suzanne Maxx wünschte, sie wäre alt genug zum Autofahren. Dann könnte sie, falls nötig, weiter weggehen. Es war sehr schwierig, sich in der Nähe des eigenen Zuhauses zu verstecken.

Sie hatte einen Superplatz entdeckt. Alle übrigen hatte ihr Vater schon gefunden und er würde auch diesen finden, aber momentan war die versteckte Felsnase direkt hinter der Sandpiperbucht genau richtig, selbst bei Flut. Sie hatte einen Haufen Felsbrocken gesammelt, damit sie trockene Füße behielt. Hier konnte sie allein mit ihren Gedanken und den Möwenfedern sitzen und mit kühlem Kopf Pläne schmieden.

In der Schule hatte sie einen Vortrag über Gewalt in der Familie gehört. Heute war die erste Gelegenheit, darüber nachzudenken. Sie war ziemlich sicher, dass damit ihre eigene Familie beschrieben worden war. Als die Rednerin zur Diskussion aufgefordert hatte, hatte sie tausend Fragen stellen wollen, hatte sich dann aber nicht getraut. Die Rednerin, eine rothaarige Dame in einem schicken grünen Hosenanzug, hatte Suzanne an Dr. Stewart erinnert. Sie wirkte, als ob man sich leicht mit ihr unterhalten könnte, aber dann hatte sie unter anderem ausgeführt, die gefährlichste Zeit für Opfer von Gewalttätigkeiten sei, wenn sie versuchten, aus dem Teufelskreis auszubrechen oder ihn publik zu machen. In dem Moment hatte sich Suzanne gefürchtet, durch allzu viele Fragen ihr Geheimnis zu verraten.

Sie beobachtete ein Schwanenpaar, das mit drei grauen Jungen nebeneinanderher segelte. Anfangs waren es sieben gewesen, aber nun waren nur noch diese übrig. Gefressen, von Habichten oder Waschbären.

In einem Vogelbuch hatte sie gelesen, dass Schwäne eine lebenslange Bindung eingehen. Das war zum Lachen. Zu schade, dass ihre Eltern Menschen waren.

Die Rednerin hatte auch gesagt, dass Kinder, die am eigenen Leib Gewalt erfuhren oder mit anschauen mussten, höchstwahrscheinlich wieder gewalttätige Partner wählen würden.

Unruhig rutschte Suzanne auf dem Stein herum, auf dem sie saß. Er wackelte. Sie schnappte laut nach Luft und legte rasch die Hand auf den Mund. Oberhalb der Felsnase lief einer am Strand entlang.

Aber die Person ging weiter. Suzanne setzte sich wieder.

Ein Teil von ihr wollte nie einen Partner haben. Schon beim Gedanken daran, dass sie am Ende auch eine Familie wie die ihre bekommen könnte, zitterte sie.

Aber da war noch ein anderer Teil. Und der sehnte sich danach, Frau Schwan zu werden.

26

Arthur verließ die Polizeistation und stieg in sein Dienstfahrzeug, um seine Schicht zu beginnen.

Er hasste die Art und Weise, wie er mit Jason gesprochen hatte.

Wenn er nicht einen Ausweg aus dieser Falle fand, würde er nie mehr Gelegenheit zu einem Gespräch mit Jason haben.

Er fuhr vom Parkplatz hinaus, die Essex-Straße hinunter, und folgte dann einer Reihe von Straßen, die zur Hansen und zum Sandpiper Beach führten und immer idyllischer aussahen. Eines war seltsam in Eastport: Je mehr Geld einer ausgab, um hier zu leben, umso mehr musste er nach außen so wirken, als ob er keines hätte.

Er selbst war in East Hartford aufgewachsen, in einer vierköpfigen Familie, in der sein Vater den Hausmann spielte, während seine Mutter als Kassiererin bei Caldor's arbeitete.

Das taten die beiden immer noch. Mit siebzig ging Ma tagtäglich in ihrem türkisen Kittel zur Arbeit, während Pa Schmorbraten kochte.

Vermutlich hatte er aus dem Beispiel gelernt, ein mütterlicher Vater zu sein, dessen war sich Arthur bewusst. Als er sich vor sechs Jahren von Beverly getrennt hatte, wäre er nie auf die Idee gekommen, Eric nicht bei sich zu behalten.

Arthur und Bev waren über Geburtstagskarten und gelegentliche Anrufe in Kontakt geblieben, auch wenn das inzwischen ausdünnte. Denn Arthur kannte nur einen Gedanken, ein Gesprächsthema: Eric. Und so hatte Bev es aufgegeben.

Er bog nach Sandpiper ein. Obwohl es hier wirklich hübsch war, lag noch immer über allem der Geist des toten Babys. Wie schafften es die Eltern, jede Nacht hierher zurückzukommen?

Er parkte, starrte aufs Wasser hinaus und lauschte dem leise vor sich hin brabbelnden Radio. Nach so vielen Jahren musste er nicht mehr laut aufdrehen. Wie ein Hund, der auf eine dieser stummen Pfeifen reagiert, hörte er, wenn ihn die Funkzentrale ausrief.

Er drehte sich um und schaute auf die andere Seite zu der Stelle, wo der Unfall passiert war. Es nagte höllisch an ihm, dass Jason auch nur ansatzweise denken konnte, er hätte ein Baby überfahren und dann geleugnet.

Allerdings war ihm auch klar, dass man ihn bei einer Lüge ertappt hatte, und dass Jason Fakten und Beweise brauchte.

Sachte lief die Flut in einzelnen kleinen Wellen auf und hinterließ für kurze Zeit weißen Schaum. Vergänglich wie *naches,* ein Wort, das Arthur von einem Arbeitskollegen seiner Mutter gelernt hatte. Familienfreuden.

Als Eric noch klein war, hatte er immer gewartet, bis das Meer so ruhig war, ehe sie nach Norwood, zum Farm Market Beach, hinunter fuhren, drei Kilometer von ihrem Haus entfernt. Dann hatte er für sich den schwarzen Autoreifen und für Eric den weißen Kinderschwimmreifen geholt. Und der quirlige Achtjährige hatte sich an dem schwarzen Reifen festgehalten, während Arthur für sie beide schwamm.

Inzwischen war Eric neunzehn und kaputt. Arthur sehnte sich danach, ihn wieder heil zu machen. Eine verrückte Idee löste die andere ab, aber bisher bestand der einzige Fortschritt darin, dass sein Sohn noch nicht tot war.

Pallas hatte an der Pace-Universität einen Abschluss in Englisch gemacht. Einige höhere Polizeibeamte in Eastport hatten akademische Grade, er nicht. Allerdings war er ein leidenschaftlicher Leser.

Seiner Meinung nach unterschieden sich Schulbildung und Lesen darin, dass Letzteres einen Menschen weitaus intelligenter und einfallsreicher machte.

Nun stand er in der Stadtbücherei von Eastport, um sich diesen Einfallsreichtum zu Nutze zu machen.

Eine der lokalen Zeitungen oder Zeitschriften hatte kürzlich einen Artikel über Ellen gebracht, in dem etwas Nützliches für ihn stand. Das war alles, woran er sich noch erinnern konnte. Also überflog er Seiten und blätterte hastig weiter, bis er das Gesuchte endlich im *Connecticut Sunday* fand.

Sie hieß Adrianne Born, ihr Kind Alex. Diesen Artikel hatte er sich nicht Ellens wegen gemerkt, sondern wegen Adrianne. Als er damals ihr Foto gesehen hatte, war ihm eingefallen, dass er sie in der Grundschule gesehen hatte, wo er vor der Klasse des Jungen aufgetreten war. Sie war geschieden und sexy und hatte ellenlange Wimpern, die wie Schatten auf ihren Wangen lagen, als er auf sie hinuntergeschaut hatte.

Er verließ die Bücherei und ging zu ihrem Haus, ein blassgelber Bungalow in einer stinknormalen Straße. Er klingelte.

Als Adrianne in kakifarbenen Shorts und einem knappen Hemdchen, das ein wenig vom gebräunten Bauch freiließ, zur Tür kam, erkannte sie ihn sofort wieder, auch ohne Uniform.

Er ließ sich hineinbitten. Während sie Kaffee kochte und einschenkte, konnte man noch mehr Bauch sehen.

»Sie sprachen von einer Ermittlung«, sagte Adrianne schließlich.

Pallas senkte den Blick in ihre wimpernumrahmten Augen. Da sie saßen, konnte er sie direkt anschauen. Er sah, wie sie leicht rot im Gesicht wurde.

»Es geht um die Therapie, die Alex gemacht hat«, sagte er. »Er war wegen gewisser extremer Angstzustände in Behandlung, stimmt das?«

»Ja«, sagte Adrianne und setzte sich auf die Kante. »Wo liegt das Problem? Stimmt etwas nicht mit der Therapie?«

»Das wissen wir nicht.« Pallas beobachtete, wie sie das aufnahm. »Es gab Bedenken.«

»Welche Bedenken?«

»Darüber kann ich nicht im Detail sprechen. Die Angelegenheit ist vertraulich, und, wie gesagt, es wird noch ermittelt. Wer hat Alex behandelt?«

»Dr. Stewart. Der Vorname war Ellen, glaube ich.«

Pallas nickte resigniert.

Adrianne schnappte nach Luft. »Was stimmt nicht mir ihr? Sagen Sie's mir!«

»Wissen Sie denn, wie sie mit Alex gearbeitet hat?«

»Ja. Sie hat mir alles erzählt und Alex auch. Ich habe ihn zu ihr gebracht, weil er panische Angst vor dem Alleinsein und vor der Dunkelheit hatte. Nur wenn alle Lichter brannten, konnte er die Augen schließen. Ich musste bei ihm liegen, bis er eingeschlafen war. Dr. Stewart hat ihn schrittweise der Dunkelheit ausgesetzt und so daran gewöhnt. Zuerst hat sie ihn dreißig Sekunden in ein Bootshaus mitgenommen und dann allmählich die Zeit gesteigert, bis er fünf Minuten allein drin bleiben konnte.«

Pallas machte sich Notizen und nickte. »Alex hat sich nie beklagt?«

»Nur darüber, dass er Angst hatte, aber das gehörte zur Therapie.«

»Hat sich sein Verhalten während der Behandlung in irgendeiner Weise geändert?«

»Inwiefern?«

Pallas schien seine Worte sorgfältig zu wählen. »Albträume. Indem er andere Kinder oder Sie geschlagen hat. Übermäßige Beschäftigung mit den eigenen Geschlechtsteilen oder denen eines anderen.« Er schwieg. »Schmerzen beim Wasserlassen oder Stuhlgang.«

Adrianne schlug die Hand auf den Mund. »Lieber Gott, Sie reden von sexueller Belästigung?«

»Möglicherweise.«

»Was hat sie getan? Gibt es noch andere Kinder?«

»Ich kann nichts Genaues sagen.«

Adrianne stand auf und begann, im Wohnzimmer auf und ab zu laufen, wobei immer wieder ihr Bauch zu sehen war, inzwischen allerdings längst nicht mehr bewusst. »Was ist passiert? Was genau? Sie können mich nicht im Ungewissen lassen.«

Auch Pallas stand auf. »Tut mir Leid, aber ich kann keinen Namen nennen, genauso wenig wie ich Ihren Namen ohne Ihre Erlaubnis nennen würde.«

Adrianne ging zu einem Tischchen neben der Haustür und holte den Schlüssel aus ihrer Handtasche. »Ich werde jetzt Alex von der Schule abholen. Ich möchte, dass ihn unser Kinderarzt sofort sieht. Ich werde den Arzt fragen, ob er von anderen Vorfällen gehört hat.«

»Adrianne, schauen Sie, eigentlich hätte ich Ihnen gar nicht so viel erzählen sollen –«

»Ich werde nicht sagen, dass Sie es mir erzählt haben. Aber es gibt noch andere, das können Sie nicht leugnen. Sie haben es selbst gesagt. Und ich werde sie finden.«

Er folgte ihr ins Freie. Als sie ins Auto stieg, hatte sie rote feuchte Augen.

»Alex ist mein Baby, mein einziges Baby«, sagte sie mehr oder weniger zu sich selbst, während sie rückwärts aus der Einfahrt fuhr.

»*Ellen* Stewart? Nie und nimmer«, meinte der Kinderarzt. »Ich habe stets nur Lob über sie gehört. Sie ist eine exzellente Therapeutin. Sie haben für Alex eine gute Wahl getroffen. Inzwischen hat er doch deutlich weniger Angst, oder?«

»Ja«, sagte Adrianne, »aber diese Information ist entsetzlich. Sind Sie sicher, dass es bei Alex keinerlei Anzeichen gibt?«

»Ich kann nicht das Geringste erkennen.«

Adrianne schaute in ihren Schoß. Ihr Bauch lugte heraus, sie zog ihr Hemd herunter. »Ist es möglich, dass er missbraucht wurde und keine Anzeichen dafür zeigt?«

»Sicher.«

Adrianne seufzte. »Ich weiß nicht, was ich jetzt tun soll.«

»Warum warten Sie nicht ab und beobachten Alex weiter? Sollte Ihnen irgendeine Veränderung auffallen, rufen Sie mich an, aber bis dahin könnte alles, was Ihnen zu Ohren gekommen ist, genauso gut Teil einer Hexenjagd sein. Haben Sie die Geschichte über den Tod von Dr. Stewarts Sohn gelesen?«

»Ja. Sie behauptet, die Polizei wär's gewesen. Sie verklagt sie sogar. Das ist schon verrückt. Vielleicht hat *sie selbst* es getan.«

27

Ellen hasste es, wenn sie das Gerichtsgebäude betreten musste, denn inzwischen war es ein Teil ihrer persönlichen Geschichte. Aber manchmal ließ es sich einfach nicht vermeiden, und heute war so ein Tag. Bei einer Patientin drohte das Umgangsverbot auszulaufen und diese Frau hatte eine dreijährige Tochter, die der Ex-Ehemann früher gern bei Kerzenschein mit in die Badewanne genommen hatte.

Officer Maggie Dolce passte Ellen beim Hereingehen ab.

»Ich habe schon auf Sie gewartet«, sagte Maggie. »Sie waren nicht in Ihrer Praxis, deshalb habe ich vermutet, dass Sie hier sind. Wir müssen uns unterhalten.«

Ellen atmete schneller und führte Maggie in das Büro der Bewährungshelfer, das gerade leer stand. »Haben Sie Neuigkeiten?«

»Ja, leider. Die Neuigkeit besteht darin, dass ich Sie bitten muss, bis auf weiteres nicht mit Kindern unter achtzehn zu arbeiten.«

Ellen begriff nicht sofort. »Hat das mit meinem heutigen Fall zu tun? Was hat der Anwalt des Vaters vor?«

»Nein, Ellen, es handelt sich um eine Sache, die bei unserem Kollegen für Jugendschutz eingegangen ist. Gegen Sie wurde Anzeige auf Verdacht von Missbrauch eines minderjährigen Patienten erstattet.«

Ellens Gesicht sackte zusammen.

Maggie fuhr fort: »Ich wollte diejenige sein, die es Ihnen sagt, weil ich weiß, dass daran etwas faul ist. Trotzdem muss man der Anzeige nachgehen, das heißt, Sie werden nun genauso behandelt wie jeder andere auch. Je nach Ausgang der Ermittlung stellen wir einen Antrag auf Klageerhebung. Sie haben das Recht auf Gegenklage.«

Ellen sank auf einen Stuhl, aber kaum saß sie, kamen zwei Bewährungshelfer herein, und sie mussten gehen.

Draußen im Flur konnte Ellen nur stehen, wenn sie sich mit einer Hand gegen die Wand lehnte. Sie fühlte sich benommen und zittrig. »Man behauptet, ich hätte ein Kind misshandelt? Wer hat das getan? Und wie?«

»Eine gewisse Mrs. Adrianne Born hat Anzeige erstattet.«

»Adrianne? Was hat sie gesagt? Was soll ich Alex angetan haben?«

»Angeblich handelt es sich um sexuelle Belästigung.«

Ellen schüttelte den Kopf, der sich anfühlte, als hätte er mit ihrem restlichen Körper nichts mehr zu tun. Ihre Haut war vor Schock eiskalt.

Mitfühlend musterte Maggie sie.

Ellen sagte: »Darauf weiß ich … keine Antwort mehr. Das ist ja noch schlimmer als … verrückt.«

»Ich hatte schon befürchtet, dass Sie kommen. Ich wünschte, man hätte mich nicht gezwungen, meinen Namen zu nennen«, sagte Adrianne, als sie Ellen die Tür öffnete.

Da es aussah, als wollte Adrianne sie am liebsten auf der Haustreppe stehen lassen, ging Ellen einfach hinein und setzte sich.

Adrianne musterte sie, wie sie so dasaß, auf derselben Couch, auf der Peter Pallas Kaffee und tiefe Einblicke bekommen hatte. »Ich möchte mit Ihnen keine große Diskussion anfangen –«

»Ich auch nicht. Deshalb erzählen Sie mir bitte nur, wieso Sie je auf die monströse Idee gekommen sind, ich hätte Alex belästigt.«

»Durch Gerüchte. Darauf kann man sich nicht immer verlassen, ich weiß, aber es geht um *mein* Kind. Deshalb lasse ich die Sache überprüfen. Ich beschuldige Sie ja nicht.«

Ellen merkte, dass sie beinahe laut aufgelacht hätte. Sie betrachtete Adriannes zierliche Brokatsessel und den zartgrünen Teppichboden. Kein Spielzeug war zu sehen.

Ihr Blick wanderte wieder zu Adrianne, suchte ihre Augen, irgendeine Verbindung. Früher einmal hatte es so etwas zwischen ihnen gegeben.

»Ich habe keine Ahnung, ob Sie Bescheid wissen«, sagte Ellen, »aber ich befinde mich momentan in einer sehr schmerzhaften Situation. Mein eigener Sohn ist von einem Polizisten aus Eastport getötet worden, aber er leugnet. Und nun soll ich unter starkem Druck von außen die von mir eingeleiteten Gerichtsverfahren einstellen.«

Adrianne stand auf. Es war ein Signal zum Gehen. Trotzdem blieb Ellen sitzen. »Über mich werden Gerüchte verbreitet, das ist der springende Punkt. Das Ganze ist ein Feldzug. Sie wissen, was ich für Alex getan habe. Deshalb können Sie unmöglich böswillige Geschichten glauben.«

Als Ellen wieder vor ihrer Praxis ankam, stand ein Streifenwagen auf dem Parkplatz. Am Steuer saß Peter Pallas. Er sah zu, wie sie auf die Bremse trat, dann fuhr er winkend fort.

Das Gespräch mit Adrianne hatte Ellen aufgeheizt, aber nun war alles wie weggeblasen. Wie ein kalter Felsbrocken saß sie im Lexus.

Kaum war sie oben, rief sie Melvyn Zakar an.

»Wie viele minderjährige Patienten haben Sie derzeit?«, wollte Melvyn wissen.

»Zwei«, sagte Ellen.

»Dann unternehmen Sie nichts dagegen, denn genau das möchte Pallas erreichen. Lassen Sie die Sache im Sand verlaufen. Sie stehen über diesem Mist.«

In Ellens zunehmend leereren Terminkalender war bis drei Uhr niemand eingetragen. Also hatte sie zwei Stunden Zeit, in denen sie mehr tun konnte, als nur schluchzend vor sich hin zu zittern.

Vor wenigen Wochen hatte es einmal eine Zeit gegeben, da hätte sie Kevin zum Mittagessen oder zu einem Quickie verführt, oder auch zu beidem. Solche Gelegenheiten waren einfach himmlisch. Zweimal hatten sie es sogar im Auto getrieben.

Nach Mittagessen oder Liebe stand ihr heute nicht der Sinn, aber sie sehnte sich nach Kevins tröstlicher Nähe. Es war entsetzlich, als Sexmonster gebrandmarkt zu sein, und der eigene Ehemann unerreichbar.

Sie ging in ihr Bad, wusch sich das Gesicht und schminkte sich ein wenig. Da sie nicht mehr in den Garden Market zu gehen wagte, hielt sie bei einem italienischen Deli, in den nie einer ging, und kaufte ein Putensandwich zum Mitnehmen. Nach Hause, an den Strand.

Tu so, als ob.

Sie zog sich um. In Shorts schnappte sie sich einen Erdbeershake zum Sandwich, setzte die Sonnenbrille auf und zog einen Liegestuhl auf den stillen Strand.

Mehrere Minuten lag sie da und mimte die Entspannte. Sie konzentrierte sich auf die Wärme, die sich auf Haare und Haut legte, und stellte sich bildlich vor, wie unter der angenehmen Energie die Enttäuschungen schwanden.

Nach einiger Zeit wirkte das gleichmäßige Rauschen der ansteigenden Flut ein wenig beruhigend auf ihr Gemüt. Außer den allgegenwärtigen Möwen hörte sie einen Pirol trillern. Sie setzte sich auf und suchte nach dem hellorangen Federbündel, sah aber keines.

Endlich verspürte sie ein wenig Appetit. Diese Gelegenheit musste sie ausnützen, solange es ging, denn sonst bekam sie sowieso nichts mehr hinunter. Unter ihren Röcken und Hosen zeichneten sich schon die Hüftknochen ab.

Sie wickelte das Sandwich aus und öffnete die Dose. Gleißende Sonnenflecken vergoldeten das Wasser, nur die obersten Wellenkämme fingen den Glanz ein. Ein perfekter Tag für den Strand.

Sie biss in ihr Putensandwich mit dem knackig-frischen Salat, genau wie sie es gerne aß.

Aber noch während sie mühsam zu kauen versuchte, tauchte zwischen ihrem Liegestuhl und der Wasserkante ein Geist auf: Liam, in seiner teuren Badehose mit der amerikanischen Flagge. Wie alle Kleinkinder hüpfte er mit beiden Beinen zugleich über den Seetang.

Sie wusste, dies war ein Trugbild, und doch genoss sie es in vollen Zügen.

Dann war es natürlich fort. Ellen schaute sich überall um, auf dem Meer, hinter ihr. Fort.

Plötzlich konnte sie das Sandwich nicht mehr ertragen. Sie warf es weg und sah, wie die Möwen es gierig betrachteten und dann herbeiliefen. Auch das Getränk schüttete sie aus.

Sie war so tief verletzt, dass sie sich noch mehr wehtun musste, um dem Schmerz Einhalt zu gebieten. Sie vergrub die Hände im scharfen Sand, krallte sich fest, schob und drückte, bis sie spürte, wie er ihre Haut und Nägel zerschrammte.

28

Arthur Belljoy war sehr vorsichtig.

Das allein genügte für Erin, um ihn zu kontrollieren.

Das Abwegigste, wobei sie ihn bisher ertappt hatte, war ein Zehnminutennickerchen. Aber allein die Art und Weise, wie er verstohlen alles um sich herum prüfte, egal, was er tat, war ein heißer Tipp.

Erin hatte ihren Saab mit dem alten weißen VW Golf ihrer Nachbarin Valerie vertauscht. Falls sie noch einmal das Auto wechseln müsste, stand ihr ein Camaro aus der Nachbarschaft zur Verfügung. In den letzten paar Tagen hatte sie eine Menge Zeit sitzend und wartend zugebracht, während Arthur Anrufen nachging, bei Schichtende nach Hause und zu einer neuen Schicht wieder wegfuhr. Sie war überzeugt, dass er von ihrer Existenz keine Ahnung hatte.

Erin hatte Maggie Dolce die Information entlockt, dass Arthur ein Verhältnis mit einer verheirateten Frau mit einem Kind unterhielt. Erin war sich nicht sicher, ob sie diese Geschichte glaubte. Dafür gab es einfach zu wenig Anzeichen. Außerdem wirkte Arthur nie so glücklich, als ob er's mit jemandem treiben würde.

Als Arthur mit einer Tüte aus dem Garden Market kam, setzte sie sich in ihrem VW auf. Er stieg in sein Dienstfahrzeug und fuhr weg. Erst nach mehreren Sekunden folgte sie ihm.

Sie fuhr ganz mechanisch, da sie annahm, er würde parken, um sein Mittagessen zu verzehren. Normalerweise tat er das an drei Stellen: an einem öffentlichen Parkplatz am Fluss, am Farm Market Beach in Norwood und in Sandpiper. Letzteres war interessant. Während er parkte und aß, konnte sie nie nahe genug heranfahren, deshalb folgte sie ihm immer nur so lange, bis sie sicher war, dass er einen seiner üblichen Plätze ansteuerte. Dann wartete sie außer Sichtweite.

Heute fuhr er nach Farm Market. Geistesabwesend fuhr Erin die vertrauten Straßen entlang und vergrößerte den Abstand zwischen ihnen. Als sie sich gerade in einer Nebenstraße verstecken wollte, bog Arthur falsch ab.

Erin blinzelte. Das passte nicht ins Konzept.

Sorgsam bog auch sie ab. Wieder bog das Polizeiauto ab, sehr zu ihrer Enttäuschung. Arthur war fast bei seinem Haus angelangt. Also fuhr er nur zum Mittagessen heim.

Gleich ums Eck gab es eine Sackgasse, wo sie aus dem sicheren Versteck heraus das Haus im Blick hatte. Dorthin lenkte sie den VW. Arthur parkte in seiner Einfahrt und trug das Essen ins Haus.

Beim Anblick der Tüte bekam Erin Hunger. In einer Kühlbox auf dem Boden hatte sie ein Sandwich mit Hähnchensalat und ein paar Gurken. Da Arthur zum Essen immer mindestens zwanzig Minuten brauchte, griff sie hinein.

Seit kurzem interessierte sie sich fürs Brotbacken. Zu ihrem Geburtstag hatte sie eine Maschine geschenkt bekommen, und dies war ihr erstes Sandwich mit selbst gebackener Challah. Was für ein Unterschied. Den Salat hatte sie mit ein paar gehackten Oliven angereichert. Beim Kauen dachte sie, dass nächstes Mal vielleicht ein bisschen geriebene Zitronenschale –

Arthurs Haustür ging auf, er kam heraus. Ohne die Tüte. Sogar von hier aus konnte sie erkennen, dass er stocksauer war. Er stieg in den Streifenwagen.

Erin stopfte das Sandwich wieder in die Kühlbox und startete den VW.

Arthur fuhr nicht nach Eastport zurück. Erin folgte ihm Richtung Norwood-Zentrum. Endlich hielt er an einer Parkuhr und stieg aus.

Da Erin nicht wagte, im Schritttempo zu fahren, während er zu Fuß ging, suchte auch sie sich eine Parklücke. Aber als er nach rechts einbog, wurde ihr klar, dass sie ihm zu Fuß folgen musste. Dies war seit drei Tagen das erste Interessante.

Als sie um die Ecke bog, war Arthur nirgends zu sehen.

Erin verschwand im Eingang einer spanischen Apotheke und beobachtete durch die Schaufenster die Straße. Und da war Arthur. Er kam aus einem Friseurladen.

Erin musterte ihn und die Ladenfront. Vielleicht war an der Liebesgeschichte doch etwas dran, und die Lady arbeitete hier.

Wieder ging er los, aber nicht zum Streifenwagen. Erin folgte ihm auf der gegenüberliegenden Straßenseite und spähte im Vorbeigehen in den Frisierladen. Nur Spanier, Männlein und Weiblein, nicht gerade ein Ort, wo ein Polizist aus Eastport sein bestes Stück auspackt.

Arthur ging jetzt auf Umwegen zu seinem Fahrzeug, Erin hinterdrein. Sie holte den VW und fuhr ihm nach.

Er fuhr zu seinem Haus zurück.

Als Arthur erneut die Haustür öffnete, saß Eric noch immer genau so auf der Couch, wie Arthur ihn verlassen hatte. Wie eine Mumie hatte er die Hände über dem Oberkörper gefaltet. Der Fernseher lief, aber ohne Ton. Jenny Jones sagte stumm irgendetwas Ernstes in ein Handmikrofon.

»Bin wieder da«, sagte Arthur.

»Ich weiß.« Eric setzte sich auf und schaute seinem Vater ins Gesicht. »Tut mir echt Leid, Pa«, sagte er wie immer und meinte es sogar.

»Ist schon gut«, antwortete Arthur wie immer und log.

»Du unterhältst dich immer noch mit ihr, nicht wahr?«, wollte Jeff Maxx wissen, wobei er mit dem Kinn zu Ellens Haus hinüberdeutete.

»Nein«, sagte Carol.

Er musterte sie durchdringend. »Du lügst.« Er hatte eine Pistole in der Hosentasche, die er mit der Hand umfasste. Irgendetwas an dem kühlem Metall hielt ihn in der Realität und erinnerte ihn daran, mit wem er es zu tun hatte, und weshalb er Waffen haben musste.

Sie senkte den Blick. Er hasste es, wenn sie das tat.

»Schau mich an«, sagte er.

»Dazu bin ich nicht verpflichtet. Außerdem muss ich dir nicht verraten, mit wem ich mich unterhalte.«

Carols Pager piepte. Rasch warf sie einen verstohlenen Blick auf das Display.

»Ein Kunde?«, fragte Jeff.

»Ja.«

»Na, klar, und wer war's tatsächlich?«

»Jeff, es war *tatsächlich* ein *Kunde*!«

»Ich glaub's dir ja. Genauso wie ich glaube, dass du Ellen keinen Mist über mich und Suzanne erzählst. Sie will mich festnageln. Und du hilfst ihr dabei.«

Jetzt sah Carol auf. Ihr Mann hatte dunkle kalte Augen. Seine Mundstellung signalisierte ihr, dass er sich in einen Wutanfall hineinsteigerte. Wenn sie jetzt nicht versuchte, ihn zu besänftigen, würde er in der nächsten Minute losbrüllen.

»Na, schön«, sagte Carol, »ich unterhalte mich mit Ellen, aber gar nicht so viel über dich. Sie gibt mir Ratschläge wegen Suzanne.«

»Wie du sie von mir fern halten kannst.«

»Nein.«

»Das hast du gesagt.«

»Ellen hat sich mit mir über ein Umgangsverbot unterhalten, das ist alles. Sie hat nur erklärt, wie so etwas funktioniert. Sie hat mir nicht geraten, Suzanne von dir fern zu halten.«

Jeff schaute weg, zum Fenster hinaus. Alles Blödsinn, das

wusste er genau. Ellen hatte es so gut wie zugegeben. In diesem Haus blies ihm der Wind allmählich ins Gesicht, das hörte und fühlte er.

Carol zu verlieren, war eine Sache, aber seine Tochter würde er nicht verlieren.

Ellen hörte die Schritte auf der Praxistreppe. Früher einmal konnte das nur ein Patient oder gelegentlich ein Pharmavertreter sein, aber inzwischen erschreckte sie dieses Geräusch mehr als das Klingeln des Telefons.

»Wer ist da?«, rief sie als Antwort auf das Klopfen.

»Jeff Maxx.«

O nein. Sie war noch immer in der Schattenwelt von Liams Erscheinung gefangen, als ob sie eben aus einem lebhaften Traum erwacht wäre. Dafür hatte sie nicht die Kraft.

»Jeff, ich habe Ihnen schon mal erklärt, dass Sie nicht einfach hier auftauchen können.«

»Sie haben mir aber nicht erklärt, wie ich eine Minute von Ihrer kostbaren Zeit *bekommen* kann.«

Abwehrende Antworten drängten über ihre Lippen, und doch hatte er Recht: Sie hatte gesagt, ohne Carols Erlaubnis könne sie sich nicht mit ihm unterhalten.

Ellen sagte: »Ich unterhalte mich nicht gern mit einer Tür. Und Sie sicher auch nicht. Vielleicht sollten Sie anrufen –«

»Blödsinn! Das ist doch Blödsinn!«

Ihr rechtes Bein zitterte. Jeffs Stimme klang wild. Hoch wirksam, wenn jemand darauf konditioniert ist.

Aber offensichtlich bewirkte die Hinhaltetaktik nichts. Er wollte sich unbedingt Gehör verschaffen und war gewohnt, mit Gewalt seinen Willen durchzusetzen. Irgendwie musste sie die Kommunikation ändern.

»Jeff, wenn ich Sie hereinlasse und verspreche, zuzuhören, werden Sie sich dann beruhigen und höflich sein?«

»Ja.«

»Ist das ein Versprechen?«

»*Ja.*«

Ellen öffnete die Tür.

Erin verfügte über ein Geheimnetz von Informanten, die sie anzapfen konnte, was sie im Fall des spanischen Friseurladens auch tat.

Es handelte sich tatsächlich um ein Friseurgeschäft, allerdings eins mit gewissen Verbindungen. Sie übertrieben es nicht, nur ein paar lukrative Transaktionen mit Heroinsüchtigen aus besseren Kreisen, die hohe Preise bezahlten, um keine gestreckte Ware zu riskieren.

Wieder hatte sie Arthur bis zu seinem Arbeitsplatz verfolgt und dann bei ihm zu Hause herumgeschnüffelt. Sie hatte erwartet, einen vollgekifften jungen Mann vorzufinden. Und so war es auch. Arthurs Sohn, Eric Belljoy, lag völlig zugedröhnt in der künstlich entspannten Haltung eines chronisch Süchtigen auf dem Sofa, das sie durchs Wohnzimmerfenster sehen konnte.

Lange schaute sie den Jungen an. Ungefähr achtzehn und nicht so ausgemergelt wie die meisten Knallköpfe. Er hatte noch nicht zu essen aufgehört. Vielleicht irrte sie sich, vielleicht war er doch noch nicht so lange auf Drogen.

Aber wenn das Szenario, das ihr allmählich klar wurde, richtig war, konnte es sich nicht um eine neue Sucht handeln.

Jeff saß in Ellens Patientensessel. Das hatte sie zur Bedingung gemacht.

Er beugte sich so angespannt vor, als ob er jede Sekunde aufspringen wollte.

»Ich weiß, was Carol Ihnen erzählt, aber das ist alles Scheiße«, sagte er. »Sie weiß, wie man mich auf Trab bringt. Sie rotzt mich an, und schon brülle ich los. Aber ich schlage sie nicht.«

»Erwarten Sie von mir eine Antwort? Das gehört nicht zu unserer Vereinbarung«, meinte Ellen. »Ich habe Ihnen nur gesagt, ich würde zuhören.«

Jeff streckte seine dicht behaarten Arme aus, die an Tiere erinnerten und die Assozation einer Bestie noch verstärkten.

»Werde ich mein Kind verlieren? Das ist das Einzige, was Sie mir sagen müssen. Denn das lasse ich nicht zu.«

»Ich höre«, sagte Ellen.

»Nun? Wenigstens darauf könnten Sie mir doch eine Antwort geben.«

»Selbst wenn ich wollte, könnte ich's nicht. Ich weiß ja nicht, was passieren wird. Das liegt nicht in meiner Macht.«

»In wessen Macht denn?«

Leise tappte sie in eine Falle. Sie hatte lediglich versprochen, ihn anzuhören.

Sie sagte: »Jeff, Sie setzen mich unter Druck. Hören Sie auf, nach Informationen zu graben.« Ellen stand auf. »Es gibt viele Therapeuten. Sie können Ihren eigenen haben.«

Er schnaubte. »Ich brauche keinen Seelenklempner. Ich habe keine Probleme. Mein Problem ist Carol.« Er hielt inne. Offensichtlich registrierte er, dass sie stand. »Werfen Sie mich hinaus?«

»Das hier führt zu nichts.«

Jeff senkte den Kopf und legte seine Hände über die Augen. »Zwingen Sie mich nicht zum Gehen. Wie lautet noch mal die Grundregel? Ich kann reden, aber nicht fragen, richtig? Dann lassen Sie mich das tun.«

Er richtete sich auf. »Erinnern Sie sich noch an die Nacht, in der Sie in mein Fenster geschaut und mich beschuldigt haben, ich sei auf Suzanne losgegangen? Ich wollte nur, dass sie keine Cola trinkt, weil sie dann schlecht schlafen kann. Das ist alles, was ich gesagt habe. Daraufhin hat sie mich angemault. Das war schon die ganze Geschichte. Sehen Sie, wie falsch man solche Situationen interpretieren kann?«

Ellen konnte nicht umhin zu fragen: »Warum hat Suzanne Probleme mit dem Schlafen?«

»Ich weiß es nicht.«

»War sie denn als Baby viel wach?«

»Nö, hat die ganze Nacht gepennt.«

Ellen musterte Jeff aufmerksam. Sein Blick blieb fest. Gewalttätige Menschen konnten brillante Schauspieler sein. Schon oft hatte sie erlebt, wie ein notorischer Dreckskerl seine Frau zutiefst demütigte und dabei Ellen kerzengerade in die Augen sah und behauptete, wie sehr er diese Frau schätzte.

»Wann hat das angefangen?«

»Ungefähr mit zehn. Wenn ich zum Pinkeln aufstand, hörte ich, wie sie vor einem Videospiel saß oder Radio hörte.«

»Was haben Sie dann gemacht?«

»Sie zusammengeschissen.«

»Warum?«

»Warum?«, äffte Jeff sie nach. »Weil eine Zehnjährige nachts um drei nicht auf sein sollte, darum. Was soll das?«

»Aber«, sagte Ellen, »wollten Sie denn nicht herausfinden, warum diese Zehnjährige nicht schlafen konnte, anstatt sie anzubrüllen?«

»Nein. Suzanne war in Ordnung. Sie hatte einfach Besseres zu tun.«

»Haben Sie das wirklich gedacht?«

Jeff starrte sie an. »Wenn's nicht so gewesen wäre, würde ich's nicht sagen. Was soll das? Spielen Sie ein Spielchen?«

»Ich nicht, Jeff. Sie vielleicht?«

»Aha, lieber Himmel.« Jeff stand vom Sessel auf. Er war nicht groß genug, um Ellen zu überragen, aber seine Muskelpakete und die stark behaarten Hände jagten ihr Angst ein. Sie fuhr zurück. Er sah sie an, als ob er ihr am liebsten mit den Händen an die Kehle führe.

Er machte einen Schritt auf sie zu.

»Lassen Sie das«, sagte Ellen.

»Lieber Gott! Was denken Sie denn, was ich jetzt mache?«

»Sie machen mir *Angst*!«

»Ich würde Ihnen nie wehtun! Können Sie nicht einfach ein normales Gesicht aufsetzen und zuhören?«

»Sie haben gesagt, Sie würden in Ihrem Sessel bleiben! Sie haben gesagt, Sie würden sich vernünftig benehmen!«

»Ich tue doch gar nichts! *Zum Teufel noch mal, was wollen Sie denn von mir?*«

Ellen drückte den Panikknopf.

29

»An die Geschichte mit der Freundin glaube ich nicht«, erklärte Erin Melvyn Zakar, »das habe ich nicht einmal vor dem Beschatten getan. Das klang viel zu einfach. Meiner Meinung nach besorgt er den Stoff für seinen Jungen.«

»Sie wollen mich wohl verkohlen«, sagte Melvyn. »Warum sollte er?«

»Weiß ich nicht, aber nur so passen die Einzelteile zusammen.«

Erin rutschte auf ihrem Stuhl herum und kreuzte erneut die Beine. »Schauen Sie, was ist mit Ellen und dieser Geschichte wegen sexueller Belästigung? Meines Wissens darf sie momentan nur Erwachsene behandeln.«

Melvyn schnaubte. »Gehört alles zum selben Terrorprinzip. Immer unter die Gürtellinie.«

»Sind Sie sicher?«

»Sie etwa *nicht*?«

Erin ließ sich mit der Antwort eine Minute Zeit. »Möglicherweise ist es nur Schrott, aber vielleicht auch nicht. Von Kindern erfährt man 'ne ganze Menge Wahres.«

Jason Landrin fuhr mit zwei uniformierten Polizisten zu Ellens Praxis. Als sie ihre Schritte auf der Treppe hörte, fühlte sie sich vor Erleichterung wie benebelt.

Die Polizisten packten Jeff bei den Armen. Unter lautem Gebrüll versuchte er, sich loszureißen.

»Schluss damit!« sagte Jason, dann wandte er sich an Ellen: »Als ich hörte, dass es Ihr Alarm war, bin ich gekommen. Was geht hier vor?«

»Halt still oder es setzt was«, riet einer der Uniformierten Jeff, der daraufhin den Widerstand einstellte und sich von ihnen auf einen Stuhl verfrachten ließ.

Ellen sagte: »Das ist der Ehemann einer meiner Patientinnen. Ich hatte ihn unter der Bedingung in die Praxis gelassen, dass er sitzen bleibt und nicht laut wird, aber er –«

»Habe ich Ihnen etwas getan? Ich habe Ihnen nichts getan! Sagen Sie denen das!« schrie Jeff.

»Sie haben die Situation ausgenutzt!«, schrie Ellen zurück. »Ich hatte Ihnen einen Gefallen getan, aber Sie mussten darauf herumtrampeln!«

Er stieß einen Laut von Abscheu aus.

»Also ist es zu keinem körperlichen Übergriff gekommen?«, fragte Jason Ellen.

»Nein, ich hatte nur entsetzliche Angst.«

»Wir könnten ihm eine Strafe wegen ungebührlichen Benehmens verpassen.«

»Scheiße«, sagte Jeff.

Ellen schaute ihn an. Obwohl er mit Gewalt auf seinem Stuhl festgehalten wurde, wirkte er bedrohlich.

»Ich bin nicht dafür«, sagte sie und fuhr zu ihrer eigenen Überraschung fort: »Er steht ziemlich unter Druck. Meiner Ansicht nach hatte er nicht vor, mich zu verletzen. Ich möchte lediglich, dass er geht.«

»Arthur Belljoy«, sagte Nora Primo.

Dennis schnappte nach Luft. »Wie haben Sie das herausgefunden?«

»Ich habe den Vormittag auf der Damentoilette im Polizeipräsidium zugebracht. Erstaunlich, was man da alles hört.«

»Und was zum Beispiel?«

Nora machte eine wegwerfende Handbewegung. »Nichts, was Sie interessieren würde. Weibertratsch. Ein paar hübsche dreckige Mädchenwitze.«

»Nun –«

»Nein, vergessen Sie's. Aber Belljoy ist definitiv der springende Punkt. Ich habe gehört, er hat sogar gestanden, sein Fahrtenbuch gefälscht zu haben. Selbstverständlich streitet er jeden Zusammenhang mit dem Unfall ab.«

Langsam begab sich Dennis an seinen Schreibtisch zurück. Jahrelang hatte er mit Arthur in Norwood Poker gespielt, alles zurückhaltende Kerle, denen es mehr um den Spaß als um die Karten ging. Eine echte Männersache. Mit irgendetwas mussten sie sich ja beschäftigen, während sie im Grunde genommen nur das machten, was Frauen immer ohne ein zusätzliches Alibi taten. Einmal im Monat trafen sie sich am Freitagabend, rauchten, kippten ein paar Bierchen, erzählten sich Witze und spielten daneben auch Karten, mal mehr, mal weniger.

Dennis betrachtete sein Telefon. Am liebsten hätte er seinen alten Freund angerufen, obwohl er wusste, dass er das weder jetzt noch später konnte.

Arthur war ein vorsichtiger Spieler gewesen, der ab und zu einen phantastischen Bluff zu Stande gebracht hatte. Einer, der keine Witze erzählte, dafür aber wunderbar zuhören konnte. Er hatte eine Frau namens Barb oder Bev. Die Ehe ging allmählich kaputt, doch Arthur sprach nicht viel darüber. Offensichtlich brauchte er diese Freitagabende zum Dampfablassen.

Im Laufe der Zeit war die Spielrunde zerbrochen. Einer nach dem anderen zog weg oder bekam andernorts einen besseren Job. Danach hatte Dennis Arthur nur noch selten gesehen, aber bei jeder zufälligen Begegnung hatten sie sich erneut ernsthaft auf einen schönen Abend verabreden wollen.

Bisher war es nicht dazu gekommen.

Wieder musterte Dennis das Telefon. Vielleicht klappte es ja doch noch. Er hob ab.

Während Ellen an diesem Abend darauf wartete, dass Kevin heimkam, setzte sie sich hin und betrachtete den rosaroten Sonnenuntergang. Sie wollte sich beruhigen und hatte es mit Musik versucht. Aber die irritierte sie, und sie hatte abgeschaltet.

Ganz impulsiv hatte sie ein schönes Abendessen kochen und Kerzen anzünden wollen, aber dann rasch erkannt, was für ein verzweifelter Unsinn das war. Sollten sich die Dinge zwischen ihr und Kevin noch kitten lassen – egal, was bereits zerstört war –, dann würde jede gespielte Romantik sie zur Farce stempeln.

Sie hatte ein Ermittlungsverfahren wegen Kindesmissbrauch am Hals, und ihr Inneres wurde stückweise zerfetzt. Obendrein konnte sie von ihrem Mann nicht nur kein Mitgefühl erwarten, sie war sich nicht einmal sicher, ob sie ihm die Sache überhaupt erzählen wollte.

Über dem Horizont schwebte noch immer ein blassrosa Licht, als Ellen Kevins Wagen hörte. Verkrampft wartete sie, bis sie hörte, wie er hereinkam.

»Ellen?«, sagte er.

»Hier drinnen, Kevin.«

Er betrat das Wohnzimmer, in dem kein Licht brannte. Sie konnte seine hoch gewachsene, kräftige Silhouette erkennen, seinen Arzthabitus. Sie wartete auf eine alberne Frage, aber offensichtlich war er auch darüber bereits hinaus. Er setzte sich in einigem Abstand auf die Couch und sagte:

»Heute hatte ich einen Patienten, einen netten alten Mann, namens Burton Chesimard. Er kam in die Praxis, um mir mitzuteilen, dass er seinen Termin absagen wolle und nicht mehr wiederkäme. Er meinte, er sei überrascht, dass ich nicht schon genug Geld hätte, weil ich jetzt auch noch meine Stadt und meine Ortspolizei verklage. Später rief Bürgermeister Repsher an. Er sagte, er tue alles Menschenmögliche, um uns zu helfen, dennoch sei er verletzt und frustriert, weil wir ihn verklagen.«

Ellen dachte: Soll ich mich jetzt in seine Arme schmiegen und sagen, Liebling, es tut mir Leid?

»Mein Tag war auch nicht gut«, sagte sie. »Man bezichtigt mich, ein Kind belästigt zu haben, einen Patienten, dem ich die Angst vor der Dunkelheit genommen habe. Die Polizei lässt mich keine Kinder mehr behandeln.«

Kevin schaute sie an. In der zunehmenden Dämmerung sah Ellen seine Augen aufschimmern, was sie als ehrliches Mitgefühl missdeutete und näher zu ihm rückte.

Aber Kevin sagte: »Das ist sehr traurig. Ich weiß, du würdest dich nie an einem Kind vergreifen.«

Eine lange Minute wartete Ellen, ob noch mehr käme, aber als nichts geschah, dachte sie: *Ist das alles?*

Offensichtlich hatte sie den Satz laut ausgesprochen, denn Kevin antwortete ihr. »Ellen, es tut mir Leid für dich, aber wir wussten doch, dass so etwas passieren würde. Verdammt, das Ganze ist ein einziger Sumpf, und wir stecken bis über die Ohren drin. Du schlägst um dich, klagst an und bist wie besessen, und dann bist du empört, wenn es auf dich zurückfällt.«

»Kevin, das ist wirklich hilfreich.«

Er sprang auf und knallte eine Hand so heftig in die andere, dass sie zusammenzuckte. Dann schrie er auf sie hinunter: »Ich kann nichts mehr zu dir sagen!«

Auch Ellen stand auf. Noch nie hatte sie Kevin so wütend erlebt. Er hatte die Lippen zusammengekniffen, seine Nase war rot.

»Weißt du was, Kevin? Du bist ein Feigling! Du lässt mich nicht nur das alles alleine tragen – du greifst mich sogar noch an!«

»Um Himmels willen.« Kevin riss seine Autoschlüssel aus der Tasche. »Ich will hier nicht mehr mit dir sein. Ich kann deine Nähe nicht mehr ertragen. Nirgends.«

»Glaubst du, ich bin gern mit dir zusammen?«, schrie Ellen. »Wir waren beide Eltern! Wir waren Liebende! Wir hätten einander durch dieses Leid helfen sollen! Stattdessen verkriechst du dich in ein Loch und zerfleischst mich, weil ich draußen bleibe und kämpfe! Ich vermisse Kevin, meinen Mann, aber *dich will ich nicht mehr*!«

Er warf die Tür hinter sich zu. Und Ellen hörte, wie der Motor des Lexus mit Geheul ansprang.

Kevins Hände flatterten auf dem Lenkrad. Während er auf die Hansen hinausschoss, musste er ein verästeltes Stück Treibholz, den Honda von Carol Maxx und ein Paar Nachtreiher umkurven, deren runde Äuglein in seinem Scheinwerferlicht gelb aufflackerten. Vor Wut flirrte es ihm vor den Augen, die Straßenlampen verschwammen, als ob die Sommerhitze vom Asphalt hoch kochte.

Es war gefährlich, so zu fahren, aber mittlerweile war alles gefährlich.

Er merkte, wie er seine Praxis ansteuerte.

Noch immer standen einige Fahrzeuge auf dem Parkplatz vor dem Gebäude, darunter auch einige Ärzteautos. Die konnte man immer an Kleinigkeiten erkennen, die einem signalisierten: Man soll merken, dass ich Arzt bin, aber unbewusst. In Eastport fuhr niemand mit DR-Kennzeichen herum, das war viel zu auffällig. Aber an irgendeiner unauffälligen Stelle prangte immer ein Äskulapstab oder der Parkaufkleber eines Krankenhauses mit der Aufschrift: Nur für Ärzte.

Kevin parkte auf seinem Stellplatz, ging zu seiner Praxis, sperrte auf und trat ein.

Diesen Moment hatte er morgens immer geliebt: ein Tagesanfang mit Lauries munterem Gesicht und einem Terminkalender voller Leute, denen er dazu verhelfen konnte, besser zu sehen oder sich besser zu fühlen oder wenigstens bis zu ihrem Tod angenehmer zu leben. Seine Gefühle beim Öffnen dieser Tür entsprachen denen, die er täglich beim Nachhausekommen empfand: Das ist toll, ich bin ein Glückspilz.

Wie lange war es her, dass er beides nur noch mit Angst und Schrecken tat?

Er setzte sich auf Lauries gepolsterten Drehstuhl, der ganz professionell auf einem großen Stück Plastik stand, damit die Rollen nicht den Boden beschädigten. Er rutschte hinunter, bis er sich mit den Absätzen auf dem Plastik abstützen konnte.

Mittlerweile hasste er jeden Besuch in der Praxis, der ihn mit Lauries Mitleid konfrontierte und mit ihrer besorgten Miene bei jedem neuen Anruf. Inzwischen wusste er ganz genau, dass sie das Thema einfach mied. Trotzdem sprach ihr traurig-staksiger Gang Bände.

Jeder Termin glich einem russischen Roulette. Seine Patienten hatten immer leicht mit ihm reden können, aber inzwischen war dieser Schuss nach hinten losgegangen. Ungeniert machten sie seine Frau und sein Leben mies. Nie wusste er, ob das nächste alte Rindvieh, das durch seine Tür latschte, sich an seinen geliebten Danke-schön-Herr-Doktor-Tanz halten würde oder ihm mit erhobenem Zeigefinger eine von Spucke triefende Lektion erteilen würde.

Außerdem hasste er das Nachhausekommen, zurück zu dem Asphalt und dem Sand, die sich verschworen hatten, seinen Sohn zu töten … und zurück zu Ellen und ihren Duellen.

Es klopfte an der Tür, laut und scharf. Verblüfft setzte sich Kevin auf.

Ellen.

Er schoss vom Stuhl hoch, rannte zur Tür und riss sie auf.

30

Der grandiose Sonnenuntergang war längst vorbei, die Nacht hatte schlechtes Wetter gebracht, Wolken zogen in rasendem Tempo vorbei und schluckten jedes Licht.

Ellen war zu Bett gegangen, konnte aber selbstverständlich nicht schlafen.

In Erwartung eines Platzregens, der bisher ausgeblieben war, hatte sie alle Fenster geschlossen. Nun war es im Zimmer heiß. Sie kniete sich hin und schob die beiden Fenster über dem Kopfteil hoch. Salzluft strömte herein, ein willkommener Schlag ins Gesicht.

Die Konfrontation mit Kevin wirbelte ihr durch den Kopf. Sie bedauerte kein einziges Wort; das war das Entsetzliche daran.

Plötzlich fing es zu regnen an, von null auf hundert. Der Wind peitschte das Wasser gegen die Scheiben, wo es sofort wieder wegspritzte; das wilde Wetter kam ihr gerade recht, die Natur unterstrich noch die Realität.

Verdammt noch mal, wo war Kevin? Nach anfänglichem

Grübeln musste sich Ellen eingestehen, dass sie über seine Abwesenheit froh war.

Sie legte sich wieder unter die Decke. Von der Taille abwärts hatte sie Schmerzen, die sie bei jeder falschen Bewegung verrückt machten. Und offensichtlich schien sich der Schmerz nicht entscheiden zu können, welche Bewegung falsch war. Schon früher hatte sie Kreuzschmerzen gehabt und wusste daher, sie sollte aufstehen und etwas dagegen nehmen, sonst würde alles nur noch schlimmer. Trotzdem kam sie sich in ihrer Wut und ihrem Leid wie festgefroren vor und wollte nur eines: dort liegen bleiben.

Der Regen trommelte lauter herunter. Unter den Fenstern hing ein Windspiel aus Keramikfischen, die sich gegenseitig schluckten. Es machte ziemlichen Lärm. Erst langsam merkte Ellen, dass es außer dem Regen und dem Windspiel noch mehr Lärmquellen gab.

Wieder setzte sie sich auf, zuckte vor Schmerz zusammen und massierte sich mit beiden Händen den Rücken. Bei Carol und Jeff war noch Licht an, laute Stimmen ertönten, aber Ellen konnte nichts sehen.

Sie kletterte aus dem Bett, ging unter Rückenstechen hinunter und öffnete ein Wohnzimmerfenster. Jetzt konnte sie die Stimmen von Jeff und Suzanne unterscheiden. Sie befanden sich im Wohnzimmer und schrien einander an.

Der Teppich von Carol Maxx mit seiner beruhigenden meergrünen Farbe bildete eine lächerliche Kulisse zu ihrem heftigen Streit. Ellen sah, wie Vater und Tochter mit gesenkten Köpfen durchs Zimmer schossen und dabei wild mit den Armen ruderten. Carol rannte herein und versuchte dazwischenzugehen, offenbar ohne Erfolg.

Es schüttete wie verrückt. Von oben hörte Ellen einen Knall. Sie wandte sich vom Fenster ab und lief so schnell hinauf, wie es ihr Rücken erlaubte.

Der Wind hatte die Jalousie mitgerissen und dann plötzlich die Richtung geändert und sie wieder ins Zimmer gedrückt und dabei auch noch Kissen und Bettdecke durchnässt. Ellen schloss die Fenster und ging ein Handtuch holen.

Aber das Betttuch war schon viel zu nass. Sie legte die Decke auf den Boden und nahm ein frisches Leintuch aus dem Wäscheschrank. Als sie aus Liams Zimmer ein trockenes Kissen holen wollte, spürte sie, wie sie quälende Leere überfiel, aber sie zwang sich weiterzugehen. Als sie das Kissen aus dem Kinderbett fischte, traf sie der Geruch bis ins Mark. Sie ließ es fallen, als ob es der Leichnam ihres Sohnes wäre.

Wieder in ihrem Zimmer legte sie sich hin. Irgendwie war es in Ordnung, kein Kissen zu haben, denn durch die ungewohnte Lage blieb ihre Konzentration dort, wo sie hingehörte. Kevin wollte Liam vergessen, oder wenigstens seinen Tod, was letztlich auf dasselbe hinauslief. Also musste sich Ellen umso mehr daran erinnern.

Eine unbekannte laute Frauenstimme weckte Ellen. Sie glaubte zu träumen, aber dann hörte sie die Worte »Ihre Patientin« und begriff, dass jemand eine Nachricht auf ihren Anrufbeantworter sprach. Offensichtlich hatte sie das Klingeln überhört. Sie fuhr in die Höhe und griff nach dem Telefon.

»Hallo?«

»Dr. Stewart?«

»Ja.«

»Ich habe Ihnen gerade eine Nachricht aufs Band gesprochen. Ich bin Helen Breslau, Sozialarbeiterin am Norwood-Krankenhaus. Ihr Name steht auf einem Einlieferungsformular aus der Notaufnahme von letzter Nacht –«

»Wer ist die Patientin?«

»Eine gewisse Suzanne Maxx. Allerdings rufe ich sie wegen der Familie an. Die Mutter hat sie als –«

»Mrs. Breslau«, stieß Ellen zwischen den Zähnen hervor, »weswegen wurde sie behandelt?«

»Rechtsseitiges Gesichtstrauma. Bei Suzanne. Quetschungen und Schwellungen. Sie wurde heute Morgen um drei Uhr achtundvierzig in der Notaufnahme versorgt und weiter überwiesen, zur neurologischen und ophthal-, oph – dieses Wort bringe ich nie heraus. Ophtalmo –«

Ellen hätte ihr am liebsten den Hörer hingeworfen. »Was ist mit dem Mädchen genau passiert?«, fragte sie kurz angebunden.

»Nun, das ist es ja, wir sind uns nicht sicher. Der Vater wirkt extrem gewalttätig, aber obwohl zahlreiche Krankenhausleute mit dem Kind gesprochen haben, behauptet sie weiter, sie sei nur gestürzt. Ich muss gestehen, die Mutter ist verzweifelt. Deshalb habe ich Sie auch angerufen.«

Ellen zerrte während des Telefonats eine Hose und ein Baumwollhemd aus dem Schrank. »Ist die Mutter noch da?«

»Ja«, sagte die Sozialarbeiterin. »Wie Sie wissen, müssen wir Kindesmissbrauch melden. Und möglicherweise haben wir hier so einen Fall. Ich hatte gehofft, Sie könnten einige Lücken schließen.«

»Das werde ich sicher versuchen«, sagte Ellen, wobei sie ihre Autoschlüssel packte. »Ich bin gleich da.«

Als Ellen hinausfuhr, zeichnete sich über dem Wasser gerade eine orangerote Linie am Himmel ab. Nichts deutete darauf hin, dass Kevin daheim gewesen war.

Sie lief in die Eingangshalle des Krankenhauses, erkundigte sich nach Suzannes Zimmernummer und fuhr mit dem Fahrstuhl hinauf. Suzanne saß mit einem Eisbeutel auf der Wange im Bett. Bei Ellens Anblick sprang Carol auf, lief hinüber und umarmte sie.

»Danke«, sagte Carol, »danke, dass du gekommen bist. Es tut mir Leid, dass wir dich aufwecken mussten.«

»Wie geht's ihr?«

»Ganz gut, heißt es, nur Schürfwunden. Sie wollen nur sicherstellen, dass sie keine Gehirnerschütterung oder eine Augenverletzung hat.«

»Hat Jeff sie geschlagen?«, erkundigte sich Ellen flüsternd.

»Ich bin mir sicher, aber sie will's nicht zugeben. Ellen, da war so viel Blut.«

Ellen ging zu Suzanne, deren rechtes Auge völlig verschwollen war. Das Augenlid schillerte rot und blau. Ihr linkes Auge starrte ins Leere. Ein Schnitt auf ihrer Wange nässte noch immer.

»Suzanne? Hier ist Ellen Stewart. Schatz, kannst du mich ansehen?«

Das Auge drehte sich, ohne ein Ziel zu erfassen. Ellen hatte das Gefühl, als würde das Mädchen rein mechanisch reagieren.

»Suzanne, wie fühlst du dich?«

»Tut weh, aber ich bin okay.«

Ellen nahm ihre Hand. »Du wirkst sehr traurig.«

Suzanne sagte nichts.

Ellen wandte sich an Carol: »Wo ist Jeff jetzt?«

»Er war hier, dann ist er heimgegangen.«

Ellen dachte an Jeff in ihrer Praxis und daran, wie sie allmählich die Angst vor ihm verloren hatte. Und an seine scheinbar ehrliche Sorge um seine Tochter.

Sie war schon lange genug Ärztin. Eigentlich sollte sie mittlerweile einen Schlägertyp im Schafspelz erkennen können. Sie fragte: »Was hat er gesagt? Was ist passiert?«

»Nichts.« Carol stieß ein gequältes Lachen aus. »Ist das nicht überraschend?«

»Ich habe euch die ganze letzte Nacht gehört. Worüber habt ihr gestritten?«

Ellen sah, wie sich Carols Augen mit Tränen füllten. Carol setzte sich auf Suzannes Bett.

»Über etwas Blödes«, sagte Carol mit nassen Wangen. »Tun sie doch immer. Suzanne hat ein kleines Versteck in den Felsen hinter dem Strand. Jeff hatte es gefunden und wollte sie nicht mehr hingehen lassen. Das ist verrückt. Sie will doch nur ein bisschen Ruhe zum Lesen und Zeit für sich allein. Welcher junge Mensch will das nicht?«

»Warum hat Jeff etwas dagegen?«

»Weil er an Verfolgungswahn leidet. Keine Ahnung, was sie in seiner Einbildung dort machen soll. Er kann es nicht ertragen, dass sie auch nur ein Fünkchen Eigenleben hat.«

»Hör mal«, sagte Ellen, »wie wär's, wenn du Suzanne eine Minute mit mir allein lässt? Schatz, bist du einverstanden, dass deine Ma mal Luft schnappen geht?«

Suzanne blinzelte traurig und langsam. Ellen nickte Carol zu, die daraufhin hinausging.

Wieder nahm Ellen Suzannes Hand und drückte sie zärtlich, um eine Reaktion hervorzurufen. Dann nahm sie sie zwischen beide Hände und wärmte sie.

»Liebes«, begann Ellen leise, »du weißt, ich bin Ärztin, Psychotherapeutin. Es ist mein Beruf, alles anzuhören, worüber die Leute reden wollen, und es dann für mich zu behalten. Natürlich bin ich die Nachbarin von deiner Ma und von dir, aber in erster Linie bin ich Ärztin. Ich darf nichts weitersagen, was du mir erzählst, außer wenn du jemanden umgebracht hast.«

Sie wartete und betrachtete das Gesicht des Mädchens. Stumm erwiderte Suzanne ihren Blick mit dem unverletzten Auge, das inzwischen ein Ziel gefunden hatte.

»Was ist passiert, Liebes? Bitte, sag es mir.«

»Ich bin hingefallen.«

»Wo?«

»In der Küche.«

»Wie ist es zu dem Sturz gekommen?«

»Ich bin nur ausgerutscht.«

»Du hattest keinen Streit?«

»Nein.«

Sachte berührte Ellen Suzannes Augenbraue über dem verletzten Auge. »Wie ist es zu dieser Verletzung gekommen?«

»Durch einen Stuhl. Ich bin darauf gefallen.«

»Auf welchen Stuhl?«

»Am Küchentisch.«

Ellen stellte sich Carols Küche vor. »Einer von den grünen Stühlen mit dem Blattmuster?«

»Ja.«

»Die sind aber weich und rund und haben keine scharfen Kanten. Bist du sicher, dass es so passiert ist?«

»Ja.« Suzanne drehte den Kopf weg, ließ aber ihre Hand zwischen Ellens Händen.

Schon allzu oft hatte sich Ellen mit Menschen auseinander gesetzt, die eine Gewaltanwendung leugneten. Sie wusste ganz genau, dass Suzanne aller Wahrscheinlichkeit nach ihren Vater nicht preisgeben würde. Viele erwachsene Frauen mit blauen Flecken und Pflastern hatten Ellen kerzengerade ins Gesicht geschaut und behauptet, sie wären nie und nimmer geschlagen worden. Sie waren einfach zu verängstigt oder verstört gewesen, um die Sache auffliegen zu lassen. Für Menschen, die ständig geschlagen werden, hat alles Bekannte etwas Beruhigendes, auch wenn es noch so entsetzlich ist. Sie sind emotional derart aufgerieben, dass sie das Unbekannte nicht einmal anzudenken wagen.

Aber Ellen konnte nicht aufgeben, ohne vorher noch mehr nachzubohren.

Leise sagte sie: »Die Ärzte und Krankenschwestern hier vermuten, dass man dich geschlagen hat. Dazu möchte ich dir nur ein paar Dinge erzählen. Eine Menge Kinder werden geschlagen, zu viele. Das ist keinesfalls gut oder richtig. Und normalerweise haben sie Angst, es jemandem zu erzählen. Aus

Angst, dass dann etwas Schlimmes mit ihrer Familie passiert.« Ellen hielt inne. »Manchmal bringt sie die Person, die sie schlägt, auf diese Idee.«

In der Hoffnung auf einen Funken Reaktion machte sie erneut eine Pause, sah aber nichts. Suzanne schaute noch immer zur Seite.

»Hör mal, Schatz, es ist gefährlich, wenn du da bleibst, wo du bist. Menschen, die zu Gewalt neigen, hören nicht auf. Es wird nur immer schlimmer. Ich kann dir helfen, aber dazu brauche ich dein Eingeständnis, was passiert ist.«

Suzannes Blick wanderte zu Ellen zurück. Noch immer lag auf ihrem Gesicht derselbe traurige Ausdruck. Keine Tränen, keine echten Gefühle. »Ich bin hingefallen«, sagte sie.

Ellen hielt den Blickkontakt, bis Suzanne ihn abbrach und auch ihre Hand zurückzog.

Ellen sagte: »Ich weiß, du tust dein Bestes. Nur eines noch, dann lass ich dich in Ruhe. Wenn es nötig ist, komm zu mir nach Hause oder ruf mich an, bitte, versprich mir das. Oder ich komme und hole dich, egal, wo du bist. Einverstanden?«

Suzanne nickte, schaute sie aber immer noch nicht an. Ellen beugte sich vor und gab Suzanne einen Kuss auf die Stirn, dann stand sie auf und ging Carol suchen.

»Die Geschichte ist nicht einmal gut«, erklärte Ellen Carol draußen im Flur vor Suzannes Zimmer. »Sie sagt, sie sei über einen der grünen Küchenstühle gestolpert. An denen würde sie sich nie so das Gesicht verletzen. Übrigens ist es nicht unüblich, dass sich Kinder eine unsinnige Erklärung zusammenreimen. Bewusst wollen sie nicht darüber sprechen, aber im Unterbewusstsein suchen sie Hilfe.«

»Und genau die wird sie bekommen«, sagte Carol. In ihrer Stimme schwang neue Entschlossenheit mit. »Ich habe genug. Jeff fliegt raus. Das hätte ich schon früher tun sollen.«

Ellen umarmte sie. »Gut. Gut für dich.«

»Sie hätte blind werden können.« Carol trat zurück und wischte sich mit den Fingern die Augen aus. »Dieser Mistkerl, man sollte ihn in einen Käfig sperren.«

»Was hast du vor?«

»Welche Möglichkeiten gibt es? Erklär's mir noch einmal. Jetzt höre ich zu.«

Ellen sagte: »Du kannst ein Zivil- oder ein Strafverfahren einleiten lassen, das hängt davon ab, ob Jeff wegen dieses Vorfalls verhaftet wird. Wenn ja, kann man ihn zum Auszug zwingen. Allerdings wird Suzanne ihn nicht beschuldigen, und du hast die Attacke nicht gesehen, oder? Hast du denn etwas gesehen?«

»Nein«, sagte Carol. »Ich habe versucht, den Streit zu schlichten, habe aber nicht gesehen, wie er sie geschlagen hat.«

»Bist du sicher? Auch unmittelbar davor oder danach hast du nichts gesehen?«

»Nein.« Carol schaute kläglich drein. »Ich wünschte, es wäre so. Dieser verdammte Mistkerl. Er hat dafür gesorgt, dass ich nicht dabei war.«

Ellen seufzte. »Dann wird es schwierig, ihn hinauszubefördern. Wahrscheinlich wirst du Suzanne nehmen und mit ihr gemeinsam ausziehen müssen. Aber lass uns wenigstens die Polizei holen und es versuchen.«

31

»Ellen, was machen Sie hier?«, wollte Maggie Dolce wissen.

Ellen runzelte die Stirn. »Carol Maxx ist meine Patientin.«

»Aber eingeliefert wurde doch Suzanne. Sie ist fünfzehn.«

Plötzlich begriff Ellen. »Himmel, Maggie, Sie wollen doch nicht –«

»Ellen, ich dachte, wir hätten uns verstanden.« Sie standen unmittelbar vor dem Schwesternzimmer. Obwohl Maggie leise sprach, damit es keiner hören sollte, ging Ellen jedes Wort durch und durch. »Sie können keine Kinder behandeln. Jeder unter achtzehn ist ein Kind. Ich habe Sie mit Samthandschuhen angefasst, weil ich Ihnen vertraue und Sie respektiere und weil ich weiß, dass Sie eine schwere Zeit durchmachen. Aber diese Sache ist ernst. Wie Sie wissen, liegt gegen Sie eine Anzeige wegen sexueller Belästigung vor. Mit anderen Worten: *keine Kids*, ohne Wenn und Aber. Wenn Sie nicht die wären, die Sie sind, hätte man Sie ganz anders behandelt. Aber diese Höflichkeit unter Kollegen heißt nicht, dass Sie nicht genauso auf der Abschussliste stehen wie jeder andere mutmaßliche Kinderschänder.«

Ellen wurde schlecht. »Maggie, das ist grausam.«

Maggie zuckte mit den Achseln. »Anscheinend wollen Sie nicht hören.«

»Sagen Sie mir nicht so etwas. Sie wissen verdammt genau, dass ich noch nie ein Kind missbraucht habe. Wenn Sie einem missbrauchten Kind etwas Gutes tun möchten, dann sehen Sie sich Suzanne an. Sie sitzt in der klassischen Falle. Hat ein blaues Auge und Angst, es zuzugeben.«

Maggie zog einen Notizblock heraus. »Der Vater hat ihr eine geknallt?«

»Eindeutig, aber sie will es nicht eingestehen und ihre Mutter hat's nicht gesehen.«

Maggie schaute auf. »Wirklich nicht?«

»Ja. Er würde es nicht vor ihren Augen tun.«

»Welche Verletzungen?«

»Ein blaues Auge, möglicherweise ein gebrochener Wangenknochen. Die Röntgenbilder waren in Ordnung, aber sie ist so stark geschwollen, dass man einen Haarriss noch nicht ausschließen kann. Suzanne behauptet, sie wäre über einen Küchenstuhl gestürzt, aber diese Stühle sind weich gepolstert.«

Maggie klappte eine neue Seite auf. Als sie mit dem Schreiben fertig war, sagte sie: »Der Vater ist für seinen Jähzorn bekannt, allerdings war nie das Kind das Opfer. Wenn ihn keiner verpfeift, werde ich ihn vermutlich nicht unter Anklage stellen können.«

Maggies Piepser ertönte. Sie packte ihn und schaute auf das kleine Display, dann entschuldigte sie sich und ging zum Telefonieren ins Schwesternzimmer.

Allmählich machte sich bei Ellen Erschöpfung breit. Sie war schon lange genug auf den Beinen. Auf der Suche nach einem Stuhl entdeckte sie weiter hinten in der Eingangshalle drei davon in einer Nische und setzte sich so, dass sie sehen konnte, wann Maggie mit dem Telefonieren fertig war.

Die Uhr auf der gegenüberliegenden Wand zeigte zwanzig nach acht. Links neben ihr stand ein Fenster offen, frische laue Sommermorgenluft strömte in die Nische. Ellen atmete tief ein. Bei diesem Wetter war sie schon immer gerne früh draußen gewesen, zum Joggen oder zum Spazierengehen, oder sie hatte einfach mit Liam im Kinderwagen am Strand auf einem Felsen gesessen.

Sie kehrte dem Fenster den Rücken zu. Maggie hatte sie soeben entdeckt und kam auf sie zu. Aber da Ellen noch immer in ihrer Erinnerung gefangen war, merkte sie erst, als Maggie unmittelbar vor ihr stand, dass sie vor Schock ganz grau im Gesicht war. Maggie sank neben Ellen auf den Stuhl.

»Ist etwas passiert?«, fragte Ellen.

»Schlechte Nachrichten.« Maggie holte tief Luft, zog ein Taschentuch aus ihrer Jackentasche und putzte sich die Nase. »Ellen, ich erzähle Ihnen das nur ungern und es tut mir auch schrecklich Leid. Kevin ist tot.«

Ellen hörte zwar die Worte, aber nur die oberste Schicht, das Faktum. Dann legte sich zentimeterweise eine dicke weiße Decke über sie, bis sie nichts mehr hören und sehen konnte.

Als sie aufwachte, lag sie quer über dem Stuhl, mit ihrem Kopf in Maggies Schoß.

»Ellen? Brav«, sagte Maggie, als sie versuchte, sich aufzusetzen. »Sie sind ohnmächtig geworden. Kommen Sie langsam hoch, so ist's fein.«

Als Ellen endlich wieder im Stande war, gerade zu sitzen ohne benommen zu sein, stellte sie fest, dass sie weder sprechen noch fragen konnte. Wenn kein Wort mehr gesagt wurde, dann war das alles ein Irrtum, eine Lüge, ein Phantasiegebilde, mit dem sie sich selbst bestrafte.

Maggie sagte: »Ellen, wollen Sie auf die Toilette gehen? Ich helfe Ihnen.«

Sie wollte gar nichts. Sie wollte nur noch das Band zurückspulen, anhalten und die Richtung wechseln.

Um halb neun morgens rief Arthur Belljoy Dennis Chivers an. Dennis hatte ihm am Nachmittag zuvor eine Nachricht aufs Band gesprochen.

»Schön, deine Stimme zu hören«, sagte Dennis. »Ich vermisse die Pokerabende.«

»Ich auch.«

Langsam drehte Dennis seine Kaffeetasse auf dem Schreibtisch herum. Er wusste nicht so recht, wo das Gespräch hinführen sollte, und außerdem wäre er auf alle Fälle gestern Nachmittag besser dazu in der Lage gewesen. Ohne Koffein funktionierte er nur mühsam.

Er sagte: »Wie geht's, wie steht's?«

»Beschissen«, sagte Arthur.

Dennis setzte sich auf. »Möchtest du mit mir darüber reden?«

»Ja, werd ich aber trotzdem nicht.«

Dann herrschte Stille. Dennis wirbelte die Tasse noch ein paar Mal im Kreis. Schuldgefühle nagten an ihm. Vielleicht war Arthur der Babymörder und er, Dennis, verleitete ihn zu etwas, das er später bereuen würde. Andererseits konnte es sich bei dieser beschissenen Sache, von der Arthur sprach – egal, was es war –, um etwas handeln, wobei er sowieso nicht helfen konnte.

Wider besseres Wissen formulierte Dennis eine Frage: »Hast du irgendwie Bedenken, dass – dass du dich, rein rechtlich gesehen, in Gefahr bringst, wenn du mit mir über dein Problem sprichst?«

»Ja«, sagte Arthur, noch ehe Dennis ausgeredet hatte.

Sofort erkannte Dennis, wie dämlich dieser Anruf von ihm war. Welchen Sinn hatte das Ganze? Wenn er zuließ, dass sich Arthur selbst ans Messer lieferte, würde er nie wieder ohne Schuldgefühle atmen können. Was hatte er eigentlich erwartet? Ach so. Dass Arthur mit der ganzen Sache nichts zu tun hatte und Dennis dazu fröhlich den Beweis liefern würde, ohne zu begreifen, dass es sich um mehr handelte, als um einen Schwatz unter alten Kumpels. In Wirklichkeit klebte an diesem Gespräch mehr Dreck, als Dennis je vermutet hätte. Und er wollte absolut nichts mehr davon hören.

Urplötzlich war alles kein Problem mehr, denn inzwischen stand Nora Primo bei Dennis im Büro und brüllte ihn an, er solle den Hörer auflegen.

Endlich ließ sich Ellen in Kevins Praxis bringen.

Genau wie bei Liam: Blinklichter, gelbes Band, Reporter und Fernsehkameras und Dutzende von schaulustigen Gesichtern, erregte Typen mit Hunden und Kindern, die sich an fremder Leute Schrecken ergötzten. Bei diesem Anblick hätte sie sich beinahe erneut übergeben.

Die Polizei schaffte Ellen eilends ins Gebäude. In Kevins Stockwerk saß Laurie weinend auf einem Stuhl vor der Praxistür. Bei Ellens Anblick sprang sie auf.

Sie fielen sich in die Arme. Auch Ellen weinte. Eigentlich hatte sie noch gar nicht wieder aufgehört, seit sie vor einer halben Stunde damit angefangen hatte.

»Als ich hereinkam, lag er da«, flüsterte Laurie stockend Ellen ins Haar. »Auf dem Boden, neben meinem Schreibtisch. Ich dachte, er schliefe. Heißt es im Fernsehen nicht immer so? Das ist so dumm. Warum sollte Kevin hier einschlafen? Und sein Hemd war voller Blut. Wahrscheinlich wollte ich's nur nicht sehen.«

»Nein«, sagte Ellen, »ich auch nicht, ich wollte auch nichts davon hören.«

»Das Messer lag gleich daneben.« Laurie schniefte. »So ein altes Messer, wie zum Karottenputzen.«

Maggie ging mit Ellen in die Praxis. Obwohl Ellen den verrückten Impuls verspürte, die Augen zu schließen, ließ sie sie offen, ja, sie blinzelte nicht einmal. Und da lag er, ihr Mann, mit blutigem Hemd. Seine Unterwäsche schaute heraus und sein armes Gesicht war so bleich, dass sich die Bartstoppeln wie Pfefferkörner abzeichneten.

Ellen sackte zu Boden, ihre Tränen fielen auf den Teppich, sie berührte Kevins Wange. Tausende Male hatte sie ihn so geweckt: wegen eines Anrufs, um mit ihm zu schlafen, oder auch nur, weil sie seine Nähe suchte.

Sie hatte Kinder behandelt, die von Schuldgefühlen zerfressen wurden, weil sie einem ihrer Geschwister oder einem Elternteil den Tod gewünscht hatten, der dann tatsächlich eingetreten war. Sie hatte dazu beigetragen, dass Kevin sterben musste. Sie hatte ihn zornig gemacht und danach aufgebracht und verstört wegfahren lassen. Das war keine kindliche Einbildung. Sie hatte Kevin gehen lassen, ja, sie war beinahe dankbar dafür gewesen.

Ellen ließ ihre Wange auf Kevins ruhen. Sie wusste, in einer Minute würde die Polizei sie daran hindern. Schon jetzt standen sie hinter ihr und schauten argwöhnisch zu, damit sie auch ja keine Spuren verwischte.

Er roch wie Kevin, nach Kevins Haut, nach Kevins Haaren. Der Stoppelbart erinnerte sie wieder an ihre morgendlichen Liebesspiele. Hinterher hatte sie immer ihre rote Flecken im Gesicht mit einem Lächeln überschminkt.

Kevin sähe aus, als ob er schliefe, hatte Laurie gesagt. Nun verstand sie warum. Er sah nicht wie ein Toter aus, roch nicht wie ein Toter und wirkte nicht so. Er konnte es einfach nicht sein.

Als sie zu schluchzen anfing, legte man ihr nahe aufzustehen. Ihre Tränen verwischten Spuren. Zu dritt mussten sie sie hochzerren. Zuerst versuchten sie, rücksichtsvoll zu sein, aber Ellen war noch nicht so weit. Sie schlug um sich und versuchte, sich wieder hinzuknien.

Schließlich erkannte sie, dass sie nie damit fertig werden würde, und ließ sich zu einem Stuhl bringen.

Jason Landrin berührte Ellens Schulter. »Wir müssen uns noch ein wenig mit Ihnen unterhalten. Sind Sie dazu in der Lage?«

»Ja«, sagte sie und wandte sich um. Jason wirkte außer sich. Hier sah nichts normal aus. So viel Tod. So unendlich viel Tod.

Ellen sagte: »Warum sollte jemand Kevin töten? Hier ist kein Bargeld zu holen. Fehlen irgendwelche Tabletten?«

»Die Helferin sagt Nein.«

»Könnte Kevin einen Einbrecher überrascht haben?«

»Haben Sie schon Ihren Anwalt angerufen?«, fragte Jason.

»Nein.« Ihr Gehirn arbeitete unendlich langsam, wie unter einer tödlichen Schlammlawine. Jason meinte Kevins Anwalt. Da gab es nur eine unwichtige Lebensversicherung und ein paar Vermögensdetails zu regeln. Ellen sah das rosa Gesicht des Mannes und seinen silbrigen Schnurrbart und die großen, dicht am Kopf liegenden Ohren vor sich, konnte sich aber nur an den Vornamen erinnern: Wally.

Sie sagte: »Sein Familienname fällt mir nicht mehr ein. Er steht in meinem Adressbuch, im Auto.«

»Zakar«, sagte Jason, »Melvyn Zakar. Hier, nehmen Sie das.« Er hielt ihr sein Handy hin.

Ellen schüttelte den Kopf. »Unsere Testamente hat nicht Melvyn aufgesetzt.«

Jason hielt ihr noch immer das Telefon hin. Zuerst schaute sie es an, dann ihn. »Sie wollen doch nicht … Ist das Ihr Ernst? Meinen Sie wirklich, dass ich Melvyn brauche, um –«

»Ja«, sagte Jason, »nur um sicherzugehen. Bei einem Mordfall ist ein ausführliches Verhör der Ehefrau üblich. In Anwesenheit Ihres Anwalts würden Sie sich wohler fühlen.«

Ellen versuchte, seine Worte und die Tatsache zu verarbeiten, dass Jason sie nicht, wie sonst, direkt anschaute. Aber sie konnte leichter mit sich selbst ins Reine kommen als mit etwas, das mit diesem neuen unberechenbaren und unmöglichen Geschehnis zusammenhing, einem Ereignis, das nicht hätte passieren dürfen und das doch eingetreten war.

Man zog sie als Kevins Mörderin in Betracht.

32

Wie bei der ersten Konsultation nach Liams Tod brachte Melvyn Ellens Situation kurz und präzise auf den Punkt.

»Jemand hat Ihren Mann getötet«, hatte er gesagt, während er Ellen ein Kleenex nach dem anderen über sein blaues Bürosofa reichte. »Mit anderen Worten: Sie könnten diejenige sein. So muss die Polizei anfangen. Da Sie es nicht sind, sollte der Beweis nicht allzu schwierig sein.«

Jetzt saßen sie in einem scheußlichen Konferenzraum, zwei Türen von Jason Landrins Büro entfernt. Melvyn war für seinen windigen Plastikstuhl viel zu groß. Ellen saß ihm gegenüber am Tisch, Jason und Maggie jeweils am Kopfende.

Wir könnten Poker spielen, schoss es Ellen durch den Kopf, und wieder spürte sie, wie dieses krankhafte Lachen aus ihr herausdrängte. Aber genau das tun wir ja. Was für eine Idiotie.

Jason sagte: »Schildern Sie uns noch einmal den Streit, diesmal in allen Details. Beginnen Sie mit dem Zeitpunkt, als Kevin nach Hause kam.«

Ellen trank Wasser aus einem Styroporbecher.

»Zuerst«, sagte sie, »hat er mir von einem Patienten erzählt, der ihm wegen unserer Prozesse Vorwürfe gemacht hat. Der Patient hatte seiner Enttäuschung Ausdruck verliehen, dass Kevin auf das Geld angewiesen sei. Dann sagte Kevin, er habe einen Anruf von Bürgermeister Repsher erhalten, und wie enttäuscht *der* gewesen sei. Auch ich hatte einen schlechten Tag und habe ihm davon erzählt. Er sagte –«

»Stopp.« Jason beugte sich über die Tischecke zu ihr. »Sie lassen die Details aus. Was für ein schlechter Tag? Wie waren die genauen Worte?«

Ellen atmete lange aus. Der neue Schrecken hatte den schrecklichen Fall Alex Born überlagert. »Maggie hatte mich informiert, dass ich zur Zeit keine Kinder behandeln darf. Die Mutter eines Patienten hat Anzeige erstattet. Wegen ihres Sohnes. Wegen Belästigung. Das ist … so unwahr …«

Ellen hielt inne. Ihre Hände verkrampften sich in ihrem Schoß. »Der kleine Junge war ein voller Erfolg. Jetzt darf ich ihn und alle anderen Minderjährigen erst wieder sehen, wenn der Fall aufgeklärt und erledigt ist. Ich war entmutigt und gedemütigt. Kevin sagte, es täte ihm Leid für mich, aber – ich hätte mit Schikanen rechnen müssen. Er … schien mir deswegen Vorwürfe zu machen. Ich wurde wütend, habe sarkastisch reagiert. Dann meinte Kevin, er könne mit mir nicht mehr reden, und hat das Haus verlassen.«

Jason schrieb mit. »Und was dann?«

»Ja, ich bin noch eine Weile aufgeblieben und dann ins Bett gegangen. Ich hatte erwartet, Kevin käme im Laufe der Nacht zurück.«

Melvyn schaute sie aufmunternd an, was sie so interpretierte, dass sie ihre Sache gut machte. Natürlich. Sie hatte schlicht und einfach die Vorgänge wiedergegeben.

Jason fragte: »War das der übliche Ablauf, wenn Sie Streit hatten? Dass Kevin wegging und wiederkam?«

Ellen wollte schon antworten, da hielt Melvyn eine Hand hoch. »Wann hat Ellen gesagt, es hätte ›üblicherweise‹ Streit gegeben?«

Jason schaute von Ellen zu Melvyn. »Gut. Ellen, kam so etwas vor? Wie oft hatten Sie mit Kevin Streit?«

Ellen fuhr sich übers Gesicht. Es fühlte sich fettig und rau an. »Bevor unser Sohn getötet wurde, praktisch nie. Danach ein paar Mal.«

»Warum?«, fragte Jason.

Ellen schaute ihn an. »Jason, das ist keine Denksportaufgabe. Jeder 08/15-Psychologe kann Ihnen erklären, was der Tod eines Kindes für eine Ehe bedeutet.«

Jason sagte: »Nach Aussagen Dritter hatten Sie ziemlich viel Streit. Die Arzthelferin Ihres Mannes war Zeugin. Außerdem hatten Sie in der Gerichtshalle in aller Öffentlichkeit eine Auseinandersetzung. Unseres Wissens nach war Ihre unterschiedliche Einstellung zum Tod Ihres Kindes das auslösende Moment für diese Diskrepanzen.«

Melvyn Zakar beugte sich auf seinem wackeligen Stuhl vor, bis es knarzte. »Jason, worauf wollen Sie hinaus?«

»Ach, kommen Sie«, meinte Jason, »lassen Sie mich doch einfach mit ihr reden. Ich sitze ihr ja gar nicht auf den Fersen. Schauen Sie, ich hatte die Idee, dass sie Sie anrufen soll.«

»Mh-hm«, sagte Melvyn bedeutungsschwanger.

»Das ist wahr«, meinte Ellen.

»Aus reinster Nächstenliebe«, sagte Melvyn zu Jason und stand auf.

»Um Himmels willen.« Auch Jason war aufgestanden. Obwohl er Melvyn Auge in Auge gegenüberstand, ließen ihn Umfang und physische Präsenz des Anwalts auf Zwergenformat schrumpfen. »Sie werden doch nicht gehen, oder? Ich spiele mit offenen Karten. Ich habe sogar auf Sie gewartet. Ich hätte Ellen schon vor einer Stunde befragen können.«

Melvyn schaute zu Ellen hinunter. »Als Jason Ihnen sagte, Sie sollten mich anrufen, hat er sich einer Einschüchterungstaktik bedient. Er hat versucht, Ihnen Angst zu machen. Das nenne ich hinterhältig.« Er wandte sich an Jason. »Wir werden uns hinsetzen und weitermachen, aber wenn Sie noch eine krumme Tour reiten, sind wir weg.«

Das Messer stammte aus Ellens Küche. Schon beim Betreten ihres Hauses hatte sie es gewusst und den leeren Schlitz im Messerblock buchstäblich vorausgeahnt. Sie hatte keine Ahnung, ob die Polizei dort gewesen war und den leeren Platz gesehen hatte, aber er sprang einem so sehr ins Auge, dass es schon fast wieder für sie sprach.

Sie rief Jason an. Kurze Zeit später kam ein Polizist und holte den Messerblock ab, den er in ein Handtuch wickelte.

Da fiel Ellen ein, dass man für diese Aufgabe auch Pallas hätte schicken können. Wieder drohte einer jener irrwitzigen Lachanfälle, aber sie schluckte ihn hinunter, obwohl keiner da war, der es hätte hören können.

Wir wissen es nicht. In den nächsten Tagen sagte Ellen diesen Satz so oft, dass er zu einer nachgeplapperten Phrase in einer fremden Sprache erstarrte, zu der sich Lippen und Zunge ohne tiefere Bedeutung bewegten.

Kevins Mutter stieß einen schrillen Schrei aus, als Ellen es ihr erzählte. Wieder waren diese entsetzlichen Telefonanrufe zu erledigen. Laurie bot ihre Hilfe an, was Ellen dankbar annahm. Laurie kümmerte sich um die Zeitungen. Ellen lag bei weit aufgerissenen Fenstern auf dem Bett, ihrem gemeinsamen Bett, und lauschte Lauries leisem Stimmengemurmel von unten.

Sie kam sich vor wie damals bei ihrer Lebensmittelvergiftung. Nicht einmal zwischen den Toilettengängen hatte sie sich besser gefühlt. In ihren Eingeweiden tobte es. Sie weinte und stöhnte. Ihr seelischer Schmerz war so stark und die physische Qual so real, dass beides zu einem qualvollen Jammern verschmolz, das immer lauter wurde, bis Laurie zu ihr hinaufrannte.

»Ellen? Brauchen Sie einen Arzt?«

In dem Moment explodierte das krankhafte Lachen, das Ellen die letzten paar Tage hinuntergeschluckt hatte. *Ja, einen Ophthalmologen. Kennen Sie einen?* Sie lachte so laut, dass sie beinahe daran erstickte. Sie setzte sich auf, hielt sich den Bauch und stieß unter Tränen ununterbrochen schreckliche Laute aus.

Laurie stand da und starrte sie an. Geduldig wartete sie, bis sich Ellen beruhigt hatte.

Sie setzte sich aufs Bett und berührte Ellens Hand. »Es ist gut, dass Sie das tun«, sagte Laurie. »Es macht keinen Sinn, das Gift zu schlucken.«

»Danke.«

»Möchten Sie, dass ich eine Weile bei Ihnen sitzen bleibe?«

»Sie sind ein Schatz«, sagte Ellen, putzte sich mit einem Kleenex das Gesicht ab und zupfte an ihrer Bluse herum. Dann legte sie ihre Hand auf Lauries. »Ich weiß, dass auch Sie sich schrecklich fühlen.«

»Ja.«

Sie saßen auf der Decke mit dem Lilienmuster und hörten die Möwen schreien. Es war bewölkt, aber warm, eine feucht duftende Brise umströmte sie. Im Obergeschoss war das Telefon abgeschaltet, aber unten in der Küche, wo Laurie telefoniert hatte, klingelte es immer wieder.

»Sie möchten jetzt sicher nicht hören, wer alles angerufen hat, oder?«, fragte Laurie.

»Ich kann's mir denken«, sagte Ellen. Zu ihrem eigenen Erstaunen konnte sie sich unterhalten, obwohl ihr Magen noch immer brannte und sich ihr Schädel anfühlte, als hätte sie einen Monat Grippe gehabt. Die krankhafte Trauer in Kopf und Gliedern zog sie wie eine seltsame Schwerkraft nach unten, aber wenn sie Worte sagte und hörte, fühlte sie einen Zug in die Gegenrichtung. Beides vermittelte ihr einen Schimmer von Realität, an die sie sich klammern konnte.

»Hauptsächlich Beileidsbezeugungen«, sagte Laurie. »Die Zeitung ist noch nicht erschienen, aber die Leute haben es im Radio gehört. Und natürlich die Medien. Diese Frau bei den *News*, Ms. Primo. Sie möchte Sie unbedingt sehen.«

»Dessen bin ich mir sicher. Danke, dass Sie alles abgeblockt haben.«

Laurie hustete, ihre Augen wurden feucht. »Dann muss ich wenigstens nicht mehr … an ihn denken … auf dem Boden …«

»Ach, meine Liebe.« Ellen legte die Arme um sie und Laurie schluchzte in ihre Bluse.

»Alle hatten Kevin gern«, stieß Laurie hervor. »Seine Patienten – haben immer gesagt, wie viel er für sie getan hat. Dinge, wozu er nicht verpflichtet gewesen wäre. Wer würde ihn umbringen wollen?«

Ellen holte schmerzhaft tief Luft und atmete ruckartig aus. »Die Polizei hat mich in Verdacht.«

»Nein«, sagte Laurie, »das habe ich denen gesagt. Das würden Sie nie tun.«

Ellen drückte sie noch fester an sich, obwohl sie selbst zitterte.

Inzwischen wusste man, dass in Kevins Praxis nichts fehlte, kein einziger Dollar, nicht einmal ein Aspirin. Demnach gab es höchstwahrscheinlich einen Zusammenhang zwischen Kevins und Liams Tod. Pallas? Wäre Ellen die Nächste?

Unten klingelte das Telefon immer weiter, hörte auf und fing wieder an.

Auf dem Weg zum Friedhof erzählten die Leute Ellen, wie tiefsinnig die Worte des Pfarrers gewesen seien. Sie tat so, als stimmte sie zu, obwohl sie keine Ahnung hatte, was er gesagt hatte.

An jenem Abend stellte sie zu ihrem Entsetzen fest, dass sie sich von dem gesamten Tag nur noch an winzige Fragmente erinnerte: Menschen, Gesprächsfetzen, grausamen Schmerz.

Hoffentlich hatte sie sich genug im Griff gehabt, um Barbara Stewart eine Stütze zu sein. Arme Barbara, Enkel und Sohn tot.

Sie konnte sich wirklich nicht erinnern.

33

Nach Aussagen von Belljoy und Pallas sind beide zu Hause gewesen und haben geschlafen«, erzählte Maggie Dolce Jason. »Keine Beweise. Auch Belljoys Sohn hat geschlafen und Peter lebt natürlich allein. Manchmal.«

»Du bist kein Fan von ihm«, meinte Jason.

Maggie zuckte die Achseln.

»Mir kannst du's ruhig sagen.«

Hungrig beäugte sie eine offene Schachtel mit Bess-Eaton-

Doughnuts auf Jasons Computertisch. Nur zu gern hätte sie einen gegessen, war sich aber gleichzeitig bewusst, dass sie dann ein schlechtes Gewissen und einen zu hohen Blutzuckerspiegel hätte. Und derzeit brauchte sie ihre ganze Energie, denn dieser Fall entwickelte sich zu einem Monolithen, der alle anderen Ermittlungen verdrängte.

»Ich gehe ihm nicht aus dem Weg«, sagte Maggie, »ich finde nur, dass nicht besonders viel Tolles hinter ihm steckt.«

Jason brach ein Drittel eines Doughnuts mit Vanillecreme ab. Durch intensives Studium des Spritzlochs hatte er es geschafft, den Teil mit der meisten Füllung zu erwischen. Zuvor hatte er dasselbe bei einem Marmeladendoughnut mit Puderzucker gemacht, dessen klägliche Reste in die Schachtel tropften.

Maggie musterte das Diagramm an der Wand, das, dank der Arthur-Belljoy-Daten, inzwischen detaillierte Farben und Notizen aufwies. Ungesicherte Daten. Fragen.

»Würde es dich stören, wenn Peter kein Polizist wäre?«, wollte er von Maggie wissen.

»Ja, aber weil er einer ist, stört's mich noch mehr. Diese hohle aufgeblasene Karikatur von einem Polizisten. Niemand stellt sich gern den Klischeevorstellungen seines Berufs.«

»Und Belljoy?«, fragte Jason.

Maggie schaute auf. »Soweit ich weiß, ist er ein guter Kerl, nett und ein bisschen traurig.«

»Also, wen ziehst du im Fall des Doktors vor?«

»Bleiben mir denn nur die beiden?«

»Nein.«

Maggie kam zum Schreibtisch und setzte sich auf Jasons zweiten Stuhl.

»Arthur passt mir dafür nicht, ganz und gar nicht. Frag nicht, warum. Peter vielleicht, und logischerweise eventuell auch Ellen. Das Messer…«

»Tja«, sagte Jason. »Aber warum sollten wir's dabei belassen?«

»Richtig.« Nach einem zweiten langen Blick auf die Bess-Eaton-Schachtel brach Maggie einen halben Weizendoughnut mit Hagelzucker ab. Der Zucker war das Beste; er fühlte sich so schön körnig zwischen den Fingern an.

»Andererseits hat Ellen ganz allein einen Krieg geführt, während sich ihr Mann ziemlich gedrückt hat«, fuhr Maggie fort. »Ich kannte Kevin nicht gut, aber irgendwie wirkte er kalt. Ganz anders als Ellen. Sie hat alle Hebel in Bewegung gesetzt und versucht, den Mörder ihres Kindes festzunageln, während Kevin im Grunde gesagt hat: Nein, danke, für mich keine Rache. Bei Ellen gab es überreichlich Grund für einen emotionalen Zusammenbruch. Schon möglich, dass sich der Druck so lange aufgestaut hat, bis Kevin zum Feind wurde.«

Jason schaute zu, wie Maggie den Zucker von den Fingern schleckte, wie eine Katze, die sich das Gesicht putzt. »Also denkst du, dass sie es war?«

»Möglich.«

Jason hieb auf den Tisch, dass die Brösel nur so hüpften. »Lass den Mist. Was denkst du *wirklich*?«

»Du lässt mich das dann nicht büßen?«

»Nö, ganz *entre nous.*«

»Mein Gefühl sagt Pallas«, sagte Maggie und knabberte das letzte Zuckerkörnchen unter einem Fingernagel heraus. »Das Küchenmesser der Stewarts, direkt am Tatort … Meiner Ansicht nach steckt Peter hinter einer Menge Dinge, die Ellen passieren. Ich glaube, dass sie ihn ehrlich für den Mörder ihres Kindes hält, genauso wie sie für mich persönlich nicht als Mörderin ihres Mannes in Frage kommt.«

Einmal hatte er ein Gleitmittel mit Geschmack gekauft und sie musste es ablecken, obwohl sie den künstlichen Geschmack nicht leiden konnte. Aber er forderte sie nachdrücklich dazu auf, und sie tat es.

Vielleicht hatte sie sich anschließend übergeben müssen, das wusste er nicht so genau. Sie war eine ganze Weile im Bad gewesen.

Damit war das Thema erotisches Spielzeug ein für alle Mal erledigt. Was er tat und mit wem, war schon erregend genug.

Arthur Belljoy saß auf der rückwärtigen Terrasse seines Hauses in Norwood. Es war stockfinstere Nacht, kein Mond, keine Sterne, nur eine schwere warme Brise. Beim Zigarettenanzünden musste er die Hand ums Feuerzeug legen.

Im Hibachi glühten die Reste eines Holzkohlefeuers. Er hatte für sich und Eric Minutensteaks gegrillt, dazu gedämpften Brokkoli und eine Riesenschüssel Salat mit Äpfeln und Cheddarwürfeln.

Wo er konnte, stopfte er Eric mit versteckten Vitaminen voll, obwohl es eigentlich keinen Unterschied machte. Eric war zwar nicht so ausgemergelt wie die meisten Junkies, trotzdem konnte sich Arthur nicht länger vorgaukeln, dass er kein Gewicht verlor.

Nun hatte Arthur erfahren, dass in drei Monaten in Maple Hill ein Bett frei würde. Bei der ersten Anmeldung hatte er gedacht, der Zustand des Jungen würde stabil bleiben, wenn es ihm bis dahin gelänge, ihn zu Hause von allen Schwierigkeiten fern zu halten und mit sauberem Stoff und Nadeln zu versorgen.

Aber inzwischen war er sich immer weniger sicher.

Nach dem letzten Zug lehnte sich Arthur unruhig in den Korbstuhl zurück und strich mit der rechten Zehe über die Holzbohlen.

Erstens sah Eric nicht gut aus und obendrein schien auch sein letztes Fünkchen Entschlusskraft geschwunden zu sein.

Eric redete nicht mehr hoffnungsvoll von Maple Hill. Mit Ausnahme der kläglichen Dankesworte, wenn Arthur seine Bedürfnisse erfüllte, sagte er zeitweise gar nichts mehr, sondern lag nur auf dem Sofa und starrte in den Fernseher.

Inzwischen war es Arthur ziemlich egal, was mit ihm selbst geschah, mit einer Ausnahme: Eric sollte möglichst in Maple Hill versorgt sein, auch wenn das vielleicht wenig nützen würde. Leider befand sich Arthur nicht in der Position, andere Alternativen erwägen zu können. Wer, wie sie, kein Geld hatte, für den blieb als einziger Ausweg Maple Hill. Trotzdem schien es, als fände man dort jedes Mal, wenn der Zeitpunkt der Einlieferung näher rückte, einen Grund, sie auf Platz 19 der Warteliste zurückzuschubsen, zu Gunsten eines zahlungskräftigen jungen Schnösels. Während Eric hier auf seiner eigenen Couch langsam verreckte, hüpfte alle paar Wochen irgendein kleiner Fixer, dessen Eltern für ihn bürgten, in das Bett, das Arthurs einzige Hoffnung für das Überleben seines Kindes darstellte.

Als Arthur von drinnen ein Geräusch hörte, lief er hinein, um nach Eric zu sehen, so wie damals, wenn es in der Schreibtischschublade rumorte, die dem Kleinen als Babybett gedient hatte. Aber Eric schnarchte nur im Schlaf. Er versuchte, trotz seiner ständig verstopften Nase, Luft zu bekommen, einer der Flüche der Süchtigen.

Arthur betrachtete ihn. Seine Haare waren dünner geworden, nicht die Menge, aber die Struktur. Die Strähnen, die Eric ins Gesicht fielen, waren seidig und fast durchsichtig. Dank des Essens hatte er momentan eine überraschend rosige Gesichtsfarbe. Wie oft hatte Arthur dieses Phänomen schon gesehen und mit Herzklopfen als Zeichen der Besserung gedeutet, ehe er begriffen hatte, dass es sich dabei lediglich um eine vorübergehende Reaktion auf den Verdauungsprozess handelte?

Er beobachtete Eric noch ein paar Minuten. Eine Hand lag

auf der Couch, die andere hing zu Boden. Sachte hob Arthur sie hoch und legte sie Eric auf den Bauch, aber sie fiel wieder hinunter.

Er ging auf die Terrasse zurück und lehnte sich an die Balustrade.

Als Eric noch klein war, hatte Arthur jahrelang von einem Haus mit Terrasse und Blick aufs Wasser geträumt, egal, welches Wasser, sogar ein Teich hätte genügt. Er hatte sich ausgemalt, was er Eric über Gänse und Schwäne beibringen würde, hatte ein Pop-up-Buch über das Leben im Wasser gekauft, mit ausklappbaren Salamandern und Kaulquappen, und im Schrank in einem Kopfkissenbezug aufbewahrt.

Aber Eric war aus dem Bilderbuchalter herausgewachsen, ohne dass die Terrasse am Wasser Realität geworden war. Als Arthur versuchte, das Geld dafür zusammenzukratzen, war Eric längst zum kostspieligen Problemfall geworden.

Die Hoffnung auf einen Teich war einfacheren Hoffnungen gewichen, hoffnungslosen Hoffnungen.

Zu guter Letzt konnte Arthur für Eric nur noch eines tun: den Stoff beschaffen, kochen und so oft mit Maple Hill telefonieren, dass man dort praktisch auflegte, wenn man seine Stimme hörte.

Er zündete sich eine neue Zigarette an. Die Brise drückte ihm den Rauch ins Gesicht. Sein rechtes Auge begann zu tränen.

Inzwischen sah Arthur eines immer klarer: Egal, was er sich für Eric wünschte, er würde es nicht schaffen. Noch vor Ablauf der drei Monate wäre alles vorbei. Vermutlich war die zweifache Mordanklage gegen Arthur schon in Arbeit.

Das Verhör war fair verlaufen, aber Arthur hatte einfach nicht seinen Teil dazu beitragen können. Er machte ihnen keinen Vorwurf, dass es ihnen nicht gefallen hatte, als er die Wahrheit nicht preisgeben wollte. An Jasons Stelle würde er dasselbe empfinden.

Arthur drückte die Zigarette in dem Sandeimer mit der Aufschrift »Kippen« aus. Sein Auge tränte noch immer, nein, beide Augen. Seit kurzem geschah das öfter. Er merkte, wie er weinte, ohne dass er bewusst damit angefangen hätte. Geräuschlos, ohne jedes Schniefen, nur Tränen, die einfach herunterliefen.

Er wusste nicht, was Jason in der Hand hatte. Jeden Moment konnte die Anklage eintreffen, und dann Verhaftung und Untersuchungshaft, ohne Chance auf Kaution… Unterdessen wurde Eric immer abhängiger und kränker, bis er schließlich halluzinierte und an Erbrochenem erstickte.

Vielleicht sollte er sich noch eine letzte Zigarette anzünden, ehe er seine Dienstwaffe holen ging, aber es war sinnlos. Er würde sich auch kein Bier mehr holen. Ein einziges könnte genügen, um der hoffnungslosen Agonie ein wenig von ihrer rabenschwarzen Schärfe zu nehmen, die es ihm ermöglichte, jetzt tatsächlich einen Doppelmord zu begehen.

Drei Nachbarn hatten die Schüsse gehört und 911 angerufen. Zwei Polizeifahrzeuge kamen, in einem saß Peter Pallas, der keine Ahnung hatte, um welches Haus es ging, bis er über den Leichen von Arthur und Eric stand.

Schon immer hatte Pallas den Geruch von Blut gehasst. Diesmal wurde ihm schlecht. Als das Team von der Spurensicherung eintraf, musste er ins Freie, um Luft zu schnappen. Mit Mühe konnte er verhindern, dass er erbrach, trotzdem hatte er Magenschmerzen und eine brennende Kehle und musste sich ins feuchte Gras setzen.

Verstohlen schaute er zu dem hell erleuchteten Wohnzimmer zurück, wo das Team seiner Arbeit nachging. Aus allen Häuschen in der Straße waren Leute gekommen, die nun herumstanden und sich leise unterhielten oder einfach nur zuschauten. Gott sei Dank war er hinter einer Lorbeerkirsche außer Sichtweite.

Zu allem anderen, was Ellen Stewart getan hatte, hatte sie nun auch den Tod eines Polizisten und seines Sohnes verschuldet. Pallas wünschte sich, er hätte noch immer Ellens Messer. Mit dem größten Vergnügen würde er es gegen sie richten.

Aber er hatte das gestohlene Stück nicht mehr. Und außerdem hatte er inzwischen mit Ellen weitaus Besseres vor, und dafür brauchte er sie lebend. Herumgehen und reden sollte sie.

34

Ellen saß mit den *News* am Küchentisch. Arthur Belljoy und sein Sohn waren einzeln abgebildet, jeder mit einem gestellten Schulabschlussfoto. Dazu ein Bild von beiden mit Baseballhandschuhen und Coladosen. Weinend hielt sie die Hand vor den Mund.

Erin Candia rief an. Als Ellen ihre Stimme hörte, nahm sie ab. »Erin?«

»Hallo, Ellen, haben Sie die Zeitung gelesen?«

»Ich bin noch dabei. Das ist ja entsetzlich.«

»Ellen, Arthur Belljoy war der andere Officer, den die Polizei als Fahrer des Wagens in Verdacht hatte, mit dem Liam überfahren wurde.«

»Was?«, rief Ellen, rieb sich die Augen und versuchte, klar zu sehen. Ein nasser Schleier hinderte sie daran.

Erin fuhr fort: »Es liefen Ermittlungen, ob noch ein anderer Streifenwagen in Frage käme. Die Aussagen von Officer Belljoy bezüglich seines Aufenthalts während der Unfallzeit passten nicht. Jason Landrin und seine Leute waren der Sache auf der Spur, als sich Arthur erschossen hat.«

Ellen versuchte, den Schleier wegzublinzeln. »Wollen Sie

damit sagen, Officer Belljoy hätte Liam überfahren und nicht Pallas?«

»Nein«, sagte Erin. »Ich sage nur, dass dies erneut ein Fall sein könnte, wo die Dinge anders liegen, als sie aussehen. Denn ich muss Ihnen noch etwas erzählen – Oh, bleiben Sie dran, Mel möchte es Ihnen persönlich sagen.«

»Ellen?«, tönte Melvyn Zakars Samtstimme. »Die jüngste Ausgabe der polizeilichen Untersuchungsprotokolle enthält ein beunruhigendes Verhör.«

»Und das wäre?«, Ellen hatte ein unsicheres Gefühl, als ob sie sich mit einem Priester im Beichtstuhl unterhielte. Sie konnte ihn nicht sehen, während er alle Trümpfe in der Hand hatte.

»Ein gewisser Diego Montanaldo vom Sicherheitsdienst behauptet, Ihr Lexus hätte in der Nacht, in der Kevin getötet wurde, vor seinem Praxisgebäude geparkt.«

Ellen schnappte nach Luft. »Das ist unmöglich. Ich war hier. Genau wie mein Auto. Die ganze Nacht.«

»Ich glaube Ihnen.«

Warum musst du mir das sagen? Wen versuchst du zu überzeugen?, dachte Ellen.

»Unglücklicherweise«, fuhr Melvyn fort, »könnte dies alles gegen uns arbeiten. Der Selbstmord von Officer Belljoy entlastet Peter Pallas als Schuldigen am Tod Ihres Sohnes. Außerdem muss ich Ihnen wohl nicht sagen, welchen Eindruck es erweckt, wenn Ihr Auto an dem Ort steht, wo Ihr Mann mit Ihrem Messer ermordet wurde.«

Ellen hatte das Gefühl, als würde ihr der Tee, den sie mühsam zum Frühstück getrunken hatte, ein Loch in den Bauch brennen. »Gerade haben Sie gesagt, Sie glauben mir.«

Melvyn seufzte. Ellen hörte es wie einen nassen Schwall durchs Telefon rauschen. »Das tue ich. Außerdem ist es höchst auffällig, dass dieser Wächter offensichtlich wieder in der Dominikanischen Republik und für weitere Fragen nicht auffindbar ist. Allerdings ist es eine andere Sache, den Staatsanwalt dazu zu bringen, uns zu glauben. Bisher habe ich alles getan, damit gegen Pallas Anklage erhoben wird. Nun befürchte ich, dass man Sie anklagen wird. Außerdem möchte ich nicht, dass Sie weiterhin dort unten in Sandpiper allein sind. Sollte Liams Mörder auch Kevin ermordet haben, egal wer es ist… dann sind Sie nicht sicher.«

Peter Pallas saß im Streifenwagen an einem seiner Lieblingsplätze, auf dem Parkplatz der Bücherei. Nur zu gerne hätte er mit angehört, wie sich die Situation für Ellen immer weiter zuspitzte. Schon der Gedanke daran erregte ihn.

Der Mann vom Wachdienst war ziemlich teuer gewesen, aber noch nie in seinem Leben hatte er einen besseren Kauf getätigt.

Peter hatte nur einen einzigen Wunsch: zu sehen, wie Ellen wegen Mordes an ihrem Ehemann verurteilt wurde.

Im Radio war es ruhig. Seine Schicht dauerte noch zwei Stunden, danach sollte er sich mit dem Polizeianwalt Emmanuel Raiz treffen, den man ihm als Pflichtverteidiger zugewiesen hatte. Eine gute Zeit zum Nachdenken.

Es waren noch einige Vorarbeiten zu leisten. Auch wenn er konkret nicht ganz sicher war, riet ihm sein Instinkt, dass Ellen ein bisschen zu viel Unterstützung hatte. Die musste er ein wenig untergraben.

Ganz bewusst hatte Peter für seinen Termin mit Raiz weder Anzug noch Krawatte zum Umziehen mitgebracht. Wenn er lässig gekleidet erschien, war das eine wichtige Aussage. Damit betonte er gleichzeitig, wie sicher er seiner Sache war, und dass er die ganze Angelegenheit gar nicht so ernst nahm.

Raiz brachte Peter in ein großes Büro mit einem strapazierfähigen Noppenteppich, in dem es nach dem Toilettenwasser des Anwalts roch, ein viel zu blumiger Duft. Peter hatte mit einer schmierigen dunkelhaarigen Person gerechnet, stattdessen entpuppte sich Raiz als schlanker Blonder mit einem schmalen Schnurrbart, der genau zu seiner Haarfarbe passte.

Sie unterhielten sich eine Weile über den Unfall mit dem Jungen, das heißt, hauptsächlich führte Raiz das Wort. Peter hörte sich die Faktenlitanei an und ließ sich versichern, dass sich Ellen Stewarts Behauptungen auf nichts Konkretes stützen könnten.

Als er sich schon entspannt in Sicherheit wiegen wollte, sagte Raiz: »Officer, ich habe den Eindruck, dass Sie ein Draufgängertyp sind. In dieser Situation geht das nicht, nicht wenn Sie die Unterstützung des Präsidiums wollen. Sie dürfen Ihrerseits keinerlei … *Schachzüge* … einsetzen, um Ihre Unschuldsposition zu verbessern. Keinerlei Beweismanipulation.«

Peter stand auf und musterte diesen kleinen blonden Wurm von einem Anwalt von oben herab. »So etwas lasse ich mir nicht von Ihnen sagen.«

Raiz blieb sitzen. »Benehmen Sie sich nicht wie ein Trottel. Sie sind sehr gut, aber nicht so gut, wie Sie glauben. Halten Sie diese Cowboymentalität im Zaum, sonst könnte es sein, dass Ihnen im Handumdrehen der Arsch auf Grundeis geht.«

Pallas schlug mit der Hand auf den Schreibtisch. »Das höre ich mir nicht an.« Er drehte sich um und wollte gehen.

»Schön«, sagte Raiz, »das ist Ihre Entscheidung. Gehen Sie raus und holen Sie sich einen Anwalt nach Ihren Wünschen. Natürlich wird Sie das 25 000 Dollar Vorschuss kosten, der gegen einen Stundensatz von vierhundert Dollar verrechnet wird.«

Mit zusammengebissenen Zähnen verließ Peter das Anwaltsbüro, er kochte vor Wut. Am liebsten hätte er etwas oder jemanden an die Wand geworfen.

Er ließ sein Auto auf dem Parkplatz des Bürogebäudes stehen und ging zu Fuß in eine Kneipe, die einen halben Block vom Fluss weg lag. Er trat hinein, holte sich einen Krug dunkles Bier und trug es zu einer Bank mit Blick aufs Wasser.

In einem Zug kippte er die erste Hälfte und ließ den Alkohol voll auf sich wirken. Seine Gedanken gingen zu dem Wurm zurück, der wirklich ein Wurm war und sonst nichts. Wenn er nur einen Bruchteil von Pallas hätte, von seiner Klugheit, seinem Mumm, seiner Kraft oder seinem Aussehen, müsste sich dieser Schwächling nicht hinter seinem Anwaltstitel verstecken und Männern wie Peter, die ihm vermutlich zeit ihres Lebens in jeder Hinsicht überlegen wären, sagen, wo es lang ging und was sie tun sollten.

Allmählich spürte Peter, wie seine inneren Qualitäten den Ärger aufsaugten.

Er wusste, was er als Nächstes tun würde. Eigentlich hatte ihn diese Begegnung bestens darauf vorbereitet. Jetzt war seine Motivation noch stärker.

Peter wusste, wo Erin Candia wohnte, denn er versuchte immer, möglichst viel über alles in seiner Umgebung in Erfahrung zu bringen.

In ihrer Eigentumswohnanlage herrschte reger Betrieb, die Leute kamen von der Arbeit oder von Besorgungen nach Hause. Er kannte ihr Auto und mindestens eines aus der Nachbarschaft, das sie benutzte. Vermutlich gab es noch mehr davon. Ihr Wagen stand nicht auf dem Parkplatz.

Er stieg aus und ging zu dem Rundbogen am Eingang, hinter dem zwei Wohnungstüren abgingen. An der einen hing ein Blumenkranz, sie gehörte Candia. Er klingelte bei ihr. Nichts.

Wieder saß er zwanzig Minuten im Auto, bis er endlich belohnt wurde. Soeben bog der VW Golf ein und heraus stieg Candia, eine elegante junge Frau mit seidigen roten Haaren.

Vom Rücksitz holte sie eine Aktentasche und etwas, das wie eine Kühlbox aussah, und ging zu ihrer Tür.

Pallas ließ ihr fünfzehn Minuten Zeit zum Eingewöhnen, dann klingelte er.

Erin holte ein Weinglas aus dem Kühlschrank, schenkte sich einen Pinot Grigio ein und nahm ihn mit ins Wohnzimmer, wo sie die Nachrichten einschaltete.

Tom Brokaw wurde von Erins Klingel unterbrochen. Sie schaute durch ihren Türspion. Draußen stand Peter Pallas.

Sie schlich in die Küche, nahm ihren Revolver aus der Aktentasche und schob ihn in die Rocktasche. Dann öffnete sie die Tür.

»Entschuldigen Sie die Störung«, sagte Pallas. »Könnte ich eine Sekunde reinkommen?«

Erin blieb, wo sie war. »Was wollen Sie denn?«

»Schauen Sie, hier geht es nicht nur um rein Berufliches.« Zu ihrer Überraschung wurde er rot. »Arthur Belljoy war ein prächtiger Bursche. Ich hatte ihn sehr gern. Ich war als Erster am Tatort in seinem Haus, ohne zu wissen, dass es sich um ihn handelte.«

Peter hielt inne und holte Luft. Als er weitersprach, klang seine Stimme belegt. »Immer wieder gehe ich Wort für Wort jedes unserer Gespräche aus den letzten Wochen durch. Als erfahrener Polizist hätte ich nie und nimmer die Anzeichen missachten dürfen, dass jemand an Selbstmord denkt, an einen Mord mit Selbstmord. Das macht mich schier verrückt. Ich habe gehört – ich habe gehört, Sie arbeiten an einem Fall, der Arthur betrifft.«

Prüfend starrte Erin Pallas an, genau in die Augen. Sie hatten einen rosa Schimmer.

»Kommen Sie rein«, sagte sie.

Der Bericht der *News* über den Belljoy-Mord mit Selbstmord hing bei Dennis so an der Wand, dass er ihn ständig anschauen musste.

Immer wieder wünschte er, er könnte zum entscheidenden Punkt bei Arthur zurückspulen und voll einsteigen, statt sich zu drücken.

Außerdem deprimierte ihn die Geschichte mit den Stewarts: das Kind tot, der Mann tot, und Ellen am seidenen Faden über der Schlangengrube…

»Ich weiß, was Sie denken«, sagte Nora.

Er hatte sie nicht herüberkommen hören. Er drehte den Fotos von Arthur und Eric den Rücken zu. Sein Gesicht war nass. »Nein, das tun Sie nicht.«

»Können Sie's mir erzählen?«

Dennis atmete durch seine verschleimte Luftröhre ein. Es tat weh. »Ich hätte Arthur davon abhalten können, vielleicht. Wenigstens hätte ich's versuchen sollen, aber ich hab's nicht getan.«

»Und warum nicht?«

Dennis schwieg, da ihm klar wurde, dass er eine Art Trost erwartet hatte und keine Frage.

Nora beugte sich näher zu ihm. »Hatten Sie Bedenken, dass sich Arthur umbringen könnte?«

»Nein.« Dennis nahm ein Taschentuch, putzte sich die Nase und versuchte, sich an den genauen Grund zu erinnern, warum er sich von Arthur zurückgezogen hatte.

Er sagte: »Ich hatte nicht gedacht, dass Arthur irgendeinem etwas zu Leide tun könnte. Ich hatte nur Angst, er würde sich bei mir in die Scheiße reiten, indem er etwas sagt, was ich nicht wissen sollte.«

»Also haben Sie Arthur *geschützt*.«

»Das dachte ich. So ähnlich lautete sogar meine Frage: Ob er sich Sorgen mache, weil er sich bei mir in juristischer Hinsicht kompromittieren könnte. Er sagte, so sei es. Das kam sogar ziemlich schnell.«

»Ich will ja nicht den Weisen spielen«, sagte Nora, während sie wieder in ihr Büro ging und eine Schublade aufzog, »aber jeder Versuch, Menschen zu behüten, ist ein äußerst gefährliches Unterfangen. Gerade wenn du denkst, du hättest die Person fest im Griff, öffnet sich der Boden unter ihren Füßen und verschluckt sie. Und du stehst da. Denken Sie an Ellen Stewart.«

Sie kam wieder zu Dennis zurück, mit einem großen Schokoriegel in der Hand, und meinte:

»Wir können jetzt nicht zu trinken anfangen, sonst hören wir nie wieder auf. Gönnen wir uns das hier.«

Dennis rieb sich die Augen und schob seinen Stuhl zu ihr hinüber. »Für mich tut's das auch.«

35

Suzanne Maxx drehte die Musik so laut, dass sie über die Kopfhörer direkt ins Zentrum ihres Gehirns dröhnte. Davon tat ihr Gesicht noch mehr weh, aber dieser Schmerz ließ sich leichter ertragen als der seelische.

Auch ohne gebrochenen Knochen sah ihr Auge noch immer hässlich aus. Der weiße Augapfel war blutunterlaufen. Da sie ständig danach gefragt wurde, versuchte sie, es geschlossen zu halten.

Es war kurz vor dem Abendessen. Ihrer Mutter hatte sie schon erklärt, sie hätte keinen Hunger, obwohl sie in Wirklichkeit völlig ausgehungert war. Aber nicht im Zentrum der Auseinandersetzungen zu stehen, das war schon ein Magenknurren wert.

Aus den *News* hatte Suzanne alles über den stadtbekannten Polizisten erfahren, der sich und seinen Sohn erschossen hatte. Die Leute behaupteten, der Sohn sei süchtig gewesen. Und was war mit Dr. Stewart? War das vielleicht auch ein Selbstmord gewesen? Schwer vorstellbar, dass sich jemand selbst ersticht.

Abby, die auf dem Bett lag, beobachtete Suzanne aus traurigen Augen. Vermutlich setzte ihr die dröhnende Musik zu. Suzanne nahm die Fernbedienung und drehte leiser.

Sie legte sich neben den Hund und kuschelte sich an ihn.

Einen Selbstmord mit einem Gewehr konnte sie sich dagegen gut vorstellen: Ein Schuss, und – auf Wiedersehen. Vor wenigen Wochen hatte sie sich das einmal ausgemalt, als sie beobachtet hatte, wie ihr Vater hinter der Wanduhr in der Diele einen Schlüssel hervorgeholt und dann eine Schublade in seinem Nachttisch aufgesperrt hatte. Sie hatte den Inhalt der Schublade gesehen: zwei Pistolen. Sie könnte sich den Schlüssel holen und eine nehmen.

Sie drückte Abby fest an sich.

Es war die Tageszeit, die Ellen mit Kevin und Liam so geliebt hatte: die Stunde, in der die Farben auf dem Wasser tanzten und die Möwen ihre letzten Tauchflüge machten. Nach Liams Tod hatte sie es vermieden, in der Dämmerung draußen zu sitzen, aber nun verspürte sie einen inneren Drang dazu. Vielleicht war Kevin irgendwo draußen im Äther, vielleicht konnte sie ihn wissen lassen, wie sehr sie unter seinem Tod litt. Denn irgendwie war sie schuld daran, egal, wie es sich tatsächlich abgespielt hatte.

Der Sand unter ihr fühlte sich feucht und klamm an. Sie hatte weder Liegestuhl noch Decke mitgenommen. Mit dreizehn war sie in Massachusetts ohne Mantel im schneidenden Wind zur Schule gegangen, wenn sie etwas falsch gemacht oder jemanden enttäuscht hatte.

Als sie es hinter sich knirschen hörte, drehte sie sich um. Jeff Maxx kam über den Sand auf sie zu, seine breitschultrige Silhouette zeichnete sich vor dem purpurgrauen Licht ab.

Instinktiv stand Ellen auf. »Jeff, was gibt's?«

»Ihre Wasserleitung außen am Haus ist leck.«

»Was?«

»Ich zeig's Ihnen.« Er machte kehrt und steuerte auf ihr Haus zu. Ellen zögerte. Möglicherweise war das nur eine Ausrede, um sie erneut zu manipulieren. Vielleicht wollte er ihr auch etwas antun.

Es war ihr beinahe schon egal. Nach einer Minute folgte sie ihm.

Er ging vor ihr her zu der Hausseite, an der sich der Außenhahn befand. Aus einem Loch in einem gebogenen Rohrstück strömte laufend Wasser in die vernachlässigten Blumenbeete.

Ellen legte die Arme um sich. Jetzt würde Jeff anbieten, es zu richten, und sie müsste ihn gewähren lassen und stünde dann in seiner Schuld.

Oder sie könnte es selbst erledigen. Wie schwierig wäre das wohl? Den Absperrhahn suchen, zudrehen, etwas Isolierband herumwickeln und am Morgen einen Installateur anrufen.

»Danke, dass Sie mir Bescheid gesagt haben«, sagte Ellen, drehte sich abrupt um und ging durch die rückwärtige Tür in die Küche und von dort aus die Kellertreppe hinunter.

Jeff folgte ihr nach drinnen. Sie hörte, wie die Gittertür zuklappte. Plötzlich quoll Todesangst in ihr auf, ihre Arme und Beine wurden schwach. Sie hielt sich am Heißwasserboiler fest und trat dahinter.

Wie konnte sie nur Jeff im Zusammenhang mit Kevins Tod außer Acht lassen? Wie hatte sie nur so dumm sein können? Jeff, den Gewalttätigen, den Rachsüchtigen mit seinem Jähzorn und seinem Gewehr … Er hätte ohne weiteres das Messer aus ihrer Küche entwenden können. Alles nur Täuschung.

Und jetzt kletterte derselbe Mann, der seiner Tochter das Gesicht zerschlagen hatte und ebenso gut Ellens Mann ermordet haben konnte, auf der Kellertreppe hinter ihr her. Und der einzige Weg ins Freie lag hinter ihm.

Obwohl der Landrover dastand, konnte Carol Jeff nirgendwo im Haus hören. Das tat er manchmal, nur um sie abzuschütteln. Dann ließ er sie in dem Glauben, er sei fort, während er sie insgeheim beobachtete und belauschte.

Sie ging durchs Wohnzimmer und räumte auf, holte den Staubsauger und saugte ein wenig Schmutz weg, den Jeffs oder Suzannes Schuhe hinterlassen hatten. Noch immer hörte sie ihn nicht.

Suzanne war in ihrem Zimmer und kam sicher nicht heraus. Unter diesen Umständen war es am besten, sie allein zu lassen.

Carol sank auf die Couch, verschränkte die Arme und überlegte, was sie nun tun sollte. Verflixt noch mal.

Jeff stieß einen gellenden Schrei aus. Ellen sprang zurück und presste sich in den Winkel zwischen Wasserboiler und Wand. »Kommen Sie ja nicht näher!«

»Wo sind Sie?«

»Jeff! Bleiben Sie dort! Gehen Sie wieder hoch!«

»Ich kann nichts sehen! Bringen Sie mir ein Handtuch!«

Ellen spähte durch einen schmalen Spalt um den Boiler herum. Blut bedeckte sein Gesicht, lief in Streifen über sein Sweatshirt und sammelte sich auf dem Boden.

Sie schnappte sich ein Küchentuch aus dem Trockner und wischte Jeff die Augen aus, bis sie die klaffende Wunde auf seiner Stirn fand. Sie presste das Tuch darauf und sagte:

»Drücken Sie fest dagegen. Was ist passiert?«

»Ihre niedrige Decke«, sagte er, wobei er über sich deutete.

Ellen schaute hin. Er hatte sich den Kopf an dem tiefen Balken unten an der Treppe gestoßen.

»Kommen Sie zum Waschbecken herüber«, sagte Ellen und machte noch ein Tuch nass, um damit sein Gesicht und danach den Boden zu säubern. Sie prüfte die Wunde und schob die abgeschürfte Haut zurück.

»Drücken Sie weiter dagegen. Es suppt noch immer«, erklärte sie ihm. »Wenn es nicht aufhört, sollten Sie's nähen lassen.«

»Warum hört es denn nicht auf?«

»So sind Kopfverletzungen nun mal«, sagte Ellen. »Denken Sie an Suzanne.«

Sie machte sich am Boden zu schaffen und wischte weiter Blutflecken auf. Mittlerweile hatte sie weniger Angst. Es war schwer, sich vor jemandem zu fürchten, der Angst vor dem Verbluten hatte.

»Was haben Sie da von Suzanne gesagt? Sie glauben, ich hätte sie geschlagen, stimmt's?«

»Das haben Sie auch.«

Plötzlich fühlte sich Ellen nach oben gerissen. Jeff zwang sie, ihm ins Gesicht zu schauen. »Hören Sie mir gut zu. Ich habe meine Tochter nicht angerührt, noch nie.«

»Ach, nein, Jeff? Und wer war's dann?«

Er ließ ihren Arm los und schaute weg. Blut lief ihm ins Auge, er wischte es ab. »Ich weiß es nicht.«

»Ach, um Himmels willen, Sie reden ja so viel Blödsinn. Sie wissen genau, dass Sie auf Carol losgehen. Sie haben eine zwanghafte Kontrollsucht. Sie spionieren ihr hinterher.«

»Tja, das tue ich. Das würden Sie auch tun, wenn Ihnen jemand Hörner aufsetzt. Sie hat einen Freund.«

»*Carol?*«

»*Ja,* Carol. Ich weiß nicht, wen, aber das werde ich noch herausfinden.«

Blut lief ihm über die Wange.

»Die Blutung hört nicht auf«, sagte Ellen. »Sie fahren besser in die Nothilfe.«

»Von Krankenhäusern habe ich genug«, sagte Jeff, ging aber dann doch die Treppe hinauf.

Als Ellen hörte, wie er das Haus verließ, machte sie die Augen zu. Soll er doch sein Blut und seine Wahnvorstellungen nehmen und sich von einem anderen Arzt behandeln lassen, gegen beides. Sie hatte nur noch so wenig Energie übrig, obwohl sie so viel gebraucht hätte.

Als Carol Jeff in ihr großes Doppelbett kommen hörte, ging gerade die Sonne auf. Nach der Anspannung der letzten Nacht war sie mit Kopfschmerzen aufgewacht. Das Tylenol wirkte nicht mehr. Deshalb stand sie auf, ging ins Bad und auf die Toilette und schluckte noch zwei Kapseln.

Als sie wieder ins Schlafzimmer kam, erwartete sie ein ungewohnter Anblick. Jeff hatte eine verbundene Stirn und sein Sweatshirt war blutig.

Also da war er letzte Nacht gewesen, draußen, hatte getrunken und dann eine Schlägerei angefangen. Dieser Verband stammte nicht aus ihrem Medizinschrank. Er war im Krankenhaus gewesen.

Sie betrachtete ihn aus nächster Nähe, wie er vor sich hin schnarchte. Es rasselte wie bei einer Klapperschlange. Seine Haare waren mit getrockneten Blutklumpen verklebt, auch in seinen Ohren steckte etwas. Er musste wie ein frisch geschlachtetes Schwein geblutet haben.

Das geschah dem Mistkerl gerade recht.

36

Gott sei Dank hatte sie immer noch Patienten, dachte Ellen, während sie die Treppe zu ihrer Praxis hochstieg. Die zeitweise Beschäftigung mit dem Schrecken, den andere durchmachten, schien inzwischen ihre eigene und einzige Therapie zu sein.

Kurz nach dem Bekanntwerden von Kevins Tod waren die Anrufe ausgedünnt, aber inzwischen ging es wieder los. Auf dem Anrufbeantworter blinkten vier Nachrichten, die sie anhören musste. Vielleicht war ja etwas Wichtiges darunter.

Sie spulte rasch durch. Nur Irre. Mittlerweile war sie sehr geschickt darin, solche Anrufe schon an der ersten Silbe oder am ersten Schnaufen zu erkennen. Noch eine weitere nützliche Fähigkeit, mit der sie ihr jüngstes Repertoire erweitern konnte, so wie das Planen von Beerdigungen.

An der Tür klopfte es. Ellen ging zum Türspion. Carol Maxx, wie vereinbart.

Aber als Ellen öffnete, sah sie etwas, das die winzige Glasscheibe nicht gezeigt hatte: Carols linke Wange war aufgeschürft und geschwollen, an ihrem Kinn prangte eine walnussgroße dunkelrote Beule.

Ellen schnappte nach Luft. »Carol, mein Gott. Jeff?«

Carol nickte schmerzlich und ging langsam zu dem Sessel, der gegenüber von Ellens Stuhl stand. Ellen half ihr hinein.

»Hast du die Polizei gerufen? Warst du beim Arzt?«

»Nein«, flüsterte Carol.

Ellen berührte die Beule und tastete die Schädelknochen ab. Sie konnte zwar keine Brüche spüren, aber ohne Röntgenbild ließ sich so etwas nicht genau feststellen.

Offensichtlich war Jeff von der Nothilfe direkt nach Hause gefahren und hatte dies hier getan. Sehr spät, denn Ellen hatte noch zum Fenster hinausgeschaut, ehe sie gegen drei Uhr endlich wieder schlafen ging. Zu dem Zeitpunkt war der Landrover nicht da gewesen.

Bei Carols Anblick hätte Ellen am liebsten geweint. Blaue Flecken auf der hübschen Haut, ein Mundwinkel eingerissen. Dort hatte sich eine Blutkruste gebildet. Seitlich am Hals Druckstellen.

Ellen setzte sich. »Carol, hat Jeff dich gewürgt?«

»Ja.«

»Bist du bewusstlos geworden?«

»Nein, alles in Ordnung.«

Ellen atmete tief ein und langsam wieder aus. Ihr Puls raste. Sie hatte nur ein Bild vor Augen: Jeffs Fäuste auf dem Kinn und der Wange seiner Frau… Genauso gut hätte es Ellens Gesicht sein können…

Hatte Jeff deshalb Carol letzte Nacht geschlagen? Weil er auf Ellen wütend gewesen war und sich den Kopf aufgeschlagen hatte, bevor er ihr wehtun konnte? War dies wieder eine Tragödie, an der Ellen schuld war?

Ellen beugte sich hinüber und berührte Carols Hand. Carol umklammerte ihre Finger. »Was wirst du jetzt tun?«, fragte Ellen.

Carol fing zu weinen an und hielt mit beiden Händen Ellens Hand fest. Tränen liefen über die in allen Rottönen schillernde Haut. »Ellen, was du von mir willst, kann ich nicht tun. Ich weiß, ich sollte zur Polizei gehen, aber Jeff wird mich zu Tode prügeln, wenn ich auch nur zum Arzt gehe. Er war schon wütend, weil ich Suzanne ins Krankenhaus gebracht habe.«

Ellen sagte: »Wenn ich doch nur Jeff letzte Nacht gehört hätte, dann hätte ich die Polizei gerufen. Was hat er getan? Ist er hereingekommen und hat dich geweckt, damit er dich verprügeln konnte? Worüber war er wütend? Welche Ausrede hatte er dafür?«

Carol setzte sich zurück, zog ein Kleenex aus der Schachtel

neben ihrem Sessel und wischte sich vorsichtig das Gesicht ab. »Den üblichen lächerlichen Mist. Er sagte, das Hähnchen, das ich zum Abendessen gekocht hatte, hätte nach nichts geschmeckt. Er hat es an die Wand geworfen und dann auf mich eingedroschen und mich gewürgt.«

Ellen wandte den Blick ab. Ihr Magen verkrampfte sich. Jeff hatte seine Frau verprügelt und war danach direkt zu ihr gekommen. Er war in ihrem Haus gewesen und hatte so getan, als ob alles in bester Ordnung wäre, mit Ausnahme von Ellens kaputter Wasserleitung.

Während sich Ellen um seine Wunde gekümmert und ihn zum Behandeln geschickt hatte, war Carol verletzt zu Hause gewesen und hatte unerträgliche Schmerzen gelitten, die ihr ihr eigener Mann vor kurzem zugefügt hatte, vermutlich auch noch mit Vergnügen.

Carol sagte: »Aber eines war diesmal anders. Ich habe zurückgeschlagen.« Sie lächelte leicht, dann berührte sie den aufgerissenen Mundwinkel. »Das tut so weh. Aber ich hab's ihm gezeigt, Ellen, ich habe ihm auch wehgetan. Mit der Bratpfanne habe ich ihm eine übergezogen. Warte, bis du ihn siehst. Er hat ein hübsches großes Loch in der Stirn, das mit elf Stichen genäht wurde. Er war über und über voll Blut.«

Ellen runzelte die Stirn. Das war plötzlich verwirrend. »Carol, wann ist das passiert?«

»Gleich nach dem Abendessen. Als er mich geschlagen hat.«

»Wann war das genau?«

Wieder versuchte Carol zu lächeln. »Um halb acht oder so. Weißt du, der Herr General muss Punkt sieben sein Essen haben. So hat er immer irgendeinen Grund zum Meckern. Einmal schmeckt es nicht, dann ist es kalt, weil ich zu früh aufgetragen habe, oder lieblos zubereitet, weil ich zu spät dran war.«

Ellen saß ganz still. Was Carol gesagt hatte, klang absolut sinnvoll, mit einer Ausnahme: eine Stunde nach diesem angeblichen Vorfall hatte Ellen gesehen, wie sich Jeff den Kopf an einem Balken in ihrem Keller aufgeschlagen hatte.

Oder nicht? Sie hatte ihn schreien gehört, und als sie hinter dem Wasserboiler herauskam, hatte er geblutet. Sie versuchte, sich zurückzuversetzen. Konnte es sein, dass er die Wunde unter einem Hut versteckt hatte und sich dann mit Absicht am Balken gestoßen und so getan hatte, als ob er sich erst jetzt verletzt hätte? Aber warum sollte sie darüber nachgrübeln?

»Ellen?«, sagte Carol.

»Entschuldige, ich habe nur darüber nachgedacht, welchen Rat ich dir geben soll. Was genau möchtest du tun? Willst du dich von Jeff scheiden lassen?«

»Ja, aber ich kann nicht. Das hat er klargestellt. Er wird mir Suzanne wegnehmen und es so arrangieren, dass ich letztlich keinen Pfennig Geld habe.«

»Ich habe dir schon früher gesagt, dass er das nicht kann.«

Carol saß ruhig da. »Er behauptet, er könnte es.«

Für den Rest der Sitzung drehte sich Ellen mit Carol in den üblichen Bahnen, aber diesmal absichtlich. Sie musste Carol auf neutralem Boden halten, während ihr eigenes überreiztes Gehirn die Bruchstücke der widersprüchlichen Informationen verarbeitete.

Der nächste Schritt stand fest.

Elektro Maxx Planung & Ausführung belegte ein niedriges graues Gebäude im Zentrum von Eastport, in der Nähe des Bahnhofs. Dort standen neben dem Landrover sechs weitere Fahrzeuge. Ellen parkte und lief schnell zum Eingang.

Lächelnd deutete eine ältliche Empfangsdame auf eine offene Tür, hinter der Jeff allein an einem Schreibtisch saß und einen Plan studierte. Seine Stirn hatte einen professionellen Verband mit dem in der Nothilfe üblichen Verbandsmaterial und Pflaster.

Als Ellen hereinkam, blickte er hoch und riss die Augen auf. Sie nahm direkt gegenüber von ihm Platz.

Peter Pallas hatte gesehen, wie Ellen von ihrer Praxis direkt nach Hause gefahren war und sofort, ohne auszusteigen, wieder mit vollem Tempo auf die Hansen Road hinausschoss und zu Elektro Maxx weiterfuhr. Sie saß im Auto, was ihm kein bisschen gefiel.

Nun konnte er sie nicht mehr am Leben lassen, egal, wie sehr er sich an ihrer Qual weidete und mit wie viel Mühe er diese geschürt hatte.

In seiner Jeanstasche steckte ein ähnliches Messer wie das aus ihrer Küche. Er würde es nicht bei ihr benützen, dafür hatte er etwas im Auto versteckt. Nur für den Fall, dass es schnell gehen musste. Aber allein im Vorhandensein des Messers steckte eine gewisse Gerechtigkeit, ein Ehrensymbol für Arthur Belljoy und den erhabenen Status der Wächter von Ruhe und Ordnung im Allgemeinen.

Unruhig rutschte Pallas auf dem Fahrersitz herum. In anderthalb Stunden musste er heim und sich für seine Schicht fertig machen. Aller Wahrscheinlichkeit nach wäre Ellen bis dahin tot. Seine Erregung steigerte sich immer mehr.

Jeff musterte Ellen mit gerunzelter Stirn. »Als ich aufstand, war Carol weg. Ich bin in den frühen Morgenstunden vom Krankenhaus heimgekommen. Seither habe ich sie nicht mehr gesehen. In der Zeit war es noch ziemlich dunkel. Sie hat geschlafen.«

Ellen sagte: »Sie muss schon zu diesem Zeitpunkt Verletzungen im Gesicht gehabt haben, sonst wäre die Verfärbung nicht so weit fortgeschritten.«

»Es war dunkel, und ich habe sie nicht richtig angeschaut. Das versuche ich immer.«

Ellen verkrampfte die Hände. Innerlich fühlte sie sich ganz zittrig, aber das schien man nicht zu merken. Sie sagte: »Jeff, ich möchte, dass Sie mir Ihr Leben mit Carol schildern. Ich weiß, Sie haben es schon früher versucht, aber tun Sie einfach so, als wäre es das erste Mal. In allen Details. Lassen Sie nichts aus, weil Sie Angst haben, ich würde Ihnen nicht glauben.«

Zwei geschlagene Minuten starrte Jeff sie nur aus seinen schwarzen Augen durchdringend an. Schließlich sagte er: »Gut, fangen wir mit den blauen Flecken an, die Sie gesehen haben. Ich war nicht schuld daran. Ich bin ziemlich sicher, dass dahinter Carol steckt.«

»Sie selbst?«

»Tja. Meiner Meinung nach macht sie das immer. Sie schlägt sich selbst, mit irgendwelchen Gegenständen. Ich ertappe sie nicht dabei, aber ich kann's mir denken. Sie hat auch Suzanne verprügelt.«

Ellen beugte sich vor. »*Carol* hat Suzanne geschlagen? Sind Sie sicher?«

Jeff zuckte die Schultern. »Es ist die einzige Erklärung, die mir einfällt. Ich habe Suzanne nicht verletzt und weiß auch nicht, wer es sonst getan haben könnte.«

»Und warum sollte Carol so etwas tun?«

Jeff stemmte die Handflächen gegen die Schreibtischkante und drückte sich nach hinten, wobei er Ellen nicht aus den Augen ließ.

Ellen sagte: »Bitte, sagen Sie mir, was Sie gerade denken. Ich traue Carol nicht.«

Jeff zog ein Gesicht, als ob er sagen wollte: Den Tag muss man rot ankreuzen. *Sprich mit mir,* beschwor ihn Ellen im Stillen. *Ich bin alles, was du hast, und du bist alles, was ich habe.*

Wenn Peter noch länger hier blieb, würde er zu spät zur Arbeit kommen.

Verdammt noch mal, was machte sie nur die ganze Zeit da drinnen?

Vielleicht wusste sie Bescheid. Vielleicht war es das, worüber sie sich unterhielten.

Er startete den Subaru, doch dann beschloss er, noch eine Minute zu warten, und schaute auf die Uhr.

Fünfzig Sekunden später ging die Tür des Gebäudes auf und Jeff und Ellen kamen gemeinsam heraus. Peter tauchte unter sein Armaturenbrett. Als er einen Motor starten hörte, richtete er sich auf. Gerade noch rechtzeitig konnte er Ellens Lexus auf der Railroad Lane verschwinden sehen. Beide saßen im Auto.

37

»Vielleicht sollte ich fahren«, meinte Jeff, nachdem Ellen zum zweiten Mal eine Doppellinie überfahren hatte.

Diese Bemerkung war nicht mehr oder weniger bizarr als alles andere, was in den letzten zwei Stunden vorgefallen war. Der Jeff, den Ellen vermeintlich kannte, hätte gesagt: »Blöde Kuh, fahr rechts ran.«

Sie musste unbedingt ihre Fragen loswerden, irgendwo, wo sie sich unterhalten konnten, ohne gemeinsam gesehen zu werden. Sie ließ Eastport hinter sich und fuhr zum Farm Market Beach hinunter.

Der Sand war mit Müttern und Kleinkindern, Schaufeln, Kieshäufchen und ganzen Sammlungen von Molukkenkrebsen übersät. Ein Anblick, der immer wehtat, aber momentan kam ihr der Schmerz gerade recht.

»Dort drüben«, meinte Jeff, als Ellen nach einem Sitzplatz

Ausschau hielt. Sie gingen zu einer Felsmole, die ein gutes Stück von den Familien entfernt lag.

»Stimmt es, dass Carol Ihnen andauernd diesen Mist über Missbrauch und Gewalt erzählt? Ich weiß, dass sie's tut. Sie möchte Ihnen einreden, sie säße in einer Falle«, sagte Jeff. »Aber in Wahrheit sitze ich in der Falle und Suzanne.«

»Warum? Was will sie erreichen?«

Seufzend blinzelte Jeff mit zusammengekniffenen Augen in den wolkenlosen Himmel. »Wenn ich das wüsste, wäre ich längst weg. Dann gäbe ich es ihr und – ade. Stattdessen muss ich zusehen, wie sie sich und vermutlich auch Suzanne verletzt und mir die Schuld daran gibt. Sie ahnen ja nicht, wie verführerisch es wäre, Suzanne zu nehmen und abzuhauen. Aber Sie wissen, was bei meiner Vorgeschichte passieren würde. Im Handumdrehen wäre ich verhaftet.«

»Suzanne würde Sie nicht verteidigen?«

»Hat sie noch nie, egal, wie ich auf sie zu gehe. Meiner Meinung nach kann sie sich gegen Carol nicht durchsetzen.«

Ellen hatte ein Gefühl, als ob sie Fieber hätte. Die frische Brise ließ sie zittern. So viel Schönheit und so viel Böses. Wie konnte es sein, dass sie unmittelbar neben dieser Familie lebte, sie hörte und hinter ihren Fenstern agieren sah … und niemals den Verdacht hatte, einem abgekarteten Schauspiel beizuwohnen? Seit Jahren war sie Carols Therapeutin, hörte sich all die bekannten Details einer von Gewalt geprägten Ehe an. Immer hatte jede Nuance gestimmt. Wie konnte sie so etwas glauben? »Warum haben Sie mir das nicht schon früher erzählt?«, fragte Ellen.

Jeff sprang von der Mole hoch und schaute sie direkt an. »Ellen, wie können Sie mich so etwas fragen? Bei jedem Versuch, mit Ihnen ein Gespräch anzufangen, haben Sie mich abblitzen lassen oder ausgelacht oder die Polizei geholt.«

Mit einer theatralischen Pose stellte er sich wieder in den

Sand. »Wissen Sie was, Dr. Stewart? Noch nie habe ich meine Frau, Ihre Patientin, geschlagen. Das tut sie selbst und schiebt es mir in die Schuhe.«

Er schraubte seine Stimme zum Falsett: »Ach, wirklich, Mr. Maxx? Das erklärt ja alles. Danke für die Mitteilung.«

»Haben Sie einmal am Strand auf mich geschossen?«, fragte Ellen.

»Himmel, nein. Carol glaubt, die Pistolen hätte ich zum Möwenschießen. Das habe ich sogar mal einem Polizisten erzählt.«

»Warum erzählen Sie einem Polizisten so etwas, wenn es nicht der Wahrheit entspricht?«

»*Aus einem einzigen Grund,* Ellen. Es klingt besser, als zu erklären, dass meine Frau einen Freund hat, der liebend gern anderen wehtut und heimlich um sie, mich und mein *Kind* herumschleicht. Das habe ich jedenfalls lange Zeit geglaubt. Es klang logischer, als eine Carol, die sich selbst und Suzanne verprügelt.«

»Trotzdem brüllen Sie ziemlich oft herum. Ich habe Sie gehört.«

»Ja, stimmt, mache ich tatsächlich. Carol weiß, wie sie mich auf die Palme bringt.«

Einen Augenblick tanzte der Satz in ihren Ohren. Wieder einmal hatte Ellen das schreckliche Bedürfnis zu lachen. Wie viele hundert Male hatte sie dieses windige Klischee von gewalttätigen Kerlen gehört, die versuchten, ihre Aggression zu rechtfertigen? *»Das ist alles ihre Schuld. Sie reizt mich. Sie weiß, wie sie mich auf die Palme bringt.«*

Jetzt entsprach es erstmals in Ellens langer Praxis der Wahrheit.

In ihrer Kehle stiegen Geräusche auf. Und obwohl sie die Hand auf den Mund legte, entwischte das hässliche krankhafte Kichern, das sie erschreckte und abstieß.

Jeff stand da. »Lachen Sie nicht. Ich bin ganz ehrlich zu Ihnen.«

»Ich – lache nicht«, sagte Ellen. Und plötzlich tat sie es auch nicht mehr. Zuerst hickste sie, dann kamen die Tränen. Unaufhörlich. Ihr Schluchzen wollte sich nicht dämpfen lassen. Nach all den vielen Versuchen, es zu unterdrücken, schien es endlich hinauszudrängen. Da sie nicht wagte, es zuzulassen, legte sie beide Hände über den Mund und versuchte, es zurückzudrängen.

Erin Candia stopfte den restlichen Hähnchensalat wieder in die Kühlbox. Er war ihr nicht besonders gut gelungen. Vielleicht hatte sie auch nur allmählich keine Lust mehr auf Hähnchensalat.

Eigentlich könnte sie etwas Herzhafteres einpacken: ein Roastbeefsandwich aus Pumpernickel. An dunklem Brot hatte sie ihre Backkünste noch nicht versucht.

Nur weil sie gern am Strand aß, musste ihr Mittagessen ja nicht immer leicht und sommerlich sein.

Sie schloss die Kühlbox, fischte einen Lippenstift aus ihrer Handtasche und zog ihre Lippen im Innenspiegel nach.

Plötzlich blitzte im Spiegel etwas Weißes auf. Sie drehte sich um. Ein Lexus, der von Ellen Stewart, mit Ellen am Steuer. Und auf dem Beifahrersitz Jeff Maxx.

Ach, du meine Güte, vielleicht hatte Officer Pallas doch Recht. Vielleicht hatte Ellen tatsächlich etwas zu verbergen.

Sie hatte den knackigsten Po. Ständig musste er daran denken. In letzter Zeit ging ihm so viel anderes im Kopf herum, dass dieses Bild immer dann urplötzlich auftauchte, wenn er es am wenigsten erwartete.

Er liebte es, diesen Bewegungen zuzuschauen, bekleidet oder nackt.

Er sollte sich jetzt daran satt sehen, denn vermutlich würde er nicht mehr allzu lange Gelegenheit dazu haben, so oder so.

Suzanne Maxx war allein zu Hause, sogar Abby war draußen. Trotzdem schlich sie strumpfsockig und auf Zehenspitzen ins Schlafzimmer ihrer Eltern.

Wie immer war das Bett ordentlich gemacht, mit lässig hingeworfenen Schleuderkissen in verschiedenen Bezügen. Hübsche Farben und ein kuscheliger Teppich … und dann der Hass, so viel Hass in diesem Zimmer. Suzanne konnte ihn spüren, obwohl niemand da war.

Sie hatte den Schlüssel, der hinter der Dielenuhr hing. Damit ging sie geradewegs zum Nachttisch ihres Vaters und schob leise die Schublade auf. Mittlerweile lag nur noch eine Pistole darin, eingewickelt in einen Lumpen. Sie nahm sie hoch.

Wenn es zu Hause manchmal wieder ganz schrecklich lief, tröstete es sie schon, wenn sie dieses Ding in den Händen hielt. Sie hatte einen Film gesehen, in dem die Heldin ein Flugticket nach Bali besaß, das sie immer dann aus einer Schublade holte, wenn sie aus ihrem brutalen Alltagsleben fliehen wollte.

Die Pistole war Suzannes ureigenstes Flugticket.

Erin sagte: »Ich war überrascht, als ich die beiden zusammen sah. Außerdem ist mir einiges zu Ohren gekommen, was man über sie munkelt.«

Melvyn warf Erin einen Blick über seine Lesebrille zu. »Und was genau? Ein Verhältnis?«

»Ja.«

»Das ist ja absurd. Wo haben Sie das gehört? Ach, sparen Sie sich die Mühe«, sagte er angewidert, als sie den Kopf schüttelte.

Erin lehnte sich auf den Schreibtisch. »Ich behaupte nicht,

dass sie tatsächlich miteinander schlafen. Trotzdem ist es bizarr, dass ausgerechnet diese zwei gemeinsam auftauchen. Die Frau von Maxx ist Ellens Patientin. Er hat einen ganzen Aktenordner voll mit Anzeigen wegen häuslicher Gewaltausbrüche. Ellens Mann wird mysteriöserweise mit Ellens Fleischmesser umgebracht, gleich nach dem mysteriösen Tod ihres gemeinsamen Kindes. Ellen wird verdächtigt, ein Kind sexuell belästigt zu haben. Finden Sie nicht auch, dass dieses Bild irgendwie zum Ganzen passt?«

»Ellens Mann wird mysteriöserweise mit Ellens Fleischmesser umgebracht«, wiederholte Melvyn langsam und sarkastisch.

»Mel, zwischen ihnen gab es wilde Streitereien, und außerdem waren beide durchgeknallt. Kevin ist mehrmals in aller Öffentlichkeit ausgerastet. Und Sie wissen, dass Ellen von dem Unfall wie besessen ist. Kevin wollte lediglich, dass sie darüber wegkam, während Ellens einziger Wunsch darin bestand, dass er genau das nicht tat. Sein Rückzugsmanöver hat sie auf die Palme getrieben. Und außerdem denkt sie vielleicht, Kevin wäre irgendwie in den Unfall verwickelt gewesen. Wer weiß?«

»Und welche konkrete Rolle spielt Mr. Maxx in diesem Szenarium?«

»Ich weiß es nicht, aber anscheinend hat er etwas damit zu tun.«

»Verdammt noch mal, Erin.« Melvyn stand auf. »Sie sollten auf unserer Seite sein. Und da müssen Sie auch bleiben, und nicht aus irgendwelchen Klatschfetzen empörende Rückschlüsse ziehen. Mit jeder Minute verliert Ellen Unterstützung. Inzwischen ist sie dabei, jeden zu verklagen, der ihr hier noch helfen könnte.«

»Niemand hat sie zu diesen Prozessen gezwungen.«

»Niemand wusste, dass sie gezwungen sein würde, sich gegen eine Mordanklage zu verteidigen!«

»Mel, Sie haben mich nicht engagiert, um Ihnen oder Ellen nach dem Mund zu reden. Ich muss mich an das halten, was ich sehe. Und momentan bin ich mir noch ganz und gar nicht sicher, was das ist.«

Als die Bürotür hinter Erin ins Schloss fiel, setzte sich Melvin auf seinen imposanten lederbezogenen Schreibtischsessel, legte den Kopf auf die Platte und hielt sich die Ohren zu. Das half ihm manchmal beim Konzentrieren.

So auch jetzt wieder, allerdings nicht auf das Gewünschte. Die Fragen, die Erin aufgewühlt hatte, schwirrten wie Mücken herum.

Als er sich dieses Falls angenommen hatte, war die Sachlage für ihn anfänglich ganz eindeutig gewesen. Ellen war eine ehrliche Frau, die Ehrlichkeit forderte. Es war unfair, dass irgend so ein Polizist mit Wildwestmanieren ihre Glaubwürdigkeit erschüttern konnte. Melvyn hatte voll und ganz daran geglaubt, es sei klug und richtig, diese Prozesse einzuleiten.

Aber inzwischen baumelte er an einem seidenen Faden. Ellen war so populär wie Aids. Ständig tauchten beunruhigende Informationen auf.

Und trotzdem hatte sich seine Einschätzung von Ellen und ihrem Fall nicht geändert.

Wirklich?

38

Peter Pallas wusste, das Ellen um ein Uhr in ihrer Praxis sein würde. Schon deshalb, weil er den Termin persönlich vereinbart hatte. Er konnte seine Stimme prima verstellen, eine Fähigkeit, die ihm bei seiner Arbeit und anderswo schon gute

Dienste geleistet hatte. Am Telefon hatte er sich als Yuppie vorgestellt, der einen Rat wegen seines alten Vaters brauchte.

Um zwölf Uhr vierzig ließ er seinen Subaru auf dem Parkplatz am Bürgerhaus stehen und ging zu dem Gebäude hinüber, in dem Ellens Praxis lag. Er trug eine Kakihose, dazu ein schlichtes T-Shirt und seine Mets-Kappe. Keine Sonnenbrille, denn eines hatte er schon längst begriffen: Wer damit herumlief, wenn er nicht auffallen wollte, bewirkte genau das Gegenteil. Es verwirrte die Menschen, wenn sie einem nicht in die Augen schauen konnten, deshalb konzentrierten sie sich umso mehr auf alles andere.

Ellens Auto stand nicht da. Alles war ruhig, genau wie Peter gehofft hatte. Es war weitaus besser, sie drinnen zu überraschen.

Adeline Zoff konnte immer noch genug sehen, um Tag und Nacht zu unterscheiden, aber das war's dann auch schon. Schon beim Gedanken an das Bett im Pflegeheim, in dem sie in Kürze liegen würde, schüttelte es sie. Sie hatte dieses Heim besucht. Noch immer hallte das hoffnungslos-zornige Gemurmel seiner hoffnungslosen Insassen und der Geruch nach gebackenen Bohnen, scharfen Putzmitteln und Körperausdünstungen in ihr nach. Obwohl sie noch ausgezeichnet sprechen, hören, denken und laufen konnte, hatte sich das Personal benommen, als sei ihr mangelndes Sehvermögen gleichbedeutend mit dem Verlust sämtlicher anderer Fähigkeiten. Danke schön.

Sie wusste ganz genau, wie sie in ihrem Haus jedes einzelne Stück fand, ohne sich dabei auch nur ein bisschen langsamer bewegen zu müssen. Deshalb ging sie zum Schlafzimmerschrank, holte ihren gelben Pullover und zog ihn über das rote Leinenkleid.

Die nette kleine Miranda von nebenan, die Adeline immer

die *New York Times* und die *Eastport News* vorlas, hatte für sie im Telefonbuch die Nummer und Adresse von Ellen Stewart nachgeschlagen und gefunden. Adeline hatte es schon mehrfach versucht, aber immer lief nur der Anrufbeantworter. Sie hatte viel zu viel zu besprechen, um sich mit einem Tonband abspeisen zu lassen.

Als Adresse war eine Straße im Zentrum angegeben. Adeline vermutete, dass es sich um die Praxis von Dr. Stewart handelte. Gut, denn sie hatte zwei entscheidende Themen zu besprechen, denen das nüchterne Ambiente gut täte. Den Tod von Dr. Kevin Stewart hatte sie aus dem Radio und der Zeitung erfahren. Sie wollte seiner Witwe ihr Beileid und Mitgefühl persönlich ausdrücken, ohne sie deswegen gleich zu Hause zu überfallen. Und was das andere Thema betraf … Diesbezüglich hatte sie nicht viel Hoffnung. Aber Frau Dr. Stewart hatte ihr schon einmal bei ihren Zukunftsplänen geholfen. Jetzt war aus der Zukunft Gegenwart geworden, deshalb wollte Adeline einen letzten Versuch wagen, sich noch einmal dieser Hilfe zu versichern.

Das Taxi war für ein Uhr bestellt. Sie würde in die Praxis fahren und dort warten, falls Dr. Stewart zu tun hatte. Sie stand am Gartentor und wartete auf den Wagen. Täglich konnte sie immer weniger unterscheiden. Hoffentlich konnte sie noch erkennen, wenn ein großer Schatten langsam heranfuhr und in der Parkbucht vor ihrem Haus hielt.

Das Schloss leistete mehr Widerstand, als Peter erwartet hatte. Offensichtlich hatte Ellen es verstärken lassen.

Er stand vor ihrer Tür. Obwohl er mit allen Tricks arbeitete, hatten sich die Sperrstifte bisher nur wenig bewegen lassen. Noch ein Versuch, dann müsste es genügen. Er schaute weg und verließ sich ganz auf sein Fingerspitzengefühl. Tastend drehte er den Dietrich und lauschte in das Schloss hinein.

Heute hatte Ellen um ein Uhr ihren ersten Termin, einen neuen Patienten, der wahrscheinlich frisch aus Borneo eingeflogen war und noch nicht gehört hatte, was für ein Monster sie war.

Inzwischen glich die Fahrt zur Arbeit einer Partie russisch Roulette, genau wie alle anderen Tätigkeiten in der Stadt. Sie hatte sich angewöhnt, stur geradeaus zu schauen und die Ohren anzulegen.

Den ganzen Vormittag hatte sie halbherzig versucht, im Garten zu arbeiten, der sich nur mühsam pflegen ließ. Aber wenn sie sich nicht dazu zwang, bewegten sich Kopf und Füße auf weitaus gefährlicheren Pfaden. Auf einmal würde sie merken, wie sie ziellos durch die Zimmer ging und nach Liam und Kevin Ausschau hielt. Mit absoluter Sicherheit würde sie Kevin unter der Dusche hören, wie er dort lautstark mit seinem Rasierspiegel hantierte. Sie würde den kalten Kaffee riechen, den er immer becherweise herumstehen ließ.

Sie parkte, stieg die Treppe zu ihrer Praxis hinauf, entsicherte ihr nagelneues Doppelschloss und ging hinein.

Noch zehn Minuten bis zu ihrem Termin. Sie verstaute einen Aktenstapel von ihrem Schreibtisch und ging zum Anrufbeantworter, um den Lautsprecher anzudrehen.

Gerade als sie die Hand nach dem Lautsprecherknopf ausstreckte, schoss vor ihr ein Arm heraus und zerrte sie am Hals brutal nach hinten.

Peter drückte zu, bis er spürte, dass Ellen allmählich schlaff wurde. Am liebsten hätte er ihr das Genick gebrochen, was ganz einfach war. Nur noch zwei kleine Bewegungen und sie wäre eine zerbrochene Puppe. Am liebsten hätte er ihr jeden Knochen im Leib gebrochen, vorzugsweise bei vollem Bewusstsein, aber diesen Luxus konnte er sich nicht leisten. Er brauchte eine intakte anonyme Leiche und nicht die Überreste eines mörderischen Wutanfalls.

Als er unten eine Autotür zuschlagen hörte, hielt er den Atem an und ließ Ellen auf den Teppich sinken. Sie war bewusstlos, aber am Leben.

Er ging zum Fenster. Soeben fuhr ein Taxi vom Parkplatz weg. Eine kleine alte Frau in Rot und Gelb bewegte sich unsicher auf die Treppe zu.

Er knallte die Faust in die Hand.

Adeline hatte sich das Treppensteigen selbst beigebracht, indem sie jede Stufe zuerst mit dem Fuß ertastete und dabei mitzählte. So wusste sie beim Hinuntergehen, wie viele es waren.

Das Geländer bestand aus einem gut riechenden, glatt geschmirgelten Holz ohne jeden Splitter. Auf Grund dessen, was sie von Dr. Stewart wusste, schien es typisch für sie zu sein, an so etwas zu denken.

Soeben hatte Adeline mit der Zehe die sechste Stufe gefunden, da prallte etwas gegen sie, das sich wie ein glühender Lastwagen anfühlte, und riss sie um.

Peter schleppte den Körper durchs Schilf an eine Stelle, an der ihn die Flussströmung erfassen würde. Dank der Strömungsrichtung würde er letztlich ganz woanders auftauchen. Die Handtasche der Frau schleuderte er hinterher.

Er drehte sich um und machte sich auf den Rückweg durchs Schilf. Er musste unbedingt hinauf, um die Sache mit Ellen zu Ende zu bringen.

Als er die Absperrung am Rande des Parkplatzes beiseite schob, sah er etwas Blaues aufblitzen und blieb wie angewurzelt stehen. Vom Bürgerhaus spazierte rauchend ein Kerl mit blauem Hemd und Seidenkrawatte herüber.

Pallas beobachtete, wie er zu einer Bank ging und sich setzte. Genüsslich zog er an seiner Zigarette und lehnte sich mit überkreuzten Beinen bequem zurück. Peters linkes Knie fing zu zittern an. Er konnte sich nicht darauf verlassen, dass Ellen noch sehr viel länger bewusstlos blieb. Wenn er schon hinaufging und sie erledigte, wollte er wenigstens noch ungesehen verschwinden können. Falls sie ihm doch noch entwischte, sollte sie nicht wissen, dass er sie gewürgt hatte.

Der Mann rauchte zu Ende und schnippte die Kippe ins Schilf. Atemlos wartete Peter darauf, dass er aufstand und ging, aber stattdessen lehnte er sich noch ein wenig mehr zurück, streckte die Beine von sich und hielt sein Gesicht in die Sonne.

Peter biss die Zähne zusammen. Seine Zeit war um. Er musste fort.

Lautlos bahnte er sich seitlich einen Weg durchs Schilf, weg von Ellens Parkplatz, zurück zum Subaru.

39

Ellens Zunge berührte den Teppich. Ihr erster Schritt ins Bewusstsein war das Gefühl der pieksigen Teppichnoppen. Dann spürte sie ihre Kehle, die noch nie so rau gewesen war. Sie versuchte zu schlucken. Sie konnte es nicht und würgte.

Sie stützte sich auf den rechten Ellbogen. Plötzlich wurde ihr erneut schwindlig. Wieder musste sie den Körper hinlegen. So blieb sie mehrere Minuten liegen. Ihr Gehirn funktionierte nicht. Das Einzige, was sie wusste, war die Tatsache, dass sie Schmerzen hatte und der Teppich rau war.

Sie hatte das Gefühl, aus einem Schlaf zu erwachen, der ihr eigentlich nicht zustand. Und doch wäre sie am liebsten wieder dorthin zurückgekrochen.

Jeff saß hinter seiner verschlossenen Bürotür am Schreibtisch und hörte sich einen Mitschnitt seines häuslichen Telefons an.

Darauf redete Carol mit Suzanne in einem Ton, der ihm die Haare aufstellte.

Suzanne hatte von einer Freundin aus angerufen und Carol gefragt: »Kannst du mich um vier abholen?«

»Du hast gesagt, um zwei«, sagte Carol gereizt.

»Ich würde gern länger bleiben. Kann ich?«

»*Nein*«, herrschte Carol sie an.

»Könntest du denn nicht –«

»Suzanne, werd ja nicht frech, du kleines hinterfotziges Miststück. Weißt du was? Um zwei stehst du draußen vor dem Haus.«

»Ma –«

»Halt's Maul! Ich hab's eilig, also sei draußen, oder du bist mausetot.«

Am liebsten hätte Jeff das Band aus der Spule gerissen und es Carol ins Gesicht geworfen und sie angebrüllt, wie sehr es ihn ankotzte, was sie mit ihrer Tochter machte. Denn eines wusste er nun sicher: Die ganze scheußliche Geschichte war wahr, die eigenhändigen Prügel und die widerwärtige unsägliche Gewalt gegenüber ihrem gemeinsamen Kind. Schon längst hätte er Carol abhören sollen. Weiß Gott, was sonst noch...

Ellen musste unbedingt dieses Band anhören. Er wählte ihre Nummer daheim, bekam aber nur den Anrufbeantworter. Er wusste, dass sie jeden Anruf aufzeichnete.

»Ellen? Hier ist Jeff. Sind Sie da? Heben Sie ab. Ja?«

Er legte auf und rief in ihrer Praxis an.

Irgendwo auf der anderen Seite des riesigen Gebirges, das zwischen ihr und einem klaren Bewusstsein stand, hörte Ellen die Stimme von Jeff Maxx.

Er wollte mit ihr reden. Es war wichtig.

»Gut«, sagte sie rasselnd. Es brannte wie Feuer.

Aber er hörte sie nicht. Er brach das Gespräch ab.

Ellens Körper wollte wieder zurück ins Vergessen, aber sie kämpfte dagegen an und richtete sich auf. In dieser Stellung versuchte sie, alle Energie zusammenzuraffen und aufzustehen.

Schließlich robbte sie auf den Armen zum Schreibtisch, riss das Telefon herunter und wählte 911.

Jason Landrin fand sie in der Unfallstation. Beim Anblick der Fingerabdrücke auf ihrem Hals zuckte er zusammen und sagte: »Die werden morgen in allen Regenbogenfarben schillern.«

»Sprechen tut weh«, flüsterte Ellen.

»Ja. Also haben Sie nicht gesehen, wer's war?«

»Ich bin sicher, dass es Peter Pallas war.«

»Woher wissen Sie das?«

»Jason.« Sie schluckte schmerzhaft. »Ich weiß, was Sie hören möchten: Dass ich ihn gerochen oder gehört oder seinen typischen Leberfleck gespürt habe oder sonst etwas. Aber das habe ich nicht. Ich weiß es einfach.«

Jason beugte sich über Ellens Bahre. »Ich muss auch die anderen Möglichkeiten in Betracht ziehen, zum Beispiel Jeff Maxx.«

Ellen schüttelte den Kopf, was wehtat. Sie hielt ihn mit beiden Händen fest. »Jeff war's nicht.«

Jason verdrehte die Augen.

Sie fuhr fort: »Jeff will mir nichts Böses. Wollte er nie. Ich habe einiges falsch interpretiert.«

»Ach, soso. Dann war das eine Fehlinterpretation, dass er Sie in Ihrer Praxis bedroht hat. Dass er auf Sie geschossen hat. Sicher, ist ja ganz einfach, diese Sachen falsch zu deuten.«

Hinter Jason betrat Jeff mit besorgter Miene das Krankenzimmer.

»Hier«, rief Ellen.

Ohne Jason eines Blickes zu würdigen kam er zu ihr herüber und berührte ihren Hals. »Was fehlt sonst noch?«, wollte er wissen.

»Nichts. Danke für Ihr Kommen. Ich bräuchte jemanden, der mich zu meinem Auto fährt.«

»Das hätten wir auch gemacht«, sagte Jason und funkelte Jeff böse an.

»Was ist passiert?«, wollte Jeff von Ellen wissen. »Sagen Sie es mir, ganz genau.«

»Ich war in meiner Praxis und habe auf einen Patienten gewartet. Einen neuen … Oh.«

»Was ist?«, fragten Jeff und Jason gleichzeitig.

»Das muss er gewesen sein. Er hatte den Termin vereinbart, sonst wäre der richtige Patient gekommen. Er hat alles genau geplant …«

Mit einem Schlag brach für Ellen die Welt zusammen. Pallas hatte ihr aufgelauert, gewartet und sie dann angegriffen. Er hatte ihr neues Schloss geknackt.

Sie verstand nicht, warum sie nicht tot war.

Unerträgliches Entsetzen überfiel sie, sie begann panisch zu hecheln. Sie war überzeugt, jeden Moment würde Peter Pallas hereinkommen und sie würgen, diesmal bis zum bitteren Ende. Und weder Jason noch Jeff, weder die Krankenschwestern noch die Ärzte würden es sehen.

Sie schrie aus Leibeskräften, einmal, und dann konnte sie nicht mehr aufhören.

Sie gaben ihr eine Beruhigungsspritze. Als die Wirkung einsetzte, klammerte sie sich an diese Ruhe, auch wenn die Gelassenheit nur künstlich war.

Jeff blieb bei ihr. Noch immer spürte sie seine Hände, mit denen er sie während der Schreiattacke gehalten hatte, und wünschte, er würde es wieder tun.

Später am Nachmittag ließ man sie nach einer Menge polizeilicher Fragen und dem üblichen Psychologengespräch gehen. Jeff half ihr in seinen Landrover.

»Ich werde Sie heimbringen«, sagte er.

»Mein Auto ...«

»Sie werden doch jetzt nicht fahren wollen, oder? Ihr Auto können wir auch morgen holen. Vielleicht sollten Sie in ein Hotel ziehen. Es gefällt mir nicht, wenn Sie in diesem Haus allein sind.«

Ellen lehnte den Kopf gegen den Sitz. Sie war von dem Beruhigungsmittel immer noch benommen. »Das hat mein Anwalt vor einiger Zeit auch schon zu mir gesagt. Einige Male hatte ich das Gefühl, Pallas würde dort herumschleichen, aber dann habe ich mir eingeredet, ich sei paranoid und würde immer nur denken, jeder wolle mir etwas zu Leide tun. Nun ...«, sie lachte erstickt, »... das wollte er ja auch. Und er hat mich erwischt. Heute wollte er mich wirklich umbringen, das weiß ich genau. Er hat Kevin getötet. Ich begreife nicht, warum ich noch lebe.«

»Vielleicht wurde er gestört. Hören Sie, ich muss Sie etwas fragen.«

Er hielt inne. Ellen schaute hinüber. Im selben Augenblick sah auch er sie an. Sie hielt den Atem an. In seinen Augen lag so viel Kummer, als er sagte: »Dieses Herumschleichen, war das vor einigen Wochen?«

»Ja. Warum?«

»Das war ich. Regen Sie sich nicht auf, ja?« Er streckte die Hand nach ihr aus und hielt ihr Handgelenk fest, als ob er einer Reaktion zuvorkommen wollte. »Ich musste mir Gewissheit verschaffen, welches Beweismaterial Carol gegen mich gesammelt hat. Ich musste herausfinden, was sie Ihnen erzählt hat. Ich hatte Sie mit dieser großen Aktentasche gesehen und wollte unbedingt einmal einen Blick hineinwerfen.«

Ellen starrte ihn an. »Also sind Sie in *mein Haus* eingebrochen?«

»Als ich sah, dass Kevin zum Joggen wegging, bin ich einmal heimlich hineingeschlichen, aber er kam zurück, bevor ich die Tasche finden konnte. Ein anderes Mal dachte ich, Sie schliefen, und wollte gerade eindringen, aber … Ich hörte Sie lachen.«

Ellen wusste genau, welche Nacht er meinte. Schmerzhaft erinnerte sie sich an die hässlichen Laute und die Qual, die der Grund dafür gewesen war. »Es tut mir Leid«, sagte Jeff. »Das war einfach Scheiße, aber ich war verzweifelt und bin's noch immer. Carol tut Suzanne weh – inzwischen kann ich's Ihnen beweisen. Sind Sie bereit, mir zu sagen, mit wem sie's treibt?«

»Mit niemandem, den ich aus ihren Erzählungen kenne.«

Sie kamen zur Kreuzung Main Road und Hansen. Jeff bremste scharf vor einer gelben Ampel, hinter ihnen hupte es vorwurfsvoll.

»Ist das Ihre ehrliche Meinung? Oder nur wieder so eine Vertraulichkeitskiste?«

»Jeff, ich meine es ehrlich. Mir gegenüber hat sie nie ein Wort über ein Verhältnis erwähnt. Was geht hier wirklich vor? Was glauben Sie?«

»Entschuldigung.« Er beugte sich über Ellen, drückte das Handschuhfach auf, holte eine Kassette heraus und schob sie in den Recorderschlitz. »Hören Sie sich erst das an, dann sage ich's Ihnen.«

40

Jeff und Ellen saßen auf einem breiten Felsen, den man vom Haus der Familie Maxx nicht sehen konnte. Carol und Suzanne waren fort. Abby schnüffelte ohne Leine in den Felsspalten herum.

Jeff sagte: »Carol hat einen amtlich bestätigten Misthaufen angesammelt, der mich zum Scheusal abstempelt, das sie und unser Kind schlägt und jede ihrer Bewegungen kontrolliert. Solche Dokumente liegen bei Ihnen, bei der Polizei, im Krankenhaus. Sie hat Verletzungen, Suzanne hat Verletzungen, und ich bin in aller Augen der Bösewicht, obwohl ich ehrlicherweise nur sagen kann, dass ich nicht weiß, woher diese Verletzungen kommen. Trotzdem möchte ich mich nicht von Carol scheiden und Suzanne bei ihr lassen. Was bleibt mir also noch übrig?«

»Aber warum? Was beabsichtigt Carol damit?«

Jeff rieb Daumen und Zeigefinger aneinander.

»Alles nur wegen Geld?«

»Ich habe viel verdient. Das will sie. Geld war für Carol schon immer wichtig, aber ich hätte nie gedacht, dass sie sich so entwickeln würde. Man heiratet eine Frau, hat zusammen ein Kind, man mäht den Rasen und geht mit dem Hund spazieren. Wie kann es da passieren, dass sie sich in ein Monster verwandelt?«

Er schniefte und räusperte sich.

Ellen starrte aufs Wasser hinaus. Es herrschte Ebbe. Ein schneeweißer Reiher suchte sich vorsichtig pickend einen Weg durch die Felsen. Plötzlich stach er mit seinem scharfen Schnabel seitlich ins Wasser und tauchte mit einem zappelnden Fisch wieder auf. Abby schaute ihm ruhig zu.

Ellen schloss die Augen. Dahinter tobte es. Immer mehr Puzzleteile, keines passte zum anderen.

An die dreihundert Sitzungen hatte sie mit Carol verbracht und nie hatte es einen Hauch Zweifel an dieser misshandelten Frau mit dem Neandertalermann und der überdisziplinierten Tochter gegeben. Mit eigenen Augen hatte Ellen die Bisswunden, Beulen und blauen Flecken gesehen. Sie hatte Suzanne mit zerschundenem Gesicht im Krankenhaus gesehen, hatte Jeffs lautstarke Tobsuchtsanfälle gehört und gesehen.

Aber genauso klar und deutlich war sie Augenzeugin des inszenierten Märchens von Jeffs Stirnwunde geworden. Sie hatte das Tonband mit dem Gespräch zwischen Carol und Suzanne gehört. Kein Zweifel, das war Carols Stimme, in einem Tonfall, den Ellen nie von ihr gehört hatte.

Und da war noch etwas Auffallendes auf dem Tonband, das Ellen leider nicht herausfiltern konnte, ein wichtiges Element, über das sie unbewusst gestolpert war. Hoffentlich tauchte es wieder auf.

Der Reiher flog davon. Abby trottete zu Jeff hinüber, als ob sie nach einem neuen Spielzeug suchte. Er hob einen ausgebleichten Stock auf und schleuderte ihn ins Wasser. Noch immer starrte ihn Abby erwartungsvoll an. Er nahm noch einen und warf ihn den Strand entlang. Schwanzwedelnd rannte sie hinterher.

»Der einzige wasserscheue Retriever im ganzen Universum«, meinte Jeff.

Wollte Jeff mit den Informationen, die er ihr gab, die Sache schönfärben? fragte sich Ellen. War es möglich, dass Carol die ganze Zeit über von ihr behandelt worden war, ohne dass sie, Ellen, auch nur einen blassen Schimmer von diesem angeblichen Verhältnis hatte? Oder von dem teuflischen Lügengespinst, mit dem Carol den grausamen Missbrauch von Tochter und Ehemann tarnte? Sollte ihr beides tatsächlich entgangen sein? Oder hatte auch Jeff einen Plan, den sie gleichfalls nicht durchschaute?

Ellen sagte: »Haben Sie schon daran gedacht, Suzanne zu nehmen und mit ihr weit wegzuziehen, irgendwohin?«

»Ja«, sagte Jeff, »schon sehr oft, aber Carol würde mich zur Strecke bringen und dann müsste ich alles büßen. Außerdem müsste Suzanne anschließend wieder zu ihr zurück. Carol würde sie foltern.«

»Was haben Sie jetzt vor?«

»Weiterhin das Telefon abhören. Vielleicht versuche ich, ihr zu folgen, wenn dieser Piepser ertönt. Ich weiß, dass es sich dabei nicht immer ums Immobiliengeschäft dreht. Wenn sie so viel verkaufen würde, hätte sie kein so großes Interesse an meinem Vermögen. Sie trifft sich mit jemandem.«

»Und dann?«, fragte Ellen. »Was werden Sie mit Ihren Entdeckungen anfangen?«

Seine Augen wurden feucht. Sein Gesicht legte sich in melancholische Falten, als ob er mit diesen Fragen schon eine Ewigkeit kämpfte.

»Versuchen, einen Menschen zu finden, der mir zuhört.«

Jeff blieb noch am Strand, nachdem Ellen gegangen war.

Er vermisste sie.

Er änderte seine Sitzposition, damit er ihr Haus sehen konnte. Er redete sich ein, auf sie aufzupassen, während er in Wirklichkeit nach ihr Ausschau hielt.

Er sog die milde Luft tief in die Lunge ein, hielt sie an und atmete langsam wieder aus.

Dieses Gefühl hatte er schon lange nicht mehr gehabt. Ja, damals bei Carol, früher, als er ihr noch alles geglaubt hatte. Damals war er noch so dumm gewesen und hatte der Oberfläche getraut, anstatt seinem Argwohn nachzugehen. Für einen Kerl, der in allen anderen Situationen Menschen sehr gut einschätzen konnte, hatte dieser Zustand viel zu lange gedauert.

Aber wer ein eigenes Kind hat, konnte sich manchmal selbst nicht eingestehen, was er wusste. Und da gab es noch etwas, was sie beide in seinen Augen verband: die mangelnde Fähigkeit, sich nach außen zu präsentieren. Er war ein besserer Mensch, als man dachte. Und bei Carol hatte er dasselbe vermutet.

Arschloch.

Und nun gab es Ellen. Sie war völlig durchschaubar, ohne jede faule Stelle. Sie war der Mensch, der sie war.

Sie tauchte an ihrem Wohnzimmerfenster auf. Er sah ihre kupferroten Haare aufschimmern und musste daran denken, wie sie in der Sonne geduftet hatten, als sie bei ihm gesessen hatte. Am liebsten hätte er ihren Kopf zu sich herübergezogen und den Duft ihrer Haare tief eingeatmet.

Abby trieb sich an der Wasserkante herum und schnüffelte in Luftlöchern nach den Verursachern. Eine Minute schaute Jeff ihr zu, dann drehte er sich wieder zu Ellens Haus um.

Wie lange war er schon in sie verliebt? Es schien gerade erst passiert zu sein, aber das taten solche Dinge nie.

Er wollte wieder in ihrer Nähe sein und weiter Wache halten. Außerdem waren ihre Pfingstrosen so vom Unkraut überwuchert, dass sie in Kürze ersticken würden, wenn niemand sie davon befreite.

»Ab«, rief er, stand auf und klopfte sich den Sand von der Hose. Der Hund trottete herüber, um ihm ins nächste Abenteuer zu folgen.

Vom oberen Dielenfenster sah Ellen, wie Jeff und Abby den Strand verließen, und dachte, sie gingen heim, aber Jeff steuerte auf ihr Haus zu.

Sie bekam Herzklopfen. Vermutlich vor Freude, aber sie hatte schon so lange keine Emotionen mehr gespürt, dass sie nicht sicher sein konnte.

Schnell lief sie die Treppe hinunter zur Haustür, aber Jeff war schon vorbei und zupfte hinten im Hof Unkraut. Ellens Blicke folgten ihm, wie er nacheinander jeden Eindringling an der Wurzel packte, mit Stumpf und Stiel ausriss und fein säuberlich auf einen Haufen legte. Dann schob er wieder Erde an die Pfingstrosen, um die Stängel abzustützen.

Während Ellen die behaarten Finger bei der Arbeit beobachtete, musste sie daran denken, wie wild sie ihr immer vorgekommen waren. Instrumente der Gewalt. Jetzt wirkten die ehemals borstigen Haare seidenweich. Vorsichtig und geschickt gingen diese Hände mit den Pfingstrosen um.

So würden sie sich auch auf ihrer Haut anfühlen.

Schockiert trat sie einen Schritt zurück.

Sie ging ins untere Badezimmer, tauchte ihre Hände ins kalte Wasser und spritzte es sich wie wild ins Gesicht. Tropfen blieben in ihren Haaren hängen und fielen auf ihre Bluse. Sie starrte die Frau im Spiegel an, diese nasse unordentliche schmerzgepeinigte Frau, die Mann und Kind verloren hatte, angeklagt, diffamiert, attacktiert... Eine Frau, die erotische Phantasien über ihren Nachbarn hegte, den möglicherweise pathologischen Mann einer ihrer möglicherweise pathologischen Patientinnen.

Schon wieder stieg dieses entsetzliche Gelächter in ihrer Kehle auf. Um es zu unterdrücken, bespritzte sie sich noch mehr mit Wasser, ohrfeigte Wangen und Stirn und fügte sich an Stellen Schmerz zu, an denen schon ein anderer sie brutal gepeinigt hatte.

41

Die Überreste von Adeline Zoff tauchten in einer kleinen Bucht südlich des Farm Market Beach in Norwood auf, wo sie der entsetzte Gärtner des Grundstücks fand, zu dem dieser Privatstrand gehörte. Rasch ergaben die Ermittlungen der Polizisten Domenick Damato und Peter Pallas, dass die alte Frau unter zunehmender Blindheit und daraus resultierenden Depressionen gelitten hatte und höchstwahrscheinlich von eigener Hand aus dem Leben geschieden war.

»Ellen, hier ist Laurie. Ich wollte Ihnen nur sagen –«

»Laurie? Hallo, ich bin da«, sagte Ellen und schaltete den Anrufbeantworter aus.

»Haben Sie schon die *News* gesehen? Eine unserer alten Patientinnen ist gestorben, Adeline Zoff. Meines Wissens hatten Sie versucht, ihr zu helfen –«

»Adeline? O nein.« Ellen sank auf einen Küchenstuhl. »Woran ist sie gestorben?«

»In der Todesanzeige hieß es, sie sei ertrunken. Man glaubt an einen Selbstmord. Das arme alte Ding. Vermutlich konnte sie ihre Hilflosigkeit nicht ertragen.«

Würde Adeline noch leben, wenn sie ins Easton Inn gezogen wäre?

Diese Frage ging Ellen nicht mehr aus dem Sinn.

Nach einer Reihe schöner Tage war das Wetter umgeschlagen. Nun war es nass und grau. Ellen fühlte sich davon angezogen. Mit einem leichten Umhang ging sie ins Freie und spazierte die nasse Straße den SeaVista Hill hinauf, wo drei ihrer ehemaligen erfolgreichen Patienten lebten. Hier war sie früher regelmäßig gewesen, gegen Bezahlung.

Letzte Nacht hatte sie geträumt, sie läge mit allen in einem Sarg: mit Liam und Kevin und Adeline. Und all ihre Bekannten stünden kurz vor dem Aus. Die Plätze in dem riesigen Sarg warteten schon auf sie. Ellen Stewart, der Rattenfänger des Todes.

Gleichmäßig trommelte der Regen auf ihre Kapuze. Sie zog das dünne Plastik weiter nach vorne, aber die Tropfen fielen ihr noch immer auf Nase und Kinn. Ihre Nase lief. Rasch waren die beiden Kleenex in ihrer Tasche verbraucht. Nach einer Weile gab sie es auf, gegen die Nässe anzukämpfen, sowohl gegen die von Gott geschickte wie gegen ihre eigene.

Zuerst lief sie einen Kilometer, dann zwei. Sie atmete schwer und schwitzte. Der Traum wollte nicht weichen. *Du bist tot,* flüsterten alle im Sarg.

Tief drinnen machte sich ein Gefühl in ihr breit, als ob sie ein Auto wäre, das einen vorgegebenen Punkt ansteuerte. Geistesabwesend überlegte sie, ob auch das ein weiterer Teil ihres Traums sei, der ihr soeben wieder einfiel.

Du bist tot, sagten die Stimmen. *Mausetot.*

Plötzlich blieb Ellen stehen. Ihre Kapuze flog vom Kopf, aber sie merkte es kaum.

Das war kein Traum. Sie saß in Jeffs Landrover und hörte das Band von Carol an.

»*Du bist mausetot*«, hatte Carol zu Suzanne gesagt.

»*Sie sind mausetot*«, hatte Peter Pallas Ellen an jenem Tag zugeflüstert, als er vor ihrer Praxis stand.

Dieselben Worte, dieselbe Betonung auf der letzten Silbe. Ellen war darauf trainiert, beim Zuhören phonetische Hinweise zu entdecken. Und in diesem Satz von zwei verschiedenen Personen hatte sie exakt dieselben Elemente herausgehört.

Das war die Landmine, über die ihr Unterbewusstsein gestolpert war. Carol und Peter hatten diesen Satz voneinander abgehört.

Wieder fing Ellen zu laufen an, bergauf, noch schneller. Carol – so wie sie in Jeffs Realität war. Vergessen wir mal Ellens Variante. Carol, die ein Verhältnis hatte. Carol, die in der Nacht, als Liam überfahren wurde, nichts gesehen hatte, obwohl man von ihrem Haus den Unfallort überblicken kann.

Pallas – der abstreitet, in Sandpiper gewesen zu sein, obwohl er da war. Vielleicht hatte er außer dem Unfall mit Liam noch einen Grund zum Leugnen.

War das das Verhältnis? Carol und Pallas? War Pallas bei Carol zu Hause gewesen?

Hatte Carol die ganze Zeit gewusst, dass Peter Liam überfahren hatte? Obwohl sie Ellen getröstet, ihr bei der Beerdigung geholfen und selbst während der Sitzungen Trost gesucht hatte? Hatte sie ihn vielleicht sogar dabei beobachtet?

Ellen blieb stehen und setzte sich ins klatschnasse Gras. Ihre Augen brannten wie Feuer, Tränen vermischten sich mit den Regentropfen. Ihre Nase lief.

Sie wollte nie wieder aufstehen.

Peter Pallas hatte gerade eine Märchenstunde in der Bücherei hinter sich. Die Kinder waren zwischen vier und sechs, das ideale Alter, um sich auf die Begegnung mit einem echten Polizisten zu freuen, nachdem die Bibliothekarin die Geschichte von einem freundlichen Officer vorgelesen hatte, der einem Papagei hilft.

Zwei der Kleinen waren hinter ihm ins Freie gerannt und wollten unbedingt das Polizeiauto sehen. Es hatte zu regnen aufgehört, aber der Straßenbelag war noch nass. Er holte eine Papierrolle aus dem Kofferraum, putzte ihre kleinen Schuhe ab und verfrachtete sie auf den Vordersitz, während ihre Mütter lächelnd zuschauten.

»Wie machst du denn das rote und das blaue Licht an, das so blitzt, so wie auf der Autobahn?«, wollte das kleine Mädchen wissen.

»Hier, mit diesem Schalter.« Peter deutete darauf. »Willst du's mal probieren?«

»Ja!«

»Ich auch!«, sagte der Junge.

Er ließ sie mit seinen Sachen spielen, bis die Mütter nach fünf Minuten die Kinder hinauszogen und sich überschwänglich bei ihm bedankten. Er schaute ihnen nach, wie sie zu ihren Autos gingen, die Kinder einluden, angurteten, festzurrten.

Ellen Stewart und viele andere würden ihn als wildes Tier abstempeln, wenn sie mit Sicherheit wüssten, dass er ihren kleinen Jungen getötet hatte. Aber er war gar nicht so gefühllos. Der Anblick von Kindern, die nur wenig älter als Liam waren, tat ihm weh. So sollte es ja auch sein. Er hatte einfach keine andere Wahl gehabt.

Und dann die alte Dame, Adeline Zoff. Er war sicher gewesen, dass er den Fall übernehmen würde, wenn sie nicht für immer verschwinden sollte. Als der Anruf hereinkam, wusste er sofort, was ihn und Domenick erwartete.

Er hatte sich innerlich schon darauf vorbereitet, den Überraschten zu mimen, den so etwas ganz krank machte.

Aber als er später herausfand, dass sie fast blind war, hätte es ihn beinahe umgehauen. Sie hätte ihn nicht gesehen. Er hätte sie nicht umbringen müssen.

Die ganze Sache geriet immer mehr außer Kontrolle.

Offensichtlich wusste Ellen nicht, dass er der Mann in ihrer Praxis gewesen war. Noch gehörten all seine Geheimnisse ihm. Trotzdem glich sie einer brennenden Zündschnur. Er war von sich selbst enttäuscht. Inzwischen sollte sie eigentlich tot sein. Diese Geschichte war ihm völlig misslungen, ihm, dem nie etwas misslang.

Solange sie am Leben war, steckte er bis zum Hals in der Scheiße.

Seine Schicht war vorbei. Er fuhr ins Hauptquartier, trug sich aus, zog sich um und stieg in den Subaru. Zuerst wollte er auf ein Glas im Stone Poney vorbeischauen, aber als er den ersten Straßenblock hinter sich hatte, wurde ihm klar, dass ihm der Sinn eigentlich nicht nach Bier stand.

Er schaltete sein Handy ein und wählte Carols Piepser.

»Wo ist Suze?«, fragte Jeff Carol.

»Fort.«

»Und wo?«

»Fußball spielen.« Carol füllte die Geschirrspülmaschine

fertig und knallte die Tür zu. Jeff zuckte zusammen, sagte aber nichts. Dieses Spielchen kannte er. Sie redete so wenig wie möglich, warf mit Sachen um sich und versuchte ihn so lange zu reizen, bis er genug hatte. Dann konnte sie ihn ihrerseits anbrüllen und dafür sorgen, dass ringsum jeder hörte, wie er zurückbrüllte. Schließlich würde sie in der Öffentlichkeit mit Schnittwunden und blauen Flecken auftauchen, die sie sich selbst zugefügt hatte.

Carols Piepser ertönte. Sie zog ihn vom Jeansbund, las ihn ab und löschte das Display.

»Kundschaft?«, erkundigte sich Jeff mit Unschuldsmiene.

»Ja«, antwortete sie im selben Ton, wischte rasch noch die Spüle ab und lief dann nach oben.

Das Spielfeld war schlammig. Nach fünf Minuten hatte Suzanne dreckige Shorts. Aus langer Erfahrung hatte sie gelernt, damit umzugehen. Nach dem Spiel würde sie die saubere Hose aus ihrer Tasche anziehen und in den Waschsalon gehen, bevor sie daheim anrief und sich abholen ließ.

Beim heutigen Spiel waren sieben Elternteile anwesend, fünf Mütter und zwei Väter. Suzanne beobachtete immer sorgfältig, wie sie mit ihren Kindern redeten. Eines wusste sie genau: Keine dieser Mütter würde ihre Tochter wüst beschimpfen oder prügeln, nur weil sie mit dreckiger Kleidung heimkam.

Andererseits war es durchaus möglich, dass diese Mütter genauso schlimm waren wie ihre und genauso gute Schauspielerinnen.

Suzanne rannte los, um den Ball von der Seite abzufangen, und drosch ihn übers ganze Feld. Mehrere Mütter jubelten ihr begeistert zu. Sie liebte das prickelnde Gefühl, das bei einem solchen Treffer in ihrem Bein aufstieg.

Eines der unumstößlichen Gebote ihrer Mutter lautete: Es ist verboten, mit irgendjemandem über die eigenen Familienangelegenheiten zu sprechen. Bei einem Verstoß drohten schreckliche Strafen. Wie gerne hätte sie sich mit ihren Freundinnen ausgetauscht, um herauszufinden, ob deren Leben ihrem glich.

Sie vermutete stark, dass es anders war.

Man konnte sich nur schwer vorstellen, dass sich eine der anderen Mütter dauernd Verletzungen zuzog und dann behauptete, sie stammten von Pa – obwohl der einzige Mensch, der dem Kind je wehtat, die Mutter war.

Wieder ein Ball. Wenn sie jetzt wie verrückt in die Ecke stürmte, könnte sie ihn abfangen. Sie traf ihn mit der Außenkante und platzierte ihn treffsicher in einer Lücke des gegnerischen Teams. Wieder klatschten die Mütter.

Hier auf dem Fußballfeld war fast die einzige Zeit, in der Suzanne nicht an die ominöse Pistole im Schrank ihres Vaters dachte.

Während Ellen nach Hause ging, hörte der Regen auf. Inzwischen schien wieder die Sonne, aber sie war klatschnass. Ihre Haare trieften, ihre Turnschuhe waren durchgeweicht.

Als sie Jeffs und Carols Haus erreichte, kam gerade Carol heraus. Sie trug eine olivgrüne Hose mit Bügelfalten und eine schwarze Bluse. Als sie Ellen sah, lief sie hinüber.

»Meine Liebe, was ist passiert? Hat dich der Regen überrascht?«

»Ja«, sagte Ellen.

Carol trat einen Schritt zurück und schaute Ellen in die Augen. Ihr Blick war direkt, aufrichtig und teilnahmsvoll. »Du bist ja völlig nass. Außerdem siehst du so traurig aus. Kann ich dir helfen?«

Ellen merkte, dass sie dem Blick standhielt. Plötzlich wirkten ihre Erkenntnisse über Carol und Peter Pallas etwas weniger überzeugend. Falls dieses abgefeimte Spiel der Wahrheit entsprach, wie konnte Carol Ellen dann so anschauen? Ohne einen Funken Zweifel oder Schuld?

Während ihrer langen Therapeutenzeit war Ellen noch nie einem Menschen begegnet, der sich so gut verstellen konnte.

»Was kann ich für dich tun?«, fragte Carol leise.

Wieder kamen Tränen, obwohl Ellen gedacht hatte, die Quelle wäre erschöpft. Carol umarmte sie noch fester. Ellen erwiderte die Umarmung.

42

Ellen warf ihre nasse Kleidung in den Wäschekorb und ging unter die Dusche, wo sie lange Zeit unter dem heißen Wasserstrahl stehen blieb.

Sämtliche Varianten wirbelten in ihrem Kopf herum.

Entweder log Carol – oder Jeff, obwohl Ellen eigentlich Jeff nicht als Lügner sah. Aber auch Carol war ihr nie falsch vorgekommen und tat es noch immer nicht.

Wo blieben nur ihre wunderbaren Instinkte? Noch nie in ihrem Leben war es so wichtig gewesen, zwischen Füchsen und Hühnern unterscheiden zu können.

Was sie brauchte, war ein Detektiv, jemand, der Nachforschungen über Carol anstellte. Zu diesem Schluss kam Ellen zu guter Letzt. Schon längere Zeit hatte sie nichts mehr von Erin gehört. Als sie anrief, war nur Erins Anrufbeantworter am Apparat.

»Erin, hier ist Ellen«, sagte sie. »Ich würde mich gern nach dem neuesten Stand der Dinge erkundigen. Und außerdem bräuchte ich Ihre Hilfe. Bitte, rufen Sie mich so bald wie möglich zurück.«

Als Erin zurückrief, war sie gerade in der Küche und versuchte, sich gewaltsam für irgendeine Nahrungsaufnahme zu entscheiden.

»Ellen, wie geht's?« Ein Autotelefon. Statische Störungen. Klang sie deshalb so distanziert?

Ellen fragte: »Sind Sie dem Beweis, dass Peter Pallas meinen Sohn und meinen Mann umgebracht hat, näher gekommen?«

»Nein.«

»Nur ›nein‹?«

»Tut mir Leid, Ellen, aber ich kann Ihnen lediglich erzählen, dass dieser Fall eine Menge Löcher und Fragezeichen aufweist. Momentan lässt sich noch nichts Genaues sagen.«

»Was? Aber –«

»Ich komme zu spät zu einem Termin. Ich werde mich später wieder bei Ihnen melden.«

Kaum hatte Suzanne in gewaschenen Shorts ihr Zimmer betreten, sah sie, dass ihre Mutter einen ganzen Stapel ihrer CDs zerbrochen hatte. Sie lagen, wo Suzanne sie liegen gelassen hatte: auf dem Regal neben ihrem CD-Player, aber eben nur noch ein Haufen Bruchstücke.

Sie lief hin und durchwühlte ihn verzweifelt. Natürlich, alle ihre Lieblingsstücke, die sie am häufigsten spielte. Deshalb hatte sie sie entgegen der lautstarken Ermahnung ihrer Mutter nicht ordnungsgemäß in die Hüllen zurückgesteckt.

Suzanne ließ die Bruchstücke zu Boden fallen. Tränen liefen ihr übers Gesicht.

Ihre Mutter konnte jederzeit heimkommen. Wenn sie den Abfall sah, würde es noch mehr Ärger geben. Deshalb sammelte sie die Teile ein und legte sie in den Papierkorb.

Manchmal hatte Suzanne den Eindruck, als ob ihre Mutter nur deshalb dumme Regeln erfand, um einen Grund zum Ausrasten zu haben. Solche Anfälle sah Suzanne regelmäßig kommen, noch ehe ihre Mutter das Gesicht verzog und heftiger atmete. Suzanne versuchte alles, aber der Ausbruch kam immer. Egal, ob sie nett war oder ihrerseits wütend wurde, ob sie stumm blieb oder zu beschwichtigen versuchte oder weinte oder sonst etwas tat. Nie konnte sie verhindern, dass ihre Mutter losbrüllte, sie verwünschte und auf sie einprügelte.

Und immer machte sie ihr dabei klar, dass alles nur noch schlimmer würde, falls sie jemals einer Menschenseele auch nur ein Sterbenswörtchen sagen würde.

Vorsichtig setzte sich Suzanne auf ihr perfekt gemachtes Bett, ohne die violette Chenilledecke zu verknittern. Sie wusste, was passieren würde, wenn ihre Mutter nach Hause kam. Sie hatte ihre Shorts gewaschen und den unordentlichen CD-Berg beseitigt. Um ihrer Mutter zu gefallen, könnte sie alles und jedes im Universum tun und machen und würde doch nur angebrüllt und sogar verletzt werden. Ihre Mutter würde einen Grund finden.

Suzanne stand vom Bett auf und ging ans Fenster. Keine Autos, beide Eltern waren noch immer fort. Abby lag schlafend im Gras.

Sie ging in die Diele, holte den Schlüssel ihres Vaters, öffnete das Nachtkästchen und nahm die Pistole heraus.

Ellen rieb sich die Augen. Immer wieder war ihr Erins Anruf durch den Kopf gegangen. Er ließ nur einen Schluss zu: Erin ließ sie abblitzen. Erin stand nicht mehr auf Ellens Seite.

Wie war es dazu gekommen?

Ellen verließ die Küche und trat durch die rückwärtige Tür ins Freie. Die Knospen der Pfingstrosen, die Jeff vom Unkraut befreit hatte, konnte man jetzt sehen; sie blühten in einem unbeschreiblich hübschen Erdbeerrosa. Sie beugte sich hinunter, um daran zu riechen.

Zwischen der früheren Erin und der jetzigen lagen Welten,

irgendwelche unbekannten Größen mit fürchterlichen Auswirkungen. Zum Kuckuck, was war hier los?

Wie schon nach dem Telefonat mit Erin dachte Ellen daran, Mel anzurufen. Würde sie auch bei ihm diese schreckliche Distanz heraushören? Hatte sich auch ihr Anwalt auf dieselbe Position wie ihre Detektivin begeben? Und wo genau war diese Position?

Ellen wollte es gar nicht wissen.

Sie ging auf die Vorderseite des Hauses. Carols und Jeffs Fahrzeuge waren weg. Abby saß im Gras und beobachtete ein paar Silbermöwen am Strand.

Ellen stieg aus ihren Sandalen und betrat den Strand.

Suzanne saß auf der Felsnase, die ihr Vater schon einmal entdeckt hatte, dicht hinter den Häusern. Hier würde er wieder suchen und dann ihre Leiche finden. Um seinetwillen tat es ihr weh, dass er derjenige sein sollte, andererseits wollte sie aus ganz egoistischen Gründen von dem Elternteil gefunden werden, der beim Anblick ihrer Leiche in Tränen ausbrechen und sanft damit umgehen würde.

Als Suzanne aus dem Haus gekommen war, hatte sich Abby aufgesetzt und wollte unbedingt mit zum Strand kommen. Aber Suzanne hätte sich nie vor Abby erschießen können. Selbst jetzt noch spürte sie die aufmerksame Witterung des Hundes, obwohl er sie nicht mehr sehen konnte. Hunde wussten eben Bescheid.

Suzanne wusste ganz genau, wo sie die Pistole anlegen musste, im Mund, leicht nach oben angewinkelt. Obwohl das Ding noch in ihrem Schoß lag, konnte sie bereits das Metall schmecken.

Sie schaute den kleinen Wellen nach, die regelmäßig hereinschwappten. Über die neunte Welle gab es irgendeine Legende, die sie nicht genau kannte, aber diese Zahl war so gut wie jede andere auch. Bei der neunten würde sie abdrücken. Sie begann zu zählen.

Der Regen hatte den Strand so hart werden lassen, dass nur eine dünne Sandschicht obenauf lag. Ellen ging nach links, weg von den Häusern. Ihr Rock flatterte in der Brise. Es roch so, wie immer nach stürmischem Wetter: salzig und frisch.

Da stach ihr eine Bewegung ins Auge, sie drehte sich um. Auf einem Felsen saß Suzanne Maxx und hielt eine Pistole in der Hand.

Sie starrte Ellen an. Reglos erwiderte Ellen den Blick.

»Schatz, warum hältst du das?«, fragte Ellen.

Suzanne gab keine Antwort. Ihr Gesicht mit den schmal zusammengekniffenen Lippen war alarmierend weiß. Sie hatte die Beine kerzengerade von sich gestreckt, die Zehen deuteten nach oben. Die Hand mit der Pistole schwebte über ihrem Schoß.

Ellen hörte ihren eigenen Puls rasen. Sie war überzeugt, dass das Mädchen Selbstmord begehen wollte. Panische Angst durchzuckte ihren Magen. Nicht noch ein totes Kind.

Sie sagte: »Suzanne, hast du vor, dich zu erschießen?«

»Ja.« Kein Flüstern, kühl wie Milch.

»Du musst viele Gründe haben.«

»Habe ich.«

»Suzanne, wie du weißt, ist mein Sohn gestorben. Du liegst mir wirklich am Herzen. Ich mag dich sehr gern. Ich möchte dich nicht auch noch verlieren.«

Suzannes Augen weiteten sich ein bisschen.

Ellen fuhr fort: »Darf ich mich zu dir setzen und mir deine Gründe anhören?«

»Das ist egal.«

»Was ist egal?«

»Sie können mir nicht helfen.«

»Vielleicht nicht«, sagte Ellen, »aber vielleicht doch.« Sie ging einen Schritt auf Suzanne zu und dann noch einen.

»Ich würde nie auf Sie schießen«, sagte Suzanne.

»Ich möchte nicht, dass du dich erschießt.«

»Ich hab's Ihnen doch gesagt, dagegen können Sie nichts machen.«

Kühn überwand Ellen den restlichen Abstand und setzte sich auf den nächsten Felsen, wobei sie Suzanne nicht aus den Augen ließ. »Hat es etwas mit deiner Verletzung zu tun, wegen der du im Krankenhaus warst?«

»Ich werde ständig verletzt«, sagte Suzanne, »oder meine Sachen oder mein Hund. Einmal hat sie Abby vor meinen Augen ganz fest in den Bauch getreten.«

Sie. Leider hatte Suzanne mitten in der Geschichte angefangen. Das Schlimmste, was Ellen jetzt tun konnte, wäre, sie mit Gewalt zum Anfang zurückzuzwingen. Das hätte dieselbe Wirkung, wie wenn sie nach der Pistole greifen würde.

»Hat dir deine Ma heute wehgetan?«

»Sie hat meine CDs zertreten.«

Ellen zwang sich dazu, nicht auf die Pistole zu schauen. »Darüber würde ich ganz schön wütend werden.«

Suzanne schüttelte den Kopf. Ihr dunkler Zopf hüpfte von Schulter zu Schulter.

»Bist du nicht wütend?«

»Es ist egal, was ich bin. Ma ist immer noch wütender.«

»Suzanne, was müsste passieren, damit du dich entschließt, dich nicht umzubringen?«

»Nichts. Wenn ich fortfliegen könnte.«

»Weiß dein Vater, dass dir deine Ma wehtut?«

»Nein, dabei lässt sie niemanden zuschauen.«

»Das glaube ich dir.«

Suzanne schaute Ellen an. Zum ersten Mal senkte sie die Hand so weit, dass die Pistole in ihrem Schoß lag.

43

Wo ist sie jetzt?«, fragte Jeff Ellen am Telefon. Er war von seinem Stuhl hochgeschossen und stand nun vor dem Schreibtisch.

»In meinem Bett. Wir haben uns lange unterhalten. Ich wollte sie nicht allein lassen, nicht einmal für einen Anruf bei Ihnen.«

»O Gott, o Gott«, sagte er. »Hat sie sich was angetan?«

»Nein.«

»Ich bin gleich da. Sollte sie ins Krankenhaus?«

»Theoretisch ja, aber dort können sich Kids leicht entziehen. Um das hundertprozentig zu verhindern, gibt es einfach nicht genug Personal.«

»Was soll ich dann tun?«

Noch nie hatte Ellen ihn so hilflos erlebt. Dieses Gefühl kannte sie.

»Suzanne braucht eine Therapie und vermutlich Medikamente. Aber zuerst muss ihre Mutter in Gewahrsam. Dazu habe ich eine Idee.«

»Lieber Himmel. Sagen Sie's mir.«

»Sie sagten, Carol würde auf ihren Piepser reagieren. Egal, mit wem sie sich trifft, wenn er sie anpiepst, geht sie hin.«

»Genau meine Meinung«, sagte Jeff. »Heute hatte ich versucht, ihr zu folgen, aber sie ist mir entwischt.«

»Ich habe mir ihren Pager gut angeschaut und werde mir das gleiche Modell kaufen. Dann vertauschen wir beide. Wenn für sie eine Meldung kommt, gebe ich sie weiter und überprüfe dann die Nummer. Ich denke, Jason Landrin wird das für mich erledigen. Außerden, Jeff… ahne ich, mit wem sich Carol trifft. Vermutlich mit Peter Pallas.«

In einem Ohr war noch Shampoo. Er konnte es von der Tür aus riechen.

Während Peter Carol im Bad betrachtete, die nach einem Handtuch griff und dann zum Abtrocknen aus der Dusche stieg, dachte er wieder einmal, wie schön ihre Schultern waren. Wenn er sich doch nur mit derselben Leidenschaft wie früher darauf konzentrieren könnte. Der Shampooduft machte ihn noch immer wild, aber inzwischen war zu viel los. Sein Gehirn war restlos beschäftigt.

Sie hatte die Badezimmertür offen gelassen, nicht aus Berechnung, sondern weil sie Badezimmertüren nie schloss. Sie dachte sich nichts, wenn man ihr bei den intimsten Dingen zusah. Das gehörte zu ihrem Wildtiercharme. Nachdem sie es zum ersten Mal miteinander getrieben hatten, hatte sie sich zum Pinkeln auf die Toilette gesetzt, während er unter der Dusche stand. Daraufhin hatte er sie sofort wieder ins Bett gezerrt.

Das war in ihrem Haus gewesen, bei einer der beiden Gelegenheiten, bei denen er dort mit ihr geschlafen hatte.

Das zweite Mal war es in jener Nacht passiert, als er den kleinen Jungen überfahren hatte.

»Bring mir ein Molson, ja?«, rief ihm Carol zu. »Ich habe im Kühlschrank ein paar Flaschen gesehen. Wenn du willst, gibt's auch Löwenbräu. Die dunklen Flaschen, die du so gern magst.«

Peter zog seinen Slip an und ging die Treppe hinunter. Mit ziemlicher Sicherheit lag die Küche links, und so war es auch. Er fand die Flaschen, öffnete sie und brachte sie hinauf.

Carol stand bereits in Slip und Bluse wieder im Schlafzimmer. Aus dem Bad quoll süßlicher Dampf. Eigentlich hätte er sie gern erneut genommen, aber er fühlte sich von etwas anderem magisch angezogen, das ihn nun schon seit Wochen fast ausschließlich beschäftigte: jener Nacht, die er immer wieder in seiner Vorstellung ablaufen ließ.

Sein Streifenwagen hatte in ihrer Garage gestanden. Ein

dummer Zufall. Das zweite und letzte Mal, dass er damit gefahren war. Aber Mann und Tochter waren bei einem Fußballspiel gewesen, deshalb hatte nichts passieren können.

Besser gesagt, hätte. Wenn er nicht nach drei Bierchen mit dem Wagen rückwärts aus der Garage geschossen wäre, gewendet und Liam Stewart überfahren hätte.

Früher an diesem Abend hatte er seine Sache noch prima gemacht. Er hatte seine Funkzentrale von der Maxxschen Garage aus angerufen und so getan, als wäre er in der High-School. Außer Carol wusste niemand, was wirklich geschehen war, und sie würde die Sache nie platzen lassen. Längst hatte sie sich ihre Pläne für die Scheidungsvereinbarung zurechtgelegt, auf die sie fest baute. Eine außereheliche Beziehung sowie Komplizenschaft bei einem Mordfall wären dabei etwas hinderlich.

Peter hatte ihr nie erzählt, dass er derjenige war, der Kevin Stewart erledigt hatte, aber das war auch gar nicht nötig gewesen. Carol und Peter hatten es gerade in ihrem Auto getrieben, als Kevin sie voll mit seinen Scheinwerfern überrascht hatte. Daraufhin war sie ausgerastet. Als man Kevin tot auffand, hatte Peter diesbezüglich kein Wort mehr von ihr gehört.

Die kühle Carol, die den Tanz am Abgrund liebte und dabei am liebsten das Gegenteil vorspielte. Nur nicht bei ihm. Das war es, was ihn am meisten aufheizte, ihr Spaß am Böse-Mädchen-Spiel. Treiben wir's doch nachts auf dem Fußballplatz. Fahren wir mit dem Polizeiauto herum, während ich auf dem Boden knie und dir einen ablutsche.

Schon wieder bekam er einen Steifen. Er trank einen tiefen Schluck Löwenbräu.

Jeff saß mit Suzanne bei Ellen auf der Wohnzimmercouch und hielt ihre Hand.

»Suze – wenn du weißt, wo die zweite Pistole ist, musst du's mir sagen«, beschwor er sie leise.

»Papa, ich schwör's dir – da waren mal zwei, aber dann lag nur noch eine da. Ich weiß nicht, was damit passiert ist.«

Suzanne wandte sich an Ellen. »Kann ich hier bleiben? Bei dir?«

Ellen beugte sich aus dem Sessel neben der Couch zu ihr. »Von mir aus gern, und zwar bald, aber zuerst müssen wir alle zusammen noch etwas erledigen. Wir müssen sicherstellen, dass dir deine Mutter nicht mehr wehtun kann. Das bedeutet, du musst heimgehen, als ob alles beim Alten wäre. Inzwischen werden dein Pa und ich sie in flagranti überraschen.«

»Sollte Suzanne das alles wirklich mit anhören?«, hatte Jeff vorher von Ellen wissen wollen, und Ellen hatte gesagt: *»Suzanne war drauf und dran, sich zu erschießen. Ihre Mutter hat sie gefoltert. So schlimm wie das kann keine Wahrheit sein.«*

Suzanne fing erneut zu weinen an. »Aber sie wird – Ihr habt ja keine Ahnung. Das passiert immer aus heiterem Himmel. Sie wirft einen Hammer nach mir. Sie –«

»Jetzt nicht«, sagte Jeff grimmig. »Sie wird dir nie wieder wehtun.«

Jason Landrin erhob sich von seinem Stuhl. »Das gefällt mir ganz und gar nicht.«

Ellen blieb sitzen. »Hören Sie mich wenigstens an. Sie hören ja nicht einmal zu. Würden Sie sich hinsetzen?«

Er sagte: »Sie fordern von mir, haarsträubende Behauptungen zu glauben.«

»Das ist Ihre Schlussfolgerung, obwohl Sie mich nicht einmal angehört haben!«

»Ellen, genauso gut können Sie mir noch drei Tage lang erzählen, auf Ihren Rasen hätte ein Außerirdischer gepinkelt. Die Sache ergibt für mich so wenig Sinn wie beim ersten Mal. Ich kenne Jeff Maxx. Ich kenne seinen Charakter und seine Akte. Sie vertrauen ihm. Sie sind verrückt. Um Himmels willen, ich habe ihn *von Ihnen* weggerissen. Und was Peter betrifft – Nicht einmal Polizisten, die mit dem Schwanz denken, sind so verrückt, dass sie verheiratete Frauen bumsen und am selben Ort tödliche Unfälle verursachen.«

»Peter hatte keine Ahnung, dass er Liam überfahren würde. Und wieso hat Carol nichts gesehen oder gehört? Das ist unmöglich. Sie lügt.«

Jason begab sich zu dem monströsen Diagramm an seiner Wand, obwohl dessen Sinn in diesen Tagen immer mehr in Frage stand.

Mit dem Rücken zu Ellen sagte er: »Sie können nicht herumlaufen und Leute beschuldigen –«

»Das tue ich auch nicht. Ich stelle Hypothesen auf, für die ich Beweise suche, und dazu brauche ich Ihre Hilfe. Sie sollen nur herausfinden, zu wem die Telefonnummern gehören, die ich Ihnen bringe. Mit Namen und Adresse.«

»Posner«, erklärte Ellen Jeff und buchstabierte. »Im Verzeichnis steht Bellinda und Harold, Fair Isle Avenue 74.«

»Sie ruft gerade an. Ich höre sie reden. Bleiben Sie dran.«

Eine Minute später war er wieder da. »Ich konnte nicht hören, was sie gesagt hat, aber anscheinend will sie nicht weggehen. Vielleicht war's tatsächlich ein geschäftlicher Anruf.«

»Draußen kann ich Suzanne sehen. Wie geht's ihr?«

»Hält weiter durch. Ich lasse Carol keine Sekunde mit ihr allein. Ich habe ihr eine Arbeit draußen im Garten gegeben.«

»Jeff, wieder ein Piepser. Ich hänge jetzt auf und rufe Jason an. Dann schicke ich die Nachricht an Carol weiter.«

»Sind Sie sicher, dass es die richtige Nummer ist?«, erkundigte sich Jason bei Ellen. »Überprüfen Sie's, bitte, noch mal.«

»Hier steht 633–8633. Das hatte ich Ihnen doch durchgegeben?«

»Tja, aber unter der Vorwahl 203 gibt es keine Nummer, die mit 633 beginnt. Steht auf dem Piepser keine Vorwahl?«

»Nein.«

»Ich finde nichts«, sagte Jason.

Ellen legte auf und schickte die Seite auf den neuen Piepser, den Jeff Carol untergeschoben hatte.

Zwei Minuten später rief Jeff an. »Sie hat niemanden angerufen. Sie geht. Sehen Sie sie draußen?«

Ellen ging zum Vorderfenster. Soeben stieg Carol in ihren Honda.

»Nichts wie hinterher«, sagte Ellen.

44

Schon seit mehreren Tagen lag auf Jasons Schreibtisch ein Formular, auf dem seine eidesstattliche Erklärung im Klagefall *Stewart contra Polizeipräsidium Eastport* erbeten wurde.

Normalerweise war Jason keiner, der sich um Papierkram drückte. Seine Notizen und Akten waren stets in Ordnung. Er konnte alles finden. Aber dieser Prozess schmerzte ihn persönlich. Er hasste es, daran beteiligt zu sein.

Es war gespenstisch, dass er für Ellen den Detektiv spielte, während ihn gleichzeitig die Munition gegen sie anstarrte.

Er nahm den Block zur Hand, auf den er die 633er-Nummer gekritzelt hatte. Spielerisch verschob er die einzelnen Zahlen und probierte, ob die neue Kombination vielleicht zufällig einer bekannten ähnelte; oder auch absichtlich, falls hier tatsächlich ein Betrug vorlag. Du wirst angepiepst, kennst die Nummer und auch die falsche Kombination, die verhindert, dass statt dir irgendein anderer zurückruft.

Er könnte die verschiedenen Kombinationen in den Computer eingeben.

Oder er könnte sich wieder an seine gottverdammte Arbeit setzen und Ellen allein auf Gespensterjagd gehen lassen.

Obwohl Jeff mit dem Landrover so dicht an Carol dranblieb, wie er es wagte, hätten sie sie zweimal beinahe verloren.

»Wir hätten mein Auto nehmen können«, sagte Ellen, »aber das kennt sie auch.«

Sie folgten ihr nach Norden in ein Viertel von Eastport, das unter dem Namen Gold Coast bekannt war, und dann mehrere Straßenblöcke landeinwärts, wo weniger prächtige, aber immer noch eindrucksvolle Häuser standen.

Ellen seufzte. »Ich war mir sicher, sie würde zur Wohnung von Peter Pallas fahren. Einige ihrer Telefonnummern waren hier aus der Gegend, oder? Vielleicht handelt es sich doch um etwas rein Geschäftliches.«

»Tja, vielleicht«, meinte Jeff und fuhr langsamer, bis das Fahrzeug fast dahinkroch. Unterdessen bog Carol ab. Langsam fuhr auch er um die Ecke. Sie beobachteten, wie sie erneut abbog. Jeff tastete sich an die Straßenecke heran, wobei er den Rover außer Sichtweite hielt. Trotzdem konnten sie Carol noch sehen, die gerade in die Einfahrt eines stuckverzierten rosa Hauses im mediterranen Stil einbog, an dem ein Schild mit der Aufschrift ZU VERKAUFEN hing.

Sachte legte Jeff mit der Faustkante den Rückwärtsgang ein. »Wir können unbesorgt wegfahren.«

»Warum ist sie noch nicht ausgestiegen?«, sagte Ellen.

»Weil sie auf einen Kunden wartet?«

»Aber warum sollte – Oh, mein Gott. Schauen Sie.«

Gerade ging das automatische Tor der Triplex-Garage auf. Drinnen stand ein Streifenwagen aus Eastport, neben dem Carol ihr Auto abstellte.

Jason glättete sich mit beiden Händen die Haare, eine unbewusste Geste, die er immer dann machte, wenn er nervös war. Die vielen Berichte, die er wegen dieser Sache mit der Telefonnummer beiseite gelegt hatte, brachten ihn um den Verstand.

Da kam Maggie Dolce herein. »Ich wollte fragen, ob ich am Labor-Day-Wochenende freihaben kann. Meinst du, das klappt?«

»Moment mal«, knurrte er und versuchte, die Berichte der Reihe nach zu ordnen, obwohl die Hälfte der Seiten nicht nummeriert war.

»Du siehst schrecklich aus«, sagte sie. »Woran arbeitest du gerade?«

»An einer Fata Morgana. Alles Mist.« Sein Blick wanderte von dem unordentlichen Papierstapel zu dem Notizblock, auf dem er mit der 633er-Nummer herumgespielt hatte. Er nahm ihn hoch und streckte ihn Maggie hin, wobei er auf die Nummer deutete, die ihm Ellen gegeben hatte. »Kommt dir diese Telefonnummer irgendwie bekannt vor?«

Sie nahm den Block. »Sechs-drei-drei, acht-sechs-drei-drei. Das kann nicht hier in der Gegend sein. Im ganzen Bezirk gibt es keine Vorwahl mit sechs-drei-drei. Woher hast du diese Nummer?«

»Kam auf einem Pager.«

»Ach so… Warte mal 'ne Minute.« Sie beugte sich vor, um sich die Buchstaben auf Jasons Telefonwählscheibe anzusehen, und schrieb dann etwas auf den Block. Schließlich sagte sie: »›Komm um drei.‹«

Wieder strich Jason seine Haare zurück. »Was?«

»Nehmen wir mal an, die Zahlen der Telefonnummer stehen stellvertretend für die Buchstaben auf der Wählscheibe, dann bekommst du also eine Nachricht. Passt alles, bis auf die letzte ›Drei‹, mit der vielleicht eine Drei gemeint ist.«

Jason sprang hoch und riss ihr den Block aus der Hand.

Ellen wartete auf der Rückseite des Hauses und spähte im Schutz eines Busches durchs Fenster. Der Raum sah aus wie ein Arbeitszimmer mit Kamin und einem weichen goldbraunen Teppichboden. Carol Maxx und Peter Pallas saßen mit dem Rücken zur Wand auf dem Boden. Ihre Hände lagen auf seinem Kopf. Sie küssten sich.

Hier war der augenfällige Beweis für das, was Ellen schon früher gewusst hatte. Der Anblick ging ihr durch und durch. Das war der Grund, warum Carol den Mörder von Ellens Baby und ihrem Mann deckte.

Brennende Wut stieg gallenbitter in ihr auf. Carol, die Ellen und Kevin getröstet und sich großzügig um die Einzelheiten der Beerdigung gekümmert hatte, die für sie beide unerträglich gewesen waren. Carol, die sich bei Ellen über ihre eigene Familientragödie ausgeweint hatte, über ihren brutalen Ehemann und das misshandelte Kind.

Jetzt gab es keinen Zweifel mehr, wer Carol wirklich war.

Noch im Zuschauen verspürte Ellen das heftige Bedürfnis, auf die beiden loszugehen. Ihre Finger sehnten sich danach, mit einem Stein das Fenster einzuwerfen. Die Küsserei machte sie krank.

Jeff war mit der Pistole in der Hosentasche durch eine Terrassentür ins Haus geschlüpft. Jede Sekunde müsste er Peter und Carol stellen.

Carol begann, Peters Uniformhemd aufzuknöpfen, und flüsterte etwas dabei. Peter lächelte. Er wirkte entspannt. Beide.

Ellen dachte an Liam auf dem Asphalt und an Kevin auf dem Boden seiner Praxis. Sie dachte an Suzannes blaue Flecken und an die Waffe ihres Vaters in der kleinen Hand.

Am liebsten wäre Ellen mit Zähnen und Klauen auf die beiden losgegangen und hätte sie in Stücke gerissen.

Jason Landrin hatte den Anrufbeantworter in Ellens Praxis und bei ihr zu Hause über sich ergehen lassen und auch versucht, Jeff Maxx auf seinen beiden Nummern zu erreichen.

Es machte ihn extrem nervös, dass er weder Ellen noch Jeff finden konnte.

KOMM UM 3 – eine Nachricht, die eigentlich Carol Maxx galt, aber mit Jeffs Wissen bei Ellen gelandet war.

Und Ellen sah Jeff aus einem völlig neuen Blickwinkel, an dem Jason schwere Zweifel hatte.

Da ihm sonst niemand mehr zum Anrufen einfiel, ging er zu seinem Auto hinaus und fuhr vom Parkplatz.

Jeff war immer noch ein jähzorniger Kerl, dessen Frau vielleicht fremdging. Was wäre, wenn er die Sache mit dem Pieper benützte, um sie auf frischer Tat zu ertappen? Wenn er ihr eine Nachricht schickte, weil er genau wusste, dass sie einen anderen dahinter vermutete? Wollte er Carol in einen Hinterhalt locken?

Und käme Ellen dabei in die Schusslinie?

Ellen sah, wie Jeff den Raum betrat, bevor Carol und Pallas ihn bemerkten.

»Du gottverdammtes Miststück!«, brüllte er. Ellen sah, wie die beiden auseinander fuhren.

»Und du!«, schrie Jeff Pallas an. »Du Polizistenheld! Welcher Held bumst schon die Frau eines anderen Mannes?«

Inzwischen standen Carol und Pallas. Carol zitterte. Peter hatte sich wieder gefasst.

»Mann, Sie irren sich«, sagte er. »Das Haus hier steht zum Verkauf. Ihre Frau hat den Vertrag. Sie wollte es mir zeigen.«

»Mit ihrer Zunge?«, rief Jeff.

Peter verdrehte die Augen. »Schauen Sie, das hier ist ein Treffen zwischen Maklerin und Kunde. Ich kenne Ihre Frau nicht einmal.«

Jeff trat näher an Peter heran. Ellen sah, wie sich die Pistole unter dem Stoff abzeichnete. »In meinem Haus gibt es Mikrofone«, sagte Jeff. »Ich weiß, dass du's mit Carol treibst. Du warst in der Nacht in meinem Haus, als das Stewartbaby überfahren wurde.«

Das war ein Bluff. Ellen wusste es, aber Carol schluckte den Köder. Mit zwei großen Schritten distanzierte sie sich von Peter.

»Jeff«, sagte Carol, »in der Nacht war die Polizei tatsächlich im Haus, vor dem Unfall. Deshalb war Peter da. Ich treffe mich mit niemandem. Ich habe die Polizei geholt, weil ich Angst vor dir hatte. Ich habe es dir nicht erzählt, weil du gesagt hast, du würdest mich umbringen, wenn ich's noch mal tue.«

Peter stieß einen Laut aus, der halb nach Schnauben, halb nach Lachen klang. Blitzschnell streckte er den Arm nach Carol aus, packte sie und zog sie dicht vor sich. Er hielt eine Pistole in der Hand.

Ellen sah, wie er damit auf Carols Gesicht zielte und ruhig zu ihr sagte: »Du dämliche Gans.«

Jeff fluchte. »Was hast du jetzt vor, du Irrer? Willst du uns beide umbringen?«

»Nein«, sagte Peter, »ich werde deine Frau mit deiner Waffe töten. Zu meiner Überraschung hast du sie noch gar nicht erkannt. Die habe ich mir schon vor einer Weile bei einem Besuch geholt. Hab mir gedacht, ich könnte sie vielleicht mal brauchen.«

Für Ellen war nur noch eines wichtig: Peter hielt eine Pistole in den Händen, während Jeffs Waffe noch in seiner Tasche steckte.

Zwei Menschen, die sie geliebt hatte, waren tot. Noch einen würde sie nicht verlieren.

Sie tastete auf dem Boden nach einem Stein, der groß genug war, und schleuderte ihn mit aller Kraft durchs Fenster.

Jason war bei Ellen und bei Jeff gewesen, in den Büros und zu Hause. Jeffs Angestellte hatten keine Ahnung. Die Tochter und der Hund waren allein im Haus. Jason hatte sich ein paar Minuten mit der Tochter unterhalten, ein liebes Mädchen mit entsetzten Augen. Der Hund spielte den Beschützer, trotzdem wirkten beide hilflos.

Während Jason von Sandpiper wegfuhr, fiel ihm eine merkwürdige Kleinigkeit ein. Vor mehreren Wochen hatte er zufällig gesehen, wie Carol Maxx den Hund verbotenerweise am Strand spazieren führte, wo er sein Geschäft verrichten durfte, ohne dass sie es hinterher aufputzte. Das war nicht nur verboten, sondern für Eastporter Verhältnisse ein Sakrileg. Besonders weil Carol Maxx federführend bei der Kampagne ›Haltet Eastport sauber‹ mitwirkte, oder wie immer diese Bürgerinitiative hieß.

Ellen kannte ihre Materie, sie analysierte Menschen von Berufs wegen. Was, wenn Ellen doch Recht hätte?

Wenn Jeff Maxx *tatsächlich* in Ordnung wäre und eine Lügnerin zur Frau hätte, die … sich mit Peter Pallas herumtrieb?

Was wäre, wenn sich Peter mit Carol nach der Pieper-Nachricht getroffen hätte und dabei von Ellen und Jeff überrascht worden wäre?

Eine schreckliche Gleichung, bei der mindestens zwei Waffen im Spiel waren.

Der Knall ließ Peter nur einen Moment zusammenzucken, aber das genügte. Jeff griff nach der Pistole.

»Nein, Mann«, sagte Peter, »du machst einen Fehler.«

»Ich habe nicht vor, dich umzubringen«, sagte Jeff. »Das soll die Justiz erledigen.«

Peter stieß Carol mit Gewalt zu Jeff hinüber. Beide stürzten. Die Pistole, die sich Jeff geschnappt hatte, fiel auf den Teppich.

Mit einem Satz hechtete Peter hinüber, aber in dem Moment sah er Ellen durch die kaputte Tür kriechen. Einen winzigen

Augenblick wanderte sein Blick zwischen Ellen und der Pistole hin und her, einen Sekundenbruchteil zu lang. Damit hatte er den knappen Zeitvorsprung verspielt, in dem er die Waffe hätte packen und zum Anschlag bringen können.

Er drehte sich um und rannte aus dem Zimmer.

Ellen hörte, wie in der Garage der Streifenwagen ansprang und die Tür hochging. Dann hörte sie Peter rückwärts hinausfahren.

Ohne Umschweife ging Ellen auf Carol los. »Ich könnte dich erschlagen und in Stücke reißen«, herrschte sie sie an. »Du hast gewusst, dass er Liam getötet hat, und hast es mir verschwiegen. Die ganze Zeit hast du Mitgefühl geheuchelt und meine Hilfe als Therapeutin in Anspruch genommen. Du hast deine eigene *Tochter* misshandelt und mir und allen anderen Lügen erzählt! Und alles Jeff in die Schuhe geschoben!«

Carol schlug die Hände vors Gesicht und sackte an der Wand zu Boden. Weinkrämpfe schüttelten sie, dass ihr enger kleiner weißer Pullover nur so bebte.

»Ellen … Ich hatte Angst vor Jeff! Du weißt, wie sehr ich Angst habe. Er durfte nicht herausfinden, dass ich wieder die Polizei gerufen habe, das konnte ich nicht zulassen. Deshalb habe ich's dir nicht gesagt. Jeff hätte mich umgebracht.«

Ellen sah auf das pathetische Tränengesicht hinab.

»Man sollte dich *tatsächlich* umbringen!«, schrie sie aus Leibeskräften und beugte sich zu Carol hinunter. »Mein Baby ist tot! Meine Familie ist tot!« Die eigene Stimme schrillte und kratzte ihr in den Ohren. Das konnte unmöglich Ellens Stimme sein. Die Wörter strömten aus ihrem Mund, ohne dass sie wusste, wie ihr geschah. Sie wusste nur eines: Ihr ganzer Hass, all ihre Wut schossen hinaus und dieser tollwütigen Bestie wie eine Kugel ins Gesicht. »Du zerstörst Menschen und bettelst dann um Mitleid! Du bist eine Giftnatter! Man sollte dich umbringen!«

Plötzlich bekamen Ellens Hände ein Eigenleben. Sie packte Carol am Genick und drückte zu. Ihre Daumen suchten und fanden den Kehlkopf. Und dann geschah etwas Wunderbares: Ein Röcheln, Todesangst, Augen erstarrten vor Entsetzen. Dann wurde sie weggezerrt.

45

Ein Schlupfloch hatte Peter noch, wenn auch nur ein kleines. Er hatte noch Zeit, den Streifenwagen loszuwerden, das Nötigste in eine Tasche zu werfen und dann für immer zu verschwinden.

Diesen Plan hegte er schon seit Monaten, seit Jahren, ja, vielleicht schon sein ganzes Leben: die ganze Schmierenkomödie, das Verschwinden, das Auto, den Identitätswechsel. Als ob ein Teil von ihm immer geahnt hätte, dass er eines Tages zwangsläufig implodieren würde. Jetzt entwickelte sich alles so, wie es dieser Teil vorausgesehen hatte: mit Bedauern, aber ganz glatt.

Peter bog nach links in die Post Road ein und steuerte an der West die rote Ampel an. Eine junge Mutter mit einem langen schwarzen Pferdeschwanz überquerte mit einem spitzenverzierten Kinderwagen und einem bräunlichen Pudel an der Leine den Zebrastreifen. Alles ganz normal. Mit einer Ausnahme: Normalerweise würde er ihr zulächeln und sie ihrerseits zum Lächeln bringen. Und das wäre dann das Einzige, was ihm durch den Kopf ginge, während er jetzt nur daran dachte, Eastport in zehn Minuten auf Nimmerwiedersehen zu verlassen.

Eventuell könnte er die zehn Minuten auf zwanzig ausdehnen, denn es würde doppelt so lange dauern, bis die Heulsuse Ellen irgendeinen bei der Polizei davon überzeugt hätte, mit ihm zu reden. Und dann würde noch mal eine ganze Weile vergehen, bis sie merkten, dass er fort war.

Aber je mehr Vorsprung er hatte, desto besser. Diesmal hatte er es gründlich verpatzt.

Er parkte den Streifenwagen in einer kleinen Nische hinter seinem Haus, ging hinüber, die Treppe hinauf, in seine Wohnung und direkt zum Schlafzimmerschrank, neben dem auf einem Regal sein kamelfarbener Lederreisesack stand.

Während Peter Hosen und Hemden vom Bügel zog, hielt er eine Sekunde inne und schaute zum Bett hinüber. Er musste an Carol denken und an das einzige Mal, als sie es hier gewagt hatten. Sie hatte tolle Hände mit langen Nägeln, die sie genau richtig einzusetzen wusste.

Es hatte ihn nicht im Mindesten überrascht, dass Carol ihn bloßgestellt hatte. Dass sie es so dumm anstellen würde, das hatte er allerdings nicht erwartet. Wenn sie für sie beide gelogen hätte, hätte sie eine bessere Chance gehabt, den eigenen Kopf zu retten. Ellen würde Carol mit hundertprozentiger Sicherheit an die Gurgel gehen, denn jetzt war ihr klar, dass Carol die Sache mit dem Kind gewusst hatte.

Ellen.

Die Wut kam rasend schnell. Sie machte ihn ganz krank. Er konnte es nicht ertragen, sie am Leben zu lassen. Er hatte nur einen Wunsch: zu sehen, wie sie Blutstropfen für Blutstropfen zur Hölle fuhr.

Er zwang sich, weiterzupacken. Er war schon fast fertig und klatschte noch die letzten Hemden in den Sack.

Falls man ihn erwischen würde, säße er bis zum Hals in der Scheiße. Aber dazu würde es nicht kommen. Sobald er aus der Wohnung war, hatte er ein echtes zweites Schlupfloch, bevor er sich tatsächlich auf den Weg machen musste.

Wenn er Schwein hätte, wenn er sie schnell fände, wenn sie allein wäre.

Im Durcheinander auf dem hellen Teppich lagen die Schlüssel vom Landrover. Ellen schnappte sie sich, während Jeff und Carol einander anbrüllten. Jeffs Pistole steckte bereits in ihrer Tasche.

Jeff hatte Carol vor ihr gerettet, aber niemand würde Peter Pallas retten.

Ohne darauf zu achten, ob Jeff ihr folgte, hastete Ellen zum Rover, startete und schoss mit quietschenden Reifen so schnell wie möglich im Rückwärtsgang durch die Straße. Dann folgte sie dem verzweigten Straßennetz Richtung Post Road.

Falls Peter nicht nach Hause gefahren war, würde sie nie die köstliche Erleichterung genießen, auf diesen Mistkerl so oft zu schießen, wie Kugeln in der Waffe steckten. Aber sie war ziemlich sicher, dass er es getan hatte.

Inzwischen kannte Ellen Peter wie ein Vergewaltigungsopfer, das seinen Schänder zwangsweise kennt, jeden Intimgeruch, jeden Sinneseindruck, Haut auf Haar auf Haut, Körperflüssigkeiten und Stimmen in gewaltsam geöffneten Tiefen. Sie wusste, wie er ihr Kind mit dem Fuß auf dem Gaspedal zermalmt hatte, angestachelt vom Bier und von Carols Sexgeruch. Mit Peters Augen sah Ellen, wie er Kevin erstach, spürte den federnden Widerstand des Muskels gegen das Messer, sah das Blut rot aufspritzen.

Peter würde abhauen, das wusste sie, genauso wie er die Hybris haben würde, zu glauben, er könne sich noch etwas Angenehmes gönnen. Er würde nach Hause gehen, sein Auto und sonst noch etwas holen, ehe er für immer verschwand.

Sie würde ihn dort finden und zur Strecke bringen.

Jason kam gerade an eine große Kreuzung, an der es nach vier Seiten abging. Er war nicht sicher, wohin er nun fahren sollte, da klingelte sein Handy.

»Landrin.«

»Jason, hier ist Maggie. Die Funkzentrale hat soeben einen Anruf von Jeffrey Maxx bekommen. Er behauptet, er könne beweisen, dass Peter Pallas das Stewartbaby überfahren hat und auch, dass Mrs. Maxx in die Sache verwickelt war. Außerdem hat er gesagt, Ellen sei mit seinem Auto und seiner Pistole weggefahren. Möglicherweise sucht sie nach Peter. Ein roter 95er-Rover.«

Jason presste das Telefon ans Ohr. »Wo steckt Peter?«

»Er wusste es nicht.«

Jason registrierte, dass sich der Verkehr inzwischen in alle vier Richtungen staute. Sämtliche Fahrer warteten darauf, dass der Polizist weiterfuhr. Er machte eine Handbewegung, die er selbst nicht verstand, und schoss in hohem Tempo über die Kreuzung. Zwei Straßenblocks weiter unten bog er nach links, schaltete das Blaulicht ein und steuerte die Wohnung von Peter Pallas an.

Ellen betrat Peters Haus durch den Haupteingang. Von irgendwo hörte sie ein Radio. Schnell lief sie mit der Waffe in der Hand die Treppe zu Peters Tür hinauf und drehte am Türknopf. Er stand mitten im Wohnzimmer und hielt ein Paar Turnschuhe in der Hand.

Aus ihrer Kehle drang ein Laut wie bei einem verwundeten Tier, obwohl sie sich gar nicht so fühlte. Die Waffe war unnötig. Alles, was sie brauchte, waren Zähne und Hände. Ihr Mund füllte sich mit Speichel. Ihre Finger krümmten sich zu Krallen.

Sie schaute Peter ins Gesicht. Das hämische Grinsen war verschwunden. Eigentlich wirkte er ziemlich nervös.

Plötzlich warf sich Pallas gegen ihre Knie und stieß sie um.

Der Landrover von Jeff Maxx parkte ganz ordnungsgemäß vor Peters Haus. Bei diesem Anblick sank Jason der Mut. Zuerst wollte er schon die Sirene einschalten, ließ es aber dann doch sein. In drei Sekunden wäre er oben. Per Funk forderte er schleunigst Verstärkung an, zog seine Dienstwaffe und stürzte hinein und die Treppe hinauf.

Gerade als er die Wohnungstür erreicht hatte, hörte er Ellen schreien. Er stieß die Tür auf und ging mit der Waffe in beiden Händen seitlich in Deckung.

Die beiden rangen miteinander auf dem Boden. Peter hielt eine Pistole.

»Hände hoch!«, brüllte Jason, wobei er Peter die Waffe aus der Hand riss.

Ellen schrie noch immer. Anscheinend war sie sich Jasons Gegenwart nicht bewusst.

Jason zog Handschellen von seinem Gürtel. »Auf den Bauch«, befahl er Peter.

»Nein, Mann«, schrie Peter und machte Anstalten, aufzustehen. »Sie hat *mich* bedroht! Sie hat das Ding mitgebracht! Sie hat versucht, mich umzubringen!«

»Dreh dich *um*!«

Aus dem rechten Augenwinkel heraus sah Jason eine schemenhafte Bewegung. Ellen fiel über Peter her, ihre Hände wirbelten wie wild. Inzwischen klangen ihre Schreie heiser.

Wie bei einem Puzzle fielen plötzlich alle Teile an Ort und Stelle. Jason wusste, was Peter getan hatte, und auch, welche wilde Mordlust Ellen antrieb.

Sie zerkratzte Peters Gesicht. Jason wollte sie nicht daran hindern und ließ sich extra noch ein paar Sekunden Zeit, bis er die Handschellen parat hatte.

Endlich packte er Ellen um die Taille, hielt ihre Arme fest und zerrte sie von Peter weg. Dann ließ er mit einer Hand los und schnappte die Handschellen zu. Anschließend nahm er Ellen erneut fest in die Arme. Heisere Weinkrämpfe schüttelten sie.

»Schluss«, sagte er ruhig und flüsterte das Wort noch einige Male, bis er spürte, wie sie sich allmählich unter seinem Griff entspannte. Endlich ließ er sie los.

Ellen starrte auf Peter Pallas, der mit dem Gesicht nach unten in Handschellen auf dem Boden lag.

Wie sehr hatte sie sich danach gesehnt, ihn am Boden zu sehen, allerdings blutüberströmt und tot. Ihr Mund und ihre Hände vibrierten noch unter dem Zwang, ihm wehzutun.

Aber da war ja tatsächlich Blut – an Peters und an ihren Händen. Sie hatte ihr lang ersehntes, zerstörerisches Werk gekostet.

Ihr Blick ging zu Jason. Plötzlich begriff sie, dass er ihr die Gelegenheit dazu gegeben hatte. Als sie die Ereignisse in ihrem Kopf Revue passieren ließ, erkannte sie, wie Jason ihre Rache inszeniert hatte.

»Das war ich Ihnen schuldig«, meinte Jason.

»Danke. Gott sei Dank.« Wieder sah sie auf ihre Hände hinunter, aber nun machte sie das Blut ganz krank.

Sie hörte, wie unten die Tür aufging und Menschen die Treppe hochrannten.

»Wir sind fertig«, sagte Jason. »Gehen wir.«

Sie seufzte lange. »Ja.«

Epilog

Dienstag, 18. Juli 1996

»Heute vor einem Jahr«, sagte Dennis Chivers, beugte sich über Noras Schreibtisch und las den »Blick zurück« in der aktuellen Tagesausgabe vor. »Hurrikan Estelle verwüstet Nord- und Südcarolina. Immobilienmarkt in Silicon Valley übertrifft Eastport. Und Liam Stewart wird von einem unbekannten Autofahrer getötet.«

»Für seine Mutter war er kein Unbekannter«, meinte Nora.

»Tja, aber sie musste erst noch ihre restliche Familie verlieren, bis sie irgendjemand ernst genommen hat.«

Mit zusammengekniffenen Augen schaute Nora zu Dennis hoch. »Wir hatten sie ernst genommen.«

»Na ja«, sagte Dennis, während er einen Schokoriegel auswickelte, »mit unserem Ernst und fünfzig Cents hätte sie damals gerade zweimal telefonieren können. Trotzdem haben wir jede Phase so intensiv wie nötig begleitet, und darauf bin ich stolz. Besonders auf unseren Prozessbericht. Noch immer wache ich jeden Morgen lächelnd auf, wenn ich daran denke, dass Peter Pallas lebenslänglich bekommen hat.«

»Ich hätte liebend gern auch Carol Maxx brummen sehen. Das hätte uns allerdings um ihre Aussage als Zeugin gebracht.« Nora lachte. »Stell dir mal vor, Lady Maxx irgendwo in einem Wohnwagen, ohne Schmuck und einen Pfennig Geld …«

»Und absolutes Umgangsverbot mit ihrer Tochter.«

Nora lächelte finster. »Das ist das Beste daran.«

»Danke, dass ich dir helfen darf«, flüsterte Ginger Yates Ellen ins Ohr, wobei sie mit der Hand Ellens Ansteckmikrofon zudeckte.

Ellen lächelte, wenn auch verhalten. Aber nach Gingers Meinung verdiente diese Frau schon allein deshalb einen Orden, weil sie noch immer funktionierte.

»Du beschämst mich mit deinem Dank«, sagte Ellen. »Es ist unglaublich, dass du das machst.« Sie deutete durchs Studio.

Ginger schnaubte. »Als ich damals um eine Talkshow gebettelt habe, habe ich genau an die wirklich wichtigen Themen gedacht, die mir am Herzen liegen, Themen, die an die Öffentlichkeit kommen müssen. Und nicht an den letzten Film, für den das hinterletzte Häschen Publicity macht. Es tut mir nur Leid, dass es so lange gedauert hat.«

Ginger löste das kleine Mikro von Ellens Blazer, legte es unter ihren Sessel und meinte dann zu ihr: »Zuerst musste dieser Monsterpolizist seinen *fairen* Prozess bekommen. Was für ein Schrott! War es denn *fair*, dass Peter Pallas Beweismaterial verfälschen und einen Doppelmord so manipulieren konnte, dass du unter Verdacht geraten bist? Und das alles nur, weil er« – Ginger breitete die Arme aus wie ein Priester beim Segen – »ein *Polizist* ist? Die ganze Stadt hat sein Theater geschluckt! Der heilige Wächter von Ruhe und Ordnung!«

Der Aufnahmeleiter, ein schlaksiger Dreißigjähriger in Jeans und Tweedsakko, betrat das Podium. »Ginger, wir alle können dich hören«, meinte er gedehnt, während er Ellens Mikro holte und wieder an ihren Kragen steckte. »Verschieß nicht dein Pulver. Spar's dir auf, wenn die Kamera läuft.«

Eigentlich hatte Polizeichef Philip Tuck nicht die geringste Lust auf einen Auftritt bei *Ginger*, aber andererseits war Bürgermeister Repsher nicht erbaut, vor diesen Kameras allein zu sitzen. Außerdem würde die Abwesenheit des Polizeichefs als Feigheit oder Scham ausgelegt, denn schließlich konnte man von einem landesweiten Fernsehpublikum kein Verständnis dafür erwarten, dass nach fast einer Woche Regen heute ein besonders guter Tag zum Windsurfen in Eastport war.

Aber der Polizeichef machte seine Sache exzellent.

»Wir waren sehr erleichtert, dass Dr. Stewart bereit war, ihre Anklage gegen Stadt und Polizei zurückzuziehen«, erklärte Tuck Ginger. »Sie hatte vollkommen Recht, empört zu sein, wie wir übrigens alle. Peter Pallas hat seine eigenen schändlichen Verbrechen mit dem Tarnmäntelchen der vertraulichen Information gedeckt. Er hat nicht nur Dr. Stewart verraten, sondern auch seine Stadt *und* seinen Berufsstand.«

Ginger wandte sich an Ellen. »Dieser – dieser Verbrecherpolizist hat den Tod Ihres Sohnes und Ihres Mannes auf dem Gewissen – und einen Lügenberg, der Sie wie ein Albtraum gequält hat. Sie könnten ihn persönlich verklagen. Werden Sie das tun?«

Ellen klammerte sich an einen Packen Papiertaschentücher, den ihr eine der Produktionsassistentinnen kurz vor dem roten Licht in die Hand gedrückt hatte. Hatten sie Angst vor ihren Tränen oder hofften sie darauf? Ellen war sich nicht sicher.

»Nein«, sagte sie, »mein innigster Wunsch ist, dass die Wahrheit ans Tageslicht kommt und nicht hinter irgendeinem scheinheiligen Justitiaschild versteckt wird. Nur weil ein Officer einen guten Ruf hat, heißt das noch lange nicht, dass er kein … Krimineller sein kann. Und ein Mörder. In Zukunft werde ich meine Energie in meine Familie investieren und sie nicht dazu einsetzen, mein Leid noch mehr breitzutreten.«

»Möchtest du, dass ich mit euch komme?«, fragte Suzanne.

»Das brauchst du nicht«, sagte Ellen, aber dann sah sie Suzannes Gesicht und begriff, was wirklich hinter dieser Frage steckte.

Ellen streichelte das Mädchen am Kinn. Wie Jeff hatte sie ein tiefes Grübchen, aber ihres war ganz glatt, während bei Jeff dort Barthaare wuchsen, die keine Rasierklinge je ganz erreichte.

»So habe ich's nicht gemeint«, sagte Ellen. »Ich würde mich über deine Begleitung sehr freuen.«

Suzanne lächelte. Dann gingen sie hinaus.

Jeff parkte gerade den Landrover auf der Straße neben der Veranda des Hauses am Mayfield Beach, das mit Zitronenbaumschindeln verkleidet war. Als er seine Frau und seine Tochter sah, lächelte er.

»Ich gehe zum Friedhof«, sagte Ellen. »Suzanne begleitet mich.«

Jeff gab Suzanne einen Kuss auf die Stirn, dann zog er Ellen an sich. »Ich brauche dir wohl nicht zu sagen, dass du tapfer sein sollst.«

»Doch, sollst du schon.« Wieder liefen ihr Tränen über das Gesicht, obwohl sie gedacht hatte, sie hätte sich schon unter der Dusche ausgeweint.

Suzanne sagte: »Du fürchtest dich doch nicht, vor mir zu weinen, oder? Wenn ja, geh ich nicht mit.«

»Tu ich ja gar nicht.« Ellen löste sich von Jeff und nahm Suzanne bei den Händen. »Du bist jetzt eines meiner Kinder. Ich möchte dich dabei haben.«

Jeff bückte sich über ein Beet mit üppigen weißen Pfingstrosen, die er von seinem alten Haus in Eastport verpflanzt hatte. In dem Beet nebenan standen rosafarbene aus Ellens altem Garten. Auf ihr Drängen hatte Mel Zakar das ausdrückliche Mitnehmen von Pflanzen in die Kaufverträge ihrer beiden Häuser aufgenommen.

Jeff pflückte zwei von jeder Farbe und reichte Ellen den Strauß.

»Für Liam und Kevin«, sagte er.

Ellens Tränen fielen auf die Blüten und tropften von den duftenden Blättern hinab in den Sand.

Tami Hoag

bei Blanvalet

Feuermale

Roman. 500 Seiten

Als die sechzehnjährige Angie DiMarco Zeugin eines grausamen Mordes wird, übernimmt die ehemalige FBI-Agentin Kate Conlan die Aufgabe, das Mädchen vor dem Täter zu schützen. Kate allein kann ihn aufhalten – und sie ist zugleich die einzige, die er als nächste will …

»Tami Hoag betört ihre Leser auf unnachahmliche Art: mit einer raffinierten Story, einer fesselnden Liebesgeschichte – und Spannung, Spannung, Spannung. Für Frauenthriller-Fans auf der Suche nach höchstem Nervenkitzel!«

(Publishers Weekly)